W0369480

Le château de Lord Valentin
2

ROBERT SILVERBERG	*ŒUVRES*
L'HOMME DANS LE LABYRINTHE	*J'ai Lu* 495***
FILS DE L'HOMME	
LA TOUR DE VERRE	
LES MASQUES DU TEMPS	
LES PROFONDEURS DE LA TERRE	
LES AILES DE LA NUIT	*J'ai Lu* 585**
LE TEMPS DES CHANGEMENTS	
UN JEU CRUEL	*J'ai Lu* 800**
LA PORTE DES MONDES	
LES MONADES URBAINES	*J'ai Lu* 997***
SIGNAUX DU SILENCE	
LA FÊTE DE DIONYSOS	
SEMENCE DE LA TERRE	
TRIPS	*J'ai Lu* 1068***
L'OREILLE INTERNE	*J'ai Lu* 1193***
L'HOMME STOCHASTIQUE	*J'ai Lu* 1329***
SHADRAK, DANS LA FOURNAISE	
LES CHANTS DE L'ÉTÉ	*J'ai Lu* 1392***
LE CHEMIN DE L'ESPACE	*J'ai Lu* 1434***
LES DÉPORTÉS DU CAMBRIEN	*J'ai Lu* 1650**
LE LIVRE DES CRÂNES	
L'HOMME PROGRAMMÉ	
LA GUERRE DU FROID	
LES DÉSERTEURS TEMPORELS	
AU TEMPS POUR L'ESPACE	
CHRONIQUES DE MAJIPOOR	
LE CHÂTEAU DE LORD VALENTIN - 1	*J'ai Lu* 1905****
LE CHÂTEAU DE LORD VALENTIN - 2	*J'ai Lu* 1906****

ROBERT SILVERBERG

Le château de Lord Valentin 2

TRADUIT DE L'AMÉRICAIN
PAR PATRICK BERTHON

ÉDITIONS J'AI LU

Ce roman a paru sous le titre original :

LORD VALENTINE'S CASTLE

3
(suite)

Un vent fort soufflait du sud lorsqu'ils appareillèrent le lendemain matin. Vinorkis surveilla attentivement le quai pendant l'embarquement pour repérer le Skandar un peu trop curieux, mais il n'en vit pas trace. Valentin supposa qu'il avait accompli sa tâche et qu'un autre informateur reprendrait ultérieurement la surveillance pour le compte de l'usurpateur.

Ils mirent le cap au sud-est. Les dragonniers avaient l'habitude de louvoyer avec ce vent qui restait constamment contraire jusqu'aux terrains de chasse. Rien de plus fastidieux, mais impossible de faire autrement, car les dragons de mer ne passaient à portée des chasseurs qu'à cette époque de l'année. Le *Brangalyn* avait un moteur d'appoint, mais pas très puissant, les carburants étant si rares sur Majipoor. Avec une lourdeur non dépourvue d'une certaine majesté, le *Brangalyn* prit le vent de travers et sortit du port de Piliplok pour gagner le large.

La Mer Intérieure, qui séparait l'est de Zimroel de l'ouest d'Alhanroel, était la plus petite des deux mers de Majipoor. Son étendue était loin d'être négligeable – quelque huit mille kilomètres d'un littoral à l'autre – et pourtant ce n'était qu'une simple mare comparativement à la Grande Mer qui occupait la majeure partie de l'autre hémisphère, un océan sur lequel la navigation était impossible, des milliers et des milliers de kilomètres de haute mer. La Mer Intérieure avait une échelle beaucoup plus humaine et, à mi-chemin entre les deux continents, elle était coupée par l'Ile du Sommeil – elle-même suffisamment grande pour être considérée comme un continent sur un autre monde aux proportions moins extraordinaires – et ponctuée de plusieurs chapelets d'îles plus ou moins importantes.

La vie des dragons de mer s'écoulait en d'interminables migrations entre les deux océans. Ils tournaient autour du globe et la circumnavigation leur prenait des années, voire des décennies, personne n'en savait rien. Chaque été, une de ces troupes achevait sa traversée de la Grande Mer, passait au sud de Narabal et remontait la côte méridionale de Zimroel en direction de Piliplok. Il était interdit de les chasser à cette époque car la troupe abondait en femelles gravides. L'automne venu, les petits étaient nés, la troupe avait atteint les eaux battues par les vents du sud situées entre Piliplok et l'Ile du Sommeil, et la chasse annuelle pouvait commencer. Les dragonniers quittaient le port de Piliplok en grand nombre. Petits et adultes devenaient la proie des chasseurs et les survivants repassaient le tropique, longeant la côte sud de l'Ile du Sommeil, contournant la pointe de la longue péninsule de Stoienzar et se dirigeant vers l'est au-dessous d'Alhanroel et jusqu'à la Grande Mer dans les flots de laquelle ils pourraient s'ébattre sans être inquiétés jusqu'à ce que le moment revienne pour eux de retrouver les parages de Piliplok.

De tous les animaux de Majipoor, les dragons de mer étaient de loin les plus gros. A la naissance ils étaient fort petits, pas plus d'un mètre cinquante à deux mètres de long, mais leur croissance se poursuivait pendant toute leur vie, et leur existence était longue, bien que personne n'ait jamais pu la chiffrer avec précision. Gorzval, qui partageait sa table avec ses passagers et, maintenant qu'il avait laissé ses soucis derrière lui, se révélait d'un naturel très loquace, raffolait d'histoires ayant trait à l'immensité de certains dragons de mer. L'un, qui avait été pris sous le règne de lord Malibor, mesurait cinquante-sept mètres de long; un autre, sous lord Confalume, soixante-douze mètres, et, à l'époque où Prestimion était Pontife et lord Dekkeret Coronal, on en avait pris un qui faisait neuf mètres de plus. Mais le champion, d'après Gorzval, était un autre encore, qui était apparu impudemment presque à l'entrée du port de Piliplok et dont des témoins dignes de foi avaient estimé la longueur à quatre-vingt-quinze mètres. Ce monstre, baptisé dragon de lord Kinniken, s'en était sorti indemne parce qu'à ce moment-là toute la flotte de dragonniers avait déjà gagné le large. On prétendait qu'il avait été aperçu en plusieurs occasions par des chasseurs pendant les siècles suivants, la dernière fois remontant à l'année où lord Voriax était devenu Coronal, mais jamais un seul harpon ne l'avait atteint, et chez les chasseurs il avait une funeste réputation.

— Il doit bien mesurer cent cinquante mètres maintenant, dit Gorzval, et je souhaite que l'honneur de le rencontrer quand il sera de retour dans nos eaux revienne à un autre patron que moi.

Valentin avait vu de petits dragons de mer, vidés, salés et séchés, en vente sur tous les marchés de Zimroel, et en plusieurs occasions il en avait goûté la chair, sombre et ferme, à la saveur piquante. On ne préparait de cette manière que les dragons de moins de trois mètres. Les autres, jusqu'à une quinzaine de mètres de long, étaient dépecés et leur chair était vendue fraîche tout le long de la côte orientale de Zimroel, mais les difficultés de transport en interdisaient la commercialisation loin de la mer. Au-delà de cette longueur, les dragons étaient trop vieux pour être comestibles, mais leur chair était fondue et transformée en huile, qui avait de multiples usages, le pétrole et les autres combustibles fossiles étant si rares sur Majipoor. Les os des dragons de mer de toutes tailles étaient utilisés en architecture, car ils étaient presque aussi résistants que l'acier et il était plus facile de s'en procurer, et les œufs de dragons, que l'on trouvait par centaines de livres dans l'abdomen des femelles adultes, avaient une certaine valeur thérapeutique. La peau de dragon, les ailes de dragon, tout était source de profit et il n'y avait pas de déchets.

– Tenez, par exemple, voici du lait de dragon, dit Gorzval en tendant à ses hôtes une flasque remplie d'un liquide bleu pâle. A Ni-moya ou à Khyntor, une flasque comme celle-ci vaudrait dix couronnes. Allez-y, goûtez.

Lisamon Hultin but une petite gorgée en hésitant et la recracha immédiatement par terre.

– Du lait de dragon ou de la pisse de dragon? demanda-t-elle.

Le patron lui adressa un sourire glacial.

– A Dulorn, dit-il, ce que vous venez de cracher vous aurait coûté au moins une couronne et vous vous estimeriez heureuse d'en avoir trouvé.

Il poussa la flasque en direction de Sleet, qui refusa d'un signe de tête, puis de Valentin. Après avoir marqué un moment d'hésitation, Valentin la porta à ses lèvres.

– C'est amer, fit-il, avec un léger goût de moisi, mais ce n'est pas épouvantable. Pourquoi est-il donc si estimé?

– C'est un aphrodisiaque! rugit le Skandar en se tapant sur les cuisses. Il active les humeurs! fouette le sang! prolonge la vie!

Plein de jovialité, il pointa le doigt vers Zalzan Kavol qui, sans y avoir été invité, avait avalé une grande lampée du breuvage.

– Voyez! Le Skandar sait ce qui est bon! Un natif de Piliplok ne se fait pas prier pour en boire!

– Du *lait* de dragon? demanda Carabella. Ce sont des mammifères?

– Des mammifères, oui. Les œufs sont incubés dans le ventre de la mère, et quand les petits sortent, ils sont vivants, de dix à vingt par portée, et il y a des mamelles tout le long du ventre. Cela vous paraît bizarre qu'il y ait du lait de dragon ?

– Pour moi, les dragons sont des reptiles, et les reptiles n'ont pas de lait.

– Considérez les dragons comme des dragons, cela vaudra mieux. Vous voulez goûter ?

– Non, merci, répondit-elle. Mes humeurs n'ont pas besoin d'être activées.

Valentin estimait que les meilleurs moments du voyage étaient les repas qu'ils prenaient dans la cabine du patron. Pour un Skandar, Gorzval était ouvert et accommodant, et la chère était bonne, avec du vin, de la viande et des poissons de différentes espèces, y compris pas mal de chair de dragon de mer. Mais le bateau était délabré et exigu, mal conçu et encore plus mal entretenu, et l'équipage, composé d'une douzaine de Skandars et d'un assortiment de Hjorts et d'humains, n'était guère communicatif et se montrait souvent franchement hostile. De toute évidence, les chasseurs de dragons constituaient une caste orgueilleuse et fermée, même l'équipage d'un rafiot comme le *Brangalyn*, et ils s'irritaient de la présence d'étrangers parmi eux pendant qu'ils exerçaient leur industrie. Seul Gorzval se montrait hospitalier; mais c'était visiblement par reconnaissance, car sans l'argent de leur passage, son bateau n'eût jamais été en état de prendre la mer.

Ils étaient déjà loin de la terre dans un monde tout d'uniformité, où le bleu pâle de l'océan se fondait dans le bleu pâle du ciel pour faire perdre tout sens de l'espace et de la direction. Ils avaient mis le cap au sud-est et plus ils s'éloignaient de Piliplok, plus le vent devenait chaud, et il était maintenant plus sec et brûlant que jamais.

– Nous appelons ce vent notre message, dit Gorzval, parce qu'il vient tout droit de Suvrael. C'est un petit cadeau du Roi des Rêves, aussi charmant que tous les autres.

La mer était vide : ni îles ni bois flottants, pas le moindre signe de quoi que ce fût, pas même de dragons de mer. Les dragons étaient passés très au large de la côte cette année, comme cela leur arrivait parfois, et ils se chauffaient dans les eaux tropicales, à proximité immédiate de l'archipel. De temps à autre, un gihorna passait très haut dans le ciel, accomplissant sa migration d'automne, qui le menait des îles aux marais du Zimr, lesquels ne se trouvaient pas près du fleuve, mais sur la côte, à quelque huit cents kilomètres au sud de Piliplok. Ces échassiers auraient dû faire des cibles tentantes, mais personne ne les visait. Sans doute une autre tradition de la marine.

Les premiers dragons se manifestèrent dans le courant de la seconde semaine après leur départ de Piliplok. La veille, Gorzval avait prédit leur venue, ayant rêvé qu'ils étaient proches.

– Tous les patrons de pêche voient les dragons en songe, expliqua-t-il. Nos pensées sont à l'unisson avec eux; nous les sentons approcher de nous. Il y a même une des nôtres, du nom de Guidrag, une femme à qui il manque plusieurs dents, qui les voit en rêve une semaine à l'avance, et parfois plus. Elle se dirige droit sur eux, et ils sont toujours là. Moi, je ne suis pas aussi bon et je ne peux pas faire mieux qu'une journée à l'avance. Mais, de toute façon, personne n'est aussi bon que Guidrag. Je fais de mon mieux. Nous aurons des dragons à la hauteur de l'étrave dans dix à douze heures, cela je vous le garantis.

Valentin n'avait guère confiance dans ce que le patron Skandar pouvait garantir, mais en milieu de matinée la vigie perchée au sommet de son mât se mit à crier : « Dragons en vue ! »

Toute une troupe, une cinquantaine ou plus, s'ébattait juste devant la proue du *Brangalyn*. Les dragons de mer étaient des animaux pansus et disgracieux, d'une largeur égale à celle du *Brangalyn*, au long cou puissant prolongé par une lourde tête triangulaire, à la courte queue terminée en nageoire caudale plate en éventail et à l'épine dorsale saillante qui courait sur toute la longueur de leur dos voûté. Mais leur caractéristique la plus étonnante était leurs ailes... des nageoires, en réalité, car il paraissait inconcevable que des créatures aussi énormes pussent prendre leur vol, mais elles ressemblaient beaucoup plus à des ailes qu'à des nageoires, des ailes de chauves-souris, sombres et membraneuses, aux attaches massives situées sous le cou et qui recouvraient la moitié du corps. La plupart des dragons gardaient leurs ailes repliées comme des manteaux, mais quelques-uns les étendaient totalement, les déployant en éventail en suivant l'axe des longues nervures d'aspect fragile, et ils couvraient l'eau autour d'eux sur une stupéfiante étendue, les ailes déroulées comme une toile goudronnée.

La plupart des dragons étaient jeunes, mesurant de six à quinze mètres, mais il y avait de nombreux nouveau-nés, de deux mètres de long environ, qui nageaient et barbotaient gaiement ou bien s'accrochaient aux mamelles de leur mère. Au milieu de la troupe flottaient quelques monstres, à demi immergés et somnolents, dont les épines dorsales s'élevaient très haut au-dessus de l'eau, comme la ligne de crête du relief d'une île flottante. Il était difficile d'évaluer leur longueur totale, car ils avaient tendance à garder immergée la partie postérieure du corps, mais leur masse était impressionnante et deux ou trois d'entre eux paraissaient au moins aussi gros que le bateau. Au moment où Gorzval passait devant lui sur le pont, Valentin lui demanda :

— Le dragon de lord Kinniken ne fait pas partie de ceux-là, n'est-ce pas ?

Le patron Skandar étouffa un petit rire indulgent.

— Non, le Kinniken fait au moins trois fois la taille de ceux-là. Trois fois ? Plus que cela ! Ceux-là font à peine quarante-cinq mètres. J'en ai vu des douzaines de plus gros. Vous aussi, l'ami, vous en verrez, et sous peu.

Valentin essaya d'imaginer des dragons faisant trois fois la taille des plus gros qu'il avait sous les yeux. Son esprit s'y refusait. C'était comme s'il essayait de se représenter le Mont du Château dans toute son immensité : c'était tout simplement impossible.

Le dragonnier s'avança et la tuerie commença. L'opération exigeait une coordination parfaite. Des embarcations furent mises à la mer; debout à l'avant de chacune, un Skandar porteur d'une lance était retenu par une sangle. Les canots se déplaçaient lentement au milieu des jeunes dragons en train de téter. Les victimes étaient réparties dans chaque portée, de manière que la disparition totale de sa progéniture ne donne l'éveil à aucune mère. Les jeunes dragons étaient attachés par la queue aux embarcations, et quand les canots revinrent au dragonnier, on descendit des filets pour hisser les prises. Ce n'est que lorsque plusieurs douzaines de petits furent ainsi remontés sur le bateau que les chasseurs s'attaquèrent à un plus gros gibier. Les canots furent remontés sur le pont et le harponneur, un gigantesque Skandar à la poitrine traversée d'une longue cicatrice d'un bleu terne à l'endroit où la fourrure était depuis longtemps arrachée, prit sa place dans la coupole. Sans précipitation, il choisit son arme qu'il engagea dans la catapulte pendant que Gorzval manœuvrait le bateau pour lui offrir le meilleur angle de tir possible. Le harponneur pointa son arme; les dragons continuaient de se repaître avec insouciance. Valentin s'aperçut qu'il retenait sa respiration et qu'il serrait très fort la main de Carabella. Puis le trait sombre et luisant fendit l'air.

Il se ficha jusqu'à la hampe dans le lard de l'épaule d'un dragon d'une trentaine de mètres de long, et immédiatement la mer commença à s'agiter. Le dragon blessé fouettait la surface de l'eau avec sa queue et déployait ses ailes qui battaient la mer avec une fureur titanesque, comme si l'animal avait voulu prendre son essor, entraînant le *Brangalyn* à sa suite dans les airs.

Dès ces premières manifestations frénétiques de douleur, les femelles déployèrent leurs ailes à leur tour, rassemblant leur progéniture sous ce bouclier, et commencèrent à s'éloigner en donnant de puissants coups de queue tandis que les plus gros de la troupe, de véritables monstres, se contentaient de disparaître en plongeant, se laissant glisser dans les profondeurs sans presque provoquer de rides à la surface de l'eau. Si bien qu'il ne restait qu'une douzaine de dragons encore jeunes qui sentaient qu'il se passait quelque chose de fâcheux, mais ne savaient pas très bien comment réagir; ils nageaient en décrivant de larges cercles autour de leur congénère blessé, gardant avec circonspection leurs ailes à demi ouvertes et battant légèrement la surface de l'eau. Pendant ce temps, le harponneur, choisissant toujours ses traits avec une absolue tranquillité, en lança un second, puis un troisième dans sa proie.

– Canots ! cria Gorzval. Filets !

Ce fut le signal du déclenchement d'une curieuse opération. Les embarcations furent de nouveau mises à la mer et les chasseurs firent force de rames en se dirigeant vers le cercle de dragons excités. Ils lancèrent dans l'eau des sortes de grenades qui explosèrent avec un fracas assourdi, étalant sur la surface de l'eau une couche de teinture jaune et brillante. Les explosions et, sembla-t-il, la teinture provoquèrent une terreur panique dans les rangs des dragons restants. Ils s'éloignèrent rapidement avec des battements éperdus d'ailes et de queues, et disparurent. Seule la victime restait, encore pleine de vigueur, mais solidement accrochée. Elle nageait vers le nord, mais il lui fallait remorquer toute la masse du *Brangalyn* et ce violent effort l'affaiblissait visiblement de minute en minute. Les marins tentaient à l'aide de leurs grenades de forcer le dragon à se rapprocher du bateau; pendant ce temps, les hommes chargés du maniement des filets mettaient à l'eau un colossal réseau à larges mailles qui, actionné par un mécanisme invisible, s'ouvrit et s'étala sur l'eau puis se referma quand le dragon se fut empêtré dans ses mailles.

– Treuils ! hurla Gorzval, et le filet s'éleva.

Le dragon restait suspendu dans le vide. A cause de son poids énorme, le dragonnier donnait de la bande de manière inquiétante. Tout là-haut, dans sa coupole, le harponneur s'apprêtait à donner le coup de grâce. Il saisit la catapulte de ses quatre mains et tira. Il poussa un grondement féroce au moment où il décochait son trait, auquel répondit un instant plus tard un sourd cri d'agonie du dragon. Le harpon avait pénétré dans le crâne de l'animal, juste derrière les grands yeux verts ouverts comme des soucoupes. Les ailes puissantes furent agitées d'un ultime et terrible spasme.

Le reste ne fut qu'une affreuse boucherie. Les treuils se mirent en marche, le cadavre du dragon fut hissé jusqu'à la plate-forme de dépeçage et l'écorchement commença. Valentin regarda quelque temps, jusqu'à ce que le spectacle sanglant commence à le dégoûter : le délardement, la récupération des précieux organes, le sectionnement des ailes et tout le reste. Lorsqu'il en eut assez, il redescendit, et quand il revint quelques heures plus tard, le squelette du dragon se dressait sur le pont comme une de ces carcasses exposées dans un muséum, un grand arc blanc couronné par les étranges dentelures de l'épine dorsale, et les chasseurs avaient déjà entrepris de le désassembler.

– Tu as l'air bien sombre, lui dit Carabella.

– C'est un art que je n'apprécie guère, répondit-il.

Valentin avait l'impression que Gorzval aurait pu remplir entièrement la cale de son bateau, aussi grande fût-elle, avec les prises de cette seule première troupe de dragons de mer. Mais il s'était contenté d'une poignée de petits et d'un seul adulte, qui était loin d'être le plus gros, et avait délibérément fait prendre le large aux autres. Zalzan Kavol lui expliqua qu'il y avait des quotas, déterminés par les Coronals des siècles passés, pour éviter que l'espèce ne disparaisse; les troupes devaient être décimées et non exterminées et un dragonnier revenant trop tôt de sa campagne de pêche aurait à fournir des explications et se verrait infliger de lourdes sanctions. Il était en outre essentiel de hisser les dragons à bord avant l'arrivée des prédateurs et de traiter rapidement la chair; un équipage trop vorace n'aurait pas été en mesure d'exploiter ses prises de manière rationnelle et profitable. Ce premier succès de la saison parut apporter un peu d'entrain à l'équipage de Gorzval. Il leur arrivait de saluer les passagers d'un signe de tête et ils allaient jusqu'à leur octroyer un sourire de temps à autre tout en vaquant aux tâches du bord d'un air détendu et presque enjoué. Leur silence hargneux fit place à des rires, des plaisanteries et des chansons.

Lord Malibor, si brave et beau,
Descend de son Château.
Il voulait chasser le dragon
Quand la mer fait l' gros dos.

Lord Malibor arme un bateau;
Qu'il était beau à voir!
Ses voiles en feuilles d'or battu
Et ses mâts en ivoire.

Valentin et Carabella entendirent les chanteurs — c'était l'équipe qui mettait le lard en barils — et s'approchèrent pour mieux les écouter. Carabella ne fut pas longue à retenir la mélodie, qui était d'une grande simplicité, et elle commença doucement à pincer les cordes de sa harpe de poche, ajoutant entre chaque couplet quelques fioritures de son cru.

Lord Malibor tenait la barre,
Bravant les flots houleux,

Voguant en quête du dragon,
Le dragon fier et preux.

Lord Malibor jette un défi
D'une voix de stentor :
« J'affronte le roi des dragons
Dans un combat à mort ! »

« J'entends, monseigneur, me voici »,
Rugit le monstre bientôt.
Il mesurait douze miles de long,
Cinq de large, trois de haut.

– Regarde, dit Carabella. Voici Zalzan Kavol.

Valentin tourna la tête. Oui, c'était bien le Skandar, qui écoutait, près de la rambarde, tous ses bras croisés, la mine de plus en plus renfrognée. Il ne semblait guère apprécier la chanson. Qu'avait-il donc ?

Lord Malibor seul sur le pont
Combattit bravement,
Fit couler des torrents de sang
Et frappa tant et tant.

Les rois des dragons sont retors
Et rarement vaincus.
Lord Malibor, pourtant si fort,
Fut avalé tout cru.

Braves chasseurs, souvenez-vous
De sa triste aventure.
Gare aux dragons, si ne voulez
Leur servir de pâture.

Valentin éclata de rire et applaudit. Cela lui valut immédiatement un regard noir de Zalzan Kavol qui, s'avançant vers eux à grands pas, semblait suffoquer d'indignation.

— Monseigneur! s'écria-t-il. Comment pouvez-vous tolérer une irrévérence... ?

— Pas si fort, le monseigneur, répliqua sèchement Valentin. Irrévérence, dites-vous? De quoi parlez-vous ?

— Aucun respect pour cette affreuse tragédie ! Aucun respect pour un défunt Coronal ! Aucun respect...

— Zalzan Kavol ! fit malicieusement Valentin. Etes-vous donc si soucieux de respectabilité ?

— Je sais discerner le bien du mal, monseigneur. Tourner en dérision la mort de lord Malibor est...

— Calmez-vous, ami, l'interrompit Valentin avec douceur en posant la main sur l'un des gigantesques avant-bras du Skandar. Quel que soit l'endroit où il se trouve maintenant, lord Malibor est très au-dessus de ces questions de respect et d'irrespect. Et cette chanson m'a fort diverti. Si *moi*, je ne m'en offense pas, pourquoi le feriez-vous ?

Mais Zalzan Kavol continuait à bougonner et à fulminer.

— Si je puis me permettre, monseigneur, vous n'avez peut-être pas tout à fait retrouvé le sens des convenances. Si j'étais à votre place, j'irais voir ces marins et je leur ordonnerais de ne plus jamais chanter cela en votre présence.

— En ma présence? fit Valentin avec un large sourire. Ils se soucient de ma présence comme de leur premier dragon. Qui suis-je d'autre qu'un passager, et encore à peine toléré ? Si je leur disais cela, je passerais par-dessus la rambarde dans la minute qui suivrait et ce serait à mon tour de servir de pâture aux dragons. Hein ? Pensez à cela, Zalzan Kavol ! Et calmez-vous, mon vieux ! Ce n'est qu'une bête chanson de marins.

— Ce n'est pas une raison, grommela le Skandar en s'éloignant d'une démarche très digne.

— Il se prend tellement au sérieux, pouffa Carabella.

Valentin commença à fredonner puis se mit à chanter :

Braves chasseurs, souvenez-vous
De sa...
De cette triste...
De sa triste aventure...

– Oui, c'est ça, dit-il. Amour, veux-tu me rendre un service ? Quand ces marins auront terminé leur travail, peux-tu en prendre un à part – par exemple celui qui a la barbe rousse et la belle voix de basse – et lui demander de t'apprendre les paroles ? Et après, tu me les apprendras. Et je chanterai cette chanson à Zalzan Kavol pour le faire sourire. Hein ? Qu'en dis-tu ? Voyons...

« J'entends, monseigneur, me voici »,
Rugit le monstre bientôt.
Il mesurait douze miles de long,
Cinq de large, trois de haut.

Il s'écoula environ une semaine avant qu'ils ne revoient des dragons, et non seulement Carabella et Valentin, mais aussi Lisamon Hultin mirent à profit ce temps pour apprendre le refrain, et la géante prenait plaisir à le beugler de par les ponts d'une voix rauque de baryton. Mais Zalzan Kavol continuait à grommeler et à pester à chaque fois qu'il l'entendait.

La seconde troupe de dragons était beaucoup plus importante que la première, et Gorzval put se permettre de tuer deux bonnes douzaines de petits, un adulte de taille moyenne et un mastodonte d'une quarantaine de mètres de long. Cela donna du travail à tous les hommes pendant les quelques jours qui suivirent.

Le pont devint rouge de sang de dragon, et les os et les ailes étaient empilés dans tous les coins du dragonnier pendant que l'équipage s'échinait à réduire tout cela à des dimensions permettant de le mettre dans la cale. A la table du patron, on servait des morceaux exquis provenant de mystérieuses régions du corps des créatures, et Gorzval, de plus en plus expansif, sortit des fûts de vins fins, ce qui était pour le moins inattendu de la part de quelqu'un qui venait de se trouver au bord de la faillite.

– Du doré de Piliplok, annonça-t-il en remplissant généreusement les verres. Je gardais ce vin pour une grande occasion, et c'en est indiscutablement une. Vous nous avez vraiment porté chance.

– Vos collègues ne se réjouiront pas de l'apprendre, dit Valentin. Nous aurions fort bien pu nous embarquer avec eux, si seulement ils avaient su que nous pouvions leur servir de mascottes.

– Le malheur des uns fait le bonheur des autres. A votre pèlerinage, amis ! cria le patron Skandar en portant un toast.

Ils naviguaient maintenant dans des eaux de plus en plus calmes. Le vent chaud de Suvrael commençait à tomber à l'approche des tropiques, et une brise plus caressante et moins sèche leur arrivait de la lointaine péninsule de Stoienzar sur Alhanroel. La mer était d'un vert profond, les oiseaux marins se faisaient plus nombreux, la couche d'algues était si épaisse à certains endroits que la navigation en était parfois ralentie, et l'on pouvait voir des poissons aux couleurs vives filer juste en dessous de la surface de l'eau – la proie des dragons, qui étaient carnivores et nageaient la gueule ouverte pour capturer de petits animaux marins. L'archipel de Rodamaunt n'était plus très loin maintenant. Gorzval se proposait de compléter dès que possible sa pêche : le *Brangalyn* pouvait encore contenir quelques gros dragons, deux autres de taille moyenne et une quarantaine de petits. Dès qu'il serait rempli, il débarquerait ses passagers et cinglerait vers Piliplok pour commercialiser ses prises.

– Dragons en vue ! cria la vigie.

C'était de loin la plus grande troupe, composée de centaines d'individus dont les protubérances spinales couvraient la mer. Pendant deux jours, le *Brangalyn* évolua parmi eux, les massacrant à volonté. A l'horizon, on pouvait voir d'autres dragonniers, mais ils restaient à bonne distance, car des règlements draconiens interdisaient d'empiéter sur le territoire de chasse d'autrui.

La réussite de son expédition faisait rayonner Gorzval. Il n'hésitait pas à se joindre fréquemment en personne aux équipages des canots, ce qui, à ce que Valentin crut comprendre, était inhabituel, et il alla même jusqu'à monter une fois dans la coupole pour lancer un harpon. Le bateau s'enfonçait de plus en plus sous le poids de la chair de dragon.

Le troisième jour, les dragons nageaient toujours autour du bateau, impavides devant le carnage et paraissant peu disposés à se disperser.

– Encore un gros, déclara Gorzval, et nous mettons le cap sur les îles.

Il prit pour dernière cible un dragon de vingt-cinq mètres. Valentin commençait à être écœuré, et plus qu'écœuré, par toute cette boucherie, et quand le harponneur ficha son troisième trait dans sa proie, il se détourna et se dirigea vers l'autre côté du pont. Il y trouva Sleet, et ils restèrent accoudés à la rambarde, scrutant l'horizon en direction de l'est.

– Crois-tu que nous puissions voir l'archipel d'ici ? demanda Valentin. J'ai hâte de retrouver la terre ferme et de ne plus avoir l'odeur du sang de dragon dans les narines.

– J'ai le regard perçant, monseigneur, mais les îles sont à deux jours de voile d'ici, et même ma vue a des limites. Mais...

Sleet eut un hoquet de surprise.

– Monseigneur...

– Qu'y a-t-il ?

– Il y a une île qui nage vers nous, monseigneur !

Valentin fouilla la mer du regard, mais non sans difficulté au début. C'était le matin et le reflet du soleil sur la surface de l'eau était aveuglant. Mais Sleet prit la main de Valentin pour lui montrer la bonne direction et alors Valentin vit à son tour. L'épine dorsale d'un dragon brisait la surface de la mer, une épine dorsale d'un dragon qui se prolongeait interminablement et, dessous, on apercevait une masse d'une taille absolument invraisemblable.

– Le dragon de lord Kinniken! fit Valentin d'une voix étouffée. Et il se dirige droit sur nous!

4

C'était peut-être le Kinniken, ou plus vraisemblablement un autre, pas tout à fait aussi gros, mais bien assez, beaucoup plus gros que le *Brangalyn*, et il fonçait droit sur eux, sans marquer ni ralentissement ni hésitation – soit un ange exterminateur soit une force aveugle, il n'était pas possible de se prononcer, mais sa masse était indiscutable.

– Où est Gorzval? balbutia Sleet. Il faut des armes... des fusils...

– Autant essayer d'arrêter un éboulement de rochers avec un harpon, fit Valentin en riant. Es-tu bon nageur, Sleet?

La plupart des chasseurs s'occupaient encore de leurs prises, mais quelques-uns d'entre eux avaient déjà tourné les yeux de l'autre côté et une activité frénétique commençait à régner sur le pont. Le harponneur s'était retourné et sa silhouette se découpait sur le ciel, une arme dans chaque main. D'autres marins avaient gagné les coupoles voisines. Valentin, cherchant Carabella, Deliamber et les autres, aperçut Gorzval qui courait comme un fou vers le gouvernail; le Skandar avait le visage livide et les yeux exorbités, et il avait l'air de quelqu'un qui se trouve soudain en présence des émissaires de la mort.

— Les canots à la mer ! hurla une voix.

Les treuils se mirent en marche. Des silhouettes affolées couraient dans tous les sens. Un Hjort, la mine grise de peur, s'approcha de Valentin en montrant le poing et, le saisissant brutalement par le bras, éructa :

— C'est vous qui nous avez amené cela ! Jamais nous n'aurions dû laisser monter à bord un seul d'entre vous !

Lisamon Hultin surgit de nulle part et écarta le Hjort d'un revers de la main. Puis elle entoura Valentin de ses bras puissants comme pour le protéger de tous les dangers qui pourraient le menacer.

— Le Hjort était dans le vrai, vous savez, dit calmement Valentin. Nous sommes vraiment des oiseaux de malheur. D'abord c'est Zalzan Kavol qui perd sa roulotte, et maintenant c'est ce pauvre Gorzval qui...

Il y eut un choc effroyable quand le dragon heurta le bateau par le travers.

Le *Brangalyn* donna de la gîte comme s'il avait été poussé par la main d'un géant, puis revint en arrière comme sous l'effet d'un vertigineux coup de roulis. Toute sa carcasse fut parcourue d'un affreux tremblement. Il y eut un second impact — les ailes venant frapper la coque ou un violent coup de la nageoire caudale ? — puis un troisième, et le *Brangalyn* se mit à danser comme un bouchon.

— Il y a une voie d'eau ! hurla une voix désespérée.

Sur le pont, des objets roulaient dans tous les sens, un des gigantesques chaudrons où l'on fondait la graisse rompit les cordages qui le retenaient et se renversa sur trois infortunés marins, une caisse de hachoirs fut éventrée et glissa par-dessus bord. Alors que le bateau continuait à rouler et à tanguer, Valentin aperçut l'énorme dragon sur le bord opposé, où leur dernière prise était toujours suspendue dans le vide, déséquilibrant ainsi le bateau, et le monstre était en train de faire demi-tour pour revenir à la charge, levant ainsi le doute. C'était bien de propos délibéré qu'il avait donné l'assaut au dragonnier.

Le dragon frappa de nouveau; la terrible secousse fit vibrer le *Brangalyn.* Valentin poussa un grognement quand Lisamon Hultin accentua son étreinte et qu'il se sentit écrasé. Il n'avait aucune idée de l'endroit où pouvaient se trouver les autres ni du sort qui leur était réservé. De toute façon, le bateau était perdu. Il donnait de plus en plus de la bande à mesure que l'eau s'engouffrait dans la cale. La queue du dragon s'éleva presque jusqu'à la hauteur du pont et frappa encore une fois. Tout fut précipité dans le chaos. Valentin se sentit décoller : il prit gracieusement son essor, tournoya en l'air, commença à redescendre et réussit à effectuer un élégant plongeon.

Il tomba dans une sorte de gigantesque tourbillon et fut immédiatement entraîné vers le bas par le terrible mouvement de rotation.

Tout en s'enfonçant, Valentin s'aperçut que la ballade de lord Malibor lui trottait par la tête. En réalité, il avait pris à ce Coronal, une dizaine d'années auparavant, la lubie de partir à la chasse au dragon, et il s'était embarqué sur un dragonnier considéré comme le plus beau de Piliplok, et le bateau avait disparu en mer avec tout son équipage. Nul ne savait ce qui s'était passé, mais – si Valentin devait en croire ses souvenirs fragmentaires – le gouvernement avait parlé d'une brusque tempête. Valentin se dit que plus vraisemblablement il avait été victime de ce tueur, de ce dragon vengeur de sa race.

Il mesurait douze miles de long,
Cinq de large, trois de haut.

Et maintenant, un second Coronal, un de ses successeurs, allait subir le même sort. Cette perspective laissait Valentin étrangement indifférent. Il s'était déjà vu mourir dans les rapides de la Steiche, et il avait survécu; ici, séparé par cent cinquante kilomètres de mer du havre le plus proche, avec un monstre furieux battant la mer à grands coups de queue juste à côté de lui, son tragique destin faisait encore moins de doute, mais il était vain de se lamenter. Le Divin lui avait clairement retiré sa faveur. Ce qui l'affligeait, c'était de savoir que les autres, ceux qu'il aimait, allaient mourir avec lui, simplement parce qu'ils s'étaient montrés loyaux, parce qu'ils s'étaient engagés à le suivre dans son pèlerinage sur l'Ile, parce qu'ils avaient lié leur sort à celui d'un Coronal malchanceux et d'un patron de pêche tout aussi malchanceux et qu'ils allaient devoir partager leur triste destin.

Il fut aspiré dans les profondeurs de l'océan et cessa de méditer sur les caprices de la fortune. L'air commença à lui manquer, il toussa, s'étrangla, cracha de l'eau, en avala encore plus. Sa tête était sur le point d'éclater. Il eut le temps de penser *Carabella* et il sombra dans l'inconscience.

Jamais, depuis qu'il s'était réveillé près de Pidruid, dépouillé de tout son passé, Valentin n'avait beaucoup réfléchi à la mort. La vie lui proposait suffisamment de défis à relever. Il se souvenait vaguement de ce qu'on lui avait appris dans son enfance, que toutes les âmes retournaient à la Source Divine à leur dernier instant, quand la force vitale se retirait, et qu'elles empruntaient le Pont des Adieux, ce pont qui est la responsabilité première du Pontife. Mais Valentin ne s'était jamais penché sur la question de savoir s'il y avait du vrai là-dedans, s'il y avait un autre monde, et si tel était le cas, quelle était sa nature. Lentement il reprit conscience dans un lieu si étrange qu'il dépassait les chimères des esprits les plus inventifs.

Etait-ce donc cela, la vie future? C'était une salle aux dimensions gigantesques, une énorme pièce silencieuse aux murs épais, humides et roses. Par endroits, le plafond haut, en forme de dôme, était soutenu par de puissants piliers; ailleurs, il s'affaissait au point de presque toucher le sol. Au plafond, d'énormes globes lumineux émettaient une faible lueur bleue qu'on eût dit phosphorescente. L'atmosphère était humide et fétide, avec des relents âcres et aigres, désagréables et suffocants. Valentin était allongé sur le côté, sur une surface humide et glissante, rude au toucher, profondément plissée, agitée de palpitations et de tremblements constants. Il y appliqua la paume de sa main et sentit une sorte de convulsion en profondeur. La texture de cette surface ne ressemblait à rien de ce qu'il connaissait et les mouvements légers mais perceptibles qui s'y produisaient lui firent se demander si l'endroit où il était entré, plutôt que l'au-delà, n'était pas tout simplement une vision hallucinatoire.

Valentin se releva en chancelant. Ses vêtements étaient trempés, et il avait perdu une de ses bottes quelque part. Le goût du sel lui brûlait les lèvres, et il avait l'impression que ses poumons étaient pleins d'eau. Il flageolait sur ses jambes et se sentait tout étourdi; de plus, il était malaisé de se tenir droit sur cette surface qui tremblait sans cesse. Il regarda autour de lui et la lumière pâle et diffuse lui permit de distinguer des excroissances flexibles comme des fouets, mais épaisses, charnues et aphylles qui poussaient sur le sol. Elles aussi ondulaient, comme mues de l'intérieur. Passant entre deux hauts piliers et traversant un endroit où le sol et le plafond se touchaient presque, il aperçut ce qui lui parut être une sorte de poche remplie d'un liquide verdâtre. L'obscurité l'empêchait de voir plus loin.

Il se dirigea vers cette cavité et fut fort intrigué par ce qu'il y découvrit : des centaines de poissons aux vives couleurs, de la même espèce que ceux qu'il avait vus frétiller dans l'eau avant le début de la journée de chasse. Mais ils ne nageaient plus. Ils étaient morts et en état de putréfaction, la chair se détachant des arêtes, et au-dessous d'eux la cavité contenait une couche d'arêtes semblables sur plusieurs mètres d'épaisseur.

Soudain, Valentin entendit derrière lui un bruit qui évoquait le mugissement du vent. Il se retourna. Les parois de la salle se mirent en mouvement et reculèrent pendant que le plafond se rétractait aux endroits où il s'affaissait pour former un vaste espace dégagé. Des torrents d'eau se précipitèrent vers Valentin, lui arrivant à mi-cuisse. Il eut à peine le temps d'atteindre un des piliers et de l'entourer de ses bras que déjà le flot impétueux essayait de l'entraîner avec une force terrifiante. Il banda tous ses muscles pour résister. Il avait l'impression que la moitié de l'eau de la Mer Intérieure était en train de déferler autour de lui et, pendant un moment, il eut peur d'être obligé de lâcher prise, mais bientôt le flot baissa et l'eau s'écoula dans des fentes qui étaient apparues brusquement dans le sol, laissant derrière elle des dizaines et des dizaines de poissons. Le sol se convulsa; les fouets charnus commencèrent à le balayer en poussant les poissons qui sautaient désespérément en direction de la poche verdâtre. Dès qu'ils y tombaient, ils cessaient rapidement de remuer.

Et soudain la lumière se fit dans l'esprit de Valentin. Il sut qu'il n'était pas mort et qu'il ne se trouvait pas dans quelque au-delà. Je suis dans le ventre du dragon, se dit-il.

Il se mit à rire.

Valentin renversa la tête en arrière et laissa échapper d'énormes éclats de rire. Quelle autre réaction eût mieux convenu à la situation ? Des larmes ? Des imprécations ? Le monstrueux animal l'avait avalé tout entier, avait gobé le Coronal de Majipoor avec autant d'indifférence que s'il s'était agi d'une vulgaire épinoche. Mais il était trop gros pour être poussé dans la poche digestive de l'animal et c'est pourquoi il se retrouvait debout dans sa panse, au milieu de ce canal alimentaire aux dimensions de cathédrale. Et maintenant, qu'allait-il faire ? S'entourer d'une cour de poissons ? Leur dispenser la justice quand ils étaient aspirés ? S'installer ici et passer le reste de ses jours à se nourrir de poisson cru soustrait à la capture du monstre ? C'était du plus haut comique, se dit Valentin.

Mais c'était en même temps une affreuse tragédie pour Carabella, Sleet, le jeune Shanamir et tous les autres qui avaient trouvé la mort dans le naufrage du *Brangalyn*, victimes de leur affection et de l'invraisemblable malchance qui le poursuivait. Le chagrin lui brisait le cœur. La voix mélodieuse de Carabella s'était tue à jamais, la prodigieuse vivacité des yeux et des gestes de Sleet avait disparu pour toujours, les Skandars bourrus ne feraient plus tourbillonner en l'air une multitude de poignards, de faucilles et de torches, et Shanamir, fauché par la Mort avant même d'avoir commencé à vivre...

Ses pensées lui étaient insupportables.

En ce qui le concernait, il n'éprouvait qu'une incontrôlable hilarité devant l'absurdité de sa situation. Pour chasser de son esprit la douleur, le chagrin et cette affreuse sensation de perte, il se mit à rire de nouveau et, les bras grands ouverts devant les parois de cette étrange salle, il s'écria :

– Voici le Château de lord Valentin ! La salle du trône ! Je vous convie tous à dîner avec moi dans la grande salle de réception !

– Par mes boyaux, j'accepte l'invitation ! rugit une voix dans les ténèbres.

La stupéfaction de Valentin fut indicible.

– Lisamon ?

– Non, c'est le Pontife Tyeveras et son oncle bigleux ! C'est vous, Valentin ?

– Oui ! Où êtes-vous ?

– Dans le gésier de ce dragon puant ! Et vous, où êtes-vous ?

– Pas très loin de vous ! Mais je ne vous vois pas !

– Chantez ! cria-t-elle. Restez où vous êtes et chantez, et ne vous arrêtez pas ! Je vais essayer de vous rejoindre !

Valentin commença à chanter aussi fort qu'il put :

Lord Malibor, si brave et beau
Descend de son Château...

Une nouvelle fois, il entendit le mugissement derrière lui; une nouvelle fois, le gosier de l'énorme créature s'ouvrit pour laisser entrer une cascade d'eau de mer et une multitude de poissons; une nouvelle fois, Valentin s'accrocha à un pilier pour ne pas être emporté par le flot.

– Oh... par le Divin ! hurla Lisamon. Tenez bon, Valentin, tenez bon !

Il s'accrocha jusqu'à ce que la force du flot commence à décroître, puis il s'effondra contre le pilier, trempé, pantelant. Quelque part au loin, la géante l'appela, et il répondit. La voix se rapprochait. Elle l'exhorta à continuer de chanter et il reprit :

Lord Malibor tenait la barre,
Bravant les flots houleux,
Voguant en quête du dragon...

Il l'entendait de temps à autre beugler des passages de la ballade, qu'elle agrémentait d'aimables paillardises, tout en se frayant un chemin dans les intérieurs du dragon. Puis il leva les yeux et, sous la lumière diffuse, il vit l'énorme silhouette surgir à ses côtés. Il lui sourit. Elle lui rendit son sourire et éclata de rire, et il se mit à rire avec elle, et ils échangèrent une longue étreinte humide et glissante.

Mais la vue de celle qui avait survécu lui rappela ceux qui n'avaient certainement pas eu cette chance et le replongea dans la honte et le chagrin. Il détourna la tête en se mordant les lèvres.

– Monseigneur ? demanda-t-elle, intriguée.

– Il ne reste plus que nous deux, Lisamon.

– Oui, et que le Divin en soit loué !

— Mais les autres... ils seraient encore en vie maintenant, si seulement ils n'avaient pas commis la bêtise de parcourir le monde avec moi...

— Monseigneur, fit-elle en le prenant par le bras, croyez-vous que l'affliction puisse les ramener à la vie, si tant est qu'ils soient morts ?

— Je sais tout cela, mais...

— Nous sommes en vie. Si nous avons perdu nos amis, monseigneur, vous avez toutes les raisons d'éprouver du chagrin, mais pas de vous sentir coupable. C'est de leur propre gré qu'ils vous ont suivi, n'est-ce pas, monseigneur ? Et si leur heure est venue, eh bien, c'est que leur heure est venue, et on ne peut rien y changer. Plutôt que vous abandonner à votre chagrin, monseigneur, ne pouvez-vous vous réjouir de ce que nous sommes sains et saufs ?

— Sains et saufs, oui, fit-il en haussant les épaules. C'est vrai, le chagrin n'a jamais ramené personne à la vie. Mais croyez-vous que nous soyons vraiment sains et saufs ? Combien de temps pouvons-nous survivre ici, Lisamon ?

— Assez longtemps pour me permettre de nous dégager, répondit-elle en dégainant son sabre à vibrations.

— Vous croyez pouvoir nous frayer un chemin jusqu'à l'extérieur ? demanda Valentin avec stupéfaction.

— Pourquoi pas ? J'ai déjà transpercé bien pire.

— Dès que votre arme va entrer en contact avec sa chair, le dragon va plonger jusqu'au fond de la mer. Nous sommes plus en sécurité ici qu'en essayant de remonter à la surface depuis une profondeur de sept ou huit kilomètres.

— On disait de vous que vous étiez d'un optimisme inébranlable dans les heures les plus sombres, déclara la guerrière. Qu'est devenu cet optimisme ? Le dragon vit en surface. Il va peut-être gigoter un peu, mais il ne plongera pas. Et même si nous nous retrouvons à sept ou huit kilomètres de profondeur? Au moins, ce sera une mort rapide. Vous sentez-vous capable de vivre longtemps dans cette puanteur? Avez-vous l'intention de vous promener longtemps à l'intérieur de ce monstre?

Lisamon Hultin appliqua délicatement la pointe de son sabre à vibrations contre la paroi. La chair épaisse et moite trembla un peu, mais ne se rétracta pas.

– Vous voyez? Il n'a pas de nerfs là-dedans, dit-elle en enfonçant l'arme un peu plus profondément et en la retournant pour creuser une excavation.

Il y eut des frémissements et des tressaillements. Elle continua à creuser.

– Croyez-vous que quelqu'un d'autre ait été avalé en même temps que nous? demanda-t-elle.

– Votre voix est la seule que j'aie entendue.

– La vôtre aussi. Pouah, quel monstre! J'ai essayé de vous retenir quand nous sommes passés par-dessus bord, mais le dernier choc m'a fait lâcher prise. En tout cas, nous sommes arrivés au même endroit.

Elle avait déjà creusé une cavité de trente centimètres de profondeur et de soixante de largeur dans l'estomac du dragon. L'incision ne semblait pas l'incommoder. Nous sommes comme des vers en train de le ronger de l'intérieur, se dit Valentin.

– Pendant que je taille dans la chair, dit Lisamon Hultin, allez donc voir si vous pouvez trouver quelqu'un d'autre. Mais ne vous éloignez pas trop, d'accord?

– Je ferai attention.

Il choisit de longer la paroi de l'estomac, tâtonnant dans la semi-obscurité, s'arrêtant deux fois pour se retenir à un pilier pendant que le flot s'engouffrait et appelant continuellement dans l'espoir de recevoir une réponse. Mais il ne vint aucune réponse. L'excavation creusée par Lisamon était devenue énorme; il la vit, profondément enfoncée dans la chair du dragon, taillant toujours dans la masse. De gros morceaux de viande s'amoncelaient de tous côtés, et tout son corps était couvert de sang pourpre et épais. Tout en découpant la chair, elle chantait avec entrain :

Lord Malibor seul sur le pont
Combattit bravement,
Fit couler des torrents de sang
Et frappa tant et tant.

– A quelle distance de l'extérieur croyez-vous que nous soyons ? demanda-t-il.

– Un petit kilomètre.

– Vraiment ?

– Trois à quatre mètres, je suppose, fit-elle en riant. Tenez, pouvez-vous dégager l'ouverture derrière moi ? La viande s'entasse trop vite pour que je puisse l'enlever.

Se sentant un peu dans la peau d'un boucher et n'appréciant guère cette sensation, Valentin saisit les morceaux de viande et les transporta en dehors de la cavité, les jetant aussi loin que possible. Il fut parcouru d'un frisson d'horreur en voyant les fouets charnus de l'estomac s'approcher des morceaux de viande et les pousser en direction de la poche digestive. Apparemment, toutes les protéines y étaient les bienvenues.

Ils s'enfonçaient de plus en plus profondément dans la paroi abdominale du dragon. Valentin essaya d'en calculer l'épaisseur en estimant à quatre-vingt-dix mètres au moins la longueur du dragon, mais il se perdit dans ses calculs. Ils étaient très à l'étroit pour travailler dans cette atmosphère viciée et étouffante. Le sang, la chair crue, la sueur, l'étroitesse de la cavité... il était difficile d'imaginer un endroit plus répugnant.

Valentin se retourna.

– Le trou se referme derrière nous !

– Un animal qui vit si longtemps doit avoir des trucs pour cicatriser ses blessures, grommela la géante.

Elle enfonçait son sabre, excavait, taillait. Valentin

regardait avec inquiétude la chair nouvelle pousser comme par magie, la plaie se cicatrisant à une vitesse phénoménale. Et si l'ouverture se refermait complètement derrière eux ? S'ils se trouvaient étouffés par les chairs qui se régénéraient ? Lisamon Hultin feignait l'indifférence, mais il vit qu'elle travaillait plus vite et plus fort, grognant et ahanant, bien plantée sur ses jambes colossales, tous les muscles des épaules bandés. La plaie s'était maintenant refermée derrière eux, la chair nouvelle et rose avait obstrué l'ouverture et les parois se rapprochaient. Lisamon Hultin tailladait et découpait avec une furieuse ardeur, et Valentin poursuivait son humble tâche qui consistait à dégager les débris. Mais la lassitude commençait visiblement à gagner la géante et sa vigueur diminuait à vue d'œil, tandis que la cavité semblait se refermer presque aussi vite que Lisamon Hultin découpait.

– Je ne sais pas... si j'y... arriverai, murmura-t-elle.

– Alors, passez-moi le sabre !

– Attention ! fit-elle en riant. Vous n'en seriez pas capable !

Elle reprit la lutte avec fureur, se répandant en invectives contre la chair du dragon qui continuait à repousser autour d'elle. Il leur était devenu impossible de déterminer où ils étaient, creusant leur galerie sans le moindre point de repère. Elle ahanait de plus en plus fort et de plus en plus vite.

– Nous ferions peut-être mieux d'essayer de retourner dans l'estomac, suggéra Valentin. Avant d'être complètement pris au piège...

– Non ! rugit-elle. Je crois que nous y arrivons ! Cela devient beaucoup moins charnu par ici... plus ferme, comme des muscles... nous atteignons peut-être la peau...

Tout à coup, de l'eau de mer se déversa sur eux.

– Nous avons réussi ! s'écria Lisamon Hultin.

Se retournant, elle saisit Valentin comme s'il s'agissait d'une poupée de chiffon et le poussa en avant, la tête la première, dans l'ouverture percée dans le flanc du monstre. Elle referma les bras autour des cuisses de Valentin en le serrant très fort et donna une violente poussée. Il eut à peine le temps de remplir ses poumons d'air avant d'être projeté à l'extérieur entre les parois glissantes et de retrouver l'étreinte fraîche et verte de l'océan. Lisamon Hultin sortit juste après lui, s'agrippant toujours, tantôt à sa cheville, tantôt à son poignet, et ils remontèrent en chandelle, interminablement, comme des bouchons de liège.

Valentin eut la sensation de mettre des heures pour atteindre la surface. Des élancements furieux lui traversaient le crâne. Sa cage thoracique allait bientôt éclater. Il avait la poitrine en feu. Nous sommes en train de remonter depuis le fond de la mer, se dit-il avec désespoir, et nous allons périr noyés avant d'atteindre l'air libre, ou bien notre sang va entrer en ébullition comme celui des pêcheurs de pierres au large de Til-omon, quand ils plongent à une trop grande profondeur, ou bien nous allons être écrasés par la pression, ou bien...

Il émergea dans un air pur et doux, son corps jaillissant presque entièrement hors de l'eau et retombant dans un grand éclaboussement d'écume. Il se laissa flotter mollement, tel un fétu de paille, faible, tremblant, essayant de reprendre son souffle. Lisamon Hultin flottait à ses côtés. Juste au-dessus de leurs têtes brillait un air chaud, un éblouissant, un merveilleux soleil.

Il était vivant. Il était indemne. Il était délivré du dragon. Il flottait quelque part à la surface de la Mer Intérieure, à cent kilomètres de la terre la plus proche.

5

Quand le premier moment d'épuisement fut passé, il leva la tête et regarda autour de lui. Le dragon était encore visible, l'épine dorsale proéminente dépassant la surface de l'eau, à quelques centaines de mètres d'eux seulement. Mais il semblait placide et paraissait nager lentement dans la direction opposée. Du *Brangalyn*, il n'y avait nulle trace – seulement quelques morceaux de bois épars sur une vaste étendue d'océan. Il n'y avait pas non plus d'autres survivants en vue.

Ils nagèrent jusqu'à l'épave la plus proche, un morceau de la coque, de belle taille, se hissèrent et se jetèrent en travers. Pendant un long moment, ils gardèrent tous deux le silence. Finalement, Valentin demanda :

– Et maintenant, allons-nous nager jusqu'à l'archipel ? Ou bien ne serait-il pas plus simple de nous diriger directement vers l'Ile du Sommeil ?

– La nage nous demandera bien des efforts, monseigneur. Nous pourrions nous déplacer sur le dos du dragon.

– Mais comment le guider ?

– En tirant sur les ailes, suggéra-t-elle.

– Permettez-moi d'en douter.

Le silence retomba.

– Au moins, dit Valentin, quand nous étions dans le ventre du dragon, nous étions régulièrement approvisionnés de poisson frais.

– Et l'auberge était vaste, ajouta Lisamon Hultin, mais la ventilation laissait à désirer. Tout compte fait, je crois que je préfère être ici.

– Mais combien de temps pouvons-nous dériver ainsi ?

Elle lui jeta un regard étonné.

– Doutez-vous que nous allons être sauvés, monseigneur ?

— On peut raisonnablement en douter, oui.

— On m'a prophétisé dans un rêve émanant de la Dame que je mourrai dans un endroit sec quand je serai très vieille. Je suis encore jeune et nous sommes probablement à l'endroit le moins sec de toute la planète, si l'on excepte peut-être le milieu de la Grande Mer. En conséquence, il n'y a rien à craindre. Je ne périrai pas ici, et vous non plus.

— C'est une révélation on ne peut plus réconfortante, dit Valentin. Mais qu'allons-nous faire ?

— Pouvez-vous envoyer des messages, monseigneur ?

— J'étais Coronal, pas Roi des Rêves.

— Mais tout esprit peut atteindre n'importe quel autre, avec une concentration suffisante ! Vous imaginez-vous que seuls le Roi et la Dame ont ce pouvoir ? Le petit sorcier s'introduisait la nuit dans les esprits, je le sais, et Gorzval a dit qu'il communiquait avec les dragons dans son sommeil, et vous...

— Mais je n'ai plus l'intégrité de mes moyens, Lisamon. Ce qui me reste de mon esprit n'est pas capable d'envoyer des messages.

— Essayez. Traversez l'océan. Adressez-vous à la Dame votre mère, monseigneur, ou à ses disciples de l'Ile, ou bien aux habitants de l'archipel. Vous avez le pouvoir de le faire. Je ne suis bonne qu'à manier un sabre, mais vous, seigneur, votre esprit a été jugé digne du Château, et maintenant, quand l'heure est grave...

L'exaltation semblait transfigurer la géante.

— Faites-le, lord Valentin. Appelez au secours, et le secours arrivera !

Valentin était sceptique. Il ne savait pas grand-chose du réseau de l'interpénétration des rêves sur lequel semblait reposer toute l'unité de la planète. Il était apparemment fréquent que les esprits communiquent entre eux et, bien entendu, il y avait les Puissances de l'Ile et de Suvrael qui étaient supposées émettre des messages amplifiés par des moyens mécaniques, mais là, dérivant sur un bout de bois perdu dans l'océan, le corps et les vêtements encore souillés par la chair et le sang du monstrueux animal qui l'avait avalé peu de temps auparavant, tellement vidé par l'incessante adversité que son optimisme légendaire, sa foi en la chance et en l'avenir se désagrégeaient, comment pouvait-il espérer implorer du secours à travers une telle immensité?

Il ferma les yeux. Il essaya de concentrer toute son énergie sur un seul point de son cerveau. Il se représenta une étincelle brillante, un rayonnement caché qu'il pouvait émettre à volonté. Mais en vain. Il se surprit à se demander quelle créature aux dents pointues allait bientôt lui happer un pied. La crainte s'empara de lui à l'idée que les messages qu'il pourrait réussir à envoyer n'atteignent que les brumes de la conscience du dragon encore tout proche qui, après avoir détruit le *Brangalyn* et presque tout l'équipage et ses passagers, pourrait être tenté de revenir achever son œuvre. Il essaya néanmoins. Malgré tous les doutes qu'il nourrissait, il devait bien cela à Lisamon Hultin. Il restait parfaitement immobile, respirant à peine, essayant de toutes ses forces de faire ce qu'il fallait pour transmettre un tel message.

Tout le long après-midi durant et jusqu'au début de la soirée, il multiplia les tentatives. La nuit tomba rapidement et l'eau devint étrangement phosphorescente, émettant une lueur verdâtre et spectrale. Ils n'osèrent pas dormir en même temps, de crainte de glisser de leur épave et de la perdre; ils décidèrent donc de veiller à tour de rôle, et quand ce fut le tour de Valentin, il lui fallut lutter contre le sommeil et il se sentit à plusieurs reprises sur le point de perdre conscience. Des créatures invisibles nageaient autour d'eux, laissant derrière elles des sillages de feu dans les vaguelettes lumineuses.

De temps à autre, Valentin continuait à essayer d'envoyer des messages, mais il ne voyait pas quelle utilité cela pouvait avoir.

Nous sommes perdus, se dit-il.

A l'approche du matin, il succomba au sommeil et fit un rêve troublant dans lequel des anguilles dansaient sur la crête des vagues. Tout en dormant, il essaya confusément d'entrer par l'esprit en communication avec d'autres esprits éloignés, mais il glissa bientôt dans un sommeil trop profond pour cela.

Ce fut le contact de la main de Lisamon Hultin sur son épaule qui le réveilla.

– Monseigneur ?

Il ouvrit les yeux et la regarda d'un air ahuri.

– Monseigneur, vous pouvez arrêter d'envoyer des messages maintenant. Nous sommes sauvés !

– Quoi ?

– Il y a un bateau, monseigneur ! Vous voyez ? A l'est ?

Il leva la tête avec lassitude et suivit la direction de son bras. C'était vrai, il y avait bien un bateau, un petit, qui se dirigeait vers eux. Le soleil se réverbérait sur les avirons. Une hallucination, se dit-il. Une vision. Un mirage.

Mais l'embarcation grossissait à l'horizon, et bientôt elle fut là, des mains se tendirent vers lui et le hissèrent à bord, et il s'affala contre quelqu'un, et quelqu'un d'autre lui glissait une gourde entre les lèvres, une boisson fraîche, du vin ou de l'eau, il n'en savait rien, et on le dépouillait de ses vêtements trempés et souillés, et on l'enveloppait dans quelque chose de sec et de propre. Des inconnus, deux hommes et une femme, aux longues crinières fauves et à la mise insolite. Il entendit Lisamon Hultin discuter avec eux, mais leurs paroles étaient confuses et se brouillaient dans sa tête, et il ne fit aucun effort pour essayer d'en comprendre le sens. Les messages émis par son cerveau avaient-ils donc suffi pour faire apparaître ces sauveteurs ? Etaient-ils des anges ? Des esprits ? Valentin se laissa retomber en arrière, indifférent à ce qui se passait, totalement à bout de force. Il envisagea confusément de prendre Lisamon Hultin à part et de lui recommander de ne pas faire mention de sa véritable identité, mais il n'avait même pas l'énergie de le faire, et il espéra qu'elle aurait suffisamment de bon sens pour ne pas multiplier les absurdités en disant quelque chose du genre : « Oui, c'est le Coronal de Majipoor, et le dragon nous a avalés tous les deux, mais nous avons réussi à nous libérer en nous frayant un chemin à travers sa chair, et... » Oui. Nul doute que pour ces gens cela aurait un accent d'irréfragable vérité. Valentin esquissa un sourire et se laissa glisser dans un sommeil sans rêves.

Quand il reprit conscience, il était allongé dans une pièce agréable et ensoleillée qui donnait sur une grande plage dorée, et Carabella était penchée sur lui avec, sur le visage, une expression d'inquiète sollicitude.

– Monseigneur? demanda-t-elle doucement. Vous m'entendez?

– Est-ce un rêve?

– C'est l'île de Mardigile, dans l'archipel, lui dit-elle. On vous a retrouvé hier, dérivant sur l'océan, en compagnie de la géante. Ces insulaires sont des pêcheurs qui ont sillonné la mer à la recherche de survivants depuis le naufrage du bateau.

– Qui d'autre a survécu? demanda vivement Valentin.

– Deliamber et Zalzan Kavol sont ici avec moi. Les gens de Mardigile disent que Khun, Shanamir et des Skandars – je ne sais pas si ce sont les nôtres – ont été repêchés par des embarcations d'une île voisine. Une partie de l'équipage du dragonnier a réussi à s'échapper dans les canots et ils ont également atteint les îles.

– Et Sleet? Qu'est devenu Sleet?

Une anxiété fugace se peignit sur les traits de Carabella.

– Je n'ai pas de nouvelles de Sleet, dit-elle. Mais les

recherches se poursuivent. Il est peut-être sain et sauf sur une de ces îles. Il y en a des douzaines près d'ici. Le Divin nous a épargnés jusqu'à présent, il ne va pas nous abandonner maintenant.

Elle eut un petit rire.

– Lisamon Hultin a raconté une merveilleuse histoire, d'après laquelle vous avez été tous deux avalés par le gros dragon et avez réussi à vous ouvrir un chemin à l'aide du sabre à vibrations. Les insulaires ont adoré cette histoire. C'est la plus admirable fable qu'ils aient entendue depuis la légende de lord Stiamot et...

– Cela s'est vraiment passé ainsi, dit Valentin.

– Monseigneur ?

– Le dragon. Il nous a avalés. Elle dit la vérité.

Carabella gloussa.

– Quand j'ai appris dans mes songes qui tu étais réellement, je l'ai cru. Mais si tu veux me faire croire...

– A l'intérieur du dragon, l'interrompit Valentin d'un air sérieux, il y avait de grands piliers qui soutenaient la voûte de l'estomac et, à une extrémité, une ouverture par laquelle entraient des torrents d'eau de mer à intervalles réguliers. Dans cette eau étaient entraînés des poissons que des sortes de petits fouets poussaient vers une poche remplie d'un liquide verdâtre où ils étaient digérés et où la géante et moi aurions subi le même sort si nous avions été moins chanceux. C'est bien ce qu'elle vous a dit ? T'imagines-tu que nous avons passé notre temps là-bas à inventer une fable pour le seul plaisir de vous amuser ?

– C'est vrai, fit Carabella, les yeux écarquillés, elle nous a raconté la même histoire. Mais nous avons cru...

– C'est la vérité, Carabella.

– Alors c'est un miracle du Divin, et tu deviendras célèbre jusqu'à la fin des siècles !

– Je vais déjà être célèbre, reprit Valentin d'un ton amer, comme le Coronal qui a perdu son trône et qui s'est tourné vers la jonglerie faute de pouvoir assumer sa charge royale. Cela me vaudra une place dans les ballades aux côtés du Pontife Arioc qui a fini sa vie comme Dame de l'Ile. Quant au dragon, il ne fera qu'embellir la légende que je suis en train de tisser autour de moi.

Son expression changea brusquement.

– J'espère que tu n'as dit à personne qui je suis.

– Pas un seul mot, monseigneur.

– Bien. Laisse-les dans l'ignorance. Ils ont déjà bien assez de choses difficiles à croire sur nous.

Un insulaire, mince et hâlé, avec la longue toison blonde qui semblait être la seule coiffure en honneur sur cette île, apporta à Valentin un plateau de nourriture : un clair brouet, un tendre morceau de poisson grillé et des quartiers de fruit à la pulpe indigo piquetée de minuscules pépins écarlates. Valentin s'aperçut qu'il avait une faim dévorante.

Plus tard, il alla faire une promenade avec Carabella sur la plage qui s'étendait devant sa hutte.

– Encore une fois, j'ai cru t'avoir perdue à jamais, lui dit-il doucement. J'ai pensé que je n'entendrais plus jamais ta voix.

– Ai-je tant d'importance pour toi ?

– Plus que je ne saurais le dire.

– Ce sont de belles paroles, Valentin, n'est-ce pas ? fit-elle avec un petit sourire triste. Tu vois, je t'appelle *Valentin*, mais tu es *lord* Valentin, et combien de beautés, lord Valentin, attendent ton retour sur le Mont du Château ?

Il s'était déjà plusieurs fois posé la même question. Avait-il une amoureuse là-bas ? Plusieurs ? Une fiancée, même ? Il y avait tant de choses dans son passé qui étaient encore obscures. Et si, en arrivant au Château, une femme qui l'avait attendu s'avançait vers lui et...

– Non, dit-il. Tu m'appartiens, Carabella, comme je t'appartiens, et tout ce qui peut être arrivé dans le passé – si tant est qu'il soit arrivé quelque chose – restera enfoui dans le passé. Mon visage est différent maintenant. Et mon âme aussi.

Elle paraissait sceptique, mais ne mit pas en doute ce qu'il venait d'affirmer; il se pencha vers elle et l'embrassa légèrement pour la dérider.

– Chante-moi quelque chose, lui dit-il. Cette chanson que tu m'as chantée sous le buisson à Pidruid, la nuit du festival. Quelque chose comme :... *Ni tous les joyaux de la mer N'égalent mon amour si beau*, c'est bien cela ?

– J'en connais une autre qui lui ressemble beaucoup, dit-elle en décrochant la harpe de poche de sa ceinture.

Mon bien-aimé, un beau matin
Loin au-delà des mers
Prit sa robe de pèlerin
Par-delà les flots verts.

Lui d'une beauté sans pareille
Loin au-delà des mers
Me quitta pour l'Ile du Sommeil
Par-delà les flots verts.

Mes rêves, douce Dame, emplissez
Loin au-delà des mers
Du sourire de mon bien-aimé
Par-delà les flots verts.

– Ce n'est pas le même genre de chanson, dit Valentin. Elle est plus triste. Chante-moi l'autre, amour.

– Une autre fois.

– S'il te plaît. Pour fêter nos retrouvailles, Carabella. S'il te plaît.

Elle poussa un soupir en souriant et reprit la harpe.

Mon amour blond comme les blés
Est aussi tendre que la nuit,
A la douceur d'un fruit volé...

Oui, se dit-il, je préfère celle-ci. Il laissa tendrement reposer sa main sur la nuque de Carabella et la caressa doucement tout en marchant le long de la plage. La nature était d'une étonnante beauté, tout était doux et paisible. Des oiseaux multicolores étaient perchés sur les branches noueuses des petits arbres qui bordaient la grève, et une mer cristalline, étale et transparente venait lécher le sable fin. L'air était doux et embaumé de fragrances de fleurs inconnues. Dans le lointain, s'élevaient des rires et les sons argentins d'une musique gaie et vive. Comme il était tentant, se dit Valentin, de renoncer à toutes ces chimères de Mont du Château, de s'installer pour toujours sur Mardigile, de partir à l'aube dans un bateau de pêche pour la capture du jour et de passer le reste de la journée à batifoler au soleil. Mais ce genre de démission n'était pas pour lui. Dans l'après-midi, Zalzan Kavol et Autifon Deliamber, tous deux éclatants de santé et bien reposés après la dure épreuve qu'ils venaient de subir, vinrent lui rendre visite et, très vite, ils commencèrent à envisager la manière dont ils allaient poursuivre leur voyage.

Zalzan Kavol, grâce à sa prudence accoutumée, avait eu sa bourse sur lui quand le *Brangalyn* avait coulé, et ils avaient donc ainsi sauvé au moins la moitié de leur fortune, même si Shanamir avait perdu le reste. Le Skandar exhiba les espèces brillantes.

– Avec ceci, dit-il, nous pouvons engager des pêcheurs pour qu'ils nous transportent jusqu'à l'Ile. J'ai discuté avec nos hôtes. L'archipel fait quatorze cents kilomètres de long et compte trois mille îles dont plus de huit cents sont habitées. Personne ici ne tient à effectuer tout le voyage jusqu'à l'Ile, mais pour quelques royaux, nous pouvons affréter un grand trimaran qui nous transportera jusqu'à Rodamaunt Graun, qui est à peu près au milieu de la chaîne d'îles, et de là, nous trouverons probablement un moyen de transport pour finir le voyage.

– Quand pouvons-nous partir ? demanda Valentin.

– Dès que nous serons tous réunis, répondit Deliamber. J'ai appris que plusieurs des nôtres sont en route en ce moment même depuis l'île voisine de Burbont.

– Lesquels ?

– Khun, Vinorkis et Shanamir, répondit Zalzan Kavol, ainsi que mes frères Erfon et Rovorn. Ils sont accompagnés du capitaine Gorzval. Gibor Haern s'est noyé – je l'ai vu périr, frappé par un madrier et envoyé par le fond –, et nous n'avons aucune nouvelle de Sleet.

Valentin posa la main sur l'avant-bras velu du Skandar.

– Croyez que cette nouvelle perte me désole.

Mais Zalzan Kavol semblait parfaitement maîtriser son émotion.

– Réjouissons-nous plutôt qu'une bonne partie d'entre nous soit encore en vie, dit-il calmement.

En début d'après-midi, une embarcation venant de Burbont amena les autres survivants. Ils se retrouvèrent avec force accolades, puis Valentin se tourna vers Gorzval qui se tenait à l'écart, l'air à la fois gauche et désorienté, frottant son moignon. Le patron de pêche semblait être en état de choc. Valentin se disposait à aller réconforter l'infortuné marin, mais au moment où il approchait de lui, Gorzval se laissa tomber à genoux dans le sable et se prosterna, le front collé au sol, et resta ainsi, tremblant, les bras écartés, formant le symbole de la constellation.

– Monseigneur... fit-il d'une voix rauque. Monseigneur...

Valentin, contrarié, se retourna.

– Qui a parlé ?

Il y eut un silence. Puis Shanamir, un peu effrayé, dit :

– C'est moi, monseigneur. Je ne pensais pas à mal. Le Skandar semblait tellement souffrir de la perte de son bateau... j'ai voulu le consoler en lui apprenant qui il avait eu comme passager et en lui disant qu'en vous prenant à son bord il était entré dans l'histoire de Majipoor. C'était avant que nous sachions que vous aviez survécu au naufrage.

Les lèvres du garçon se mirent à trembler.

– Monseigneur, je ne voulais pas mal faire !

– Et il n'y a pas de mal, dit Valentin en hochant la tête. Je te pardonne. Gorzval ?

Le patron de pêche, tremblant, restait recroquevillé aux pieds de Valentin.

– Levez la tête, Gorzval. Je ne peux pas vous parler ainsi.

– Monseigneur ?

– Levez-vous.

– Monseigneur...

– Debout ! Gorzval ! Je vous en prie.

Le Skandar, abasourdi, leva les yeux vers Valentin et répéta :

– « Je vous en prie » ? Vous avez dit, « je vous en prie » ?

Valentin éclata de rire.

– Je suppose que j'ai perdu l'habitude du pouvoir. D'accord : Debout ! Je vous l'ordonne !

Gorzval se releva en chancelant. Le petit Skandar à trois bras offrait un spectacle pitoyable, avec sa fourrure emmêlée et pleine de sable, ses yeux injectés de sang et l'expression d'accablement peinte sur son visage.

– J'ai attiré sur vous le mauvais sort, et vous n'aviez pas besoin de cela, dit Valentin. Acceptez mes excuses, et si la chance tourne et se met à me sourire, je vous dédommagerai un jour du préjudice que vous avez subi. Je vous le promets. Que comptez-vous faire maintenant ? Rassembler votre équipage et regagner Piliplok ?

– Jamais je ne pourrai y retourner, répondit le Skandar en secouant pathétiquement la tête. Je n'ai plus de bateau, je suis discrédité, je n'ai pas d'argent. J'ai tout perdu, sans espoir de rien retrouver. Mon équipage a été libéré de son engagement quand le *Brangalyn* a coulé. Je suis seul maintenant. Et je suis ruiné.

— Alors, accompagnez-nous jusqu'à l'Ile de la Dame, Gorzval.

— Monseigneur ?

— Vous ne pouvez rester ici. Je pense que les insulaires ne tiennent pas à voir des étrangers s'installer chez eux, et de toute façon le climat ne convient pas à un Skandar. Et je ne pense pas non plus qu'un chasseur de dragons puisse se transformer en pêcheur sans éprouver un affreux pincement au cœur chaque fois qu'il lance son filet. Venez avec nous. Si nous n'allons pas plus loin que l'Ile, vous pourrez peut-être y trouver la paix au service de la Dame. Et si nous poursuivons notre quête, vous trouverez l'honneur quand nous ferons l'ascension du Mont du Château. Qu'en dites-vous, Gorzval ?

— Cela me fait peur d'être près de vous, monseigneur.

— Suis-je si terrifiant ? Ai-je une gueule de dragon ? Voyez-vous les gens qui m'entourent verts de peur ?

Valentin tapa sur l'épaule du Skandar. Puis, se tournant vers Zalzan Kavol, il lui dit :

— Nul ne peut remplacer les frères que vous avez perdus. Mais à défaut, je vous donne un autre compagnon de votre race. Et maintenant, prenons nos dispositions pour le départ. L'Ile est encore à de nombreux jours de voyage.

En moins d'une heure, Zalzan Kavol réussit à retenir une embarcation pour les emmener vers l'est le lendemain matin. Ce soir-là, les insulaires hospitaliers les régalèrent d'un merveilleux festin, des vins verts et frais, des fruits fondants et sucrés et de la délicieuse chair fraîche de dragon de mer. A la vue de cette dernière, Valentin eut un haut-le-cœur et il s'apprêtait à la repousser quand il vit Lisamon Hultin engloutir sa part comme s'il s'agissait de son dernier repas. Comme exercice d'autodiscipline, il se força à en avaler un morceau et il en trouva la saveur tellement irrésistible qu'il oublia sur-le-champ tous les malaises que les dragons de mer pouvaient créer dans son esprit. Pendant le dîner, le soleil se coucha, tôt comme toujours sous les tropiques, et ce fut un extraordinaire coucher de soleil, striant le ciel de teintes riches et saisissantes, ambre et violet, amarante et or. Valentin se dit que ces îles étaient décidément paradisiaques, extraordinairement favorisées, même sur une planète où la plupart des lieux incitaient au bonheur et où la plupart des gens étaient comblés. Dans l'ensemble, leur population était homogène, composée d'humains, à la silhouette gracieuse, aux longues jambes, à l'abondante chevelure dorée et à la peau lisse, couleur de miel. Mais il y avait également quelques Vroons et même des Ghayrogs parmi eux et, d'après Deliamber, d'autres races peuplaient certaines îles de l'archipel. Deliamber qui, depuis son sauvetage, s'était beaucoup mêlé à la population, affirma également que les îles n'avaient guère de contacts avec les grands continents et vivaient en marge du monde et dans l'ignorance des hautes destinées qui s'accomplissaient sur la planète. Quand Valentin demanda à l'une de leurs hôtesses si le Coronal lord Valentin s'était trouvé à passer par là lors de son récent voyage à Zimroel, la femme lui jeta un regard atone et demanda ingénuement :

– Ce n'est pas lord Voriax qui est Coronal ?

– Il est mort il y a au moins deux ans, à ce qu'il paraît, déclara un autre des insulaires, et cela parut surprendre la plupart des gens assis autour de la table.

Cette nuit-là, Valentin partagea son logis avec Carabella. Ils restèrent longtemps debout sous la véranda, les yeux fixés sur le disque blanc de la lune qui brillait au-dessus des flots dans la direction du lointain port de Piliplok. Il se prit à songer aux dragons en train de se repaître dans cette mer et au monstre dans le ventre duquel il avait fait ce séjour qui lui semblait irréel et, avec chagrin, à ses deux camarades disparus, Gibor Haern et Sleet, dont l'un était maintenant au fond de la mer et dont l'autre partageait peut-être le sort. Quel long voyage! se dit-il en se souvenant de Pidruid, Dulorn, Mazadone, Ilirivoyne et Ni-moya, et en évoquant la fuite à travers la forêt, l'impétuosité de la Steiche, la froideur des patrons de dragonniers de Piliplok, l'image du dragon fracassant le bateau maudit du pauvre Gorzval. Un si long voyage, déjà de si nombreux milliers de kilomètres derrière eux, et encore de si nombreux milliers de kilomètres à parcourir avant de pouvoir commencer à répondre aux questions qui se bousculaient dans son esprit.

Carabella s'était nichée tout contre lui, silencieuse. Son attitude envers lui ne cessait d'évoluer et était devenue un mélange de crainte et d'amour, de déférence et irrévérence, car elle l'acceptait et le respectait en tant que Coronal de Majipoor, mais elle ne pouvait faire abstraction de son innocence, de son ignorance et de sa naïveté, qui ne l'avaient pas encore abandonné. Et il était visible qu'elle craignait de le perdre dès qu'il serait redevenu lui-même. Mais pour ce qui était des rapports quotidiens avec le monde, elle était beaucoup plus compétente que lui, beaucoup plus expérimentée, et cela dénaturait l'image qu'elle avait de lui, le faisant paraître formidable et puéril à la fois. Il comprenait cela et ne le contestait pas car, même si des fragments de son passé et de son éducation princière lui revenaient quotidiennement en mémoire et s'il s'accoutumait de jour en jour à son attitude de commandement, la majeure partie de sa personnalité antérieure lui était encore inaccessible et il demeurait dans une large mesure Valentin l'insouciant vagabond, Valentin le candide, Valentin le jongleur. L'homme brun, le lord Valentin qu'il avait été, et qu'il redeviendrait peut-être un jour, existait dans son esprit comme un substrat, rarement agissant, mais dont il fallait toujours tenir compte. Il estimait que Carabella se sortait au mieux de la délicate position où elle se trouvait.

– A quoi penses-tu, Valentin ? demanda-t-elle finalement.

– A Sleet. Il me manque, ce petit homme.

– Il va se montrer. Nous allons le trouver à quatre îles d'ici.

– Je l'espère, dit Valentin en lui entourant les épaules de son bras. Je pense aussi à tout ce qui s'est passé et à tout ce qui va se passer. J'ai l'impression d'évoluer dans un monde de rêve, Carabella.

– Qui peut dire, en fait, où est le rêve et où est la réalité ? Nous agissons d'après les recommandations du Divin, et nous ne posons pas de questions, car il n'y a pas de réponses. Tu comprends ce que je veux dire ? Il y a, bien entendu, des questions et des réponses. Je peux te dire quel jour nous sommes, et ce que nous avons eu au dîner, et le nom de cette île, si tu me le demandes, mais il n'y a pas de *questions*, il n'y a pas de *réponses.*

– C'est bien ce que je pense aussi, dit Valentin.

6

Zalzan Kavol avait affrété un des plus beaux bateaux de pêche de l'île, un merveilleux trimaran turquoise baptisé *Gloire de Mardigile.* C'était un voilier de quinze mètres, prenant fièrement appui sur ses trois coques et dont les voiles, immaculées et éblouissantes sous le soleil matinal, étaient entourées d'une gaine vermillon qui donnait un air de fête à l'embarcation. Leur capitaine était un homme d'âge mûr, un des pêcheurs les plus prospères de l'île, un nommé Grigitor, grand et robuste, dont les cheveux descendaient jusqu'à la taille et la peau était si éclatante qu'elle semblait huilée. C'était un de ceux qui avaient sauvé Deliamber et Zalzan Kavol dès que la nouvelle qu'un bateau avait coulé s'était répandue sur l'île. Il avait cinq membres d'équipage, ses filles et ses fils, tous beaux et bien découplés à son image.

Ils mirent d'abord le cap sur Burbont, à moins d'une demi-heure de voile, puis s'engagèrent dans un chenal peu profond, aux eaux vertes, qui séparait des autres les deux îles les plus écartées. Le fond de la mer était constitué d'un banc de sable blanc et le soleil y pénétrait aisément, dessinant sur le sable des motifs aux paillettes étincelantes et montrant la faune sous-marine, les diables de mer, les crabes aux pinces tranchantes, les homards aux queues énormes, les multitudes de poissons aux couleurs criardes et les sinistres murènes. Ils virent même passer un petit dragon de mer, beaucoup trop près de la terre pour son bien et visiblement désorienté. Une des filles de Grigitor exhorta son père à le poursuivre, mais il en écarta l'idée en déclarant qu'ils s'étaient engagés à transporter au plus vite leurs passagers jusqu'à Rodamaunt Graun.

Ils naviguèrent toute la matinée, passant au large de trois nouvelles îles – Richelure, Grialon et Voniaire, annonça leur capitaine –, et à midi ils jetèrent l'ancre pour déjeuner. Deux des enfants de Grigitor se mirent à l'eau pour chasser, nageant nus dans l'eau étincelante comme de superbes animaux, harponnant rapidement poissons et crustacés sans presque jamais manquer leur but. Ce fut Grigitor qui prépara le repas, des cubes de chair blanche et crue marinée dans une sauce épicée et arrosés de vin vert pétillant. Deliamber se retira peu après le début du repas et alla se percher sur la pointe de l'une des coques extérieures, le regard fixé sur le nord. Valentin remarqua son absence au bout d'un moment et se disposait à aller le rejoindre, mais Carabella le retint par le poignet.

— Il est en transe, dit-elle. Laisse-le.

Cela retarda de quelques minutes leur départ après le déjeuner, jusqu'à ce que le petit Vroon descende de son perchoir pour les rejoindre. Le magicien avait l'air ravi.

— J'ai projeté mon esprit devant nous, annonça-t-il. Et je vous apporte une bonne nouvelle : Sleet est en vie !

— C'est vraiment une bonne nouvelle ! s'écria Valentin. Où est-il ?

— Sur une des îles de ce groupe, répondit Deliamber en agitant ses tentacules dans une direction imprécise. Il est en compagnie de plusieurs membres de l'équipage de Gorzval qui ont échappé au désastre à bord d'un canot.

— Dites-moi de quelle île il s'agit, et nous allons mettre le cap sur elle.

— Elle est de forme circulaire, avec une baie d'un côté et une nappe d'eau en son centre. Les habitants ont la peau noire, de longs cheveux bouclés et des anneaux dans le lobe des oreilles.

— Kangrisorn, fit immédiatement une des filles de Grigitor.

Son père acquiesça de la tête.

— C'est bien Kangrisorn, dit-il. Levez l'ancre !

Kangrisorn était à une heure au vent, ce qui les déroutait légèrement. C'était l'un d'une demi-douzaine de petits atolls, simples récifs de corail émergés, en forme d'anneau, entourant une lagune, et les visites des habitants de Mardigile devaient être rares, car longtemps avant que le trimaran soit entré dans le port, les enfants de Kangrisorn étaient sortis en masse dans les bateaux pour contempler de plus près les étrangers. Ils étaient aussi noirs que les pêcheurs de Mardigile étaient dorés, et tout aussi beaux, leurs éclatantes dents blanches et leurs cheveux de jais, si noirs qu'ils en paraissaient presque bleus, ajoutant une curieuse touche solennelle. Avec force rires et gesticulations, ils les guidèrent pour entrer dans la lagune, et là, ils découvrirent Sleet en chair et en os, accroupi au bord de l'eau, le teint hâlé, quelque peu déguenillé, mais apparemment indemne. Il jonglait avec cinq ou six boules de corail blanc devant un public composé de quelques douzaines d'insulaires et de cinq membres de l'équipage de Gorzval, quatre humains et un Hjort. Gorzval semblait rempli d'appréhension à la perspective de retrouver ses anciens employés. Il avait commencé à reprendre ses esprits au cours de la matinée, mais quand le trimaran commença à pénétrer dans la lagune, il devint maussade et tendu. Carabella fut la première à débarquer, sautant dans l'eau peu profonde et se précipitant vers Sleet pour l'embrasser en soulevant de grandes gerbes d'eau. Valentin la suivit de près. Gorzval restait à la traîne, les yeux baissés.

– Comment nous avez-vous trouvés? demanda Sleet.

– Grâce à la magie, répondit Valentin en désignant Deliamber du doigt. Comment aurions-nous pu faire autrement? Comment te sens-tu?

– J'ai cru mourir du mal de mer en arrivant jusqu'ici, mais j'ai eu une ou deux journées pour récupérer. Et toi? ajouta-t-il après un frisson. Je t'ai vu aspiré vers le fond et j'ai cru que tout était fini.

– C'est bien ce qu'on aurait pu croire, dit Valentin. Une incroyable histoire que je te raconterai une autre fois. Eh bien, Sleet, nous voici de nouveau tous réunis. Tous, sauf Gibor Haern, ajouta-t-il avec tristesse, qui a péri dans le naufrage. Mais nous avons adopté Gorzval comme nouveau compagnon. Approchez donc, Gorzval! N'êtes-vous pas content de revoir vos marins?

Gorzval grommela quelque chose d'inaudible et regarda entre Valentin et les autres, le regard fuyant. Valentin comprit la situation et se tourna vers les membres de l'équipage, avec l'intention de leur demander de ne pas tenir rigueur à leur ancien patron d'un désastre contre lequel tout homme eût été impuissant, mais à sa grande stupéfaction, il les découvrit tous les cinq prosternés à ses pieds.

— J'ai cru que vous étiez mort, monseigneur, commença Sleet d'une voix embarrassée. Je n'ai pu résister à l'envie de leur raconter toute l'histoire.

— Je vois, fit Valentin, que la nouvelle risque de se répandre beaucoup plus rapidement que je ne le souhaiterais, même en vous ayant demandé de prêter solennellement serment de garder le silence. Enfin, c'est pardonnable, Sleet.

Puis, s'adressant aux autres, il leur dit :

— Levez-vous. Levez-vous. Cela ne sert absolument à rien de se vautrer ainsi dans le sable.

Ils se relevèrent. Il leur était impossible de dissimuler leur mépris pour Gorzval, mais il cédait le pas à la stupeur qu'ils éprouvaient de se trouver en présence du Coronal. Valentin apprit rapidement que sur les cinq, deux — le Hjort et l'un des humains — choisissaient de rester à Kangrisorn dans l'espoir de trouver, tôt ou tard, un moyen de transport pour retourner à Piliplok et reprendre leur métier. Les trois autres le prièrent d'accepter leur compagnie dans son pèlerinage.

Les nouveaux membres de la troupe qui grossissait rapidement étaient deux femmes — Pandelon et Cordeine, menuisier et gabier — et un homme, Thesme, l'un des préposés aux treuils. Ils lui prêtèrent serment d'allégeance, et cette cérémonie provoqua en lui un vague malaise. Et pourtant, il commençait maintenant à s'habituer aux hommages rendus à son rang.

Grigitor et ses enfants n'avaient pas prêté la moindre attention aux génuflexions et baisemains entre leurs passagers. C'était aussi bien ainsi; Valentin préférait ne pas voir se répandre la nouvelle qu'il avait retrouvé sa conscience, avant de s'être entretenu avec la Dame. Il demeurait encore incertain de sa stratégie et manquait de confiance en ses facultés. De plus, s'il faisait connaître son existence, il risquait d'attirer l'attention de l'usurpateur qui, selon toute probabilité, ne resterait pas inactif s'il avait vent qu'un prétendant au trône était en route vers le Mont du Château.

Le trimaran reprit la mer. Ils naviguèrent d'île en île, empruntant de préférence les chenaux et ne s'aventurant qu'occasionnellement dans des eaux plus profondes et plus bleues. Ils longèrent ainsi Lormanar et Climidole, laissèrent derrière eux Secundail, Blayhar Strand, Garhuven et Wiswis Keep; puis ils longèrent Quile, Fruil et Dawnbreak, puis Nissemhold et Thiaquil, Roazen et Piplinat; ils virent le grand croissant sablonneux de Damozal. Ils mouillèrent devant l'île de Sungyve pour renouveler leur provision d'eau douce et jetèrent l'ancre à Musorn pour se procurer des fruits et des légumes et à Cadibyre pour embarquer quelques tonnelets de vin rosé de l'île. Et après de nombreux jours de navigation en ces lieux édéniques, ils jetèrent l'ancre dans le vaste port de Rodamaunt Graun.

C'était une grande île à la végétation luxuriante, d'origine volcanique, entourée de plages de lave noire et dotée sur sa côte méridionale d'un splendide brise-lames naturel. Rodamaunt Graun occupait une position dominante dans l'archipel dont elle était de loin l'île la plus importante, avec une population, d'après Grigitor, de cinq millions et demi d'habitants. Des cités jumelles s'étendaient comme des ailes des deux côtés du port, mais les flancs du pic central de l'île étaient également fort peuplés, avec des rangées bien ordonnées d'habitations en rotin ou en bois de skupik s'étageant jusqu'à mi-pente. Après la dernière rangée de maisons, les pentes commençaient à se couvrir d'une épaisse végétation et tout au sommet s'élevait un mince panache de fumée blanche, car Rodamaunt Graun était un volcan encore en activité. La dernière éruption, affirma Grigitor, s'était produite moins de cinquante ans auparavant. Mais c'était difficile à croire quand on voyait l'impeccable alignement des habitations et l'uniformité d'aspect de la forêt qui les surmontait.

C'était l'endroit où le *Gloire de Mardigile* allait faire

demi-tour, mais Grigitor s'arrangea pour que les voyageurs soient pris à bord d'un autre trimaran, encore plus magnifique que le sien, le *Reine de Rodamaunt* qui allait les transporter jusqu'à l'Ile du Sommeil. Le capitaine, une femme nommée Namurinta, avait une prestance et un port de reine, de longs cheveux raides aussi blancs que ceux de Sleet et un visage juvénile sans la moindre ride. D'un œil critique et légèrement dédaigneux, elle examina minutieusement son assortiment de passagers, comme pour essayer de déterminer quelle force pouvait bien pousser une troupe si hétérogène à entreprendre un pèlerinage hors saison, mais elle déclara seulement :

– Si l'accès de l'Ile vous est interdit, je vous ramènerai à Rodamaunt Graun, mais dans ce cas, il y aura des frais supplémentaires pour la nourriture.

– Les pèlerins se voient-ils souvent refuser l'accès de l'Ile ? demanda Valentin.

– Pas lorsqu'ils arrivent pendant la période des pèlerinages. Mais je suppose que vous savez que les bateaux de pèlerins ne naviguent pas en automne. Il n'y aura peut-être pas pour vous de possibilités d'accueil.

– Nous sommes arrivés jusqu'ici sans avoir à surmonter de difficultés majeures, dit Valentin d'un ton désinvolte.

Il entendit Carabella étouffer un rire et Sleet se racler longuement la gorge.

– J'ai la conviction, poursuivit-il, que nous ne rencontrerons pas d'obstacles plus importants que ceux qui se sont déjà dressés devant nous.

– J'admire votre détermination, dit Namurinta, et elle fit signe à l'équipage de se préparer à appareiller.

La moitié orientale de l'archipel s'incurvait légèrement vers le nord et, dans cette partie, les îles étaient, dans l'ensemble, fort différentes de Mardigile et des îles voisines, car elles étaient constituées, pour la plupart, des sommets d'une chaîne de montagnes immergée et non de plates formations coralliennes. L'étude des cartes marines de Namurinta permit à Valentin d'en conclure que cette partie de l'archipel avait jadis formé la longue queue d'une péninsule s'avançant dans la mer depuis la pointe sud-ouest de l'Ile du Sommeil, mais qui avait été engloutie par une montée des eaux de la Mer Intérieure à une époque ancienne. Seuls les pics les plus élevés étaient restés émergés et, entre l'île la plus orientale de l'archipel et le rivage de l'Ile, il y avait maintenant plusieurs centaines de kilomètres de haute mer, une distance impressionnante pour un trimaran, même aussi bien équipé que l'était celui de Namurinta.

Mais la traversée se déroula sans encombre. Ils mouillèrent dans quatre ports – Hellirache, Sempifiore, Dimmid et Guadeloom – pour s'approvisionner en eau douce et en vivres, laissèrent derrière deux Rodamaunt Ounze, la dernière île de l'archipel, et s'engagèrent dans le détroit d'Ungehoyer qui séparait l'archipel de l'Ile du Sommeil. C'était un bras de mer large mais peu profond, doté d'une faune marine très abondante et pêchée à outrance par les insulaires, à l'exception des cent cinquante derniers kilomètres qui faisaient partie du périmètre sacré de l'Ile. Ces eaux abritaient des monstres inoffensifs, des créatures en forme de gros ballons, connues sous le nom de volevants, qui s'ancraient en profondeur sur des rochers, se nourrissant de plancton qu'ils filtraient à travers leurs branchies. Ces animaux excrétaient un flot constant de substances nutritives qui alimentaient l'énorme rassemblement d'organismes gravitant autour d'eux. Dans les jours qui suivirent, Valentin vit des douzaines de volevants, gonflés comme d'énormes outres sphériques, de quinze à ving-cinq mètres de diamètre, dont la riche teinte carmin ressortait très distinctement à un ou deux mètres au-dessous de la surface calme de l'eau. Ils avaient des marques semi-circulaires sur la peau, et Valentin s'imaginait qu'il s'agissait d'yeux, de nez et de lèvres, si bien qu'il se représentait des visages levant un regard grave depuis le fond de l'eau, et il avait l'impression que les volevants étaient des êtres d'une profonde mélancolie, des êtres de poids, des sages, des philosophes réfléchissant éternellement au phénomène du flux et du reflux des marées.

– Cela me rend triste, dit-il à Carabella, de les voir se balancer ainsi, fixés par le pied à d'invisibles roches, lentement ballottés au gré des courants. Comme ils ont l'air méditatifs !

– Méditatifs ! De vulgaires ballons pleins de gaz ! Une intelligence comparable à celle des éponges !

– Mais regarde-les attentivement, Carabella. Ils ont envie de prendre leur essor, de s'élever dans les airs... ils ont les yeux tournés vers le ciel, vers cet espace infini, et ils aspirent à s'y laisser porter, alors qu'ils sont condamnés à rester sous les flots en oscillant et en se remplissant d'organismes microscopiques. Juste au-dessus d'eux s'étend un autre monde, et y pénétrer signifierait la mort pour eux. Comment peux-tu rester insensible à cela ?

– C'est ridicule, répliqua Carabella.

Pendant la seconde journée de la traversée du détroit, le *Reine de Rodamaunt* croisa cinq bateaux de pêche qui avaient arraché un volevant, l'avaient remonté à la surface et fendu en pointes; ils étaient agglutinés autour de l'énorme dépouille, la découpant en lames plus étroites qu'ils empilaient comme des peaux sur leurs ponts. Valentin fut horrifié. Quand je serai redevenu Coronal, se dit-il, j'interdirai de tuer ces créatures, puis il considéra avec stupeur ce qu'il venait de penser, se demandant si son intention était de promulguer des lois en prenant ses inclinations pour seul critère et sans s'être auparavant penché sur les faits. Il demanda à Namurinta quelle utilisation était faite des peaux de volevants.

– Elles sont utilisées en médecine, répondit-elle, pour soigner les vieillards dont le sang circule trop paresseusement. La peau d'un seul animal fournit une quantité de substance suffisante pour l'ensemble des îles pendant au moins un an. La scène à laquelle vous assistez est très rare.

Quand je serai redevenu Coronal, décida Valentin, je m'abstiendrai de porter un jugement aussi longtemps que je ne posséderai pas toute la vérité, si une telle chose est jamais possible. L'illusoire profondeur solennelle des volevants continua néanmoins à le hanter en provoquant en lui d'étranges émotions et il se sentit soulagé lorsqu'ils s'éloignèrent de la zone où ils vivaient pour entrer dans les eaux fraîches et bleues qui bordaient l'Ile du Sommeil.

7

A l'est, l'Ile était maintenant nettement visible, et elle grossissait perceptiblement d'heure en heure. Valentin ne l'avait jamais vue qu'en songe et dans ses rêveries, et cela ne reposait sur rien d'autre que sa propre imagination et les quelques bribes de souvenirs subsistant dans son esprit; et il n'était absolument pas préparé à contempler la réalité de ce lieu.

L'Ile était immense. Cela n'aurait rien dû avoir de surprenant sur un monde lui-même gigantesque et où tant de choses étaient à l'échelle des dimensions de la planète. Mais Valentin s'était fourvoyé en imaginant qu'une île était nécessairement une terre de dimensions raisonnables. Il s'était attendu à découvrir quelque chose d'environ deux ou trois fois plus grand que Rodamaunt Graun, ce qui était parfaitement absurde. L'Ile du Sommeil, il le voyait maintenant, fermait tout l'horizon et, à cette distance, elle paraissait aussi grande que la côte de Zimroel telle qu'ils la voyaient un ou deux jours après avoir quitté Piliplok. C'était bien une île, mais n'en était-il pas de même de Zimroel, d'Alhanroel et de Suvrael? La seule raison pour laquelle l'Ile ne portait pas le nom de continent, comme c'était leur cas, était qu'ils avaient des dimensions vraiment colossales, alors qu'elle était seulement très grande.

L'Ile était éblouissante. Comme le promontoire que l'on voyait de Piliplok, de l'autre côté de l'embouchure du fleuve, elle s'était fait un rempart d'une falaise crayeuse d'un blanc très pur, miroitant sous le soleil de l'après-midi. Cette falaise formait une muraille haute de plusieurs centaines de mètres et longue, peut-être, de plusieurs centaines de kilomètres sur le rivage occidental de l'Ile. Son sommet était couronné d'une étendue vert sombre et il y avait, semblait-il, une seconde muraille crayeuse à l'intérieur des terres, plus élevée que la première et surmontée également d'une forêt, puis une troisième encore plus éloignée de la mer, si bien que l'Ile, de ce côté, offrait aux regards une superposition de terrasses brillantes s'élevant jusqu'à une mystérieuse et peut-être inaccessible citadelle centrale. Valentin avait entendu parler des terrasses de l'Ile, dont il avait cru comprendre qu'il s'agissait de constructions artificielles remontant à une époque lointaine, jalons symboliques des étapes de l'initiation. Mais l'Ile même semblait constituée de terrasses naturelles qui ne faisaient qu'en rehausser le mystère. Rien d'étonnant que cet endroit soit devenu le refuge du sacré sur Majipoor.

— Dans cette brèche de la falaise, dit Namurinta en la montrant du doigt, se trouve Taleis, où accostent les bateaux de pèlerins. C'est l'un des deux ports de l'Ile; l'autre est Numinor, beaucoup plus loin, du côté d'Alhanroel. Mais puisque vous êtes des pèlerins, vous devez savoir tout cela.

— Nous avons eu très peu de temps pour nous renseigner, dit Valentin. L'idée de ce pèlerinage nous est venue brusquement.

– Comptez-vous passer ici le reste de votre vie au service de la Dame ? demanda-t-elle.

– Au service de la Dame, certainement, répondit Valentin. Mais ici, je ne pense pas. Pour une partie d'entre nous, l'Ile n'est qu'une étape, sur une route beaucoup plus longue.

Cette réponse parut déconcerter Namurinta, mais elle s'abstint de poser d'autres questions.

Il y avait un fort vent du sud-ouest qui poussait le *Reine de Rodamaunt* à vive allure en direction de Taleis. La haute muraille crayeuse occupa bientôt tout le champ visuel et l'ouverture se révéla être non pas une simple brèche, mais un port d'une taille gigantesque. Le trimaran y entra toutes voiles dehors. Valentin, debout, le visage tourné vers la proue, les cheveux flottant dans le vent, fut impressionné par le spectacle qui s'offrait à ses yeux car, à l'intérieur du V que formait le port de Taleis, les falaises plongeaient presque à la verticale d'une hauteur d'au moins quinze cents mètres, et à leur pied s'étendait une langue de terre unie, bordée d'une large plage blanche. D'un côté il y avait des quais, des jetées, des bassins, le tout écrasé par la hauteur phénoménale de ce gigantesque amphithéâtre. Il était difficile d'imaginer comment l'on pouvait, de ce port au pied de la falaise, atteindre l'intérieur de l'île : l'endroit était une véritable forteresse naturelle.

Et tout était silencieux. Il n'y avait aucun navire dans le port et il y régnait un silence surnaturel où se répercutait l'écho et dans lequel le bruit du vent ou l'aigre piaillement des rares mouettes prenaient d'étranges résonances.

– N'y a-t-il personne ici ? demanda Sleet. Qui va nous accueillir ?

Carabella ferma les yeux.

– S'il faut maintenant faire le tour jusqu'à Numinor... ou pis encore, retourner dans l'archipel...

— Non, dit Deliamber. Quelqu'un va nous accueillir. Ne craignez rien.

Le trimaran glissa vers le rivage et accosta une jetée déserte. A l'endroit où ils se trouvaient, à la pointe du V formé par le port, le décor était d'une écrasante majesté, avec les falaises s'élevant si haut qu'elles semblaient sur le point de s'écrouler. Un homme d'équipage amarra le trimaran et ils mirent pied à terre.

La confiance de Deliamber semblait déplacée. Il n'y avait âme qui vive. Tout était parfaitement silencieux, d'un silence si profond que Valentin avait envie de se boucher les oreilles pour ne plus l'entendre. Ils attendirent. Ils échangèrent des regards indécis.

— Allons explorer le terrain, dit-il finalement. Lisamon, Khun, Zalzan Kavol... allez examiner les bâtiments sur notre gauche. Sleet, Deliamber, Vinorkis, Shanamir... descendez par là. Pandelon, Thesme, Rovorn... suivez la plage jusqu'à cette courbe et regardez derrière. Gorzval, Erfon...

Valentin, accompagné de Carabella et de Cordeine, se dirigea tout droit, jusqu'au pied de la colossale falaise crayeuse. Une sorte de sentier y commençait, qui s'élevait en suivant une pente invraisemblable, presque à pic, vers le sommet de la falaise où il disparaissait entre deux flèches blanches. Valentin estima que pour grimper ce sentier il fallait toute l'agilité d'un frère de la forêt. Il ne semblait pourtant pas y avoir d'autre moyen de quitter la plage. Il jeta un coup d'œil à l'intérieur de la petite cabane en bois qui se trouvait au pied du sentier, mais n'y trouva rien d'autre que quelques flotteurs utilisés, selon toute probabilité, pour l'ascension. Il en sortit un qu'il traîna jusqu'à l'aire de décollage et monta dessus; mais il ne trouva aucun moyen de le mettre en mouvement.

Déçu, il retourna vers la jetée. La plupart des autres étaient déjà revenus.

— L'endroit est désert, dit Sleet.

Valentin se tourna vers Namurinta.

— Combien de temps cela vous prendrait-il pour faire le tour de l'Ile et nous transporter du côté d'Alhanroel ?

— Jusqu'à Numinor ? Plusieurs semaines. Mais il n'en est pas question.

— Nous avons de l'argent, dit Zalzan Kavol.

Cela parut la laisser indifférente.

— Je suis pêcheuse de mon métier. La saison de la pêche à l'épinoche est toute proche. Si je vous emmène à Numinor, je la raterai, et la moitié de la saison du gissoon par la même occasion. Vous ne pourriez pas me dédommager de ce manque à gagner.

Le Skandar sortit une pièce de cinq royaux, comme s'il espérait que son seul miroitement pourrait faire changer d'avis le capitaine. Mais elle secoua la tête en signe de refus.

— Pour la moitié de ce que vous m'avez versé pour vous transporter de Rodamaunt Graun à ici, je vous ramènerai à Rodamaunt Graun, mais c'est tout ce que je peux faire pour vous. Dans quelques mois, les bateaux de pèlerins reprendront la mer et ce port retrouvera toute son activité, et à ce moment-là, je vous ramènerai ici, toujours pour la moitié de la somme que vous avez payée. Quelle que soit votre décision, je suis à votre service. Mais je lèverai l'ancre avant la tombée de la nuit, et je ne mettrai pas le cap sur Numinor.

Valentin examina la situation. C'était beaucoup plus fâcheux qu'avoir été avalé par le dragon de mer, car il s'en était libéré assez vite, alors que cet obstacle imprévu menaçait de le retarder jusque bien avant dans l'hiver, voire au-delà, et pendant tout ce temps, Dominin Barjazid régnerait du haut du Mont du Château, de nouvelles lois seraient promulguées, le cours de l'histoire serait altéré et l'usurpateur consoliderait sa position. Mais alors, que faire ? Il tourna les yeux vers Deliamber, mais le magicien, l'air placide et serein, n'offrait aucune suggestion. Ils ne pouvaient pas escalader la muraille. Ils ne pouvaient pas la franchir en la survolant. Ils ne pouvaient pas s'élever d'un bond prodigieux jusqu'à la forêt inaccessible et infiniment désirable qui en couvrait le sommet. Fallait-il donc repartir à Rodamaunt Graun ?

– Pouvez-vous attendre ici avec nous une journée de plus ? demanda Valentin. Nous vous paierons, bien entendu. Peut-être trouverons-nous demain matin quelqu'un qui...

– Je suis loin de Rodamaunt Graun, répondit Namurinta. J'ai hâte de revoir ses côtes. Même si je restais une seule heure de plus, vous n'y gagneriez rien, et moi encore moins. La saison est terminée; les disciples de la Dame n'attendent plus de pèlerins à Taleis, et il n'y aura personne.

Shanamir tira légèrement Valentin par la manche.

– Tu es le Coronal de Majipoor, murmura le garçon. Ordonne-lui d'attendre ! Révèle-lui ton identité et force-la à mettre un genou en terre !

– Le truc risque de ne pas marcher, répondit Valentin en souriant. J'ai oublié d'emporter ma couronne.

– Alors demande à Deliamber de la soumettre par la magie !

C'était une possibilité, mais elle n'enchantait guère Valentin. Namurinta les avait pris à son bord en toute bonne foi et, en toute justice, elle était libre de repartir; de plus, elle avait probablement raison d'estimer qu'il était vain d'attendre ici un, deux ou trois jours supplémentaires. Il répugnait à utiliser les pouvoirs de Deliamber pour la forcer à céder. Par ailleurs...

– Lord Valentin ! cria une voix de femme au loin. Par ici ! Venez !

Il regarda vers l'autre extrémité du port. C'était Pandelon, le menuisier de Gorzval, qui était parti avec Thesme et Rovorn examiner ce qu'il y avait au-delà de la courbe de la plage. Elle agitait la main et faisait signe de venir. Il partit en courant dans sa direction et, quelques instants après, les autres le suivirent.

Dès qu'il fut arrivé à sa hauteur, elle l'entraîna dans

l'eau peu profonde et ils contournèrent une saillie de la roche qui dérobait à la vue une autre plage, beaucoup plus petite. Il y découvrit une construction de grès rose, à un seul étage, portant l'emblème de la Dame, le triangle dans le triangle, et qui pouvait être une sorte de chapelle. Sur le devant, un jardin dont les arbustes aux fleurs rouges, bleues, orange et jaunes étaient disposés symétriquement. Deux jardiniers, un homme et une femme, l'entretenaient. Ils levèrent la tête et regardèrent Valentin approcher sans manifester d'intérêt. Il fit maladroitement de la main le signe de la Dame qu'ils lui rendirent beaucoup plus expertement.

– Nous sommes des pèlerins, dit-il, et nous cherchons quelqu'un qui puisse nous indiquer le chemin jusqu'aux terrasses.

– Vous arrivez hors saison, dit la femme.

Elle avait une grosse figure blanche parsemée de pâles taches de rousseur. Il n'y avait nulle chaleur dans sa voix.

– C'est dû à notre impatience d'entrer au service de la Dame.

La femme haussa les épaules et retourna à son sarclage. L'homme, musculeux, court de stature, les cheveux grisonnants et clairsemés, prit la parole :

– A cette époque de l'année, vous auriez dû aller à Numinor.

– Nous venons de Zimroel.

Une étincelle d'intérêt s'alluma dans ses yeux.

– Avec les vents des dragons ? La traversée a dû être difficile.

– Nous avons eu quelques moments pénibles, dit Valentin, mais tout cela, c'est le passé. Nous ne ressentons plus maintenant qu'une grande joie d'avoir enfin atteint cette île.

– La Dame vous apportera le réconfort, fit l'homme d'un ton froid en se remettant à l'ouvrage avec son sécateur.

Après un moment de silence qui devint rapidement insoutenable, Valentin demanda :

– Et pour atteindre les terrasses ?

– Vous n'y arriverez pas, répondit la femme aux taches de rousseur.

– Vous ne voulez pas nous aider ?

Un nouveau silence.

– Cela ne vous prendrait qu'un moment, reprit Valentin, et nous ne vous dérangerions plus. Montrez-nous le chemin.

– Nous avons notre besogne à accomplir, répondit l'homme au crâne dégarni.

Valentin s'humecta les lèvres. Cela ne le menait nulle part, et Namurinta avait peut-être déjà quitté l'autre plage depuis cinq minutes et faisait voile sur Rodamaunt Graun, les abandonnant à leur triste sort. Il regarda Deliamber. Le recours à des pratiques magiques risquait de s'imposer. Deliamber fit semblant de ne pas comprendre. Valentin s'approcha de lui et murmura :

– Effleurez-les de vos tentacules pour les persuader de se montrer plus coopératifs.

– Je crains que ma magie n'ait guère de pouvoir sur cette île sacrée, répliqua Deliamber. Essayez vos propres incantations.

– Mais je n'en connais pas !

– Essayez, répéta le Vroon.

Valentin fit de nouveau face aux jardiniers. Je suis le Coronal de Majipoor, se dit-il, et je suis le fils de la Dame que ces deux individus adorent et servent. Il était impossible de dire cela aux jardiniers, mais peut-être réussirait-il à le transmettre par la seule force de sa volonté. Il se redressa de toute sa taille et se transporta vers le centre de son être, comme il eût fait pour se préparer à jongler devant un public hautement critique, et il les gratifia d'un sourire si chaleureux qu'il aurait pu faire éclater des bourgeons sur les branches des arbustes en fleurs et, après quelques instants, les jardiniers, détachant les yeux de leur travail, découvrirent ce sourire et y répondirent par une réaction de surprise, de confusion et... de soumission. Un amour ardent irradiait de tout son être.

— Nous avons fait de nombreux milliers de kilomètres, dit-il d'une voix douce, pour venir chercher la paix auprès de la Dame, et nous vous prions, au nom du Divin que nous servons tous, de nous aider à trouver notre route, car nous sommes dans un grand dénuement et nous sommes las d'errer.

Ils clignèrent les yeux, comme si le soleil venait d'émerger de derrière un nuage gris.

— Nous avons notre besogne, fit la femme d'une voix faible.

— Nous ne sommes pas supposés faire l'ascension avant d'avoir fini d'entretenir le jardin, marmotta l'homme.

— Le jardin prospère, dit Valentin, et il continuera à prospérer en se passant de vous quelques heures aujourd'hui. Aidez-nous, avant la tombée de la nuit. Nous vous demandons seulement de nous mettre sur la route, et je vous assure que la Dame vous en récompensera.

Les jardiniers étaient visiblement troublés. Ils échangèrent un regard puis levèrent les yeux vers le ciel, comme pour voir s'il était déjà tard. Le visage sombre, ils se levèrent, frottèrent leurs genoux pour enlever le sable qui y était collé et, comme des somnambules, ils s'approchèrent du bord de l'eau, firent quelques pas dans le léger ressac, contournèrent la pointe qui cachait la grande plage et longèrent le pied de la falaise jusqu'à l'endroit où le sentier à pic commençait son ascension.

Namurinta était encore là, mais elle était prête à lever l'ancre. Valentin se dirigea vers elle.

— Nous vous remercions de tout cœur pour votre aide, dit-il.

— Vous restez ?

– Nous avons trouvé un moyen d'accéder aux terrasses.

Elle lui adressa un sourire empreint de plaisir sincère.

– L'idée de vous abandonner ici ne me réjouissait pas, mais Rodamaunt Graun me rappelait. Je vous souhaite de faire un heureux pèlerinage.

– Et moi, je vous souhaite un excellent voyage de retour.

Il se détourna.

– Encore une chose, dit Namurinta.

– Oui ?

– Quand la femme vous a appelé de là-bas, dit-elle, elle a crié *lord* Valentin. Que voulait-elle dire ?

– C'est une plaisanterie, répondit Valentin. Rien qu'une plaisanterie.

– D'après ce que j'ai entendu dire, lord Valentin est le nom que porte le nouveau Coronal, celui qui règne depuis un ou deux ans.

– C'est vrai, dit Valentin. Mais il est brun. C'était une plaisanterie, un jeu de mots sur notre nom, car je m'appelle Valentin aussi. Bon voyage, Namurinta.

– Un fructueux pèlerinage, Valentin.

Il se dirigea vers la falaise. Les jardiniers avaient sorti plusieurs des flotteurs de la cabane et les avaient alignés sur l'aire de décollage. Sans un mot, ils firent signe aux voyageurs de monter sur les véhicules. Valentin prit le premier avec Carabella, Deliamber, Shanamir et Khun. La jardinière entra dans la cabane où, apparemment, étaient situées les commandes des véhicules car, un instant plus tard, le flotteur décollait et commençait la vertigineuse et terrifiante ascension de l'écrasante falaise blanche.

8

— Vous êtes arrivés, dit l'acolyte Talinot Esulde, à la Terrasse de l'Evaluation. Ici vous serez jaugés. Quand le moment sera venu pour vous d'avancer, vous accéderez à la Terrasse des Commencements, puis à la Terrasse des Miroirs où vous vous trouverez face à vous-même. Si ce que vous voyez est satisfaisant, aussi bien pour vous que pour vos guides, vous accéderez à la Seconde Falaise, où une autre série de terrasses vous attend. Vous arriverez ainsi jusqu'à la Terrasse de l'Adoration. De là, si vous avez gagné la faveur de la Dame, vous serez convoqués dans le Temple Intérieur. Mais n'attendez pas que cela se fasse rapidement. Et à votre place, je ne l'attendrais pas du tout. Ceux qui *comptent* parvenir jusqu'à la Dame sont les moins susceptibles d'être admis auprès d'elle.

L'humeur de Valentin s'assombrit à ces mots, car non seulement il comptait parvenir jusqu'à la Dame, mais il était absolument vital qu'il y réussisse; néanmoins, il comprenait bien le sens des propos de l'acolyte. En ce lieu sacré, il fallait abandonner toute exigence sur la trame de l'existence. Il fallait se soumettre; il fallait renoncer à tout désir, à tout besoin, à toute exigence pour espérer trouver la paix. Ce n'était pas un endroit pour un Coronal. L'essence d'un Coronal résidait dans l'exercice du pouvoir, avec sagesse s'il était capable de sagesse, mais en tout cas avec fermeté. L'essence du pèlerin était la soumission. Il risquait d'être victime de cette incompatibilité. Pourtant il n'avait pas le choix, il lui fallait arriver jusqu'à la Dame. Il avait, au moins, atteint les confins du domaine de la Dame. Au sommet de la falaise, ils avaient été accueillis sans surprise par des acolytes manifestement prévenus de l'arrivée hors saison d'un groupe de pèlerins. Et maintenant, l'air pieux et légèrement ridicule dans leurs robes aux tons pastel, ils étaient rassemblés dans un bâtiment long et bas, de pierre rose et polie, à proximité de la crête de la falaise. Des dalles de la même pierre rose formaient une vaste esplanade semi-circulaire qui s'étendait sur ce qui paraissait être une grande distance le long de la lisière de la forêt couronnant la falaise : c'était la Terrasse de l'Evaluation. Après, il y avait encore une forêt, et les autres terrasses étaient au-delà; encore plus loin dans les terres, invisible de l'endroit où ils se trouvaient, s'élevait la seconde falaise crayeuse sur le plateau que formait la falaise extérieure. Et Valentin savait qu'une troisième falaise s'élevait au-dessus de la seconde quelque part à des centaines de kilomètres dans les terres, et c'était le Saint des Saints, l'endroit où se trouvait le Temple Intérieur et où la Dame résidait. Malgré toute la distance qu'il avait déjà parcourue, il lui semblait impossible de pouvoir couvrir les quelques centaines de kilomètres qui restaient. La nuit tombait rapidement. Il se retourna pour regarder par la fenêtre circulaire qui était derrière lui et il vit le ciel en train de s'obscurcir et l'immensité sombre de l'océan, éclairée seulement par les derniers rougeoiements du soleil qui disparaissait dans la direction de Piliplok. Il y avait une tache tout là-bas, un point sur la surface unie de la mer, et il se prit à penser et à espérer qu'il s'agissait du trimaran *Reine de Rodamaunt*, cinglant vers son port d'attache, et encore plus loin il y avait les volevants s'abandonnant à leur rêve sans fin, et les dragons de mer se dirigeant vers un océan plus vaste encore, et derrière tout cela il y avait Zimroel, ses villes grouillantes, ses parcs et ses réserves naturelles, ses festivals, ses milliards d'habitants. Il avait déjà bien des choses à se souvenir, mais il lui fallait maintenant se tourner vers l'avenir. Il regarda fixement Talinot Esulde, leur premier guide, une personne grande et mince, à la peau d'un blanc laiteux et au crâne rasé, qui pouvait appartenir à l'un ou l'autre sexe. Valentin penchait plutôt pour le sexe masculin – la taille et quelque chose dans la carrure semblaient l'indiquer, mais pas de manière formelle – alors que la finesse des traits de Talinot Esulde, en particulier la courbe délicate des arcades sourcilières qui surmontaient d'étonnants yeux bleus, dénotait le contraire.

Talinot Esulde était en train de leur expliquer les activités quotidiennes, prières, travail et méditation, le système d'interprétation des songes, les conditions d'hébergement, le régime alimentaire qui proscrivait les boissons alcoolisées et un certain nombre d'épices, et bien d'autres choses encore. Valentin essayait de tout enregistrer, mais il y avait tellement de règlements, de conditions, d'obligations et d'usages qu'ils s'embrouillaient tous dans son esprit, si bien qu'au bout d'un moment, il cessa de faire des efforts, espérant que la pratique quotidienne les lui inculquerait.

Quand la nuit fut venue, Talinot Esulde les conduisit de la salle d'endoctrinement, en passant devant la fontaine jaillissante creusée dans le roc, où on leur avait fait prendre un bain avant de revêtir leurs robes de pèlerins et où ils se baigneraient deux fois par jour tout le temps qu'ils resteraient sur cette terrasse, jusqu'au réfectoire, à quelque distance du bord de la falaise. On leur servit un repas frugal composé de potage et de poisson qu'ils trouvèrent fadasses et peu appétissants malgré leur faim dévorante. Les serveurs, vêtus de robes vert clair, étaient des novices comme eux. Le réfectoire, une vaste salle, n'était que partiellement rempli – l'heure du dîner était presque passée, fit remarquer Talinot Esulde. Valentin observa ses compagnons de pèlerinage. Toutes les races étaient représentées, avec approximativement la moitié d'humains, mais également bon nombre de Vroons et de Ghayrogs, d'assez nombreux Skandars, quelques Lii, quelques Hjorts, mais pas beaucoup, et dans un angle, un petit groupe de Su-Suheris qui se tenait à l'écart. La Dame prenait dans ses rets toutes les races de Majipoor, semblait-il. Toutes sauf une.

– Il n'y a jamais de Métamorphes qui viennent adorer la Dame ? demanda Valentin.

– Si un Piurivar venait en pèlerinage, répondit Talinot Esulde avec un sourire angélique, nous l'accepterions. Mais ils ne partagent pas nos rites. Ils vivent repliés sur eux-mêmes, comme s'ils étaient seuls sur toute la surface de Majipoor.

– Peut-être certains sont-ils venus ici sous une autre forme que la leur, suggéra Sleet.

– Nous nous en serions aperçus, dit calmement Talinot Esulde.

Après dîner, on les mena à leurs chambres – des chambres individuelles, à peine plus grandes que des placards, semblables aux alvéoles d'une ruche. Un lit, un lavabo, un endroit pour les vêtements... c'était tout. Lisamon Hultin considéra la sienne d'un air furibond.

– Pas de vin, fit-elle, je dois leur laisser mon sabre, et maintenant on me fait dormir dans cette boîte ? Je crois que je vais faire un mauvais pèlerin, Valentin.

– Du calme, et faites un effort. Nous allons essayer d'avancer vers l'intérieur de l'Ile aussi vite que possible.

Il pénétra dans sa chambre, qui était située entre celle de la géante et celle de Carabella. Dès qu'il fut entré, le globe lumineux se mit en veilleuse, et à peine s'était-il allongé sur son lit qu'il s'enfonça dans le sommeil, bien qu'il fût encore tôt. Au moment où il perdait conscience, une lumière se mit à luire doucement dans son esprit et il contempla la Dame. Incontestablement, sans méprise possible, c'était la Dame de l'Ile.

Depuis Pidruid, Valentin l'avait vue en rêve à maintes reprises, le doux regard, les longs cheveux bruns, la fleur derrière l'oreille, le teint olivâtre, mais cette fois, l'image était plus nette, la vision plus précise, et il remarqua les petites rides qu'elle avait au coin des yeux, les minuscules pierres vertes qui ornaient les lobes de ses oreilles et le mince cercle d'argent qui lui ceignait le front. Dans son rêve, il tendit les mains vers elle et lui dit :

– Mère, me voici. Appelle-moi à tes côtés, mère.

Elle lui sourit, mais ne lui répondit pas.

Ils étaient dans un jardin, entourés d'alabandinas en fleur. Elle ébourgeonnait les plantes à l'aide d'un petit ustensile doré, enlevant une partie des boutons pour que ceux qui restaient donnent naissance à des fleurs plus belles. Il restait à côté d'elle, attendant qu'elle se tourne vers lui, mais elle continuait à ébourgeonner. Finalement, toujours sans regarder dans sa direction, elle dit :

– Il faut apporter une attention constante à son ouvrage si l'on veut le faire correctement.

– Mère, c'est moi, Valentin, ton fils !

– Tu vois, chaque branche porte cinq boutons. Si on les laisse, ils fleuriront tous, mais j'en enlève deux, un ici, et un autre là, et les fleurs seront magnifiques.

Et pendant qu'elle disait ces mots, les boutons s'épanouirent et les alabandinas emplirent l'air d'une fragance si exquise qu'il en fut étourdi. Et les grands pétales jaunes s'ouvrirent comme des plateaux, montrant à l'intérieur de la fleur le pistil et les noires étamines. Elle les effleura du doigt, dispersant dans l'air le pollen pourpre. Et elle ajouta :

– Tu es qui tu es, et tu le seras à jamais.

A ce moment-là, son rêve changea, et il ne resta plus rien de la Dame, seulement une charmille d'arbustes épineux agitant devant lui leurs branches raides et des oiseaux moleeka se pavanant alentour, et d'autres images encore, floues, s'enchaînant rapidement et dénuées de signification cohérente.

Dès qu'il se réveilla, on lui demanda de se présenter immédiatement devant son interprète des rêves, qui n'était pas Talinot Esulde, mais un autre acolyte du même degré hiérarchique, une personne du nom de Stauminaup, le crâne également rasé et de sexe également mal déterminé. Valentin avait appris la veille que ces acolytes étaient à un stade intermédiaire de leur initiation. Ils étaient revenus de la Seconde Falaise pour satisfaire ici les besoins des novices.

L'interprétation des songes sur l'Ile n'avait rien à voir avec ce qu'il avait vécu à Falkynkip chez Tisana. Point de drogue, point de corps enlacés. Il fut simplement reçu par l'interprète et lui décrivit son rêve. Stauminaup l'écouta avec impassibilité. Valentin soupçonna l'interprète d'avoir eu accès à son rêve pendant qu'il se déroulait, et de vouloir seulement comparer la relation que Valentin en faisait avec ses propres observations, de manière à relever les divergences et les contradictions entre les deux versions. Il décida donc de lui présenter le rêve tel qu'il s'en souvenait, disant, comme il l'avait fait dans son sommeil : « Mère, c'est moi, Valentin, ton fils ! » et épiant les réactions de Stauminaup sur son visage. Mais il aurait aussi bien pu épier la face calcaire de la falaise.

Quand il eut terminé, l'interprète des songes lui demanda :

– Et de quelle couleur étaient les fleurs d'alabandina ?

– Eh bien, jaunes, avec un cœur noir !

– Une belle fleur. Sur Zimroel, les alabandinas sont écarlates, et jaunes au centre. Vous préférez les couleurs des vôtres ?

– Je n'ai pas de préférence, répondit Valentin.

– Les alabandinas d'Alhanroel sont jaunes, fit Stauminaup en souriant, et noires au centre. Vous pouvez vous retirer maintenant.

Les interprétations étaient peu ou prou les mêmes chaque jour : un commentaire sibyllin ou qui, lorsqu'il était moins énigmatique, pouvait donner lieu à plusieurs explications, mais Stauminaup ne donnait jamais d'explication. Elle était une sorte de dépositaire des rêves de Valentin, qu'elle absorbait sans jamais donner son avis. Valentin s'y accoutuma.

Il s'accoutuma également à sa tâche quotidienne. Il passait tous les matins deux heures dans le jardin à de menus travaux d'émondage et de sarclage et surtout à retourner la terre, et l'après-midi, il se transformait en maçon, apprenant à jointoyer les dalles de la terrasse. Il y avait de longues séances de méditation pour lesquelles il ne recevait pas la moindre directive et était seulement envoyé dans sa chambre pour contempler les murs. C'est à peine s'il avait le temps d'apercevoir ses compagnons de voyage lorsqu'ils se baignaient ensemble, en milieu de matinée et juste avant le dîner, dans la fontaine jaillissante; et ils n'avaient pas grand-chose à se dire. Il était facile de s'adapter au rythme de vie de l'endroit et de bannir toute précipitation. L'air des tropiques, le parfum de millions de fleurs, la douceur ambiante, tout cela berçait et apaisait comme un bain chaud.

Mais Alhanroel était encore à des milliers de kilomètres à l'est et il n'avançait pas d'un pouce vers son but, tout le temps qu'il restait sur la Terrasse de l'Evaluation. Une semaine entière s'était déjà écoulée. Pendant ses séances de méditation, Valentin caressait parfois le projet chimérique de rassembler sa petite troupe et de s'esquiver nuitamment, traversant clandestinement terrasse après terrasse, escaladant la Seconde Falaise et la Troisième et se présentant finalement devant la Dame à la porte de son Temple, mais il craignait qu'ils ne pussent aller bien loin sur cette Ile où on lisait les rêves à livre ouvert.

Alors il rongeait son frein. Mais il savait que l'impatience ne lui vaudrait pas d'avancement sur cette terrasse et il essayait de se détendre, de s'absorber entièrement dans ses tâches, de débarrasser son esprit de ses exigences, de ses impulsions, de ses attachements et préparer ainsi le terrain pour le rêve de convocation par lequel la Dame lui ferait signe d'avancer. Mais cela resta sans effet. Il arrachait les mauvaises herbes, il cultivait la terre fertile, il transportait des seaux de mortier jusqu'à l'extrémité de la terrasse, il restait assis en tailleur pendant ses heures de méditation, l'esprit totalement vide, et nuit après nuit, il se mettait au lit en priant pour que la Dame lui apparaisse et lui dise : « Le moment est venu pour toi de venir à moi », mais il ne voyait rien venir.

— Combien de temps cela va-t-il durer ? demanda-t-il un jour à Deliamber à la fontaine. Nous en sommes à la cinquième semaine !... ou peut-être la sixième, je ne sais plus ! Vais-je rester ici un an ? Ou deux ? Ou cinq ?

— C'est ce qu'ont fait certains des pèlerins qui nous entourent, répondit le Vroon. J'ai discuté avec l'un d'eux, une Hjort qui servait dans les milices sous lord Voriax. Elle a déjà passé quatre ans ici et elle paraît totalement résignée à passer le restant de sa vie sur la terrasse extérieure.

— Rien ne l'appelle ailleurs. L'hôtellerie n'a rien de déplaisant, Deliamber. Mais moi, j'ai...

— ... des affaires urgentes qui m'appellent à l'est, acheva le Vroon. Et en conséquence, vous êtes condamné à rester ici. Il y a un paradoxe dans votre dilemme, Valentin. Tous vos efforts tendent au renoncement, mais ce renoncement même a un but. Vous voyez ? Votre interprète le voit sûrement, elle.

— Bien sûr que je vois. Mais que puis-je faire ? Comment puis-je faire semblant de ne pas me soucier de rester ici jusqu'à la fin de mes jours ?

— Toute simulation est impossible. Le jour où vous serez sincèrement insouciant du lendemain, vous avancerez. Mais pas avant.

— C'est comme si vous me disiez que mon salut dépend du fait de ne jamais penser à des gihornas, fit Valentin en secouant la tête. Plus je m'efforcerai de chasser de mon esprit les vols de gihornas, plus ils seront nombreux à m'apparaître. Que puis-je faire, Deliamber ?

Mais Deliamber n'avait pas d'autre suggestion. Le lendemain, Valentin apprit que Shanamir et Vinorkis avaient reçu leur promotion pour la Terrasse des Commencements.

Deux autres jours s'écoulèrent avant que Valentin revoie Deliamber. Le magicien fit remarquer à Valentin qu'il n'avait pas bonne mine, et ce dernier répliqua avec un agacement qu'il ne put contrôler :

– Quelle mine voulez-vous que j'aie? Savez-vous combien de mauvaises herbes j'ai arrachées, combien de seaux de mortier j'ai transportés, pendant qu'à Alhanroel un Barjazid règne sur le Mont du Château et...

– Calmez-vous, fit Deliamber d'une voix douce. Cela ne vous ressemble pas.

– Me calmer? Me calmer? Combien de temps vais-je devoir conserver mon calme?

– Peut-être met-on votre patience à l'épreuve. Auquel cas, monseigneur, vous êtes en train d'échouer.

Cela fit réfléchir Valentin.

– Je reconnais que votre analyse est pertinente, reprit-il au bout d'un moment. Mais peut-être est-ce mon ingéniosité qui est mise à l'épreuve. Deliamber, introduisez-moi un rêve de convocation dans la tête pour cette nuit.

– Vous savez que ma magie ne semble guère être efficace sur cette île.

– Allez-y. Essayez. Concoctez un message de la Dame et enfoncez-le-moi dans la tête, et nous verrons bien.

Deliamber, haussant les épaules, entoura de ses tentacules les mains de Valentin qui sentit un léger picotement quand le contact s'établit.

– Votre magie est encore efficace, dit-il.

Et cette nuit-là, il fit un rêve dans lequel il flottait dans la fontaine comme un volevant, fixé à la roche par une sorte de membrane qui s'était développée sous ses pieds, et alors qu'il tentait de se libérer, le visage souriant de la Dame lui apparut dans le ciel nocturne et murmura : « Viens, Valentin, viens près de moi, viens », et la membrane se résorba et il s'éleva dans le ciel et fut entraîné par le vent vers le Temple Intérieur.

Valentin relata son rêve à Stauminaup pendant la séance d'interprétation des songes. Elle l'écouta comme s'il lui racontait un rêve dans lequel il aurait arraché des mauvaises herbes dans le jardin. Valentin prétendit avoir fait le même rêve la nuit suivante, et une fois de plus elle ne fit aucun commentaire. Le surlendemain, il lui proposa encore le même rêve et demanda une interprétation.

– L'interprétation de votre rêve, dit Stauminaup, est qu'il n'est pas d'oiseau qui vole avec les ailes d'un autre.

Les joues empourprées, Valentin quitta la pièce sans un mot.

Cinq jours plus tard, Talinot Esulde l'informa de son admission à la Terrasse des Commencements.

– Mais *pourquoi* ? demanda-t-il à Deliamber.

– *Pourquoi ?* est une question oiseuse pour ce qui a trait à l'évolution spirituelle. De toute évidence, quelque chose a changé en vous.

– Mais je n'ai pas eu d'authentique rêve de convocation !

– Peut-être que si, répondit le sorcier.

Un des acolytes le mena, à pied, le long des sentiers tracés dans la forêt jusqu'à la terrasse suivante. L'itinéraire était extrêmement tortueux, présentant de déroutants zigzags et s'éloignant à plusieurs reprises dans ce qui semblait être la direction exactement opposée à celle qu'ils suivaient. Valentin était totalement perdu lorsque, quelques heures plus tard, ils débouchèrent sur un espace dégagé d'une étendue considérable. Des pyramides de pierre d'un bleu sombre, hautes de trois mètres, s'élevaient à intervalles réguliers sur les dalles roses de la terrasse.

La vie ne différait guère de ce qu'elle avait été sur la première terrasse – travaux manuels, méditation, interprétation quotidienne des songes, cellule austère et nue, nourriture frugale. Mais on y recevait aussi les premiers éléments d'une instruction religieuse, une heure chaque après-midi, pendant laquelle les principes de la grâce de la Dame étaient expliqués par le moyen d'elliptiques paraboles et de dialogues abscons.

Au début, Valentin écouta tout cela avec impatience. Cela lui paraissait aussi vague qu'abstrait et il lui était difficile de se concentrer sur des sujets aussi brumeux, alors qu'il était poussé par une claire passion politique – atteindre le Mont du Château et régler la question de la suprématie sur Majipoor. Mais le troisième jour, il fut frappé par le fait que ce que l'acolyte était en train de dire du rôle de la Dame était purement politique. Valentin réalisa qu'elle était une force modératrice, le ciment d'amour et de foi qui liait entre eux les différents centres du pouvoir de la planète. Quelle qu'ait été la nature du pouvoir magique grâce auquel elle envoyait des rêves – et il était impossible de croire le mythe populaire selon lequel elle était chaque nuit en contact avec l'esprit de millions d'individus –, il était évident que son esprit serein apportait à la planète apaisement et détente. Valentin savait que le dispositif du Roi des Rêves pouvait envoyer des messages directs et adaptés à chaque cas, qui cinglaient les coupables et admonestaient ceux qui inspiraient la défiance, et les messages du Roi pouvaient être féroces. Mais, de même que la chaleur de l'océan tempère le climat des terres, la Dame adoucissait la violence des forces qui contrôlaient Majipoor, et la doctrine théologique qui s'était développée autour de la personne de la Dame en temps que divine Mère incarnée n'était, Valentin le comprenait maintenant, qu'une image utilisée pour la division des pouvoirs telle que les premiers dirigeants de Majipoor l'avaient conçue.

Il prêta donc une oreille plus attentive et il mit de côté pour un temps son impatience de gagner des terrasses plus élevées pour pouvoir continuer à apprendre là où il était.

Valentin se retrouvait totalement seul sur cette terrasse. C'était nouveau pour lui. Il n'y avait pas trace de Shanamir ni de Vinorkis – avaient-ils déjà accédé à la Terrasse des Miroirs? – et, à sa connaissance, les autres étaient restés derrière. La pétulance de Carabella et la sagesse sardonique de Deliamber lui manquaient particulièrement, mais il s'était aussi attaché à tous les autres tout au long du pénible voyage à travers Zimroel et il était chagriné de ne plus les avoir autour de lui. Les jours heureux qu'il avait coulés comme jongleur lui paraissaient lointains et enfuis à jamais. Il lui arrivait de temps à autre, pendant ses moments de loisir, de cueillir des fruits sur les arbres et de les lancer en retrouvant les vieux exercices familiers, au grand amusement des acolytes et des novices de passage. L'un d'eux en particulier, un homme à la barbe noire et aux larges épaules, du nom de Farssal, ne manquait jamais d'observer attentivement Valentin chaque fois qu'il jonglait.

– Où avez-vous été initié à cet art? demanda un jour Farssal.

– A Pidruid, répondit Valentin. Je faisais partie d'une troupe de jongleurs.

– Ce devait être la belle vie.

– Oui, dit Valentin, se souvenant de l'excitation qu'il avait ressentie lorsqu'il s'était trouvé dans l'arène de Pidruid devant le lord Valentin à la barbe noire et se revoyant monter sur la vaste scène du Cirque Perpétuel de Dulorn, et tout le reste, ces images inoubliables de son passé.

– Est-ce que cette adresse peut s'acquérir ou bien est-ce un don inné? demanda Farssal.

– Tout le monde peut apprendre, à condition d'avoir le regard vif et de savoir se concentrer. En ce qui me concerne, il ne m'a pas fallu plus d'une ou deux semaines pour apprendre, l'an dernier à Pidruid.

– Non! Je suis sûr que vous avez jonglé toute votre vie!

— Jamais avant l'an dernier.

— Qu'est-ce qui vous a poussé à commencer, alors ?

— J'avais besoin de trouver un gagne-pain, répondit Valentin en souriant, et il y avait à Pidruid une troupe de jongleurs itinérants qui étaient venus pour le festival du Coronal et avaient besoin d'une paire de bras supplémentaire. Ils m'ont rapidement initié à cet art, comme je pourrais le faire pour vous.

— Vous pourriez, vous croyez ?

— Tenez, dit Valentin, en lançant au barbu un des fruits avec lesquels il jonglait, un bishawar vert et ferme. Lancez-vous cela d'une main dans l'autre pendant un moment, pour vous assouplir les doigts. Il vous faudra assimiler quelques positions de base et certaines habitudes de perception, ce qui demande de la pratique, et après...

— Que faisiez-vous avant d'être jongleur ? demanda Farssal en faisant passer le fruit d'une main à l'autre.

— Je me promenais, répondit Valentin. Et maintenant, tendez les mains de cette manière...

Il fit faire des exercices à Farssal pendant une demi-heure, essayant de l'entraîner comme Carabella et Sleet l'avaient fait pour lui à l'auberge de Pidruid. C'était une agréable diversion qui venait rompre la tranquillité et la monotonie de sa vie. Farssal avait les mains prestes et de bons yeux, et il apprenait vite, même si cela n'avait rien de comparable avec la vitesse avec laquelle Valentin avait appris. Au bout de quelques jours, il avait acquis une habileté technique élémentaire et parvenait à jongler tant bien que mal, même si cela manquait de grâce. C'était un homme expansif et loquace, qui ne cessait d'entretenir la conversation tout en faisant passer ses bishawars d'une main à l'autre. Il était né à Ni-moya, disait-il, et après avoir été pendant de longues années commerçant à Piliplok, il avait récemment été en proie à une crise religieuse qui avait jeté la confusion dans son esprit et l'avait finalement poussé à entreprendre le pèlerinage de l'Ile. Il parla de son mariage, de ses fils sur lesquels il ne pouvait compter, des énormes fortunes qu'il avait gagnées et reperdues aux tables de jeu; et il voulait également tout savoir sur Valentin, sa famille, ses ambitions, les mobiles qui l'avaient poussé vers la Dame. Valentin essayait de fournir des réponses plausibles à ces questions et il écartait les plus gênantes en se lançant dans des discours improvisés sur l'art du jongleur.

A la fin de la seconde semaine – travail, études, méditation, moments de liberté passés à jongler avec Farssal, une routine stable et figée –, Valentin se sentit de nouveau gagné par l'impatience et le désir d'aller de l'avant.

Il n'avait pas la moindre idée du nombre de terrasses qu'il y avait, mais s'il passait à chacune autant de temps, il lui faudrait des années pour arriver jusqu'à la Dame. Il devait donc trouver un moyen d'abréger le processus de l'ascension.

La simulation des rêves de convocation ne paraissait pas être la bonne solution. Il proposa à Silimein, son interprète des songes sur cette terrasse, son rêve de volevant dans la fontaine, mais elle ne fut pas plus impressionnée que l'avait été Stauminaup. Il essaya, pendant ses séances de méditation et en s'endormant le soir, d'atteindre l'esprit de la Dame pour l'implorer de le convoquer. Mais cela aussi resta sans effet.

Il demanda à ses voisins de table au réfectoire depuis combien de temps ils étaient à la Terrasse des Commencements.

– Deux ans, répondit l'un.

– Huit mois, lui dit un autre.

Cela ne paraissait pas les perturber.

– Et vous ? demanda-t-il à Farssal.

Farssal répondit qu'il n'était arrivé que quelques jours avant Valentin. Mais il n'avait aucune démangeaison de partir.

– Il n'y a pas péril en la demeure, si ? Nous servons

la Dame où que nous soyons, ce n'est pas votre avis ? Alors, une terrasse en vaut bien une autre.

Valentin acquiesça de la tête. Il n'osa pas manifester son désaccord.

Vers la fin de la troisième semaine, il crut apercevoir Vinorkis tout à fait à l'autre bout du champ de stajja où il travaillait. Mais il n'en fut pas sûr – était-ce bien un éclair orange sur les moustaches de ce Hjort ? – et la distance qui les séparait était trop grande pour qu'il se mette à crier. Et pourtant, le lendemain, alors que Valentin était tranquillement en train de jongler avec Farssal près de la fontaine, il vit Vinorkis, et il s'agissait indiscutablement de Vinorkis, qui l'observait de l'autre côté de l'esplanade. Valentin s'excusa et courut à sa rencontre. Après toutes ces semaines où il avait été sevré de la compagnie de ses proches, cela le réjouissait de revoir même le Hjort.

– Ainsi, c'était bien vous dans le champ de stajja, dit Valentin.

Vinorkis acquiesça de la tête.

– Ces jours derniers, je vous ai entr'aperçu plusieurs fois, monseigneur. Mais la terrasse est immense... je n'ai jamais réussi à arriver auprès de vous. Depuis combien de temps êtes-vous ici ?

– Je suis arrivé environ une semaine après vous. Y a-t-il encore quelqu'un des nôtres ici ?

– Pas à ma connaissance, répondit le Hjort. Shanamir y était, mais il est déjà reparti. Je vois que vous n'avez rien perdu de vos talents de jongleur, monseigneur. Qui est votre partenaire ?

– Un homme de Piliplok. Agile de ses mains.

– Et de sa langue aussi, peut-être ?

– Que voulez-vous dire ? demanda Valentin, les sourcils froncés.

– Avez-vous dévoilé à cet homme beaucoup de votre passé, monseigneur, ou de vos projets ?

– Bien sûr que non, répondit Valentin en ouvrant de grands yeux. Non, Vinorkis ! Vous n'allez pas me dire qu'il y a des espions du Coronal ici, sur l'Ile même de la Dame !

— Pourquoi pas ? Est-ce si difficile de s'infiltrer ici ?

— Mais pourquoi soupçonnez-vous...

— Hier soir, après vous avoir aperçu dans le champ, je suis venu ici pour essayer de vous retrouver. Un de ceux à qui je me suis adressé était votre nouvel ami, monseigneur. Je lui ai demandé s'il vous connaissait et c'est *lui* qui a commencé à m'interroger. Etais-je un de vos amis, vous avais-je rencontré à Pidruid, pourquoi étions-nous venus sur l'Ile, et bien d'autres questions encore. Monseigneur, je me sens mal à l'aise quand des étrangers posent des questions. En particulier sur cette Ile, où l'on nous enseigne de nous tenir à l'écart les uns des autres.

— Vous me paraissez bien soupçonneux, Vinorkis.

— C'est possible. Mais en tout cas, restez sur vos gardes, monseigneur.

— N'ayez crainte. Il n'apprendra rien d'autre de moi que ce que je lui ai déjà appris. Ce qui se résume en un peu de jonglerie.

— Peut-être en sait-il déjà trop long sur vous, reprit le Hjort d'un ton lugubre. Mais s'il vous surveille, nous allons aussi le surveiller.

L'idée que, même ici, il puisse être sous surveillance le consterna. N'existait-il donc plus aucun asile ? Valentin regretta de ne pas avoir Sleet à ses côtés, ou Deliamber. Un espion pouvait fort bien se transformer en assassin, quand Valentin se rapprocherait de la Dame et deviendrait d'autant plus menaçant pour l'usurpateur.

Mais Valentin ne semblait pas se rapprocher de la Dame. Une nouvelle semaine s'écoula, semblable aux autres. Puis, alors qu'il en arrivait à croire qu'il allait passer le reste de ses jours sur la Terrasse des Commencements et que cela lui devenait indifférent, on alla le chercher dans les champs et on l'avisa de se préparer à gagner la Terrasse des Miroirs.

9

La troisième terrasse était un lieu d'une beauté éblouissante dont le miroitement évoquait pour Valentin la cité de Dulorn. Elle était nichée au pied de la Seconde Falaise, une terrifiante muraille verticale de craie blanche qui semblait former une barrière absolument infranchissable, et quand le soleil brillait à l'occident, son éblouissante réverbération sur la paroi de la falaise aveuglait et arrachait des cris d'admiration.

Et puis, il y avait aussi les miroirs – de grandes dalles grossièrement taillées de pierre noire polie, disposées verticalement sur toute la surface de la terrasse, si bien que quel que soit l'endroit où se portait le regard, on retrouvait sa propre image. Au début, Valentin s'observa d'un œil critique, cherchant à déceler les changements que le voyage avait provoqués en lui, une atténuation du rayonnement qui émanait de lui depuis l'époque de Pidruid, ou bien des traces de lassitude ou de tension. Mais il ne découvrit rien de cela et ne vit que l'image familière et souriante d'un homme aux cheveux dorés, et il se fit des signes de la main, des clins d'œil complices et de grands saluts, et au bout d'une semaine il cessa de prêter attention à son reflet. S'il avait reçu l'ordre de ne pas tenir compte des miroirs, il aurait probablement vécu dans un état de coupable tension, portant involontairement son regard sur eux et le détournant aussitôt, mais personne ne lui avait dit à quoi ils servaient ni quelle attitude il devait adopter à leur égard, si bien qu'avec le temps il finit tout simplement par oublier leur présence. Ce n'est que beaucoup plus tard qu'il réalisa que la clé de la progression sur l'Ile était que l'esprit devait évoluer de l'intérieur et accroître sa capacité de discerner l'accessoire et d'y renoncer.

Il se trouvait totalement seul sur cette terrasse. Pas

de Shanamir, pas de Vinorkis, et pas plus de Farssal. Valentin était en garde contre le barbu brun; s'il s'agissait réellement d'un espion, il était hors de doute qu'il trouverait un moyen de suivre Valentin de terrasse en terrasse. Mais il ne vit pas Farssal arriver.

Valentin resta onze jours sur la Terrasse des Miroirs, puis il reçut l'autorisation d'avancer et, en compagnie de cinq autres novices, il accéda en flotteur à la Seconde Falaise et à la Terrasse de la Consécration.

De là, il y avait une vue superbe sur les trois premières terrasses, loin en contrebas et, au-delà, jusqu'à la mer. Valentin distinguait à peine la Terrasse de l'Evaluation – réduite à une mince bande rose sur le fond vert sombre de la forêt – mais la vaste Terrasse des Commencements, aux dimensions impressionnantes, occupait tout le centre du plateau inférieur. Juste en dessous, la Terrasse des Miroirs flamboyait de ses mille bûchers ardents.

La vitesse de sa progression commençait à lui devenir indifférente. Le temps perdait toute signification. Il avait entièrement adopté le rythme de l'Ile. Il travaillait dans les champs; il suivait de longues séances d'instruction religieuse; il passait une bonne partie de son temps dans le bâtiment obscurci au toit de pierre qui était le sanctuaire de la Dame, demandant – mais pouvait-on appeler cela demander? – qu'on lui accorde l'illumination. De temps à autre, il se souvenait avoir eu l'intention de gagner aussi vite que possible le cœur de l'Ile et d'être reçu par la femme qui y résidait. Mais tout cela ne lui paraissait plus maintenant présenter aucun caractère d'urgence. Il était devenu un vrai pèlerin.

Après la Terrasse de la Consécration se trouvait la Terrasse des Fleurs, puis il y avait la Terrasse de la Dévotion, et encore au-delà, la Terrasse du Renoncement. Elles faisaient toutes partie de la Seconde Falaise, ainsi que la Terrasse de l'Ascension, qui était l'ultime étape avant d'accéder au plateau sur lequel vivait la Dame. Chacune des terrasses, finit par comprendre Valentin, faisait le tour complet de l'Ile, si bien qu'il pouvait y avoir en même temps sur chaque terrasse un million ou plus d'adorateurs et que chaque pèlerin ne voyait qu'une infime portion de l'ensemble tout le long de sa progression vers le centre de l'Ile. Que d'efforts avait dû coûter la construction de tout cela ! Combien de vies avaient été entièrement consacrées au service de la Dame ! Et chaque pèlerin évoluait à l'intérieur d'une sphère de silence : nulle ébauche d'amitié ici, nul échange de confidences, nulle étreinte d'amants. Farssal avait été une mystérieuse exception à cette coutume. C'était comme si ce lieu existait en dehors du temps et à l'écart des pratiques habituelles de la société.

Dans cette zone intermédiaire de l'Ile, l'accent était mis beaucoup moins sur l'enseignement que sur le labeur. Il savait que lorsqu'il atteindrait la Troisième Falaise, il se joindrait à ceux qui effectuaient réellement le travail de la Dame dans tout le vaste monde, car ce n'était pas la Dame en personne, il le comprenait maintenant, qui envoyait la plupart des messages sur toute la surface de la planète, mais les millions d'acolytes les plus avancés de la Troisième Falaise dont les esprits servaient d'amplificateurs à la bienveillance de la Dame. Bon nombre des plus anciens acolytes, à ce qu'il avait cru comprendre, avaient passé plusieurs décennies sur la Seconde Falaise, accomplissant d'obscures tâches administratives, sans espoir ni désir d'accéder aux responsabilités plus lourdes de la zone centralc.

Dans le courant de sa troisième semaine à la Terrasse de la Dévotion, Valentin fit un rêve qui était indiscutablement un rêve de convocation.

Il se vit traversant la plaine pourpre et desséchée qui avait perturbé son sommeil à Pidruid. Le soleil descendait sur l'horizon et le ciel était lourd et sinistre, et devant lui se dressaient deux grandes chaînes de montagnes, comme deux poings géants brandis. La vallée jonchée de blocs de pierre aux arêtes vives qui les séparait recevait les derniers rougeoiements du soleil couchant, une curieuse et inquiétante lumière huileuse qui tenait plus du suintement que du rayonnement. Un vent sec et frais soufflait dans cette vallée étrangement éclairée et apportait avec lui des soupirs et des chants, de douces mélodies empreintes de mélancolie. Valentin marchait depuis des heures, mais il ne progressait pas : les montagnes ne se rapprochaient pas, les sables du désert s'étiraient à l'infini sous ses pas, l'ultime clarté qui baignait la vallée ne disparaissait pas. Il sentait ses forces décliner. Des mirages menaçants dansaient devant ses yeux. Il vit Simonan Barjazid, le Roi des Rêves, et ses trois fils. Il vit l'abominable et sénile Pontife rugissant sur son trône souterrain. Il vit de monstrueux amorfibots rampant pesamment dans les dunes et les groins d'énormes dhumkars perçant le sable comme des tarières et humant l'air en quête de proies. Il entendait des chuintements, des nasillements, des susurrements; de petits nuages d'insectes venaient bourdonner à ses oreilles; une fine pluie de sable sec commença à tomber, l'aveuglant et lui obstruant les narines. Il était las et prêt à tout moment à baisser les bras et à s'arrêter, à s'allonger dans le sable et à se laisser recouvrir par les dunes mouvantes, mais quelque chose le poussait à continuer, car dans la vallée une forme rayonnante allait et venait, une femme souriante, la Dame, sa mère, et aussi longtemps qu'il la verrait là-bas, il ne cesserait d'aller de l'avant. Il sentait la chaleur de sa présence, l'attraction de son amour.

— Viens, murmurait-elle. Viens à moi, Valentin !

Elle tendait les bras vers lui par-dessus ce monstrueux désert. Les épaules de Valentin tombaient. Ses genoux fléchissaient. Il se sentait incapable de continuer, et pourtant il savait qu'il le fallait.

— Ma Dame, souffla-t-il, je suis à bout, il faut que je me repose, il faut que je dorme !

A ces mots, le rayonnement entre les montagnes se fit plus vif et plus chaud.

– Valentin, cria-t-elle, Valentin, mon fils!

Il parvenait à peine à garder les yeux ouverts. Il était si tentant de s'allonger sur le sable chaud.

– Tu es mon fils, lui disait la voix de la Dame à travers cette infranchissable distance, et j'ai besoin de toi.

Et comme elle prononçait ces mots, il sentit ses forces revenir, il accéléra le pas, puis commença à courir avec légèreté sur la surface durcie du désert, reprenant courage et allongeant sa foulée. La distance qui les séparait commençait à diminuer rapidement, et Valentin la voyait maintenant distinctement, qui l'attendait sur une terrasse de pierre violette, souriant, les bras tendus vers lui, l'appelant par son nom d'une voix qui résonnait comme les cloches de Ni-moya.

Il s'éveilla avec le son de cette voix résonnant toujours dans sa tête.

C'était l'aube. Son esprit débordait d'une prodigieuse énergie. Il se leva d'un bond et se dirigea vers le grand bassin d'améthyste qui était la piscine de la Terrasse de la Dévotion et plongea bravement dans l'eau de source glacée. Après quoi, il trottina jusqu'à la chambre de Menesipta, son interprète des songes sur cette terrasse, une femme trapue, aux yeux noirs étincelants et au visage émacié et tiré, et lui débita tout son rêve d'une seule haleine.

Menesipta l'écouta en silence.

La froideur de sa réaction tempéra l'exubérance de Valentin. Il se souvint de sa visite à Stauminaup sur la Terrasse de l'Evaluation pour lui raconter le fallacieux rêve de convocation du volevant et de la rapidité avec laquelle Stauminaup avait rejeté ce rêve. Mais là, il n'y avait pas de supercherie. Il n'avait pas Deliamber pour agir sur son esprit par des pratiques magiques.

– Puis-je vous demander une appréciation ? dit finalement Valentin.

– Ce rêve a des résonances familières, répondit calmement Menesipta.

– C'est là toute votre interprétation ?

– Qu'aimeriez-vous que je vous dise d'autre ? demanda-t-elle, l'air amusé.

Valentin serra les poings de frustration.

– Si quelqu'un venait me voir pour une interprétation d'un tel rêve, j'appellerais cela un rêve de convocation.

– Très bien.

– Vous êtes d'accord ? Appelleriez-*vous* cela un rêve de convocation ?

– Si cela peut vous faire plaisir.

– La question n'est pas de me faire plaisir, reprit Valentin au comble de l'irritation. Soit ce rêve était un rêve de convocation, soit il ne l'était pas. Quel est votre point de vue ?

– Je considère que votre rêve est un rêve de convocation, répondit l'interprète avec un sourire en coin.

– Et maintenant ?

– Maintenant ? Eh bien, maintenant vous vous acquittez de vos tâches matinales.

– Un rêve de convocation, si je ne me trompe, fit sèchement Valentin, est nécessaire pour être admis en présence de la Dame.

– Absolument.

– Ne devrais-je donc pas accéder maintenant au Temple Intérieur ?

– Nul ne passe de la Seconde Falaise au Temple Intérieur, répondit Menesipta en secouant la tête. Ce n'est que lorsque vous atteindrez la Terrasse de l'Adoration qu'un rêve de convocation sera la condition suffisante pour vous permettre de pénétrer à l'intérieur. Votre rêve est intéressant et important, mais il ne change rien. Allez vaquer à vos tâches, Valentin.

Il tremblait de colère en quittant la chambre de Menesipta. Il savait que sa réaction était ridicule et qu'un simple rêve ne pouvait suffire à renverser tous les obstacles qui le séparaient encore de la Dame, et pourtant il avait tant attendu de ce rêve... il avait espéré voir Menesipta battre des mains, pousser des cris de joie et l'expédier sur l'heure vers le Temple Intérieur, mais rien de cela ne s'était produit, et la déception était cruelle et le rendait furieux.

Mais il n'était pas au bout de ses peines. En revenant des champs, deux heures plus tard, il fut arrêté par un acolyte qui lui annonça de but en blanc :

– Vous avez ordre de vous rendre immédiatement au port de Taleis où vous guiderez les nouveaux pèlerins.

Valentin fut abasourdi. Etre renvoyé au point de départ était bien la dernière chose qu'il souhaitait.

Il devait se mettre en route sur-le-champ et rebrousser chemin, à pied et seul, de terrasse en terrasse, et parvenir à la Terrasse de l'Evaluation dans le laps de temps le plus court possible. On lui fournit au magasin de vivres de la terrasse une ration suffisante pour atteindre la Terrasse des Fleurs. On lui remit également un appareil d'orientation qu'il devait fixer à son bras, qui détectait les bornes enfouies dans le sol le long du chemin et émettait des impulsions sonores faibles et aiguës.

Il quitta la Terrasse de la Dévotion à midi. Mais le chemin qu'il choisit était celui de l'intérieur, qui menait à la Terrasse du Renoncement, et non celui qui le ramenait vers la côte.

La décision s'imposa brusquement et avec une force irrésistible. Il ne pouvait tout simplement pas se permettre d'être ainsi éloigné de la Dame. S'écarter du droit chemin sur cette île où régnait une stricte discipline était une entreprise pleine de risques, mais il n'avait pas le choix.

Valentin longea le bord de la terrasse et s'engagea sur le sentier herbeux qui coupait en diagonale à travers le terrain de jeux jusqu'à la route principale. C'était l'endroit où il était supposé tourner à gauche en direction des terrasses extérieures. Mais – ayant l'affreuse impression d'attirer tous les regards – il tourna à droite et prit d'un pas vif la direction de l'intérieur. Il se trouva bientôt au-delà de la zone aménagée de la terrasse, et la large route pavée se transforma en une piste de terre battue qui s'enfonçait dans la forêt.

Au bout d'une demi-heure, il arriva à un embranchement. Il s'engagea au hasard sur la piste de gauche, mais les impulsions sonores du détecteur cessèrent et ne réapparurent que lorsqu'il eut fait demi-tour pour prendre l'autre piste. Un appareil bien pratique, pensa-t-il.

Il marcha sans s'arrêter jusqu'à la tombée de la nuit. Il choisit pour bivouaquer un riant bosquet près d'un clair ruisseau et fit un frugal dîner composé de fromage et d'une tranche de viande. Il dormit d'un sommeil agité, allongé sur le sol humide et frais entre deux arbres élancés.

La première lueur rose de l'aube le réveilla. Il remua, s'étira et ouvrit les yeux. Un petit plongeon dans le ruisseau, et puis manger un morceau, et puis...

Valentin entendit du bruit derrière lui, dans la forêt... des craquements de brindilles, quelque chose qui se déplaçait à travers les buissons. Il se glissa tranquillement derrière un arbre au tronc épais, au bord du ruisseau, et sortit précautionneusement la tête pour regarder. Et il vit un homme bâti en force, avec une barbe brune, sortir du sous-bois, s'arrêter devant le bivouac et regarder prudemment autour de lui. C'était Farssal.

En robe de pèlerin. Mais avec un poignard dans sa gaine attaché à l'avant-bras gauche.

Sept à huit mètres séparaient les deux hommes. Les sourcils froncés, Valentin envisagea les possibilités qui s'offraient à lui et réfléchit à sa tactique. Où Farssal avait-il bien pu dénicher un poignard sur cette île paisible ? Pourquoi le suivait-il à la trace dans la forêt sinon pour se débarrasser de lui ?

La violence était étrangère à Valentin. Mais prendre Farssal par surprise semblait être la seule solution raisonnable. Il oscilla d'avant en arrière sur la pointe des pieds pendant quelques secondes, se concentrant comme s'il se préparait à jongler, et bondit hors de sa cachette.

Farssal pivota sur lui-même et réussit à dégainer son poignard juste au moment où Valentin arrivait sur lui pour le culbuter. D'un geste brusque et désespéré, Valentin frappa du tranchant de la main le dessous du bras de Farssal, l'engourdissant, et le poignard tomba par terre; mais l'instant d'après, Farssal nouait ses bras musculeux autour de Valentin, comme s'il avait voulu le broyer.

Face à face, ils luttaient corps à corps. Farssal mesurait une tête de moins que Valentin, mais il était plus large de poitrine et d'épaules et fort comme un taureau. Il s'efforçait de jeter Valentin au sol; Valentin luttait pour se dégager; aucun des deux ne réussissait à déséquilibrer l'autre, les veines saillaient sur leurs fronts et leurs visages étaient gonflés et empourprés par l'effort.

– C'est de la folie, murmura Valentin. Lâche-moi et va-t'en. Je ne te veux pas de mal.

Pour toute réponse, Farssal accentua son étreinte.

– Qui t'envoie ? demanda Valentin. Que veux-tu de moi ?

Toujours pas de réponse. Les bras puissants, aussi forts que ceux d'un Skandar, continuaient inexorablement à se refermer. Valentin suffoquait; la douleur était insupportable. Il essaya d'écarter les coudes pour se dégager de la prise. Rien à faire. Le visage de Farssal était enlaidi et tordu par l'effort, le regard farouche, les lèvres serrées. Lentement, insensiblement, il poussait Valentin vers le sol.

Il était impossible de résister à cette terrible étreinte. Valentin cessa brusquement de le faire et se laissa complètement aller. Farssal, surpris, le poussa sur le côté; Valentin fléchit les genoux et n'offrit aucune résistance pendant que Farssal le projetait au sol. Mais il tomba sur le dos avec légèreté, les jambes repliées au-dessus de lui, et au moment où Farssal se précipitait furieusement sur lui, Valentin lança de toutes ses forces ses pieds dans le ventre de son adversaire. Farssal hoqueta, poussa un grognement et recula en titubant, étourdi. Valentin se releva d'un bond, saisit Farssal avec des bras que des mois de jonglerie avaient fortement musclés et le projeta brutalement au sol. Il le maintenait allongé sur le dos, les genoux sur les bras écartés de Farssal, les mains plaquant ses épaules au sol.

Comme il est étrange, se dit Valentin, de lutter ainsi corps à corps avec un autre être humain, comme si nous étions de petits garnements ! Cela lui semblait irréel.

Farssal lui jetait des regards flamboyants de haine, tapait furieusement du pied contre le sol et essayait en vain de repousser Valentin.

– Tu vas parler maintenant, fit Valentin. Explique-moi ce que cela signifie. Es-tu venu ici pour me tuer ?

– Je ne dirai rien.

– Toi qui parlais tant quand nous jonglions.

– C'était avant.

– Que vais-je faire de toi ? demanda Valentin. Si je te laisse te relever, tu vas recommencer. Et si je te tiens comme cela, je ne peux pas bouger non plus !

– Tu ne me tiendras pas longtemps ainsi.

Une nouvelle fois, Farssal essaya de se soulever. Il avait une force de colosse. Mais la poigne de Valentin était solide. Le visage de Farssal était devenu écarlate; de grosses cordes saillaient sur sa gorge; ses yeux flamboyaient de fureur et de frustration. Pendant un long moment, il resta absolument immobile. Puis il parut rassembler toutes ses forces et, bandant ses muscles, il se souleva. Valentin ne put résister à la terrible poussée. Pendant quelques instants, ni l'un ni l'autre ne contrôla la situation, Valentin à demi rejeté sur le côté, Farssal se tortillant et gigotant pour essayer de rouler sur lui-même. Valentin saisit Farssal par ses larges épaules et tenta de le repousser contre le sol. Farssal se dégagea et lança la main en avant, visant les yeux de Valentin. Valentin esquiva le coup de griffe et, sans prendre le temps de réfléchir, il empoigna Farssal par sa rude barbe noire et le tira sur le côté, lui cognant la tête contre un bloc rocheux qui affleurait juste à côté d'eux. Farssal poussa un long gémissement et cessa de remuer. Se relevant d'un bond, Valentin ramassa le poignard et se pencha sur son adversaire. Il tremblait, non pas de peur, mais à cause du relâchement de la tension, comme la corde d'un arc après que la flèche a été décochée. Ses côtes étaient endolories par la féroce étreinte et les muscles de ses bras et de ses épaules étaient parcourus de contractions et de tressaillements convulsifs.

— Farssal ? dit-il en le poussant du pied.

Pas de réponse. Etait-il mort ? Non. La large poitrine montait et descendait lentement, et Valentin percevait le bruit d'un souffle rauque et saccadé.

Valentin soupesa le poignard. Et maintenant ? Sleet lui aurait peut-être conseillé d'achever l'homme à terre avant qu'il ne revienne à lui. C'était impossible. On ne tuait pas, sauf en cas de légitime défense. Et, en tout cas, on ne tuait pas un homme inconscient, même s'il s'agissait d'un virtuel assassin. Tuer un autre être intelligent impliquait toute une vie de rêves expiatoires, la vengeance de la victime. Mais il ne pouvait pas se permettre de simplement partir, laissant Farssal reprendre ses esprits et se lancer à sa poursuite. Des lianes à glu se seraient révélées bien utiles. Mais Valentin vit une autre variété de plante grimpante, une liane jaune et verte, d'aspect robuste et grosse comme le doigt, qui s'enlaçait autour du tronc d'un arbre; en quelques tractions violentes, il réussit à en couper cinq longs tronçons. Il s'en servit pour ligoter Farssal qui remua et gémit, mais sans reprendre conscience. En dix minutes, il l'eut enroulé dans les lianes de la poitrine aux chevilles, comme une momie entourée de bandelettes. Il tira sur les lianes pour vérifier leur solidité et elles résistèrent.

Valentin rassembla ses maigres possessions et s'éloigna d'un pas vif.

La rencontre dans la forêt avait profondément bouleversé Valentin. Non seulement la bataille, dont la sauvagerie allait le troubler pendant longtemps, mais également l'idée que son ennemi ne se contentait plus de le faire espionner, mais qu'il envoyait des assassins après lui. Puisqu'il en est ainsi, se dit Valentin, puis-je douter plus longtemps de la véridicité des visions qui m'affirment que je suis lord Valentin ?

Valentin avait de la peine à concevoir l'idée de meurtre avec préméditation. Il était hors de question d'ôter la vie à quelqu'un. Dans le monde qu'il connaissait, c'était fondamental. Même l'usurpateur, lorsqu'il l'avait renversé, n'avait pas osé le tuer, de crainte de subir les rêves expiatoires, mais de toute évidence il acceptait maintenant de courir ce terrible risque. A moins, se dit Valentin, que Farssal n'ait pris sur lui de commettre une tentative d'homicide, tentant par cet acte odieux de gagner la faveur de ses employeurs, quand il s'était aperçu que Valentin avait filé à l'anglaise en direction du centre de l'Ile.

Sombre histoire, se dit Valentin en frissonnant. Plus d'une fois, alors qu'il suivait les sentiers de la forêt, il se retourna nerveusement pour regarder derrière lui, s'attendant presque à voir l'homme à la barbe noire lancé à sa poursuite.

Mais il n'eut pas de poursuivants. Vers le milieu de l'après-midi, Valentin arriva en vue de la Terrasse du Renoncement et il vit dans le lointain la blanche paroi verticale de la Troisième Falaise.

Personne ne risquait de remarquer un pèlerin clandestin se déplaçant tranquillement au milieu de toute cette multitude. Il pénétra sur la Terrasse du Renoncement avec une expression qu'il espérait être innocente, comme s'il était parfaitement en droit de se trouver là. La terrasse était vaste et opulente, avec une rangée de hauts bâtiments de pierre bleu foncé à son extrémité orientale et un bosquet d'arbres de bassa juste devant. Valentin glissa dans son sac une demi-douzaine de tendres et succulents fruits de bassa et se dirigea vers la fontaine de la terrasse où il se débarrassa de la saleté accumulée pendant sa première journée de marche. S'enhardissant, il trouva le réfectoire et se servit de potage et de ragoût. Et, tout aussi désinvolte que lorsqu'il était arrivé, il s'esquiva par l'autre extrémité de la terrasse au moment où la nuit commençait à tomber.

Il se fit une nouvelle fois un lit de fortune dans la forêt, sommeillant et se réveillant à plusieurs reprises en sursaut à la pensée de Farssal. Dès qu'il fit assez jour, il se leva et reprit la route. La stupéfiante muraille blanche de la Troisième Falaise se dressait au-dessus de la forêt devant lui. Il marcha toute la journée et toute la journée du lendemain, et pourtant il n'avait pas l'impression de se rapprocher de la falaise. Il estima qu'à pied, à travers ces bois, il ne parcourait pas plus de vingt-cinq à trente kilomètres par jour; il pouvait y en avoir encore quatre-vingts à cent vingt jusqu'à la Troisième Falaise. Et après, quelle distance y avait-il jusqu'au Temple Intérieur ? Le trajet risquait de lui prendre plusieurs semaines. Il continua d'avancer. Ses foulées devenaient de plus en plus élastiques; cette vie dans la forêt lui convenait parfaitement.

Le quatrième jour, Valentin atteignit la Terrasse de l'Ascension. Il fit une brève halte pour se restaurer, dormit dans un paisible bosquet et, le lendemain matin, reprit la route jusqu'au pied de la Troisième Falaise.

Il ignorait tout du mécanisme qui permettait aux flotteurs de faire l'ascension des murailles des falaises. D'où il était, il voyait la petite installation de la station de flotteurs, quelques habitations, plusieurs acolytes travaillant dans un champ, des flotteurs empilés au pied de la falaise. Il se demanda s'il allait attendre l'obscurité pour s'emparer d'un flotteur et essayer de le manœuvrer, mais il écarta cette solution : s'élever sans aide à cette vertigineuse hauteur en utilisant du matériel qu'il ne connaissait pas lui paraissait trop risqué. Et il lui déplaisait encore plus de forcer les acolytes à l'aider.

Il ne restait qu'une option. Il nettoya sa robe souillée par le voyage, afficha un air de suprême autorité et s'avança d'une démarche digne vers la station de flotteurs.

Les acolytes – ils étaient trois – le regardèrent approcher d'un air soupçonneux.

– Les flotteurs sont-ils prêts pour l'ascension? demanda-t-il.

– Vous êtes appelé sur la Troisième Falaise?

– Absolument.

Valentin les gratifia de son plus éblouissant sourire, leur laissant voir, en même temps, un fond de confiance, de force et d'absolue sûreté de lui-même.

– Je suis Valentin d'Alhanroel, reprit-il d'un ton cassant, et je réponds à une convocation extraordinaire de la Dame. On m'attend en haut pour m'escorter jusqu'au Temple Intérieur.

– Pourquoi n'en avons-nous pas été informés?

– Comment le saurais-je? fit Valentin en haussant les épaules. Quelqu'un a visiblement fait une erreur. Vais-je devoir attendre ici jusqu'à ce que les documents arrivent? La Dame devrait-elle m'attendre? Allez, mettez les flotteurs en marche!

– Valentin d'Alhanroel... convocation extraordinaire de la Dame...

Les acolytes fronçaient les sourcils, secouaient la tête, se regardaient d'un air gêné.

– Cela est tout à fait irrégulier. Qui doit vous escorter là-haut, avez-vous dit?

Valentin prit une longue inspiration.

– La Haute Interprète Tisana de Falkynkip en personne a été envoyée pour m'accueillir ! proclama-t-il d'une voix retentissante. Devra-t-elle attendre, elle aussi, que vos tergiversations arrivent à leur fin ? Etes-vous prêts à assumer la responsabilité de ce retard ? Vous connaissez le caractère de la Haute Interprète !

– C'est vrai, c'est vrai, acquiescèrent nerveusement les acolytes en échangeant des hochements de tête comme si cette personne existait réellement et avait des flambées de colère particulièrement redoutables.

Valentin comprit qu'il avait partie gagnée. Avec des gestes vifs et impatients, il les mobilisa pour accomplir leur tâche et, quelques instants plus tard, il était à bord d'un flotteur et s'élevait sereinement vers la plus haute et la plus sacrée des trois falaises de l'Ile du Sommeil.

10

Au sommet de la Troisième Falaise, l'air était clair, pur et frais, car l'Ile à cet endroit s'élevait à plusieurs milliers de mètres au-dessus du niveau de la mer, et tout là-haut, sur l'aire de la Dame, la végétation était tout à fait différente de celle des deux niveaux inférieurs. Les arbres étaient de haut fût, avec des feuilles aciculaires et des branches symétriques, et les buissons et les plantes qui les environnaient avaient une vigueur subtropicale, larges feuilles vernissées et tiges robustes. Valentin se retourna, mais d'où il était, il ne pouvait voir l'océan, seulement le moutonnement de la forêt sur la Seconde Falaise, et il apercevait la Première Falaise dans le lointain. Une allée à l'élégant dallage de pierre partait du bord de la Troisième Falaise en direction de la forêt. Sans hésiter, Valentin s'y engagea. Il n'avait aucune idée de la topographie des lieux et savait seulement qu'il y avait plusieurs terrasses dont la dernière était la Terrasse de l'Adoration où l'on attendait d'être appelé par la Dame. Il n'espérait pas atteindre les abords du Temple Intérieur sans s'être fait arrêter; mais il avait l'intention d'aller aussi loin que possible, et lorsqu'il serait appréhendé, il donnerait son nom et demanderait qu'il soit transmis à la Dame, et pour le reste, il s'en remettrait à sa miséricorde et à sa grâce.

Il fut arrêté avant même d'atteindre la première terrasse de la Troisième Falaise.

Cinq acolytes, revêtus des robes de la haute hiérarchie, sortirent de la forêt et se déployèrent calmement en travers du chemin. Il y avait trois hommes et deux femmes, tous d'un âge très avancé, et ils ne manifestaient pas la moindre crainte de lui.

L'une des femmes, tête chenue, lèvres minces, yeux noirs et perçants, prit la parole :

– Je suis Lorivade, de la Terrasse des Ombres, et je vous demande au nom de la Dame d'expliquer votre présence ici.

– Je suis Valentin d'Alhanroel, répondit-il d'un ton paisible, je suis la chair de la chair de la Dame, et je vous demande de me mener à elle.

L'impudence de cette déclaration n'amena pas un seul sourire sur les lèvres des hauts dignitaires.

– Vous prétendez être apparenté à la Dame? demanda Lorivade.

– Je suis son fils.

– Son fils s'appelle Valentin, et il est Coronal sur le Mont du Château. Quelle est cette folie?

– Transmettez à la Dame la nouvelle que son fils Valentin a traversé la Mer Intérieure et tout le continent de Zimroel pour venir à elle et qu'il est blond, et je ne vous demanderai rien de plus.

– Vous portez la robe de la Seconde Falaise, intervint l'un des hommes qui entouraient Lorivade. Il vous était interdit de faire l'ascension.

– Je comprends parfaitement cela, fit Valentin en

soupirant. L'ascension était interdite, illégale et présomptueuse. Mais j'invoque la raison d'Etat. Si l'on tarde à transmettre mon message à la Dame, vous en assumerez la responsabilité.

– Nous n'avons pas ici l'habitude de recevoir des menaces, déclara Lorivade.

– Je ne menace personne. Je parle seulement de conséquences inévitables.

– C'est un dément, fit une femme à la droite de Lorivade. Nous allons devoir l'interner et le traiter.

– Et donner un blâme à l'équipe du bas, dit un homme.

– Et découvrir de quelle terrasse il vient et comment on a pu l'autoriser à s'en écarter, dit un autre.

– Tout ce que je vous demande, c'est de transmettre mon message à la Dame, dit calmement Valentin.

Ils l'entourèrent et le firent avancer à vive allure le long du chemin forestier jusqu'à une clairière où étaient garés trois flotteurs et où attendaient de nombreux acolytes dans la force de l'âge. De toute évidence, tout était prêt pour faire face à une situation tendue. Lorivade fit signe à l'un des acolytes et lança quelques ordres brefs; puis les cinq dignitaires montèrent à bord d'un des flotteurs qui les emporta aussitôt.

Plusieurs acolytes se dirigèrent vers Valentin. Ils l'empoignèrent sans ménagement et le poussèrent vers un des flotteurs. Il leur signala en souriant qu'il n'avait pas l'intention de leur opposer de résistance, mais ils ne relâchèrent pas leur étreinte et le jetèrent brutalement sur un siège. Le flotteur s'éleva et, à un signal, les montures qui y étaient attelées commencèrent à trotter en direction de la terrasse toute proche.

La Terrasse des Ombres comprenait de grands bâtiments bas et de vastes esplanades de pierre. Les ombres auxquelles elle devait son nom étaient noires comme de l'encre, de mystérieux pans de nuit qui engloutissaient tout et s'étendaient sur les sculptures de pierre abstraites en prenant des formes étrangement significatives. Mais la tournée de la terrasse de Valentin fut brève. Le flotteur s'arrêta devant un bâtiment bas et nu, dépourvu de fenêtres; une porte parfaitement ajustée s'ouvrit à la plus légère poussée, glissant silencieusement sur ses gonds; on le fit pénétrer à l'intérieur.

La porte se referma sans laisser de trace dans le mur.

Il était prisonnier.

La pièce était carrée, basse de plafond et sinistre. Une unique veilleuse projetait une douce lueur verdâtre. Un purificateur, un lavabo, une commode et un matelas composaient tout le mobilier.

Allaient-ils transmettre son message à la Dame?

Ou bien allaient-ils le laisser moisir ici pendant qu'ils enquêtaient sur sa venue irrégulière sur la Troisième Terrasse, gaspillant des semaines en recherches bureaucratiques?

Une heure s'écoula, puis une seconde et une troisième. Il pria pour qu'on lui envoie un interrogateur, un inquisiteur, n'importe qui, mais tout plutôt que ce silence, cette inaction, cette solitude. Il se mit à compter les pas. La pièce n'était pas exactement carrée : la longueur des murs faisait dans un sens un pas et demi de plus que dans l'autre. Il chercha les contours de la porte, mais ne réussit pas à les trouver. L'ajustement était parfait, mais cette petite merveille de construction ne l'égaya guère. Il s'inventa des dialogues et les enjoliva en silence : Valentin et Deliamber, Valentin et la Dame, Valentin et Carabella, Valentin et lord Valentin. Mais il se lassa vite de cette distraction.

Il entendit un léger crissement et pivota pour voir une fente s'ouvrir dans le mur et un plateau glisser à l'intérieur de la cellule. On lui avait donné du poisson et une grappe de raisin éburnéen, avec un gobelet de jus de fruit rouge et frais.

– Pour ce repas, je vous remercie de tout cœur, s'écria-t-il.

Il palpa le mur, cherchant l'endroit par où le plateau était entré. Nulle trace.

Il mangea en s'inventant d'autres dialogues, conversant en esprit avec Sleet, avec la vieille interprète des rêves Tisana, avec Zalzan Kavol et le capitaine Gorzval. Il leur posait des questions sur leur enfance, sur leurs rêves et leurs espoirs, sur leurs opinions politiques et leurs goûts en matière de nourriture, de boisson et d'habillement. Mais au bout d'un moment, il se fatigua de nouveau de ce jeu et il s'étendit pour dormir.

Il dormit d'un sommeil léger, des assoupissements peu profonds entrecoupés au moins une demi-douzaine de fois de languissantes périodes de veille. Ses rêves étaient fragmentés, la Dame, Farssal, le Roi des Rêves, le chef de la tribu métamorphe et la haute dignitaire Lorivade s'y succédèrent, mais ils ne prononçaient que des paroles obscures et confuses. Quand il se réveilla finalement, il trouva dans la pièce un petit déjeuner servi sur un plateau.

Une longue journée s'écoula.

Jamais il n'avait vécu une journée aussi interminable. Il n'y avait absolument rien à faire, rien, rien du tout, un néant, une interminable grisaille. Il aurait bien jonglé avec ses assiettes, mais elles étaient beaucoup trop légères et il aurait eu l'impression de jongler avec des plumes. Il essaya de jongler avec ses bottes, mais il n'en avait que deux et jongler avec deux objets n'était pour lui qu'un jeu d'enfant. Il résolut en désespoir de cause de jongler avec ses souvenirs, revivant tout ce qui lui était arrivé depuis Pidruid, mais la perspective de passer une infinité d'heures à faire cela l'épouvanta. Il médita jusqu'à ce que ses oreilles commencent à bourdonner de fatigue. Il s'accroupit au centre de la pièce, mais la tension d'esprit qu'il lui fallait fournir n'était guère divertissante.

La seconde nuit, Valentin fit une tentative pour entrer en communication avec la Dame. Il se disposa à dormir, mais au moment où il se sentit sombrer dans l'inconscience, il s'efforça de glisser dans un état intermédiaire, aux franges du sommeil et de la veille, une sorte d'état de transe. L'entreprise était délicate, car s'il se concentrait trop intensément, il allait retrouver l'état de veille, et s'il se détendait trop, il allait basculer dans le sommeil. Il resta longtemps à ce point d'équilibre, regrettant de ne pas avoir saisi l'occasion, pendant les heures creuses de son voyage à travers Zimroel, de demander à Deliamber de l'initier dans cette matière.

Finalement, il projeta son esprit hors de lui.

– *Mère?*

Il imagina son âme s'envolant de la Terrasse des Ombres et flottant vers l'intérieur de l'Ile, survolant terrasse après terrasse, jusqu'au cœur de la Troisième Falaise, jusqu'au Temple Intérieur, jusqu'à la chambre où reposait la Dame de L'Ile.

– *Mère, c'est Valentin. C'est Valentin, ton fils. J'ai tant de choses à te dire, et tant à te demander! Mais j'ai besoin de ton aide pour pouvoir te rejoindre.*

Valentin restait immobile. Il était d'une absolue sérénité. Il sentait dans son esprit un rayonnement pur et blanc.

– *Mère, je suis sur la Troisième Falaise, dans une cellule de la Terrasse des Ombres. Je suis arrivé jusque-là, mère. Mais je ne puis aller plus loin. Fais-moi appeler, mère!*

– *Mère...*

– *Ma Dame...*

– *Mère...*

Il sombra dans le sommeil.

Le rayonnement subsistait. Il perçut les premiers tintements annonciateurs d'un rêve, l'ouverture, les premières sensations d'un contact qui s'établissait. Des visions lui vinrent. Il n'était plus emprisonné. Il était allongé sous le firmament étoilé sur une grande plateforme circulaire de pierre finement polie, qui ressemblait à un autel, et il vit venir vers lui une femme aux cheveux d'ébène lustrés, qui s'agenouilla près de lui et, l'effleurant de la main, lui dit d'une voix affectueuse :

– Tu es mon fils, Valentin, et devant tout Majipoor je te reconnais comme mon fils et te convoque sur-le-champ à mes côtés.

Ce fut tout. Lorsqu'il s'éveilla, il n'avait d'autre souvenir de son rêve que cela.

Ce matin-là, il n'y avait pas de plateau de petit déjeuner qui l'attendait. Etait-ce donc vraiment le matin, ou s'était-il réveillé au beau milieu de la nuit ? Les heures passèrent. L'avait-on oublié ? Avait-on l'intention de le laisser mourir de faim ? A cette perspective, il sentit un frisson de terreur le parcourir. Etait-ce une amélioration par rapport à l'ennui qu'il avait connu ? Il se dit que tout bien considéré, il préférait l'ennui à la terreur, même si sa préférence était légère. Il appela, mais en sachant que c'était inutile. Il était muré comme dans un tombeau. Un tombeau. Valentin contempla d'un œil morne l'empilement de vieux plateaux contre le mur opposé. Il évoqua les plaisirs et les joies de la nourriture, les saucisses des Lii, le poisson que Khun et Sleet avaient fait griller sur les berges de la Steiche, le goût du fruit du dwikka, la saveur piquante du vin de feu à Pidruid. Sa faim devenait pressante. Et il avait peur. Il ne s'ennuyait plus du tout maintenant; il avait peur. Ils s'étaient peut-être réunis et l'avaient condamné à mort pour folie incurable.

Les minutes. Les heures. Une demi-journée s'était déjà écoulée depuis son réveil.

C'était de la folie de penser qu'il pouvait atteindre l'esprit de la Dame dans son sommeil. Folie de s'imaginer qu'il pouvait sans effort laisser flotter son âme jusqu'au Temple Intérieur et recevoir l'aide de la Dame. Folie de croire qu'il pouvait reconquérir le Mont du Château, si tant est qu'il ait jamais été sien. Il s'était propulsé sur la moitié de la surface de la planète avec sa folie pour seule force motrice, et maintenant, se dit-il avec amertume, je vais recevoir la récompense de ma présomption et de mon aveuglement.

Enfin il entendit le léger crissement familier. Mais ce n'était pas la fente par laquelle passaient les plateaux. C'était la porte.

Deux dignitaires chenus pénétrèrent dans la cellule. Ils le gratifièrent d'un regard empreint d'une frustration amère et morose.

– Etes-vous venus m'apporter mon petit déjeuner? demanda Valentin.

– Nous sommes venus, répondit le plus grand, vous conduire au Temple Intérieur.

11

Il insista pour prendre un peu de nourriture avant de partir – sage précaution, car le trajet s'avéra fort long et leur prit le reste de la journée, en flotteur couvert tiré par des montures. Assis de chaque côté de lui, les deux hauts dignitaires gardèrent un silence glacial pendant tout le voyage. Quand il leur posait une question – par exemple le nom d'une des terrasses qu'ils traversaient –, ils répondaient aussi brièvement que possible et refusaient d'alimenter la conversation.

La Troisième Falaise comprenait de nombreuses terrasses – Valentin cessa de les compter après la septième, et elles étaient beaucoup plus rapprochées que sur les falaises extérieures et n'étaient séparées que par des bandes de forêt symboliques. Cette zone centrale de l'Ile semblait fort active et peuplée.

Au crépuscule, ils atteignirent la Terrasse de l'Adoration, un espace occupé par de paisibles jardins et des bâtiments bas blanchis à la chaux. Comme toutes les terrasses, elle était circulaire, mais beaucoup plus petite que les autres, située comme elle l'était au cœur de l'Ile, un petit anneau dont on pouvait parcourir à pied toute la circonférence en une ou deux heures, alors qu'il aurait fallu des mois pour faire le circuit de l'une des terrasses de la Première Falaise. De vieux arbres noueux aux feuilles ovales et serrées poussaient à intervalles réguliers le long du rempart. Des plantes grimpantes s'entrelaçaient entre les bâtiments et il y avait une profusion de petites cours décorées de minces colonnettes de pierre noire polie et ornées de buissons en fleurs. Les serviteurs de la Dame se déplaçaient tranquillement par deux ou par trois dans cette paisible enceinte. On conduisit Valentin dans une chambre beaucoup plus plaisante que la dernière où il avait vécu, avec une baignoire encastrée, un lit tentant, des fenêtres donnant sur un jardin et des corbeilles de fruits sur la table. Les hauts dignitaires le laissèrent seul. Il prit un bain, grignota des fruits et attendit la suite des événements. Il dut attendre une bonne heure, puis on frappa à la porte et une voix douce demanda s'il désirait dîner. Une table roulante pénétra dans la pièce, portant une chère plus substantielle que ce qu'il avait eu depuis son arrivée sur l'Ile — des viandes grillées, des courgettes bleues ingénieusement farcies avec un hachis de poisson, et un pichet d'une boisson fraîche qui ressemblait à s'y méprendre à du vin. Valentin mangea avec voracité. Après quoi, il resta longtemps debout devant ses fenêtres, scrutant l'obscurité. Il ne voyait rien, il n'entendait rien. Il alla tourner la poignée de sa porte : fermée. Ainsi, il était encore prisonnier, même si le cadre était beaucoup plus agréable qu'auparavant.

Il dormit d'un sommeil sans rêves. Un flot de lumière dorée ruisselant dans sa chambre le réveilla. Il prit un bain. Le même serviteur discret apparut, apportant un petit déjeuner composé de saucisses et d'une compote de fruits roses. A peine avait-il terminé que deux graves dignitaires entrèrent à leur tour et lui annoncèrent :

— Vous êtes convoqué ce matin par la Dame.

Ils le conduisirent à travers un jardin d'une fantastique beauté et sur une fragile passerelle de pierre d'un blanc très pur qui enjambait un étang aux eaux sombres dans lequel des poissons dorés nageaient en décrivant d'étincelantes arabesques. Plus loin s'étendait une pelouse merveilleusement entretenue. En son centre s'élevait un grand bâtiment à un seul étage, d'une forme extraordinairement délicate, rayonnant comme les branches d'une étoile à partir d'un centre circulaire.

Cela ne peut être que le Temple Intérieur, se dit Valentin.

Il se sentait tout tremblant. Après il ne savait combien de mois, il avait enfin atteint le but de son voyage, le seuil du royaume de cette mystérieuse femme qu'il imaginait être sa mère. Enfin il y était arrivé; et si tout cela se révélait n'être qu'une aberration, une chimère, une épouvantable méprise, s'il n'était personne de particulier, rien qu'un blond vagabond de Zimroel, dépouillé de ses souvenirs par quelque accident stupide et gonflé d'ambitions extravagantes par des compagnons malavisés? Cette pensée lui était insupportable. Si la Dame le répudiait maintenant, si elle le reniait...

Il pénétra dans le temple.

Toujours flanqué des deux dignitaires, Valentin traversa un interminable hall d'entrée gardé tous les cinq mètres par de raides guerriers au masque impénétrable et entra dans une pièce octogonale, avec des murs de belle pierre blanche et une fontaine, octogonale elle aussi, qui en occupait le centre. La lumière du matin pénétrait dans la pièce par une ouverture à huit côtés. Dans chaque angle se tenait une silhouette grave revêtue de la robe de la haute hiérarchie. Valentin, éberlué, les regarda l'une après l'autre, mais il ne lut sur leurs visages aucune cordialité, rien qu'une sorte de désapprobation pincée.

Une unique note retentit, s'enfla lentement et s'évanouit, et quand le silence revint, la Dame de l'Ile était dans la pièce.

Elle ressemblait beaucoup à la silhouette que Valentin avait si souvent vue en rêve. C'était une femme d'âge mûr et de taille moyenne, le teint bistré, les cheveux noirs et brillants, des yeux remplis de douceur, des lèvres pleines sur lesquelles semblait flotter un sourire perpétuel et – mais oui – une fleur derrière l'oreille et le front ceint d'un diadème d'argent. Une aura semblait l'entourer, un nimbe, une auréole de force, d'autorité et de majesté, comme il seyait à la Puissance de Majipoor qu'elle était, mais il n'était pas préparé à cela, s'attendant seulement à trouver une femme affectueuse et maternelle et ayant oublié qu'elle était une reine, une grande prêtresse et presque une déesse. Il resta sans voix devant elle pendant qu'elle l'observait longuement par-dessus la fontaine, posant sur son visage un regard à la fois léger et pénétrant. Puis elle fit un geste brusque de la main qui ne pouvait être interprété que comme un congédiement. Il n'était pas adressé à Valentin, mais aux dignitaires. Cela mit un terme à leur froideur marmoréenne. Ils se regardèrent, visiblement décontenancés. La Dame répéta son geste, un petit coup sec du poignet, et un éclair impérieux, d'une intensité presque insoutenable, passa dans son regard. Trois ou quatre des dignitaires quittèrent la pièce; les autres ne mettaient aucun empressement à obtempérer, comme s'ils se refusaient à croire que la Dame avait l'intention de rester en tête à tête avec le prisonnier. Pendant un instant, il sembla qu'un troisième geste de la main allait être nécessaire lorsqu'un des plus âgés et des plus imposants des dignitaires tendit vers elle un bras tremblant dans un geste de protestation. Mais le regard que la Dame darda sur lui lui fit baisser le bras. Tous ceux qui restaient se retirèrent lentement.

Valentin résista à l'impulsion de ployer le genou.

– Je n'ai aucune idée de la manière dont il faut vous

rendre hommage, commença-t-il d'une voix à peine audible. Je ne sais pas non plus, ma Dame, comment je dois m'adresser à vous pour ne pas vous offenser.

– Il suffira, Valentin, répondit-elle d'une voix calme, que tu m'appelles mère.

A ces mots, il resta frappé de stupeur. Il fit quelques pas chancelants dans sa direction, et s'immobilisa, les yeux écarquillés.

– C'est vrai ? demanda-t-il dans un souffle.

– Cela ne fait aucun doute.

Il sentait ses pommettes enflammées et demeurait frappé d'impuissance, pétrifié par sa grâce. Elle lui fit signe d'approcher en remuant à peine le bout des doigts, et il se mit à trembler comme une feuille.

– Approche-toi, dit-elle. As-tu peur ? Approche-toi de moi, Valentin !

Il traversa la pièce, contourna la fontaine et arriva devant elle. Elle glissa les mains dans les siennes. Immédiatement, il sentit une décharge d'énergie le parcourir, une pulsation sensible, tangible, quelque chose de voisin de ce qu'il avait ressenti quand Deliamber l'avait touché pour accomplir ses pratiques de magie, mais d'une puissance infiniment supérieure, infiniment plus effrayante. Il aurait voulu dégager ses mains après cette première décharge, mais elle le retenait et il n'avait pas la force de le faire, et les yeux de la Dame, tout proches des siens, semblaient lire jusqu'au fond de son âme et pénétrer ses mystères.

– Oui, fit-elle finalement, par le Divin, c'est bien toi, Valentin. Ton corps est changé, mais ton âme est bien telle que je l'ai faite ! Oh, Valentin, Valentin, que t'ont-ils fait ? Qu'ont-ils fait à Majipoor ?

Elle pressa ses mains et l'attira vers elle. Il se retrouva dans ses bras, la Dame se dressant sur la pointe des pieds pour mieux l'étreindre, et il la sentait trembler. Ce n'était plus une déesse, mais une femme, une mère serrant contre elle son fils tourmenté. Il trouvait dans cet embrassement plus de paix qu'il n'en avait connu depuis son apparition à Pidruid et il s'accrochait à elle en priant pour qu'elle ne mette pas fin à cette étreinte.

Puis elle fit un pas en arrière et l'examina en souriant.

– Ils t'ont au moins donné un corps séduisant. Rien de commun avec ce que tu étais naguère, mais plaisant à l'œil, robuste et plein de santé. Ils auraient pu faire bien pire. Ils auraient pu faire de toi quelqu'un de souffreteux, de rachitique ou de contrefait, mais je suppose qu'ils n'en ont pas eu le courage, sachant qu'ils seraient châtiés au centuple pour tous leurs forfaits.

– Qui, mère ?

La question parut la surprendre.

– Qui ? Mais Barjazid et les siens !

– Je ne sais rien, mère, dit Valentin, hormis ce qui m'est venu en rêve, et même cela est nébuleux et confus.

– Et que sais-tu ?

– Je sais qu'on m'a dépouillé de mon corps, qu'à la suite de je ne sais quel maléfice du Roi des Rêves on m'a abandonné tel que tu me vois devant Pidruid et que quelqu'un d'autre, je pense qu'il pourrait s'agir de Dominin Barjazid, règne maintenant du haut du Mont du Château. Mais je sais tout cela de la manière la plus douteuse.

– Tout cela est vrai, déclara la Dame.

– Et quand cela s'est-il passé ?

– Au début de l'été, répondit-elle, alors que tu effectuais le Grand Périple sur Zimroel. J'ignore comment ils ont procédé, mais une nuit, pendant que je dormais, j'ai ressenti une violente douleur, un déchirement, comme si l'on venait d'arracher le cœur de la planète, et je me suis réveillée en sachant que quelque chose de funeste et de monstrueux venait de se produire. J'ai projeté mon âme vers toi, mais je n'ai pu t'atteindre. Je ne trouvais plus que le silence et le vide là où tu étais. Et pourtant ce silence était différent de celui qui m'a accablée quand Voriax a disparu, car je sentais encore ta présence, mais hors de ma portée, comme si on avait interposé entre nous une épaisse plaque de verre. J'ai immédiatement demandé des nouvelles du Coronal. Il est à Til-omon, m'a-t-on répondu. Et va-t-il bien ? ai-je demandé. Oui, m'a-t-on assuré, il va bien et doit s'embarquer aujourd'hui même pour Pidruid. Mais je ne pouvais entrer en contact avec toi, Valentin. J'ai projeté mon âme, comme je l'avais fait pendant des années, dans toutes les parties du monde, et tu étais partout et nulle part en même temps. J'avais peur, j'étais bouleversée, Valentin, mais je ne pouvais rien faire d'autre que chercher et attendre. Je reçus la nouvelle que lord Valentin avait débarqué à Pidruid, qu'il était l'invité du maire de la ville, et j'eus une vision de lui par-delà tout le continent, et son visage était le visage de mon fils. Mais son esprit était autre, et il m'était fermé. J'ai essayé d'envoyer un message, mais je ne pouvais l'atteindre. Et finalement j'ai commencé à comprendre.

– Savais-tu où j'étais ?

– Au début, non. Ils t'avaient si bien ensorcelé que ton esprit était totalement changé. Nuit après nuit, je projetais mon âme sur Zimroel à ta recherche – je négligeais tout le reste ici, mais cette substitution de Coronal n'était pas une mince affaire – et je crus percevoir des lueurs, un fragment de ton être véritable, et au bout d'un certain temps, je réussis à établir que tu étais vivant, que tu étais au nord-ouest de Zimroel, mais il n'était toujours pas question de t'atteindre. Il me fallait attendre que tu reprennes conscience de qui tu étais, que l'effet du sortilège commence à se dissiper et que ton esprit véritable te soit rendu, au moins partiellement.

– Il est encore loin d'être entier, mère.

– Je sais. Mais je pense que nous pourrons y remédier.

– Quand as-tu finalement réussi à m'atteindre ?

Elle réfléchit quelques instants.

– C'était près de la cité Ghayrog, je crois, près de Dulorn, et au début, je ne t'ai vu que par le biais de ceux qui t'entouraient et qui apprenaient en rêve la vérité à ton sujet. Je suis entrée en contact avec leur esprit, j'ai clarifié et décanté ce qui s'y trouvait et je me suis aperçue que ton âme les avait marqués de son empreinte et qu'ils savaient mieux que toi-même ce qui t'était arrivé. C'est ainsi que j'ai pu tourner autour de toi pour commencer, avant de réussir à pénétrer en toi. Et à partir de ce moment-là, la connaissance de ta précédente identité s'est approfondie, et je me suis efforcée, malgré les milliers de kilomètres qui nous séparaient, de te guérir et de t'attirer vers moi. Mais ce fut loin d'être facile. Le monde des rêves, Valentin, est un monde ardu et mouvant, même pour moi, et tenter de le contrôler est aussi difficile qu'essayer d'écrire un livre sur le sable, au bord de l'océan. La marée remonte et efface presque tout, et il n'y a plus qu'à recommencer. Mais enfin te voici.

– L'as-tu su, quand j'ai abordé dans l'Ile ?

– Oui, je l'ai su. J'ai senti que tu étais à proximité.

– Et pourtant tu m'as laissé me traîner de terrasse en terrasse !

– Il y a des millions de pèlerins sur les terrasses extérieures, dit-elle en riant. Te sentir était une chose, te repérer avec précision en était une autre, beaucoup plus difficile. De plus, tu n'étais pas encore prêt à venir jusqu'à moi, pas plus que je n'étais prête à te recevoir. Je te mettais à l'épreuve, Valentin. Je t'observais de loin pour savoir si beaucoup de ton âme avait survécu, s'il restait en toi un peu du Coronal. Avant de te reconnaître, il me fallait savoir cela.

– Et alors, reste-t-il en moi beaucoup de lord Valentin ?

– Enormément. Beaucoup plus que tes ennemis ne pourraient le soupçonner. Leur plan était défectueux :

ils ont cru t'éliminer, alors qu'ils n'ont fait que provoquer l'embrouillement, la confusion de tes idées.

– N'auraient-ils pas été mieux avisés en se débarrassant définitivement de moi plutôt que de mettre mon âme dans un autre corps ?

– Certainement, répondit la Dame, mais ils n'ont pas osé. Ton esprit a été oint, Valentin. Ces Barjazid sont des brutes superstitieuses. Ils acceptent, semble-t-il, de courir le risque de renverser un Coronal, pas de le supprimer, de peur que son esprit ne se venge. Et leur lâcheté entraînera la faillite de leur machination.

– Crois-tu que je pourrai un jour retrouver ma position ? demanda doucement Valentin.

– En doutes-tu ?

– Barjazid a le visage de lord Valentin. Le peuple l'accepte comme Coronal. Il a le contrôle du pouvoir du Mont du Château. Je n'ai guère qu'une douzaine de partisans et je suis inconnu. Si je me proclame Coronal légitime, qui me croira ? Et alors, combien de temps Dominin Barjazid me laissera-t-il avant de se débarrasser de moi, comme il aurait dû le faire à Til-omon ?

– Tu as le soutien de la Dame, ta mère.

– As-tu donc une armée, mère ?

– Non, je n'ai pas d'armée, répondit la Dame avec un sourire très doux. Mais je suis une Puissance de Majipoor, ce qui n'est pas à négliger. J'ai la force que me confèrent la justice et l'amour, Valentin. Mais j'ai aussi ceci.

Elle porta la main au bandeau d'argent qui lui ceignait le front.

– Ce qui te sert à transmettre les messages ? demanda Valentin.

– Oui, ce qui me permet d'entrer en contact avec les esprits sur toute la surface de Majipoor. Je n'ai pas le pouvoir de contrôler et de diriger qu'ont les Barjazid grâce à leurs appareils, mais je peux communiquer, je peux guider, je peux influencer. Je te remettrai un de ces bandeaux avant que tu quittes l'Ile.

– Et je traverserai tranquillement Alhanroel, envoyant aux citoyens du continent des messages d'amour, en attendant que Dominin Barjazid descende du Mont pour me rendre le trône ?

Les yeux de la Dame lancèrent le même éclair de colère que celui que Valentin y avait surpris lorsqu'elle avait renvoyé les dignitaires.

– Quel langage tiens-tu, Valentin ? fit-elle d'un ton cassant.

– Mère...

– Oh, si, ils t'ont bien changé ! Le Valentin que j'ai mis au monde et élevé refusait d'envisager la défaite.

– Moi aussi, mère. Mais l'entreprise est si vaste et je suis si las... Et s'il faut guerroyer contre les citoyens de Majipoor – même contre un usurpateur –, mère, il n'y a pas eu de guerre sur Majipoor depuis les temps les plus reculés. Serai-je celui qui va rompre la paix ?

Le regard de la Dame était impitoyable.

– La paix est déjà rompue, Valentin, dit-elle. Il t'incombe de rétablir l'ordre dans le royaume. Un faux Coronal règne depuis près d'un an déjà. Des lois iniques et absurdes sont promulguées quotidiennement. Les innocents sont punis, les coupables prospèrent. De fragiles équilibres instaurés depuis des millénaires sont en passe d'être détruits. Quand nos ancêtres sont arrivés ici, venant de la Vieille Terre, il y a quatorze mille ans de cela, bien des erreurs ont été commises et bien des souffrances endurées avant de trouver notre système de gouvernement. Mais depuis l'époque du premier Pontife, nous avons vécu sans bouleversements d'importance, et depuis l'époque de lord Stiamot, la paix a régné sur notre planète. Maintenant, cette paix est rompue et c'est à toi qu'il incombe de remettre les choses en ordre.

– Et si je m'incline devant le fait accompli ? Si je refuse d'entraîner Majipoor dans la guerre civile ? Les conséquences seraient-elles si dramatiques ?

– Tu connais déjà les réponses à ces questions.

— J'aimerais les entendre de ta bouche, car ma résolution est vacillante.

— J'ai honte de t'entendre dire cela.

— Mère, j'ai vécu d'étranges aventures pendant ce voyage, et elles m'ont vidé d'une bonne partie de mon énergie. N'ai-je pas le droit de me remettre de mes fatigues ?

— Tu es un roi, Valentin.

— Je l'étais, peut-être, et peut-être le redeviendrai-je. Mais on m'a dérobé à Til-omon une grande part de ma noblesse. Je ne suis plus qu'un homme ordinaire. Et même les rois ne sont pas à l'abri de la fatigue et du découragement, mère.

— Le Barjazid ne gouverne pas encore en tyran absolu, reprit la Dame d'un ton plus doux que celui qu'elle venait d'employer, car cela pourrait dresser le peuple contre lui, et il est encore incertain de son pouvoir — tant que tu seras en vie. Mais il gouverne pour lui-même et pour les siens, et non pour Majipoor. Il n'a aucun sens du droit et ne fait que ce qui lui paraît utile et avantageux. A mesure que sa confiance augmentera, il en sera de même de ses crimes, jusqu'à ce que Majipoor gémisse sous la férule d'un monstre.

— Quand je ne suis pas si fatigué, je comprends bien tout cela, fit Valentin en hochant la tête.

— Pense aussi à ce qui va se produire à la mort du Pontife Tyeveras, ce qui arrivera tôt ou tard, et plus probablement tôt que tard.

— A ce moment-là, Barjazid descendra dans le Labyrinthe et deviendra un reclus sans pouvoir.

— Le Pontife n'est pas sans pouvoir et il n'est pas nécessaire qu'il vive en reclus. De ton vivant, tu n'as connu que Tyeveras, qui est devenu très vieux et de plus en plus bizarre. Mais un Pontife dans la force de l'âge est quelqu'un de très différent. Que va-t-il se passer si Barjazid devient Pontife dans cinq ans ? T'imagines-tu qu'il se résignera à trôner dans son palais souterrain comme Tyeveras le fait actuellement? Il régnera avec fermeté, Valentin.

Elle lui jeta un regard perçant.

– Et qui deviendra Coronal, à ton avis?

Valentin secoua la tête en signe d'ignorance.

– Le Roi des Rêves a trois fils, reprit-elle. Minax est l'aîné et il est l'héritier du trône de Suvrael. Dominin est Coronal pour l'instant et deviendra Pontife, si tu choisis de le laisser faire. Qui d'autre que son frère Cristoph, le benjamin, choisira-t-il comme Coronal?

– Mais c'est absolument contre nature qu'un Pontife offre le Mont du Château à son propre frère!

– Il est également contre nature que le fils du Roi des Rêves renverse un Coronal légitime, dit la Dame.

Un nouvel éclair passa dans ses yeux.

– Réfléchis également à ceci : lorsque le Coronal change, la Dame de l'Ile change aussi! J'irai donc finir mes jours dans le palais des anciennes Dames sur la Terrasse des Ombres, et qui viendra résider dans le Temple Intérieur? La mère des Barjazid! Tu comprends, Valentin, ils seront partout, ils contrôleront toute la planète!

– Il ne faut pas qu'il en soit ainsi, déclara Valentin.

– Il n'en sera pas ainsi.

– Que dois-je faire?

– Tu embarqueras de mon port de Numinor pour Alhanroel, avec tes compagnons et d'autres que je te fournirai. Tu débarqueras dans la péninsule de Stoienzar et tu te rendras dans le Labyrinthe pour aller chercher la bénédiction de Tyeveras.

– Mais si Tyeveras est fou...

– Il n'est pas complètement fou. Il vit dans un rêve perpétuel, un rêve très étrange, mais je suis entrée en contact avec son esprit il y a peu, et le vieux Tyeveras existe encore quelque part à l'intérieur. Cela fait quarante ans qu'il est Pontife, Valentin, et avant cela, il fut Coronal pendant longtemps, et il sait comment notre planète doit être gouvernée. Si tu réussis à arriver jusqu'à lui, si tu parviens à lui démontrer que tu es le véritable lord Valentin, il t'apportera son aide. Après, il te faudra marcher sur le Mont du Château. Vas-tu te dérober à cette tâche ?

– Ma seule crainte est de plonger Majipoor dans le chaos.

– Le chaos est déjà proche. Tu n'apporteras que l'ordre et la justice.

Elle se rapprocha de lui, lui montrant ainsi le terrifiant pouvoir qui émanait d'elle, toucha sa main et dit d'une voix basse et véhémente :

– J'ai mis au monde deux fils, et dès l'instant où l'on se penchait sur le berceau, l'on savait qu'ils étaient destinés à être rois. Le premier était Voriax – tu te souviens de lui ? Je suppose que non, du moins pas encore – et il était magnifique, un homme superbe, un héros, un demi-dieu, et dès son enfance, on disait de lui sur le Mont du Château : celui-ci sera Coronal quand lord Malibor deviendra Pontife. Voriax était un prodige, mais il y avait un second fils, Valentin, aussi vigoureux et superbe que Voriax, moins friand que lui de sports et de prouesses, plus chaleureux et plus sage à la fois, qui savait, sans rien qu'on lui dise, distinguer le bien du mal, qui était dépourvu de toute cruauté et avait un caractère égal, équilibré et heureux, si bien qu'il était universellement aimé et respecté, et l'on disait de Valentin qu'il ferait encore un meilleur roi que Voriax, mais Voriax était l'aîné et serait naturellement choisi, et Valentin était condamné à ne devenir qu'un grand ministre. Et Malibor n'est pas devenu Pontife puisqu'il est mort prématurément à la chasse aux dragons, et des émissaires de Tyeveras sont venus trouver Voriax et lui ont annoncé : vous êtes Coronal de Majipoor, et le premier à ployer le genou devant lui et à faire le signe de la constellation fut son frère Valentin. Et ainsi lord Voriax régna du Mont du Château, et ce fut un bon règne, et je vins m'installer sur l'Ile du Sommeil comme je le savais depuis toujours, et pendant huit ans, tout se passa bien sur Majipoor. Puis il advint ce que personne n'aurait pu prévoir, à savoir que lord Voriax mourut prématurément, comme lord Malibor avant lui, frappé à mort par une flèche perdue en chassant dans la forêt. Mais il restait Valentin, et bien qu'il fût rare pour le frère d'un Coronal de devenir Coronal à son tour, il n'y eut guère de discussion, car tout le monde s'accordait à reconnaître ses hautes compétences. C'est ainsi que lord Valentin prit possession du Château et que moi, mère de deux rois, je restai dans le Temple Intérieur, satisfaite des fils que j'avais donnés à Majipoor et certaine que le règne de lord Valentin serait à la gloire de Majipoor. Crois-tu que je puisse permettre à des Barjazid de rester longtemps sur le trône que mes fils ont occupé ? Crois-tu que je puisse supporter longtemps la vue du visage de lord Valentin masquant l'âme fangeuse d'un Barjazid ? Oh, Valentin ! tu n'es encore que la moitié de ce que tu étais, à peine la moitié, mais tu redeviendras toi-même et le Mont du Château sera tien et le destin de Majipoor ne sera pas de connaître le mal. Ne me parle plus de ta crainte de plonger Majipoor dans le chaos. Le chaos est déjà installé. Tu es le libérateur. Comprends-tu ?

– Je comprends, mère.

– Alors, viens avec moi, et je vais te rendre ton intégrité.

12

Elle l'entraîna hors de la chambre octogonale, et ils s'engagèrent dans l'un des rayons qui formaient le Temple Intérieur, passant devant les gardes raides et un groupe de dignitaires à l'air renfrogné et stupéfait, et arrivèrent dans une petite chambre claire, décorée d'éblouissantes fleurs d'une douzaine de couleurs différentes. Elle contenait un bureau façonné dans une unique plaque de darbelion luisant, un lit bas et quelques meubles. C'était, apparemment, le bureau de la Dame. Elle fit signe à Valentin de prendre un siège et prit sur le bureau deux petits flacons.

– Bois ce vin d'un seul trait, lui dit-elle en lui tendant l'un des flacons.

– Du vin, mère ? Sur l'Ile ?

– Ni toi ni moi ne sommes des pèlerins. Bois.

Il déboucha le flacon et le porta à ses lèvres. L'odeur lui était familière, un bouquet à la fois poivré et doux, mais il lui fallut quelques instants pour la reconnaître : c'était le breuvage utilisé par les interprètes des songes, celui qui contenait la drogue qui ouvrait les esprits. La Dame vida d'un trait le contenu du second flacon.

– C'est une interprétation que nous allons faire ? demanda Valentin.

– Non. Il faut rester éveillés pour ce que nous avons à faire. J'ai longtemps réfléchi à la manière dont il fallait procéder.

Elle prit sur son bureau un scintillant bandeau d'argent, identique au sien, et le lui tendit.

– Pose-le sur ton front, dit-elle. A partir de maintenant et jusqu'à ton ascension du Mont du Château, porte-le constamment, car il sera le centre de ton pouvoir.

Il posa précautionneusement le bandeau sur sa tête. Il s'adaptait parfaitement à ses tempes, lui procurant une sensation curieuse, pas vraiment à sa convenance, bien que la bande de métal fût si légère qu'il s'étonnait de la sentir. La Dame s'approcha de lui et lissa l'épaisse chevelure blonde par-dessus le bandeau.

– Des cheveux dorés, fit-elle doucement. Je n'aurais jamais cru avoir un fils aux cheveux dorés !

Après un silence, elle demanda :

– Que ressens-tu, avec le bandeau sur ton front ?

– Son étroitesse.

– Rien d'autre ?

– Rien d'autre, mère.

– Tu t'y habitueras très vite. Commences-tu à sentir les effets de la drogue ?

– Mon esprit commence à s'embrumer. Je crois que je pourrais m'endormir, si on me laissait faire.

– Le sommeil sera bientôt la dernière chose à laquelle tu aspireras, dit la Dame en tendant les deux mains vers lui. Es-tu un bon jongleur, mon fils ? demanda-t-elle à brûle-pourpoint.

– On le dit, répondit-il en souriant.

– Très bien. Il faudra demain que tu me montres tes talents. Mais maintenant, donne-moi les mains. Les deux. Comme cela.

Elle tint pendant un instant ses mains robustes, aux jointures fines, au-dessus des siennes. Puis, d'un geste vif et décidé, elle entrecroisa leurs doigts.

Ce fut comme si l'on venait d'actionner un interrupteur, de fermer un circuit. Le choc fit chanceler Valentin. Il vacilla, faillit tomber et sentit la Dame resserrer son étreinte, le retenant pendant qu'il titubait dans la pièce. Il avait la sensation qu'on lui enfonçait un clou à la base du crâne. Il voyait tout tourner autour de lui et était incapable de contrôler ses yeux et de les fixer sur quoi que ce fût. Il ne voyait que des images brouillées et fragmentaires : le visage de sa mère, la surface luisante du bureau, les couleurs flamboyantes des fleurs, et tout cela tremblait, palpitait et tourbillonnait.

Son cœur battait la chamade. Il avait la gorge sèche et l'impression de ne plus avoir d'air dans les poumons. C'était encore plus terrifiant que lorsqu'il avait été aspiré dans le tourbillon créé par le dragon de mer et qu'il avait disparu dans les profondeurs. Ses jambes se dérobaient sous lui et, incapable de rester debout plus longtemps, il se laissa tomber à genoux, conscient malgré tout de voir la Dame s'agenouiller devant lui, son visage tout contre lui, ses doigts toujours unis aux siens, prolongeant ce terrible et torturant contact entre leurs âmes.

Les souvenirs commencèrent à affluer.

Il vit la magnificence gigantesque du Mont du Château et l'inimaginable énormité tentaculaire du Château du Coronal qui en couronnait l'invraisemblable sommet. Son esprit parcourait à la vitesse de l'éclair des salles de réceptions aux murs dorés et aux plafonds voûtés, des salles de banquets, des salles du conseil, des corridors larges comme des places. Partout des lumières brillaient, étincelaient et l'éblouissaient. Il sentait à ses côtés une mâle présence, un homme grand, puissant, confiant et fort qui lui tenait une main, et une femme, tout aussi forte et confiante, lui tenait l'autre, et il savait qu'il s'agissait de son père et de sa mère et que le garçon qui était juste devant lui était son frère Voriax.

– Quelle est cette salle, père ?

– La salle du Trône de Confalume.

– Et cet homme aux longs cheveux roux ? Celui qui est assis dans le grand fauteuil ?

– C'est le Coronal lord Malibor.

– Qu'est-ce que ça veut dire ?

– Est-il bête, ce Valentin ! Il ne sait même pas ce qu'est un Coronal !

– Tais-toi, Voriax. Le Coronal est le roi, Valentin. L'un des deux rois, le plus jeune. L'autre est le Pontife, qui lui-même a été Coronal avant.

– Lequel est-ce ?

– Le grand maigre, avec la barbe très noire.

– Il s'appelle Pontife ?

– Il s'appelle Tyeveras. Pontife est le titre qu'on lui donne comme roi. Il habite près de la Stoienzar, mais il est ici aujourd'hui parce que le Coronal lord Malibor va se marier.

– Et est-ce que les enfants de lord Malibor seront Coronals aussi, mère ?

– Non, Valentin.

— Qui sera le prochain Coronal ?
— Personne ne le sait encore, mon fils.
— Ce sera moi ? Ce sera Voriax ?
— Cela pourrait se faire si, en grandissant, vous devenez sages et forts.
— Oh, je le serai, père ! Je le serai, je le serai !
L'image de la salle du Trône s'effaça. Valentin se vit dans une autre salle, tout aussi somptueuse, mais pas tout à fait aussi grande, et il était plus âgé, ce n'était plus un garçonnet, mais un jeune homme, et devant lui se tenait Voriax, la couronne à la constellation sur la tête, ce qui semblait le rendre quelque peu perplexe.
— Voriax ! Lord Voriax !
Valentin s'agenouilla et leva les mains en écartant les doigts. Et Voriax lui sourit et tendit la main vers lui.
— Relève-toi, frère, relève-toi. Il n'est pas convenable que tu rampes ainsi devant moi.
— Tu seras le plus aimable Coronal de toute l'histoire de Majipoor, lord Voriax.
— Appelle-moi frère, Valentin. Je suis Coronal, mais je suis encore ton frère.
— Longue vie à toi, frère ! Longue vie au Coronal !
Et d'autres se mirent à crier autour de lui :
— Longue vie au Coronal ! Longue vie au Coronal !
Mais quelque chose avait changé, bien que la salle fût la même, car lord Voriax avait disparu et c'était Valentin qui portait maintenant cette étrange couronne, et les autres l'acclamaient, s'agenouillaient devant lui et agitaient les doigts en l'air en criant son nom. Il les regardait avec étonnement.
— Longue vie à lord Valentin !
— Je vous remercie, mes amis. J'essaierai d'être digne de la mémoire de mon frère.
— Longue vie à lord Valentin !
— Longue vie à lord Valentin, murmura la Dame.
Valentin cligna des yeux et resta bouche bée. Pendant quelques instants, il fut totalement désorienté, se demandant ce qu'il faisait à genoux, dans quelle pièce il

se trouvait et qui était cette femme dont le visage était si proche du sien. Puis les vapeurs de son esprit se dissipèrent.

Il se leva.

Il se sentait totalement transformé. De tumultueux souvenirs bouillonnaient dans son cerveau : les années passées sur le Mont du Château, ses études – toute cette histoire aride, la liste des Coronals, le catalogue des Pontifes, les ouvrages de droit constitutionnel, les interminables leçons avec ses précepteurs, l'étude de l'économie des provinces de Majipoor, son père vérifiant sans cesse son savoir, et sa mère – puis le reste, les moments de détente, les jeux, les voyages sur le fleuve, les tournois, ses amis, Elidath, Stasilaine et Tunigorn, le vin coulant à flots, les parties de chasse, les bons moments avec Voriax, tous les regards convergeant sur eux deux, princes parmi les princes, et les instants affreux à l'annonce de la mort de lord Malibor, et le mélange de crainte et de joie sur le visage de Voriax quand il fut nommé Coronal, et puis, huit ans plus tard, la délégation de princes venant trouver Valentin pour lui offrir la couronne de son frère...

Il se souvenait.

Il se souvenait de tout, jusqu'à la nuit à Til-omon, où tout s'effaçait de sa mémoire. Et après cela, il n'y avait plus que le soleil de Pidruid, des pierres dévalant de l'escarpement, Shanamir debout en contre-haut avec ses montures. Il se regarda en esprit, et il lui sembla qu'il projetait une ombre double, l'une éclatante et l'autre obscure; et il regarda à travers le voile de fallacieux souvenirs que l'on avait jeté sur son esprit à Til-omon, par-dessus un abîme de ténèbres, et il retrouva l'époque où il était Coronal. Il savait maintenant que son esprit était redevenu aussi entier qu'il était susceptible de l'être.

– Longue vie à lord Valentin, répéta la Dame.

– Oui, fit-il, émerveillé, oui, je suis lord Valentin et

le redeviendrai. Mère, donne-moi des vaisseaux. Le Barjazid a déjà passé trop de temps sur le trône.

– Des vaisseaux attendent à Numinor, et des gens qui me sont fidèles se mettront à ton service.

– Parfait. Il me faut maintenant rassembler mes compagnons. J'ignore sur quelle terrasse ils se trouvent, mais il faudra les trouver rapidement. Un petit Vroon, plusieurs Skandars, un étranger à la peau bleue, originaire d'un autre monde, et quelques humains. Je te donnerai leurs noms.

– Nous les trouverons, dit la Dame.

– Et je te remercie, mère, ajouta Valentin, pour m'avoir rendu à moi-même.

– Me remercier ? Pourquoi me remercier ? Je t'ai mis au monde une première fois. Tu n'as pas eu à m'en remercier. Maintenant, c'est une seconde naissance pour toi, Valentin, et s'il le faut, je le ferai une troisième fois. Espérons que ce ne sera pas nécessaire. La chance va recommencer à te sourire.

Les yeux pétillants de gaieté, elle demanda :

– Te verrai-je jongler ce soir, Valentin ? Combien de balles peux-tu garder en l'air en même temps ?

– Douze, répondit-il.

– Et les blaves savent danser. Dis-moi la vérité !

– Moins de douze, reconnut-il. Mais plus de deux. Je ferai un numéro après le dîner. Et... mère ?

– Oui ?

– Quand j'aurai réintégré le Château, j'organiserai une grande fête, et tu quitteras l'Ile, et tu viendras me voir jongler de nouveau, depuis les marches du Trône de Confalume. Je te le promets, mère. Depuis les marches du Trône.

QUATRIÈME PARTIE

LE LIVRE DU LABYRINTHE

1

Les navires de la Dame appareillèrent du port de Numinor. Ils étaient sept, toutes voiles dehors, leurs hautes proues fendant les flots, sous le commandement du Hjort Asenhart, amiral de la flotte de la Dame, avec à leur bord lord Valentin le Coronal, son principal ministre Autifon Deliamber le Vroon, ses aides de camp Carabella de Til-omon et Sleet de Narabal, son adjudant-major Lisamon Hultin, ses ministres d'Etat Zalzan Kavol le Skandar et Shanamir de Falkynkip et quelques autres. La destination de la flotte était le port de Stoien, à la pointe de la péninsule de Stoienzar, sur le continent d'Alhanroel, sur la côte opposée de la Mer Intérieure. Ils naviguaient déjà depuis plusieurs semaines, poussés par le fort vent d'ouest qui soufflait dans ces parages à la fin du printemps, mais la terre n'était toujours pas en vue, et il fallait encore attendre plusieurs jours.

Valentin trouvait cette longue traversée réconfortante. Il n'avait pas peur des tâches qui l'attendaient, mais il n'était pas non plus impatient de s'y atteler; plus exactement, il lui fallait un peu de temps pour s'y retrouver dans son esprit fraîchement recouvré et découvrir qui il avait été et ce qu'il avait espéré devenir. Quel endroit plus propice pour ce faire que le milieu de l'océan où rien ne changeait d'un jour à l'autre, hormis la forme des nuages, et où le temps semblait suspendre son vol ? Ainsi, il restait des heures d'affilée accoudé au bastingage du vaisseau amiral, le *Lady Thiin*, à l'écart de ses amis, s'entretenant avec lui-même.

Il était tout à fait satisfait de ce qu'il avait été : plus fort et plus énergique de caractère que Valentin le jongleur, mais sans la laideur morale que l'on trouve parfois chez ceux qui détiennent le pouvoir. Son moi antérieur semblait à Valentin raisonnable, judicieux, calme et modéré, un homme à l'allure sérieuse, mais non dépourvu d'entrain, un homme qui connaissait la nature des responsabilités et des obligations. C'était un esprit cultivé, comme on pouvait s'y attendre de la part de quelqu'un qui avait consacré sa vie entière à se préparer à une haute charge, avec de solides connaissances en histoire, en droit constitutionnel et en économie, un peu moins approfondies en littérature et en philosophie, et autant que Valentin puisse en juger, une très légère teinture de mathématiques et de physique, qui étaient reléguées au second plan sur Majipoor.

L'apport de ce moi antérieur était comme un trésor découvert par le seul effet du hasard. Valentin n'était pas encore complètement uni à son autre moi, et il avait tendance à penser en termes de « il » et « je », ou bien « nous », au lieu de concevoir sa personnalité comme formant un tout; mais de jour en jour, la faille devenait moins apparente. L'esprit du Coronal avait subi suffisamment de dégâts à Til-omon pour qu'un clivage marque maintenant la discontinuité entre lord Valentin le Coronal et Valentin le jongleur, et peut-être le tissu cicatriciel était-il voué à ne jamais disparaître, en dépit des soins prodigués par la Dame. Mais Valentin pouvait franchir cette faille à volonté, il pouvait remonter le cours du temps jusqu'à son enfance, le début de son âge d'homme ou sa brève période de règne, et partout où il regardait, il découvrait une plus grande abondance de savoir, d'expérience et de maturité que ce qu'il avait jamais espéré accumuler pendant sa vie de jongleur itinérant. Il lui importait peu, pour l'instant, de compulser ses souvenirs comme on feuillette une encyclopédie; il était certain que ses deux « moi » fusionneraient en temps voulu.

C'est au cours de la neuvième semaine de traversée qu'une mince bande verte de terre apparut à l'horizon.

– Stoienzar, annonça l'amiral Asenhart. Vous voyez là-bas, sur le côté, cet endroit plus sombre? C'est le port de Stoien.

Valentin observa la côte du continent qui se rapprochait avec la double vision qui était la sienne. D'une part Valentin le jongleur ne savait pratiquement rien d'Alhanroel, sinon qu'il s'agissait du plus vaste des continents de Majipoor et du premier à avoir été colonisé par les humains, que la population y était très dense, qu'il recelait de fantastiques merveilles naturelles, qu'il était le siège du gouvernement planétaire et que le Coronal et le Pontife y avaient tous deux leur résidence. Mais la mémoire de lord Valentin était beaucoup plus fertile. Pour lui, Alhanroel signifiait le Mont du Château, sur les gigantesques versants duquel on pouvait passer une vie entière à parcourir les Cinquante Cités sans épuiser toutes leurs merveilles. Alhanroel, c'était le Château de lord Malibor couronnant le Mont – car c'était ainsi qu'il l'avait appelé pendant toute son enfance, et l'habitude lui en était restée, même pendant son propre règne. Il se représentait le Château, enveloppant le sommet du Mont comme une créature aux innombrables bras recouvrant pics, escarpements et herbages, et pénétrant dans les replis de terrain et les larges vallées, édifice unique comprenant de si nombreux milliers de salles qu'il était impossible de les dénombrer, bâtiment qui paraissait animé d'une vie propre, s'augmentant, de sa propre autorité, d'annexes et de dépendances à sa périphérie. Alhanroel, c'était également l'énorme éminence qui surmontait le Labyrinthe du Pontife et le labyrinthe souterrain, lui-même, contrepartie de l'Ile de la Dame, car alors que la Dame résidait dans le Temple Intérieur, sur une hauteur en plein vent, éclaboussée de soleil et entourée par les cercles concentriques des terrasses découvertes, le Pontife vivait sous terre, terré comme une taupe, au point le plus bas de son royaume, entouré par les galeries de son Labyrinthe. Valentin ne s'était rendu qu'une seule fois dans le Labyrinthe, chargé de mission par lord Voriax, des années auparavant, mais le souvenir de ces cavernes sinueuses brillait encore d'une inquiétante lueur dans son esprit.

Alhanroel, c'était encore les Six Fleuves qui dévalaient les pentes du Mont du Château, les plantes-créatures de la Stoienzar qu'il allait bientôt revoir, les maisons-arbres de Treymone et les ruines de pierre de la plaine de Velalisier, dont on prétendait qu'elles étaient antérieures à l'arrivée des humains sur Majipoor. Regardant vers l'est cette mince ligne qui grossissait lentement, mais était encore à peine visible, Valentin eut la sensation de voir toute l'immensité de Majipoor se dérouler devant lui comme un titanesque parchemin, et la tranquillité dans laquelle il avait baigné pendant toute la traversée s'envola aussitôt. Il avait hâte de débarquer et de commencer sa marche sur le Labyrinthe.

– Quand allons-nous toucher terre ? demanda-t-il à Asenhart.

– Demain soir, monseigneur.

– Nous allons donc festoyer et nous divertir ce soir. Sortez les meilleurs vins, et que l'équipage en ait sa part. Et après, un petit spectacle sur le pont, pour clore les réjouissances.

Asenhart le considéra d'un air grave. L'amiral était un aristocrate parmi les Hjorts, plus mince que la plupart de ceux de sa race, mais il avait la peau rêche et grenue qui était leur caractère distinctif et une attitude de componction que Valentin trouvait quelque peu déroutante. La Dame le tenait en très haute considération.

– Un spectacle, monseigneur ?

– Un peu de jonglerie, répondit Valentin. Mes amis éprouvent un besoin nostalgique de pratiquer de nouveau leur art, et quel moment serait mieux choisi que celui où nous célébrons la fin de notre longue traversée ?

– Bien entendu, fit Asenhart en hochant poliment la tête.

Mais il désapprouvait visiblement un tel comportement à bord de son vaisseau amiral.

C'était Zalzan Kavol qui lui en avait donné l'idée. Le Skandar, de toute évidence, supportait mal la traversée; on le voyait souvent remuer en cadence ses quatre bras, mimant les gestes du jongleur, les mains vides. Plus que quiconque, il lui avait fallu s'adapter aux circonstances pendant ce long voyage sur la surface de Majipoor. Un an auparavant, Zalzan Kavol était encore un prince de sa profession, un maître parmi les maîtres dans l'art de la jonglerie, voyageant avec magnificence de ville en ville dans sa superbe roulotte. Maintenant, tout cela lui avait été enlevé. La roulotte n'était plus qu'un tas de cendres quelque part dans les forêts de Piurifayne; deux de ses cinq frères y avaient également laissé la vie et un troisième gisait au fond de l'océan; c'en était fini de l'époque où il hurlait ses ordres à des employés qui lui obéissaient au doigt et à l'œil; et au lieu de s'exhiber le soir devant un public émerveillé qui remplissait sa bourse d'espèces sonnantes et trébuchantes, il en était maintenant réduit à errer de place en place dans le sillage de Valentin, avec un rôle subalterne. Toute cette énergie inemployée et ces élans refoulés s'accumulaient chez Zalzan Kavol. Son visage et son attitude le montraient clairement, car alors qu'au bon vieux temps il donnait libre cours à son caractère hargneux, il était devenu renfermé, presque humble, et Valentin savait que ce devait être le signe d'une profonde détresse. Les envoyés de la Dame avaient trouvé Zalzan Kavol encore à la Terrasse de l'Evaluation, accomplissant ses humbles tâches de pèlerin en traînant les pieds, avec des gestes de somnambule, comme s'il s'était déjà résigné à passer le reste de ses jours à arracher les mauvaises herbes et à poser des enduits.

– Vous seriez capable de faire le numéro avec les torches et les poignards ? lui demanda Valentin.

Le visage de Zalzan Kavol s'épanouit immédiatement.

– Naturellement. Et vous voyez ces allumettes là-bas ? demanda-t-il en montrant d'énormes massues en bois, de plus d'un mètre de long, alignées près du mât. Hier soir, quand tout le monde dormait, Erfon et moi nous sommes entraînés avec ça. Si votre amiral n'y voit pas d'objection, nous les utiliserons ce soir.

– Celles-ci ? Comment peut-on jongler avec quelque chose d'aussi long ?

– Obtenez-moi la permission de l'amiral, monseigneur, et ce soir je vous montrerai !

La troupe s'entraîna tout l'après-midi dans un grand espace vacant à fond de cale. C'était la première fois qu'ils le faisaient depuis Ilirivoyne, ce qui leur semblait faire des lustres. Mais en utilisant l'assortiment improvisé d'objets que les Skandars avaient tranquillement rassemblés, il ne leur fallut pas longtemps pour retrouver la cadence. Valentin sentit une douce chaleur l'envahir en les regardant – Sleet et Carabella échangeant furieusement des massues, Zalzan Kavol, Rovorn et Erfon mettant au point de nouvelles combinaisons compliquées pour remplacer celles que la mort de leurs trois frères avait rendues impossibles. Pendant quelques instants, il retrouva l'innocence du bon vieux temps de Falkynkip ou de Dulorn, quand rien d'autre ne comptait que de trouver un engagement au prochain festival, où le seul défi à relever consistait à garder une parfaite coordination des mains et des yeux. Cette époque était à jamais révolue. Maintenant qu'ils étaient entraînés dans ces intrigues de haute volée qui faisaient et défaisaient les rois, aucun d'entre eux ne pourrait plus jamais être ce qu'il avait été. Tous les cinq avaient dîné avec la Dame, avaient vécu avec le Coronal et faisaient force de voiles pour un rendez-vous avec le Pontife; ils étaient déjà entrés dans l'histoire, même si la campagne de Valentin n'aboutissait pas.

Il lui avait fallu bien des jours pour rassembler ses compagnons dans le Temple Intérieur. Valentin s'était imaginé qu'il suffisait à la Dame ou à ses dignitaires de fermer les yeux pour pouvoir atteindre n'importe quel esprit sur Majipoor, mais ce n'était pas aussi simple; la communication était imprécise et limitée. Ils avaient d'abord localisé les Skandars, tous sur la terrasse extérieure. Shanamir avait atteint la Seconde Falaise et, avec sa candeur juvénile, il avançait rapidement; Sleet, ni candide ni juvénile, avait également réussi à se faire admettre sur la Seconde Falaise, et il en était de même pour Vinorkis; Carabella était juste derrière eux, encore à la Terrasse des Miroirs, mais à la suite d'une erreur, on avait commencé à la chercher ailleurs; trouver Khun et Lisamon Hultin n'avait pas présenté de grandes difficultés, tellement leur aspect était différent de celui du reste des pèlerins; mais les trois anciens membres de l'équipage de Gorzval, Pandelon, Cordeine et Thesme, avaient disparu dans la population de l'Ile, comme s'ils étaient devenus invisibles, si bien que Valentin aurait été obligé de les abandonner s'ils ne s'étaient présentés au dernier moment. Mais le plus difficile de tous à dépister fut Autifon Deliamber. Il y avait de nombreux Vroons sur l'Ile, dont quelques-uns étaient aussi petits que le minuscule sorcier, et tous les efforts pour retrouver sa trace se soldèrent par des échecs. Quand la flotte fut prête à appareiller, on n'avait toujours pas trouvé Deliamber, mais la veille du départ, alors que Valentin était affreusement tiraillé entre la nécessité d'aller de l'avant et sa répugnance à se séparer de son conseiller le plus précieux, le Vroon apparut à Numinor sans fournir d'explications sur l'endroit où il était ni la manière dont il avait réussi à traverser l'Ile en passant inaperçu. Ainsi ils se retrouvèrent tous réunis, tous ceux qui avaient survécu au long voyage depuis Pidruid.

Valentin savait que sur le Mont du Château lord Valentin avait eu son propre cercle d'intimes, dont les noms et les visages lui avaient été rendus, princes, courtisans et hauts fonctionnaires qui étaient ses proches depuis l'enfance, Elidath, Stasilaine et Tunigorn, ses camarades les plus chers, et pourtant, bien que toujours loyal envers ses anciens amis, ils lui étaient devenus terriblement lointains et ce groupe hétéroclite de compagnons d'aventures lui était maintenant beaucoup plus proche. Il se demanda comment cela allait se passer quand, de retour sur le Mont du Château, il lui faudrait concilier ces deux groupes.

Sur un point au moins, ses souvenirs fraîchement retrouvés l'avaient rassuré. Nulle épouse ne l'attendait au Château, nulle fiancée, pas même une amoureuse tendrement aimée et susceptible de remettre en question la place de Carabella à ses côtés. En tant que prince et que jeune Coronal, il avait mené une vie insouciante et sans attaches, le Divin en soit loué. Il serait déjà assez difficile d'imposer à la cour l'idée que l'élue du Coronal était une femme du peuple, originaire de la plaine côtière, une jongleuse itinérante; mais cela eût été absolument impossible s'il avait déjà offert son cœur à une autre femme.

– Valentin ! cria Carabella.

La voix interrompit sa rêverie. Il tourna les yeux vers elle et elle pouffa en lui lançant une massue. Il l'attrapa comme on lui avait appris à le faire il y avait si longtemps, entre le pouce et les doigts, la tête de la massue légèrement en biais. Quelques secondes plus tard, il en recevait une seconde de Sleet, puis une troisième de Carabella. Il se mit à rire et commença à faire tournoyer les massues au-dessus de sa tête, retrouvant le vieil exercice familier – lancer, lancer, réception – et Carabella applaudit et lui lança une nouvelle massue. Comme c'était bon de jongler de nouveau. Lord Valentin – un superbe athlète, l'œil vif et très doué pour de nombreux jeux, bien que quelque peu handicapé par une légère claudication, à la suite d'une ancienne chute de monture – n'avait pas connu ce plaisir. La jonglerie était l'art dans lequel excellait l'autre Valentin. Mais à bord de ce navire, avec son auréole d'autorité retrouvée grâce à la guérison de son esprit par sa mère, Valentin avait bien senti que ses compagnons, tout en s'efforçant de le considérer comme le Valentin de l'époque de Zimroel, se tenaient à distance respectueuse. Aussi cela lui fit-il extrêmement plaisir de voir Carabella lui lancer si irrévérencieusement une massue.

Mais cela lui fit également plaisir de manier les massues – même lorsqu'il en laissa tomber une et que, se baissant pour la ramasser, il en reçut une autre sur la tête, ce qui provoqua un ricanement dédaigneux de la part de Zalzan Kavol.

– Si vous refaites cela ce soir, cria le Skandar, vous serez privé de vin pendant une semaine !

– Ne craignez rien, répliqua Valentin, si je laisse tomber les massues maintenant, ce n'est que pour m'entraîner à les récupérer. Mais ce soir, vous ne verrez pas ce genre de maladresse.

Et il n'y en eut pas. Au coucher du soleil, tout le monde se rassembla sur le pont pour la représentation. D'un côté, Asenhart et ses officiers occupaient une plate-forme d'où ils avaient la meilleure vue, mais quand l'amiral fit signe à Valentin de s'installer à la place d'honneur, ce dernier déclina l'invitation en souriant. Ce refus rendit Asenhart perplexe, mais son expression était loin d'être aussi réprobatrice qu'elle devait le devenir quelques instants plus tard quand Shanamir, Vinorkis et Lisamon Hultin commencèrent à battre le tambour et à souffler dans les serpentins, que les jongleurs sortirent d'une écoutille dans une joyeuse galopade et que, au moment où ils commençaient leur merveilleuse représentation, la silhouette de lord Valentin le Coronal apparut parmi eux, lançant allégrement massues, assiettes et morceaux de fruits comme un vulgaire saltimbanque.

2

S'il n'avait tenu qu'à l'amiral Asenhart, il y aurait eu une grande fête à Stoien pour célébrer l'arrivée de Valentin, quelque chose d'au moins aussi fastueux que le festival qui s'était tenu à Pidruid à l'époque de la visite de l'usurpateur. Mais Valentin, dès qu'il eut vent du projet d'Asenhart, y mit le holà. Il n'était pas encore prêt à revendiquer le trône ni à lancer des accusations publiques contre l'individu qui se faisait appeler lord Valentin, ni à exiger du peuple qu'il lui rende un hommage quelconque.

– Tant que je n'aurai pas le soutien du Pontife, annonça gravement Valentin à Asenhart, j'ai la ferme intention de progresser tranquillement et de consolider mes forces sans attirer l'attention. Il n'y aura pas de festival en mon honneur à Stoien.

C'est ainsi que le *Lady Thiin* fit une entrée relativement discrète dans le grand port de la pointe sud-ouest d'Alhanroel. Bien que les navires de la flotte aient été au nombre de sept – et les vaisseaux de la Dame, même s'ils mouillaient fréquemment dans le port de Stoien, n'arrivaient en général pas aussi nombreux –, ils entrèrent tranquillement sans battre de pavillons de fantaisie. Les autorités du port ne posèrent guère de questions : ils voyageaient visiblement pour le compte de la Dame et ses desseins dépassaient les compétences de simples douaniers.

Pour renforcer cette impression, Asenhart envoya dès le premier jour dans la zone des entrepôts des courtiers chargés de faire l'acquisition de grandes quantités de glu, de toile à voile, d'épices et d'outils. Pendant ce temps, Valentin et ses compagnons s'installaient discrètement dans un hôtel sans prétention.

Stoien était une cité à vocation essentiellement maritime – import-export, entrepôts, constructions navales, tous les emplois et entreprises profitant d'un emplacement exceptionnel sur la côte d'un magnifique port. La ville, qui comptait quelque quatorze millions d'âmes, s'étendait sur des centaines de kilomètres sur toute la longueur du grand cap qui séparait le golfe de Stoien de la Mer Intérieure. Stoien n'était pas le port continental le plus proche de l'Ile – c'était Alaisor, plus loin sur la côte d'Alhanroel, à des milliers de kilomètres au nord – mais en cette saison les vents dominants et les courants étant ce qu'ils étaient, il était plus rapide de faire la longue traversée jusqu'à Stoien que de mettre le cap à l'est sur Alaisor pour une traversée plus courte, mais plus difficile.

Après avoir pris le temps de réapprovisionner les navires, ils allaient naviguer sur le paisible golfe, longeant la côte septentrionale jusqu'à Kircidane et remontant jusqu'à Treymone, la ville côtière la plus proche du Labyrinthe. Il ne resterait plus alors qu'un trajet relativement court sur la terre ferme jusqu'à la résidence du Pontife.

Valentin trouva Stoien d'une beauté saisissante. Toute la péninsule était totalement plate, atteignant à peine six mètres au-dessus du niveau de la mer en son point le plus élevé, mais les habitants de la ville avaient imaginé un merveilleux agencement de plates-formes de brique parementées de pierres blanches pour donner l'illusion de collines. Il n'y avait pas deux de ces plates-formes d'une hauteur semblable, certaines s'élevant seulement à trois ou quatre mètres et d'autres montant jusqu'à une cinquantaine de mètres. Des quartiers entiers reposaient ainsi sur de gigantesques piédestaux hauts de plusieurs dizaines de mètres et de plusieurs kilomètres carrés; certains bâtiments importants avaient des plates-formes à eux, qui dominaient les alentours comme montés sur des échasses; cette alternance de plates-formes hautes et basses créait de stupéfiantes perspectives.

Ce qui aurait pu être un effet de fantasmagorie purement mécanique, donnant très vite une impression de brutalité, d'arbitraire, ou lassant à regarder, était adouci et égayé par des plantations tropicales telles qu'il n'avait jamais été donné à Valentin d'en voir. A la base de chaque plate-forme poussaient de denses bouquets d'arbres au large faîte dont les branches entrelacées formaient d'impénétrables berceaux de verdure. Des plantes grimpantes feuillues ruisselaient le long des murs des plates-formes. Les larges rampes qui, du niveau de la rue, menaient aux plates-formes les plus élevées étaient bordées de grandes cuves de béton contenant des massifs d'arbustes dont les feuilles étroites et effilées étaient mouchetées de surprenantes taches de couleur, bordeaux, bleu de cobalt, vermillon, écarlates et indigo, topaze, jade ou couleur d'ambre, dont le mélange composait des motifs irréguliers. Et dans tous les lieux publics de la cité se trouvait le spectacle le plus étonnant, des parterres des fameuses plantes animées qui poussaient à l'état sauvage à quelques centaines de kilomètres au sud, sur la côte torride qui faisait face au lointain continent désert de Suvrael. Ces plantes – et il s'agissait bien de plantes, car elles fabriquaient leur nourriture par photosynthèse et passaient leur vie enracinées au même endroit – avaient quelque chose de charnu dans leur aspect, avec leurs bras préhensiles qui remuaient et se tortillaient, leurs yeux qui fixaient et leurs corps tubulaires qui ondulaient et se balançaient, et bien que le soleil et l'eau leur suffisent pour vivre, elles étaient toujours prêtes et tout à fait capables de dévorer et digérer toutes les petites créatures qui passaient témérairement à leur portée. Des groupes de ces plantes, élégamment disposés et entourés de murets de pierre servant à la fois de protection et de décoration, étaient plantés dans toute la ville de Stoien. Certaines étaient aussi hautes que de petits arbres, d'autres étaient courtes et globulaires, d'autres encore étaient arborescentes. Mais toutes remuaient constamment, réagissant aux souffles d'air, aux odeurs, aux cris soudains, à la voix de leurs gardiens et autres stimuli. Valentin les trouvait sinistres, mais fascinantes. Il se demanda s'il ne serait pas possible d'en emporter un assortiment sur le Mont du Château.

— Pourquoi pas ? dit Carabella. On arrive bien à les garder vivantes pour les exposer à Pidruid. Il doit y avoir moyen de les conserver en bonne santé au Château de lord Valentin.

Valentin acquiesça de la tête.

— Nous engagerons une équipe de gardiens de Stoien. Nous nous renseignerons pour savoir de quoi elles se nourrissent et nous le ferons régulièrement expédier par bateau jusqu'au Mont.

— Ces créatures me donnent la chair de poule, monseigneur, fit Sleet en frissonnant. Vous les trouvez vraiment jolies ?

— Jolies n'est pas le mot, répondit Valentin. Disons intéressantes.

— Comme vous avez trouvé les plantes-bouche intéressantes, je suppose, hein ?

— Les plantes-bouche, mais bien sûr ! s'écria Valentin. Nous en ferons venir aussi quelques-unes au Château !

Sleet poussa un gémissement.

Valentin n'y prêta aucune attention. Le visage rayonnant d'enthousiasme, il prit Sleet et Carabella par la main et dit :

– Chaque Coronal a ajouté quelque chose au Château : un observatoire, une bibliothèque, un parapet, un rempart de prismes et d'écrans, une salle d'armes, une salle de banquets, une salle des trophées, et le Château s'est agrandi au fil des règnes, se modifiant et devenant de plus en plus riche et complexe. Pendant le peu de temps où j'y suis resté, je n'ai même pas eu le temps de réfléchir à ce que serait ma contribution. Mais quel Coronal a vu Majipoor comme je l'ai vue ? Qui a voyagé si loin et de manière si tumultueuse ? Pour commémorer toutes mes aventures, je rassemblerai toutes les bizarreries que j'ai vues, les plantes-bouche et ces plantes animées, les arbres-vessie et un ou deux dwikkas de belle taille, un bouquet de palmiers de feu, des sensitives et ces fougères chantantes, toutes ces merveilles qui ont émaillé notre voyage. Il n'y a rien de tel au Château pour l'instant, rien d'autre que les petites serres que lord Confalume a fait construire. Je le ferai sur une grande échelle ! Le jardin de lord Valentin ! Trouvez-vous que cela sonne bien ?

– Ce sera une merveille, monseigneur, approuva Carabella.

– Je ne me risquerai pas à me promener au milieu des plantes-bouche du jardin de lord Valentin, fit Sleet d'un ton acrimonieux, pas pour trois duchés et les revenus de Ni-moya et de Piliplok.

– Nous te dispensons de tours de jardin, dit Valentin en riant.

Mais il n'y aurait pas de tours de jardin, ni même de jardin aussi longtemps que Valentin n'aurait pas réintégré le Château de lord Valentin. Il passa une interminable semaine à Stoien, attendant qu'Asenhart ait complété son approvisionnement. Trois des navires allaient repartir vers l'Ile, emportant les marchandises destinées au royaume de la Dame. Les quatre autres continueraient, faisant une discrète escorte à Valentin. La

Dame avait mis à sa disposition plus d'une centaine de ses plus robustes gardes du corps, sous le commandement de l'imposante Lorivade; ce n'étaient pas, à proprement parler, des guerriers, car il n'y avait pas eu de violence sur l'Ile du Sommeil depuis la dernière invasion des Métamorphes plusieurs milliers d'années auparavant, mais des hommes et des femmes compétents et intrépides, fidèles à la Dame et prêts, s'il en était besoin, à donner leur vie pour rétablir l'harmonie dans le royaume. Ils formaient le noyau d'une armée privée — à la connaissance de Valentin, la première force militaire constituée sur Majipoor depuis des temps très éloignés.

Enfin la flotte fut prête à appareiller. Les navires à destination de l'Ile partirent les premiers, un chaud Secondi matin, à la première heure, cap nord-nord-ouest. Les autres attendirent l'après-midi de Terdi pour partir dans la même direction, mais ils changèrent de cap à la nuit tombée pour faire route à l'est à travers le golfe de Stoien.

La péninsule de Stoienzar s'avançait dans la Mer Intérieure comme un pouce colossal. Sur la côte méridionale, du côté de l'océan, régnait une chaleur intolérable. Le peuplement était très réduit sur cette côte grouillante d'insectes et couverte par la jungle. La majeure partie de la considérable population de la péninsule était regroupée le long de la côte du golfe, qui avait une importante agglomération tous les cent cinquante kilomètres environ et une ligne pratiquement continue de villages de pêcheurs, de régions agricoles et de stations balnéaires entre chaque ville. L'été avait maintenant commencé et une épaisse brume de chaleur flottait au-dessus des eaux tièdes et pratiquement immobiles du golfe. La flotte mouilla une journée à Kircidane pour de nouveaux approvisionnements, à l'endroit où la côte commençait à s'incurver vers le nord, puis elle reprit la mer en direction de Treymone.

Valentin resta seul dans sa cabine pendant une

bonne partie des paisibles heures passées en mer, s'entraînant à utiliser le bandeau que lui avait donné la Dame. En une semaine, il réussit à maîtriser l'art d'entrer dans une transe légère – il était maintenant capable de faire franchir à son esprit le seuil du sommeil et d'en sortir aussi aisément, tout en restant pendant tout ce temps parfaitement conscient de ce qui se passait autour de lui. Lorsqu'il était en transe, il était capable, bien que fragmentairement et sans guère de force, d'entrer en contact avec d'autres esprits, de parcourir le navire et de localiser l'aura d'une âme endormie, car les dormeurs étaient beaucoup plus vulnérables à ce genre d'intrusion. Il parvenait à toucher légèrement l'esprit de Carabella, de Sleet ou de Shanamir et à leur transmettre sa propre image ou quelque bienveillant message. Atteindre un esprit moins familier – celui de Pandelon le menuisier, par exemple, ou de Lorivade – était encore trop difficile pour lui, sinon de manière extrêmement brève et incomplète, et tous ses efforts pour avoir accès à l'esprit de non-humains, y compris ceux qu'il connaissait bien, Zalzan Kavol, Khun ou Deliamber, se soldaient par des échecs. Mais il continuait à se perfectionner et il sentait sa maîtrise s'affirmer de jour en jour, comme lorsqu'il s'était initié à l'art du jongleur; et c'était une sorte de jonglerie car, pour utiliser le bandeau, il lui fallait se transporter au centre de lui-même, sans se laisser distraire par des pensées accessoires, et coordonner tous les aspects de son être vers un but unique, établir le contact. Le jour où le *Lady Thiin* arriva en vue de Treymone, il avait progressé au point de pouvoir implanter dans l'esprit de ses sujets des esquisses de rêves, avec des événements, des péripéties et des images. A Shanamir il envoya un rêve de Falkynkip, avec des montures pâturant dans un champ et un grand gihorna décrivant des cercles dans le ciel et descendant brusquement dans un grand battement d'ailes. Le lendemain matin à table, le garçon décrivit le rêve avec tous ses détails, avec cette différence que l'oiseau était un milufta, un charognard, au bec d'un orange vif et aux hideuses serres bleues.

— Que peut bien signifier un rêve où je vois un milufta fondre sur une proie ? demanda Shanamir.

Valentin lui dit :

— Il se pourrait que tes souvenirs soient erronés et que tu aies confondu avec un autre oiseau, un gihorna, peut-être, un oiseau de bon augure.

Mais Shanamir, avec la franchise et la simplicité qui lui étaient propres, secoua lentement la tête en disant :

— Si je ne suis pas capable de distinguer un gihorna d'un milufta, monseigneur, même dans mon sommeil, je n'ai plus qu'à retourner à Falkynkip pour nettoyer les écuries.

Valentin détourna les yeux en dissimulant un sourire et décida de redoubler d'efforts dans l'étude de sa technique de projection d'images.

Il envoya à Carabella un rêve où elle jonglait avec des gobelets de cristal remplis de vin doré, et elle lui en fit le récit avec une exactitude qui allait jusqu'à décrire la forme allongée des gobelets. A Sleet, il envoya un rêve du jardin de lord Valentin, un monde enchanteur peuplé de buissons blancs au feuillage plumeux et luisant, de choses sphériques et hérissées de piquants, montées sur de longues tiges, et de petites plantes fourchues terminées par des yeux rieurs qui clignaient. Tout cela était le produit de son imagination et il avait bien pris garde de ne pas y introduire de plantes-bouche. Sleet décrivit avec ravissement ce jardin imaginaire, déclarant que si le Coronal créait un jardin comme celui-là sur le Mont du Château, il s'y promènerait avec grand plaisir.

Mais Valentin aussi recevait des rêves. Presque chaque nuit, la Dame, sa mère, entrait en contact avec son âme. Sa présence sereine traversait son esprit endormi comme un rayon de lune, le calmant et le rassurant. Il revoyait aussi en rêve son passé sur le Mont du Château, les souvenirs de jeunesse affluaient, les tournois, les courses et les jeux, ses amis Tunigorn, Elidath et Stasilaine à ses côtés, et son frère Voriax lui apprenant le maniement du sabre et de l'arc, et lord Malibor le Coronal voyageant de ville en ville sur le Mont comme une sorte de demi-dieu imposant et resplendissant, et bien d'autres images semblables dont le flot jaillissait des profondeurs de son esprit.

Mais tous les rêves n'étaient pas aussi plaisants. La dernière nuit avant que le *Lady Thiin* aborde le continent, il se vit débarquer sur une plage déserte et balayée par le vent, plantée d'arbustes rabougris à l'air triste et morne dans la lumière de la fin d'après-midi. Et il commença à s'enfoncer dans les terres en direction du Mont du Château qui s'élevait dans le lointain comme une aiguille déchiquetée. Mais il y avait un mur sur son chemin, un mur plus haut que les blanches falaises de l'Ile du Sommeil, et ce mur était une bande de fer, représentant plus de métal qu'il n'en existait sur toute la surface de Majipoor, une sombre et terrifiante ceinture de fer qui paraissait courir d'un pôle à l'autre, et il se trouvait d'un côté et le Mont du Château était de l'autre. En s'approchant il vit que le mur grésillait comme s'il était chargé d'électricité, et un bourdonnement sourd en provenait, et quand il regarda de plus près, il vit son reflet sur le métal luisant et le visage qui apparut sur cette terrifiante bande de fer était le visage du fils du Roi des Rêves.

3

Treymone était la ville des célèbres maisons-arbre, fameuses sur toute la planète. Pendant sa seconde journée à terre, Valentin alla les voir, dans la région côtière, juste au sud de l'embouchure du fleuve Trey.

Les maisons-arbre ne vivaient nulle part ailleurs que

dans la plaine alluviale du Trey. Elles avaient des troncs courts et trapus, un peu comme ceux des dwikkas, mais loin d'être aussi épais, et leur écorce était d'un joli vert pâle vernissé. De ces fûts cylindriques, de grosses branches étalées s'élevaient en s'écartant, comme les doigts de deux mains collées à la base de la paume, et des ramilles couraient de branche en branche, adhérant à de nombreuses branches et constituant une enceinte douillette en forme de coupe.

Les occupants des arbres de Treymone modelaient leurs habitations au gré de leur fantaisie en donnant aux branches flexibles la forme de pièces et de couloirs et en les assujettissant à l'endroit voulu jusqu'à ce que les écorces commencent à adhérer entre elles par un processus naturel, rendant la soudure permanente. Les arbres produisaient des feuilles tendres, à la saveur douce, pour faire de la salade, des fleurs odoriférantes, d'un ton crème, dont le pollen était légèrement euphorisant, des fruits bleuâtres et acides aux nombreux usages, et une sève pâle et douce, facile à recueillir, qui faisait office de vin. Chaque arbre vivait mille ans ou plus et les familles exerçaient sur eux un contrôle jaloux. Il y en avait dix mille qui occupaient la plaine, tous adultes et habités. Valentin vit quelques jeunes plants chétifs en bordure de la plaine.

– Ceux-ci, lui dit-on, viennent d'être repiqués pour remplacer ceux qui sont morts ces dernières années.

– Où va habiter une famille quand son arbre meurt ?

– En ville, répondit le guide, dans ce que nous appelons les maisons de deuil, jusqu'à ce que le nouvel arbre soit devenu adulte. Cela prend une vingtaine d'années. C'est une véritable hantise pour nous, mais heureusement cela n'arrive qu'à une génération sur dix.

– Et il n'y a pas moyen de faire pousser les arbres ailleurs ?

– Pas un centimètre au-delà de l'endroit où vous les voyez. Ils ne poussent bien que sous notre climat et ce n'est que dans le sol sur lequel vous marchez qu'ils peuvent atteindre leur plein développement. Partout ailleurs ils vivent un ou deux ans seulement et restent des avortons.

– Nous pouvons quand même tenter l'expérience, dit doucement Valentin à Carabella. Je me demande s'ils accepteraient de céder un peu de leur précieux sol pour le jardin de lord Valentin.

– Une maison-arbre, fit-elle en souriant, même petite, un endroit où tu puisses aller quand les soucis du gouvernement deviendront trop pesants et t'asseoir, caché dans le feuillage, respirer le parfum des fleurs et cueillir les fruits... oh, si tu pouvais avoir cela !

– Je l'aurai un jour, dit Valentin. Et tu t'assiéras à mes côtés dans l'arbre.

Carabella lui lança un regard étonné.

– Moi, monseigneur ?

– Si ce n'est pas toi, qui veux-tu que ce soit ? Dominin Barjazid ?

Il lui effleura la main.

– Crois-tu que nos routes vont se séparer quand nous atteindrons le Mont du Château ?

– Nous ne devrions pas parler de ce genre de choses maintenant, fit-elle d'un ton sévère.

Puis, se tournant vers le guide, elle demanda d'une voix plus forte :

– Et ces jeunes arbres, comment les soignez-vous ? Faut-il les arroser souvent ?

De Treymone, il y avait plusieurs semaines de voyage en flotteur rapide jusqu'au Labyrinthe. Ils traversaient un paysage de plaine où le riche sol rouge de la vallée du fleuve laissait place au-delà à une terre grise et sablonneuse, et le peuplement se raréfiait à mesure que Valentin et sa troupe s'enfonçaient dans les terres. Lorsque la pluie tombait, elle semblait s'enfoncer immédiatement dans le sol poreux. Il faisait chaud et parfois la chaleur devenait oppressante. Les journées s'écoulaient lentement pendant le trajet languissant et monotone. Aux yeux de Valentin, ce genre de voyage était totalement dépourvu du charme et du mystère – agrémenté maintenant de nostalgie – des mois qu'il avait passés à traverser Zimroel dans l'élégante roulotte de Zalzan Kavol. Le bon vieux temps où chaque jour était un pas de plus dans l'inconnu, avec de nouveaux défis à relever à chaque tournant de la route, sans compter l'excitation des représentations, les arrêts dans des villes inconnues pour présenter leur spectacle. Et maintenant? Toute la besogne lui était mâchée par des officiers d'ordonnance et des aides de camp. Il redevenait un prince – même s'il s'agissait d'un prince d'une puissance très modeste, avec guère plus d'une centaine de fidèles – et il n'était pas certain d'en être heureux.

Vers la fin de la seconde semaine, le paysage changea brusquement, devenant raboteux et accidenté, avec des collines sombres s'élevant d'un plateau aride et bosselé. La végétation était uniquement composée d'arbustes rabougris, noirs, aux formes tourmentées et aux minces feuilles lustrées, et plus haut sur les pentes, de cactus-lune d'un blanc spectral, en forme de candélabres, et qui mesuraient le double de la taille d'un homme. De petits animaux au pelage roux et à la queue jaune en panache sautillaient sur leurs longues pattes et disparaissaient dans des terriers dès qu'un flotteur s'approchait trop d'eux.

– Voici le début du désert du Labyrinthe, annonça Deliamber. Nous allons bientôt voir les villes de pierre des anciens.

Valentin, l'unique fois où il était venu au Labyrinthe dans sa précédente vie, était arrivé par l'autre côté, le nord-ouest. Il y avait également un désert de ce côté-là, et les ruines de la grande cité hantée de Velalisier; mais il était venu en bateau du Mont du Château, évitant toutes les terres désolées et stériles qui entouraient le Labyrinthe, et cette zone sinistre et rebutante lui était totalement inconnue. Il la trouva étrangement envoûtante au début, en particulier au soleil couchant, quand le vaste ciel sans nuages était strié de fantastiques bandes de violentes couleurs et que le sol desséché luisait d'un éclat métallique surnaturel. Mais après quelques jours, la nudité de ce paysage désolé cessa de lui plaire et devint troublante, inquiétante, menaçante. L'âpreté de l'air du désert avait peut-être une influence néfaste sur sa sensibilité. C'était sa première expérience du désert, car il n'y en avait aucun à Zimroel et rien d'autre que cette poche intérieure de sécheresse sur tout le continent bien arrosé d'Alhanroel. Le climat désertique était pour lui associé à Suvrael, qu'il avait si souvent visité en rêve et dont chacun de ces rêves l'avait tourmenté; et il ne pouvait chasser l'idée, aussi étrange et irrationnelle qu'elle fût, qu'il allait à un rendez-vous avec le Roi des Rêves.

– Voici les ruines, dit Deliamber au bout d'un moment.

Il était difficile au début de les distinguer des rochers du désert. Tout ce que Valentin vit furent de sombres monolithes écroulés, éparpillés comme par le dédaigneux revers de main d'un géant, par petits groupes distants d'un ou deux kilomètres. Mais petit à petit, il parvint à discerner des formes : ici un pan de mur, là les fondations de quelque palais cyclopéen, là-bas un autel, peut-être. Tout était construit à une échelle titanesque, bien que les différents groupes de ruines, à moitié recouverts par les sables mouvants, ne fussent plus que des avant-postes n'ayant plus rien d'imposant.

Valentin fit arrêter le convoi devant une jonchée de ruines particulièrement importantes et se dirigea vers le site à la tête d'un groupe d'inspection. Il toucha précautionneusement un bloc de pierre, craignant de commettre un sacrilège quelconque. La pierre était froide, douce au toucher et légèrement incrustée d'un lichen rêche et jaune.

– Et tout cela est l'œuvre des Métamorphes? demanda-t-il.

— C'est ce que nous pensons, répondit Deliamber en haussant les épaules, mais personne n'en est certain.

— J'ai entendu dire, intervint l'amiral Asenhart, que les premiers colons humains ont construit ces villes peu de temps après leur arrivée et qu'ils furent vaincus pendant les guerres civiles qui ont précédé l'établissement du gouvernement du Pontife Dvorn.

— Il est évident, fit Deliamber, que les archives de cette époque ne sont pas légion.

— Etes-vous donc d'une opinion contraire ? demanda Asenhart en jetant au Vroon un regard en coin.

— Moi ? Moi ? Je n'ai pas la moindre opinion sur des événements vieux de quatorze mille ans. Je ne suis pas aussi âgé que vous semblez le croire, amiral.

— Il me paraît peu vraisemblable, dit Lorivade d'une voix profonde légèrement teintée d'ironie, que les premiers colons aient construit leurs villes si loin de la côte et qu'ils se soient donné la peine de transporter des blocs de pierre aussi colossaux.

— Alors, vous pensez aussi qu'il s'agit d'anciennes cités métamorphes ? demanda Valentin.

— Les Métamorphes, déclara Asenhart, sont des sauvages qui vivent dans la jungle et dansent pour attirer la pluie.

Lorivade, que l'interruption de l'amiral parut indisposer, répondit avec une précision agacée :

— Je pense que c'est tout à fait vraisemblable.

Puis, se tournant vers Asenhart, elle ajouta :

— Pas des sauvages, amiral, mais des réfugiés. Il est fort possible qu'ils soient déchus d'une grandeur passée.

— Disons plutôt qu'on les a poussés, fit Carabella.

— Le gouvernement devrait étudier ces ruines, dit Valentin, si cela n'a déjà été fait. Nous avons besoin d'en savoir plus sur les civilisations pré-humaines de Majipoor, et si ce sont des sites métamorphes, nous pourrions envisager de leur donner des gardiens. Nous...

– Les ruines n'ont pas besoin de gardiens autres que ceux qu'elles ont déjà, dit brusquement une nouvelle voix.

Valentin sursauta et se retourna. Une silhouette bizarre venait de surgir de derrière un monolithe – un homme maigre, presque décharné, d'une soixantaine d'années, l'œil farouche et flamboyant sous des arcades sourcilières proéminentes, et dont la bouche dessinait un sourire moqueur. Il était armé d'une longue rapière et portait un étrange vêtement fabriqué uniquement avec la fourrure rousse des animaux du désert. Sur son crâne était posée une toque d'épaisse fourrure jaune provenant de la queue de ces animaux, avec laquelle il balaya l'air en effectuant un ample et profond salut. Quand il se redressa, sa main reposait sur le pommeau de sa rapière.

– Et sommes-nous en présence de l'un de ces gardiens ? demanda courtoisement Valentin.

– Je ne suis pas seul, répondit l'homme.

Et de derrière les rochers surgirent tranquillement une dizaine d'autres excentriques, aussi décharnés et osseux que le premier, comme lui vêtus de jambières et de vestes de fourrure crasseuses, et portant le même couvre-chef ridicule. Ils avaient tous des rapières et semblaient prêts à les utiliser. Un second groupe apparut derrière eux, semblant surgir du sol, puis un troisième, une troupe plus nombreuse, composée de trente à quarante hommes.

Ils n'étaient que onze dans le petit groupe de Valentin, et la plupart n'étaient pas armés. Les autres étaient restés derrière dans les flotteurs, à deux cents mètres, sur la route principale. Pendant qu'ils restaient là à débattre un point passionnant d'histoire ancienne, ils s'étaient laissé encercler.

– En vertu de quel droit violez-vous ce lieu ? demanda le chef.

Valentin entendit Lisamon Hultin se racler légèrement la gorge. Il vit également Asenhart se raidir. Mais il leur fit signe de rester calmes.

– Puis-je savoir à qui j'ai l'honneur de parler ? demanda Valentin.

– Je suis le duc Nascimonte de Vornek Crag. Suzerain des Marches du Ponant. Vous voyez autour de moi les principaux seigneurs de mon royaume, qui me servent loyalement en toutes choses.

Valentin n'avait aucun souvenir d'une province appelée Marches du Ponant, ni d'un duc de ce nom. Peut-être avait-il oublié quelques connaissances de géographie à la suite de l'opération de Til-omon, mais cela l'eût fort étonné d'en avoir oublié autant. Il choisit pourtant de ne pas ergoter avec le duc Nascimonte.

– Nous n'avions nulle intention, Votre Grandeur, dit-il d'un ton solennel, de violer votre domaine. Nous sommes des voyageurs en route pour le Labyrinthe, pour affaires avec le Pontife, et ce chemin nous paraissait être le plus direct à partir de Treymone.

– En effet. Mais vous auriez mieux fait d'emprunter une route moins directe pour vous rendre chez le Pontife.

– Ne nous créez pas d'ennuis ! rugit soudain Lisamon Hultin. Savez-vous qui est cet homme ?

Agacé, Valentin claqua des doigts pour faire taire la géante.

– Je n'en ai pas la moindre idée, répondit paisiblement Nascimonte. Mais il pourrait être lord Valentin en personne qu'il n'en serait pas quitte à meilleur compte. A vrai dire, lord Valentin moins que quiconque.

– Avez-vous donc un sujet particulier de désaccord avec lord Valentin ? demanda Valentin.

– Le Coronal est mon ennemi mortel, ricana le bandit.

– Eh bien, dans ce cas, vous devez vous dresser contre l'ensemble de la civilisation, car tout le monde doit obéissance au Coronal et doit, pour maintenir l'ordre, s'opposer à ses ennemis. Pouvez-vous réellement être un duc et ne pas accepter l'autorité du Coronal ?

— Pas celle de ce Coronal-là, répondit Nascimonte.

Il franchit tranquillement l'espace qui le séparait de Valentin et il le dévisagea, la main toujours posée sur sa rapière.

— Vous avez de beaux habits. Vous êtes habitué au confort de la ville. Vous devez être riche et vivre dans une grande demeure en haut du Mont du Château, avec de nombreux domestiques pour satisfaire tous vos besoins. Que diriez-vous si un jour vous deviez être dépouillé de tout cela, hein ? Si vous étiez réduit à la misère par le caprice d'un individu ?

— J'en ai déjà fait l'expérience, répondit Valentin d'un ton égal.

— Allons donc ! Vous qui voyagez avec toute votre suite dans un convoi de flotteurs ? D'ailleurs, qui êtes-vous ?

— Lord Valentin le Coronal, répondit Valentin sans marquer la moindre hésitation.

Les yeux de Nascimonte flamboyèrent de rage. Pendant un instant, il parut sur le point de dégainer sa rapière puis, comme s'il ne voyait dans cette réponse qu'une plaisanterie, il se détendit et dit :

— Je vois, vous êtes Coronal comme je suis duc. Eh bien, lord Valentin, vous aurez la bonté de me dédommager des pertes que j'ai subies. La redevance pour la traversée de la zone des ruines s'élève maintenant à mille royaux.

— Nous ne disposons pas de cette somme, dit doucement Valentin.

— Alors, vous resterez avec nous jusqu'à ce que vos laquais la rapportent.

Il fit signe à ses hommes.

— Emparez-vous d'eux et attachez-les. Laissez-en un en liberté — celui-ci, le Vroon — pour servir de messager. Vroon, dit-il en s'adressant à Deliamber, faites savoir à ceux des flotteurs que nous retenons ces gens comme otages contre le versement de mille royaux, payables en un mois. Et si vous revenez avec la milice à la place de l'argent, n'oubliez surtout pas que nous connaissons parfaitement ces collines et que les représentants de la loi ne les connaissent pas. Et dans ce cas, vous ne reverrez jamais vivant aucun des captifs.

– Attendez, dit Valentin, alors que les hommes de Nascimonte s'avançaient. Qu'avez-vous exactement à reprocher au Coronal ?

Le front de Nascimonte s'assombrit.

– Il est passé par ici l'an dernier, retour de Zimroel où il effectuait le Grand Périple. J'habitais à l'époque au pied du Mont Ebersinul, face au Lac Ivory, et je cultivais du ricca, du thuyol et du milaile, et ma plantation était la plus belle de toute la province, car ma famille avait passé seize générations à la faire prospérer. Le Coronal et sa suite devaient prendre leurs cantonnements chez moi, car je paraissais le plus apte à satisfaire aux lois de l'hospitalité; et il est arrivé au beau milieu de la récolte de thuyol, avec ses centaines d'écornifleurs et de laquais, ses innombrables courtisans et assez de montures pour tondre la moitié d'un continent, et d'un Steldi à l'autre, ils ont vidé ma cave, ils ont fait la fête dans les champs et détruit la récolte, ils ont mis le feu au manoir pour rire, un soir de beuverie, ils ont fracassé le barrage et inondé mes champs, ils m'ont entièrement ruiné, simplement pour s'amuser, et puis ils sont repartis sans se soucier ni même savoir ce qu'ils m'avaient fait. Tout est maintenant aux mains des usuriers, et moi je vis dans les rochers de Vornek Crag grâce à lord Valentin et à ses amis, et où est la justice là-dedans ? Cela vous coûtera mille royaux pour sortir de ces ruines, étranger, et bien que je ne vous veuille aucun mal, sachez que si l'argent n'arrive pas, je vous trancherai la gorge de sang-froid et avec la même indifférence que les hommes de lord Valentin lorsqu'ils ont ouvert mon barrage.

Il se retourna et répéta :

– Attachez-les.

Valentin prit une très longue inspiration et ferma les yeux puis, comme la Dame le lui avait appris, il se laissa glisser dans le sommeil éveillé, dans la transe qui faisait agir le bandeau. Et il projeta son esprit en direction de l'âme sombre et amère du suzerain des Marches du Ponant et il l'emplit d'amour.

Il dut faire appel à toute l'énergie qu'il y avait en lui. Il oscilla, s'arc-bouta sur ses jambes et s'appuya sur Carabella, posant une main sur son épaule, et elle lui insufflait une énergie et une vitalité nouvelles qu'il projetait vers Nascimonte. Il comprit alors à quel point le prix que payait Sleet lorsqu'il jonglait les yeux bandés était élevé, car l'effort le vidait de toute sa substance. Il réussit néanmoins à le prolonger pendant de longs, d'interminables moments.

Nascimonte restait pétrifié, le corps à demi tourné, le regard planté dans celui de Valentin. Valentin maintenait son implacable étreinte sur l'âme de l'autre et l'inondait de miséricorde jusqu'à ce que la carapace de ressentiment de Nascimonte s'amollisse, se desserre et se détache de lui comme une coquille vide, et Valentin répandit alors dans l'âme devenue vulnérable du duc une vision de tout ce qui lui était arrivé depuis sa chute déjà lointaine de Til-omon, le tout condensé sous la forme d'un unique et éblouissant point lumineux.

Il rompit le contact et, flageolant sur ses jambes, il se laissa aller contre Carabella qui le soutint sans fléchir. Nascimonte regardait Valentin comme quelqu'un qui vient d'être touché par le Divin.

Puis il tomba à genoux et fit le signe de la constellation.

– Monseigneur... fit-il d'une voix pâteuse, venant du fond de la gorge et à peine audible, monseigneur... pardonnez-moi... pardon...

4

Valentin était à la fois surpris et consterné de savoir qu'il y avait des bandits en liberté dans ce désert, car il n'y avait guère de précédents d'une telle anarchie dans la société policée de Majipoor. Que ces bandits soient de riches fermiers tombés dans l'indigence à cause de l'insensibilité du Coronal régnant le navrait encore plus. La classe dirigeante de Majipoor n'avait pas coutume de profiter de sa position avec une telle impudence. Dominin Barjazid, s'il s'imaginait pouvoir se conduire de cette manière et conserver longtemps son trône, n'était pas seulement un scélérat, mais le dernier des imbéciles.

– Allez-vous renverser l'usurpateur ? demanda Nascimonte.

– En temps voulu, répondit Valentin. Mais il y a encore beaucoup à faire avant que ce jour arrive.

– Je suis à vos ordres, si je puis vous être utile.

– Y a-t-il d'autres bandits entre ici et l'entrée du Labyrinthe ?

– Beaucoup, répondit Nascimonte en hochant vigoureusement la tête. Cela devient la mode dans cette province de prendre le maquis dans les collines.

– Et avez-vous quelque influence sur eux ou bien votre titre de duc n'est-il que dérision ?

– Ils m'obéissent.

– Bien, dit Valentin. Alors, je vous demande de nous guider à travers ces terres jusqu'au Labyrinthe et d'empêcher vos brigands d'amis de nous retarder pendant le trajet.

– Je suis à vos ordres, monseigneur.

– Mais pas un mot à quiconque de ce que je vous ai montré. Considérez-moi seulement comme un fonctionnaire de la Dame envoyé en députation auprès du Pontife.

Une infime lueur de défiance passa dans le regard de Nascimonte.

– Je ne puis vous proclamer Coronal ? demanda-t-il, l'air embarrassé. Pourquoi cela ?

– C'est toute mon armée que vous voyez dans ces quelques flotteurs, répondit Valentin en souriant. Je ne peux pas déclarer la guerre à l'usurpateur tant que mes forces ne seront pas plus importantes. De là cette discrétion, et de là ma visite au Labyrinthe. Plus tôt j'obtiendrai le soutien du Pontife, plus vite commencera la véritable campagne. Combien de temps vous faut-il pour vos préparatifs de départ ?

– Moins d'une heure, monseigneur.

Nascimonte et quelques-uns de ses hommes montèrent avec Valentin dans le flotteur de tête. Le paysage devenait de plus en plus désolé; c'était maintenant une étendue de terre brune et stérile, presque inhabitée, où le vent sec et chaud soulevait des tourbillons de poussière. De temps à autre, ils voyaient des hommes aux vêtements grossiers, se déplaçant par groupes de trois ou quatre, à l'écart de la route principale, qui s'arrêtaient pour regarder passer les voyageurs, mais il n'y eut aucun incident. Le troisième jour, Nascimonte leur proposa de prendre un raccourci qui leur ferait gagner plusieurs journées de route. Valentin accepta sans hésiter et le convoi bifurqua vers le nord-ouest pour traverser l'énorme lit asséché d'un lac, suivit des ravins encaissés, franchit une chaîne de montagnes aux sommets arrondis et déboucha finalement sur un vaste plateau venteux dépourvu de tout relief, une simple étendue de sable et de pierres à perte de vue. Valentin vit Sleet et Zalzan Kavol échanger des regards inquiets quand les flotteurs s'engagèrent dans ce triste et morne lieu, et il supposa que ce qu'ils marmonnaient devait être à propos de trahison et de perfidie, mais sa propre confiance en Nascimonte n'en fut pas ébranlée. Il était entré en contact avec l'esprit du chef des bandits grâce au bandeau de la Dame et ce qu'il y avait trouvé n'était pas l'âme d'un traître. Un autre jour, puis un second et un troisième s'écoulèrent sur cette piste du bout du monde. Carabella, à son tour, commençait à se rembrunir, Lorivade avait une mine encore plus renfrognée qu'à l'accoutumée, et pour finir, Lisamon Hultin prit Valentin à part et lui dit aussi calmement qu'il lui était possible de s'exprimer :

– Et si ce Nascimonte était un mercenaire à la solde du faux Coronal et payé pour vous perdre dans un endroit où nul ne vous retrouvera jamais ?

– Dans ce cas, nous sommes perdus et nos ossements blanchiront dans le désert jusqu'à la fin des temps, répondit Valentin. Mais je n'ai guère de crainte à ce sujet.

Une certaine nervosité commençait pourtant à le gagner. Il continuait à se fier à la foi de Nascimonte – il paraissait peu vraisemblable qu'un agent de Dominin Barjazid ait choisi une méthode aussi longue et tortueuse pour se débarrasser de lui, alors qu'un seul coup de rapière devant les ruines métamorphes eût abouti au même résultat – mais il n'était pas vraiment persuadé que Nascimonte savait où il allait. Il n'y avait aucun point d'eau, et même les montures, capables de transformer n'importe quelle substance organique en aliment, devenaient – au dire de Shanamir – efflanquées et leurs muscles fondaient, car de rares herbes chétives constituaient leur unique pâture. S'il leur arrivait quoi que ce fût dans ce désert, ils n'auraient aucun espoir d'être secourus. Mais la pierre de touche de Valentin était Autifon Deliamber; le magicien avait un instinct de conservation particulièrement développé et éprouvé, et Deliamber n'avait pas l'air inquiet et restait parfaitement serein au fil des mornes journées.

Enfin Nascimonte fit arrêter le convoi à un endroit où deux lignes de collines pelées et escarpées convergeaient pour former un étroit canyon aux versants abrupts.

– Vous croyez que nous avons perdu notre chemin,

monseigneur? dit-il à Valentin. Venez, je vais vous montrer quelque chose.

Valentin et quelques autres le suivirent jusqu'à l'entrée du canyon, à une distance d'environ cinquante pas. Nascimonte tendit le bras vers l'immense vallée qui commençait à l'extrémité du canyon.

– Regardez, dit-il.

Cette vallée n'était qu'un nouveau désert, une énorme étendue de sable rouge s'ouvrant en éventail et s'écartant vers le nord et le sud sur cent cinquante kilomètres au moins. Et juste au centre de cette vallée, Valentin distingua un cercle plus sombre, lui-même d'une taille colossale, qui s'élevait légèrement au-dessus du fond plat de la vallée. Il le reconnut, car il l'avait déjà vu lorsqu'il était arrivé par l'autre côté : c'était le gigantesque monticule qui recouvrait le Labyrinthe du Pontife.

– Nous serons après-demain à l'Entrée des Lames, dit Nascimonte.

Valentin se souvenait qu'il y avait en tout sept entrées, disposées à équidistance tout autour de l'énorme édifice. Lorsqu'il était venu en tant qu'émissaire de Voriax, il avait emprunté l'Entrée des Eaux, du côté opposé, là où le Glayge, après avoir descendu les pentes du Mont du Château, arrosait les fertiles provinces du Nord-Est. C'était la voie d'accès la plus confortable, celle qu'empruntaient les hauts fonctionnaires lorsqu'ils avaient des affaires à traiter avec les ministres du Pontife. Sur tout le reste du pourtour du Labyrinthe, le paysage était beaucoup moins hospitalier, le pire étant le désert par lequel Valentin approchait. Mais il était réconfortant de savoir qu'après avoir traversé cet endroit désolé, il quitterait le Labyrinthe par son côté le plus riant.

Le Labyrinthe couvrait une surface énorme, et comme il était construit sur plusieurs niveaux, s'enfonçant en spirale dans le sol et s'étageant dans les entrailles de la planète, il était impossible de dénombrer avec exactitude sa population. Le Pontife lui-même n'occupait que le secteur le plus profond du Labyrinthe, où seuls de rares privilégiés étaient admis. La zone qui l'entourait immédiatement était le domaine des agents supérieurs du pouvoir exécutif, une multitude d'âmes mystérieuses et dévouées consacrant toute leur vie à des tâches obscures qui dépassaient l'entendement de Valentin, tenue d'archives, création de taxes, recensement, et bien d'autres encore. Et autour de la zone gouvernementale s'était développé, au fil des millénaires, l'épiderme protecteur du Labyrinthe, un dédale de passages circulaires peuplé de millions de formes indécises, bureaucrates et commerçants, mendiants et employés, et toute une racaille, un univers qui ignorait tout de la douce chaleur du soleil, où les clairs rayons de lune ne pouvaient pénétrer, où toutes les beautés, les merveilles et les joies de l'immense planète avaient été troquées contre les plaisirs blafards d'une vie souterraine.

Les flotteurs longèrent le bord du monticule pendant une heure environ avant d'atteindre enfin l'Entrée des Lames. Ce n'était qu'une ouverture au toit de bois donnant accès à un tunnel qui disparaissait dans la terre. Une rangée de sabres anciens et rouillés fixés dans du béton en défendait l'entrée, formant une barrière plus symbolique qu'efficace, car ils étaient fort espacés. Combien de temps faut-il, se demanda Valentin, pour que des sabres se rouillent avec ce climat sec et désertique ?

Les gardiens du Labyrinthe attendaient dans l'entrée.

Ils étaient sept – deux Hjorts, un Ghayrog, un Skandar, un Lii et deux humains –, et tous étaient masqués, comme l'était l'ensemble des fonctionnaires du Labyrinthe. Le masque lui aussi avait surtout une valeur symbolique, une simple bande d'étoffe jaune lustrée, posée sur les yeux et l'arête du nez des humains et à des endroits équivalents pour les autres; mais cela produisait un effet d'une grande étrangeté, ce qui était le but recherché.

Les gardiens impassibles faisaient face en silence à Valentin et à ses compagnons.

– Ils vont demander un prix pour l'entrée, souffla Deliamber. Tout cela est traditionnel. Avancez vers eux et exposez le motif de votre visite.

Valentin s'adressa aux gardiens.

– Je suis Valentin, frère de Voriax, fils de la Dame de l'Ile, et je suis venu demander une audience au Pontife.

Malgré le côté bizarre et provocant de cette déclaration, les masques ne manifestèrent guère de réactions. Le Ghayrog se contenta de dire :

– Le Pontife n'admet personne en sa présence.

– Alors, je sollicite une audience auprès de ses ministres qui lui transmettront mon message.

– Ils refuseront également de vous recevoir, dit l'un des Hjorts.

– Dans ce cas, reprit Valentin, je m'adresserai aux ministres des ministres. Ou aux ministres des ministres des ministres, s'il le faut. Tout ce que je vous demande est d'accorder à mes compagnons et à moi-même l'autorisation de pénétrer dans le Labyrinthe.

Les gardiens se consultèrent solennellement, émettant un murmure sourd et confus, mais ils accomplissaient de toute évidence une sorte de rituel purement automatique, car ils paraissaient à peine écouter ce qu'ils se disaient. Quand leurs marmonnements se furent éteints, le porte-parole Ghayrog pivota sur lui-même pour faire face à Valentin et demanda :

– Quelle est votre offre ?

– Mon offre ?

– Le prix d'entrée.

– Fixez-le et je paierai.

Valentin fit un signe à Shanamir qui portait une bourse pleine de pièces. Mais les gardiens parurent mécontents, secouant la tête d'un air réprobateur, certains d'entre eux allant jusqu'à se détourner quand Shanamir sortit quelques pièces d'un demi-royal.

— Pas de l'argent, fit le Ghayrog d'un ton dédaigneux. Une *offre* !

Valentin était désemparé. Il jeta un regard embarrassé à Deliamber qui agita ses tentacules, les levant et les baissant en cadence. Valentin fronça les sourcils. Puis il comprit. Jongler !

— Sleet... Zalzan Kavol...

Ils allèrent chercher des balles et des massues dans l'un des flotteurs. Sleet, Carabella et Zalzan Kavol se mirent en position devant les gardiens et, à un signal du Skandar, commencèrent à jongler. Immobiles comme des statues, les sept masques regardaient. Tout cela paraissait à Valentin tellement absurde qu'il avait toutes les peines du monde à garder son sérieux et il dut à plusieurs reprises réprimer un rire; mais les trois jongleurs continuaient leur numéro imperturbablement et avec une parfaite dignité, comme s'ils accomplissaient un rite religieux crucial. Ils exécutèrent trois combinaisons complètes d'échanges et s'arrêtèrent d'un commun accord, s'inclinant avec raideur devant les gardiens. Le Ghayrog les remercia d'un signe de tête presque imperceptible.

— Vous pouvez entrer, dit-il.

5

Ils franchirent la barrière de lames dans les flotteurs et pénétrèrent dans une sorte de sombre vestibule où flottait une odeur de moisi et qui s'ouvrait sur une large voie en pente. Un peu plus bas, ils arrivèrent à l'intersection d'un tunnel, le premier des anneaux du Labyrinthe.

Il était haut de plafond et éclairé à giorno, et aurait

fort bien pu être une rue commerçante de n'importe quelle grande ville, avec ses étals, ses échoppes, ses piétons et ses véhicules flottants, de toute forme et de toute taille. Mais un examen plus attentif permettait de déterminer qu'il ne s'agissait manifestement pas d'une quelconque Pidruid, ou Piliplok, ou Ni-moya. Les gens dans les rues étaient d'une pâleur irréelle, avec des mines de déterrés révélatrices de vies entières passées hors d'atteinte des rayons du soleil. Leurs vêtements, de couleurs sombres et ternes, avaient quelque chose d'archaïque. Nombreux étaient ceux qui portaient un masque, les fonctionnaires pontificaux, qui passaient inaperçus dans le contexte du Labyrinthe et se mêlaient à la foule sans que leurs masques attirent la moindre attention. Mais Valentin trouva aussi que tous, masqués ou non, avaient une expression tendue et farouche, quelque chose de hagard dans les yeux et la bouche. Dehors, à l'air libre, sous le chaud et joyeux soleil, les habitants de Majipoor souriaient largement et facilement, pas seulement avec la bouche, mais avec les yeux, les joues, le visage tout entier, de toute leur âme. Mais ici, dans ces catacombes, les âmes étaient d'une autre espèce.

– Etes-vous capable de vous orienter ici ? demanda Valentin à Deliamber.

– Absolument pas. Mais il devrait être facile de trouver un guide.

– Comment cela ?

– Il suffit d'arrêter les flotteurs, d'en sortir et de rester autour en prenant un air perplexe. Dans la minute qui suit, les guides arriveront en foule.

Cela prit encore moins longtemps. A peine Valentin, Sleet et Carabella avaient-ils quitté leur véhicule qu'un garçonnet d'une dizaine d'années, qui était en train de courir dans la rue avec d'autres enfants encore plus jeunes, se retourna et cria :

– Je vous montre le Labyrinthe ? Une couronne pour la journée !

— Tu n'as pas un grand frère ? demanda Sleet.

Le garçon lui lança un regard furieux.

— Vous pensez que je suis trop jeune ? Eh bien, allez-y ! Débrouillez-vous pour trouver votre chemin ! Dans cinq minutes, vous serez perdus !

— Comment t'appelles-tu ? demanda Valentin en riant.

— Hissune.

— Combien de niveaux nous faut-il descendre, Hissune, avant d'atteindre la zone du gouvernement ?

— Vous voulez aller là-bas ?

— Pourquoi pas ?

— Ils sont tous fous là-bas, fit le garçon en souriant. Ils travaillent, ils travaillent. Ils brassent de la paperasse toute la journée, ils grommellent, ils marmonnent, ils se tuent à la tâche dans l'espoir d'obtenir une promotion encore plus en profondeur. Vous leur parlez, ils ne vous répondent même pas. Tout ce travail leur met la tête en compote. D'abord la Cour des Colonnes, ensuite la Salle des Vents, la Place des Masques, la Cour des Pyramides, la Cour des Globes, l'Arène, et puis vous arrivez à la Chambre des Archives. Cela fait sept niveaux. Je vous y emmène, mais pas pour une couronne.

— Combien ?

— Un demi-royal.

Valentin émit un sifflement.

— Que ferais-tu avec tout cet argent ?

— J'achèterais un manteau à ma mère, je brûlerais cinq cierges à la Dame, j'achèterais à ma sœur les médicaments dont elle a besoin. Et je m'offrirais peut-être une ou deux douceurs, ajouta le garçon avec un clin d'œil.

Pendant cet échange de propos, une foule respectable s'était assemblée — quinze ou vingt enfants de l'âge de Hissune et quelques autres plus jeunes, des adultes aussi, tous agglutinés en demi-cercle et regardant avec attention pour voir si Hissune allait être engagé. Aucun d'eux ne l'appelait, mais du coin de l'œil Valentin les voyait faire des efforts pour attirer son attention, se dressant sur la pointe des pieds, prenant un air intelligent et responsable. S'il refusait l'offre du garçon, il allait en avoir cinquante autres l'instant d'après, une immense clameur et une forêt de bras levés. Mais Hissune semblait connaître son affaire, et son côté cynique et carré n'était pas dépourvu d'un certain charme.

– D'accord, dit Valentin. Emmène-nous à la Chambre des Archives.

– Tous ces véhicules sont à vous ?

– Celui-ci, oui. Et celui-là, et l'autre... oui, tous.

Le garçon émit un sifflement d'admiration.

– Vous êtes quelqu'un d'important ? D'où venez-vous ?

– Du Mont du Château.

– Oui, je suppose que vous devez être quelqu'un d'important. Mais si vous venez du Mont du Château, que faites-vous du côté de l'Entrée des Lames ?

Le garçon était perspicace.

– Nous avons voyagé, répondit Valentin. Nous arrivons de l'Ile.

– Ah !

Hissune ouvrit de grands yeux l'espace d'un instant, la première faille dans sa désinvolture et son aplomb de gamin des rues. Nul doute que pour lui l'Ile était un lieu mythique, aussi inaccessible que la plus lointaine des étoiles, et il éprouvait malgré lui un certain respect envers quelqu'un qui y était effectivement allé. Il s'humecta les lèvres.

– Comment dois-je vous appeler ? demanda-t-il au bout d'un moment.

– Valentin.

– Valentin, répéta le garçon. Valentin du Mont du Château. C'est un très joli nom.

Il grimpa dans le premier flotteur. Quand Valentin s'installa à côté de lui, Hissune demanda :

– Vraiment ? *Valentin ?*

– Vraiment.

– Très joli nom, répéta-t-il. Donnez-moi un demi-royal, Valentin, et je vous montre le Labyrinthe.

Valentin savait qu'un demi-royal était un prix exorbitant, le salaire de plusieurs jours de travail pour un artisan d'art, mais il n'éleva pas d'objection : il lui paraissait indigne pour quelqu'un de sa condition de marchander avec un enfant. Hissune avait peut-être fait le même calcul. Quoi qu'il en fût, cette somme se révéla être un bon investissement, car Hissune montra une parfaite connaissance des tours et des détours du Labyrinthe, les guidant avec une surprenante rapidité vers le cœur de l'édifice. Ils descendirent et descendirent, prenant des virages inattendus et des raccourcis par d'étroites allées laissant à peine le passage aux flotteurs, dévalant des rampes cachées qui paraissaient franchir d'invraisemblables gouffres.

Plus ils s'enfonçaient dans les profondeurs, plus le Labyrinthe devenait sombre et tortueux. Seul le niveau supérieur était bien éclairé. Les cercles intérieurs étaient ténébreux et sinistres, avec d'obscurs corridors rayonnant dans toutes les directions à partir des passages principaux, des fragments d'étrange statuaire et des ornements architecturaux vaguement visibles dans de lugubres renfoncements couverts de moisissure. L'air était chargé d'humidité et d'histoire. Valentin se sentait mal à l'aise en ce lieu qui avait toute la froideur d'une immémoriale ancienneté, dans cette gigantesque caverne triste et lugubre, privée d'air, de soleil et de joie, peuplée d'ombres au visage fermé et au regard dur qui effectuaient des allées et venues aussi mystérieuses que leurs ténébreuses personnes.

Plus bas... encore plus bas... toujours plus bas.

Le garçon déversait un incessant flot de paroles. Il s'exprimait merveilleusement bien, était vif et drôle et ne semblait pas le moins du monde être un produit de cet endroit malsain. Il leur raconta l'histoire de touristes de Ni-moya qui s'étaient égarés entre la Salle des

Vents et la Place des Masques et avaient vécu pendant un mois des restes que leur offraient les habitants des niveaux inférieurs, mais qui, par fierté, n'avaient jamais reconnu qu'ils s'étaient perdus et étaient incapables de retrouver leur chemin. Il leur parla de l'architecte de la Cour des Globes qui avait aligné chaque sphéroïde de cette salle imposante d'après un système numérologique affreusement complexe et s'était aperçu que les ouvriers, ayant perdu la légende de ses plans, avaient tout installé selon un système de leur cru; il s'était ruiné pour reconstruire à ses frais l'ensemble dans sa disposition correcte pour finalement découvrir que ses calculs étaient erronés et que l'agencement était impossible.

— On l'a enterré juste à l'endroit où il est tombé, dit Hissune.

Et le garçon leur raconta l'histoire du Pontife Arioc, celui qui, quand la place de Dame de l'Ile s'était trouvée vacante, s'était proclamé femme, s'était nommé Puissance de l'Ile et avait abdiqué son trône; nu-pieds et revêtu d'une ample robe flottante, expliqua le garçon, Arioc était sorti en marchant des profondeurs du Labyrinthe, suivi par une nuée de ses principaux ministres qui tentaient désespérément de le dissuader de ce projet.

— Ici même, dit Hissune, il a rassemblé ses fidèles et leur a annoncé qu'il était devenu leur Dame, et il a fait venir un carrosse pour le transporter jusqu'à Stoien. Et les ministres n'ont rien pu faire! Absolument rien! J'aurais bien aimé voir leur tête!

Toujours plus bas...

Pendant toute la journée, le convoi descendit. Ils traversèrent la Cour des Colonnes où des milliers d'énormes piliers gris poussaient comme d'énormes champignons vénéneux et où de lourdes flaques d'eau noire et huileuse recouvraient le sol de pierre sur une hauteur de plus d'un mètre. Ils traversèrent la Salle des Vents, un endroit terrifiant où des rafales d'air glacé soufflaient inexplicablement à travers les grilles finement ouvrées disposées dans les murs. Ils virent la Place des Masques, un tortueux corridor où des visages géants et sans corps, avec des fentes creusées à la place des yeux, étaient montés sur des socles de marbre. Ils admirèrent la Cour des Pyramides, une forêt de polyèdres blancs si proches les uns des autres qu'il était impossible de circuler entre eux, un enchevêtrement de monolithes pointus dont certains étaient des tétraèdres réguliers, mais pour la plupart allongés, fusiformes et menaçants. Au niveau immédiatement inférieur, ils se promenèrent dans la célèbre Cour des Globes, une structure encore plus complexe, de deux kilomètres de long, où des objets sphériques, certains à peine plus gros que le poing et d'autres de la taille d'un grand dragon de mer, étaient mystérieusement suspendus par d'invisibles attaches et illuminés par-dessous. Hissune prit soin de leur montrer la tombe de l'architecte – sans épitaphe, une simple dalle de marbre noir sous le plus gros des globes.

Plus bas... toujours plus bas...

Lors de sa précédente visite, Valentin n'avait rien vu de tout cela. De l'entrée des Eaux, on descendait rapidement en empruntant des passages réservés au Pontife et au Coronal, qui arrivaient directement à l'antre impérial situé au cœur du Labyrinthe.

Un jour, se dit Valentin, si je redeviens Coronal, il me faudra succéder à Tyeveras comme Pontife. Et quand ce jour viendra, je ferai savoir à mon peuple que je choisis de ne pas vivre dans le Labyrinthe et que je me fais construire un palais dans un endroit plus accueillant.

Il se prit à sourire. Il se demanda combien de Coronals avant lui, devant la colossale hideur du Labyrinthe, avaient fait le même vœu. Et pourtant tous, tôt ou tard, s'étaient retirés du monde et y avaient finalement établi leur résidence. Il était facile maintenant, alors qu'il était encore jeune et plein de vitalité, de prendre de telles résolutions, facile d'envisager de transférer le Pontificat d'Alhanroel dans quelque endroit attrayant du nouveau continent, à Ni-moya par exemple, ou à Dulorn, et de vivre dans l'allégresse et la beauté. Et pourtant, et pourtant, tous l'avaient fait avant lui, de Dekkeret à Confalume, de Prestimion à Stiamot et à Kinniken, et tous les autres depuis le passé le plus reculé, tous s'étaient, le moment venu, transportés du Mont du Château dans ce sombre trou. Peut-être n'était-ce pas aussi dramatique que cela le paraissait. Peut-être qu'après avoir occupé suffisamment longtemps la charge de Coronal, on était heureux de se retirer des hauteurs du Mont du Château. Je réfléchirai sur ces questions quand le moment approchera, se dit Valentin.

Le convoi amorça un virage en épingle à cheveux et arriva à un niveau inférieur.

– L'Arène, annonça gravement Hissune.

Valentin vit une immense chambre vide, si longue et si large qu'il n'en apercevait pas les murs et ne distinguait que des clignotements lointains de lumière dans les coins ombreux. Le plafond n'avait aucun support visible. Il était stupéfiant de penser à toute l'énorme masse des niveaux supérieurs, à ces millions de gens, à l'enchevêtrement sans fin des rues et des allées, aux bâtiments, aux statues, aux véhicules et à tout le reste, qui pesaient de tout leur poids sur le toit de l'Arène et à ce vaste espace vide qui devait résister à cette colossale pression.

– Ecoutez bien, dit Hissune.

Il se laissa tomber du véhicule, porta les mains à sa bouche et lança un cri perçant. Il fut répercuté par les échos, des sons aigus et vibrants rebondissant de mur en mur, les premiers amplifiés, les suivants diminuant progressivement d'intensité pour se réduire finalement à un doux gazouillis comparable à celui des droles. Il poussa un autre cri, qu'il fit suivre immédiatement d'un troisième, si bien que tout autour d'eux l'air retentit de la réverbération des sons pendant plus d'une minute. Puis, avec un sourire d'autosatisfaction, le garçon revint vers le flotteur.

– A quoi sert cet endroit ? demanda Valentin.

– A rien.

– A rien ? A rien du tout ?

– C'est juste un vide. Le Pontife Dizimaule a voulu créer un grand espace vide à cet endroit. Il ne s'y passe jamais rien. Personne n'est autorisé à construire ici, d'ailleurs personne ne le voudrait. L'Arène existe, c'est tout. Elle fait de bons échos, vous ne trouvez pas ? C'est sa seule utilité. Allez-y, Valentin, faites un écho.

Valentin secoua la tête en souriant.

– Une autre fois, dit-il.

Ils eurent l'impression qu'il leur fallait une journée entière pour traverser l'Arène. Ils avançaient sans jamais voir un seul mur ni une seule colonne. C'était exactement comme s'ils avaient traversé une plaine, avec cette différence qu'ils apercevaient vaguement le plafond, très haut au-dessus d'eux. Valentin n'eut pas conscience du moment exact auquel ils avaient commencé à quitter l'Arène. Il s'aperçut au bout d'un certain temps que le sol de l'Arène s'était transformé en une rampe et qu'ils étaient insensiblement passés à un niveau inférieur qui les ramenait à la familière atmosphère confinée des replis du Labyrinthe. A mesure de leur progression le long de ce nouveau corridor, l'éclairage devenait de plus en plus vif, et il se trouva bientôt presque aussi illuminé que le niveau le plus proche de l'entrée, à l'endroit où se trouvaient les échoppes et les marchés. Devant, s'élevant à une hauteur extraordinaire juste sous leurs yeux, se trouvait une sorte d'écran couvert d'inscriptions en lettres lumineuses.

– Nous arrivons à la Chambre des Archives, dit Hissune. Je ne peux pas vous accompagner plus loin.

De fait, la route se terminait en une place pantagonale devant le grand écran qui, Valentin le voyait maintenant, était une sorte de chronique de Majipoor. Sur la gauche, se trouvaient les noms des Coronals, dont la liste était si longue qu'il parvenait à peine à lire jusqu'en haut. A droite, s'inscrivait la liste correspondante des Pontifes. La date du règne figurait en regard de chaque nom.

Il parcourut les listes des yeux. Des centaines et des centaines de noms, parmi lesquels certains étaient familiers, les noms glorieux de l'histoire de la planète, Stiamot, Thimin, Confalume, Dekkeret, Prestimion, et d'autres qui n'étaient que des assemblages de lettres n'éveillant aucun écho, des noms que Valentin avait déjà rencontrés quand, encore enfant, il parcourait les listes des Puissances pour tuer les après-midi pluvieux, et dont le seul titre de gloire était de figurer sur la liste – Prankipin et Hunzimar, Meyk et Struin, Scaul et Spurifon – des hommes qui avaient détenu le pouvoir sur le Mont du Château puis dans le Labyrinthe mille ans auparavant, ou trois mille, ou cinq mille, qui avaient été le centre de toutes les conversations, l'objet de tous les hommages, qui avaient occupé le devant de la scène impériale avant de retomber dans les oubliettes de l'histoire. Lord Spurifon. Lord Scaul. Qui étaient-ils ? De quelle couleur étaient leurs cheveux, quelles étaient leurs occupations préférées, quelles lois avaient-ils promulguées, avaient-il accueilli la mort avec calme et courage ? Quel avait été leur impact sur les milliards d'habitants de Majipoor, et en avaient-ils seulement eu ? Valentin vit que certains n'avaient régné comme Coronal que quelques années avant que la mort du Pontife les relègue dans le Labyrinthe. Mais d'autres avaient occupé le sommet du Mont du Château pendant toute une génération. Ce lord Meyk, par exemple, Coronal pendant trente ans et Pontife pendant – Valentin scruta la liste vertigineuse –, Pontife pendant vingt-quatre années. Cinquante ans de pouvoir suprême, et qui à ce jour se souvenait de lord Meyk et du Pontife Meyk ?

Il regarda vers la fin des listes. Lord Tyeveras – lord Malibor – lord Voriax – lord Valentin.

C'était, bien entendu, là où la liste de gauche se terminait. Lord Valentin, trois ans de règne, en cours...

Au moins, lord Valentin entrerait dans la postérité. Il ne tomberait pas dans l'oubli comme tous les Spurifons et les Scauls, car pendant des générations on raconterait sur Majipoor l'histoire du jeune Coronal brun dont l'âme, à la suite d'une perfidie, avait été transplantée dans le corps d'un homme blond, et qui avait cédé son trône au fils du Roi des Rêves. Mais que dirait-on de lui ? Qu'il était un naïf, aussi ridicule qu'Arioc qui s'était proclamé Dame de l'Ile ? Que c'était un être faible qui n'avait pas su se protéger des dangers ? Qu'il avait été victime d'une stupéfiante déchéance et qu'il avait vaillamment reconquis sa place ? Comment raconterait-on l'histoire de lord Valentin, dans mille ans de cela ? Debout devant la longue liste de la Chambre des Archives, il demanda une seule chose : que l'on ne puisse dire de lord Valentin qu'il avait reconquis son trône avec un superbe héroïsme et qu'il avait ensuite régné mollement et sans but pendant cinquante ans. Il valait mieux abandonner le Château au Barjazid que de laisser ce souvenir.

Hissune le tira par la main.

– Valentin ?

Valentin, surpris, baissa les yeux.

– Je vous quitte ici, dit le garçon. Les agents du Pontife vont bientôt venir vous chercher.

– Hissune, je te remercie pour tout ce que tu as fait. Mais comment vas-tu rentrer tout seul ?

– Je ne rentrerai pas à pied, répondit Hissune avec un clin d'œil. Je vous le promets.

Il leva un regard grave et dit après un instant de silence :

– Valentin ?

– Oui.

– Vous n'êtes pas supposé avoir des cheveux bruns et une barbe ?

– Tu crois que je suis le Coronal ? fit Valentin en riant.

– Oh, je sais bien que oui ! Cela se lit partout sur votre visage. Seulement voilà... ce visage n'est pas le bon.

– Ce n'est pas un mauvais visage, dit Valentin d'un ton détaché. Un peu plus doux que mon ancien, et peut-être plus beau aussi. Je crois que je vais le garder. Je suppose que celui qui l'avait à l'origine n'en a plus besoin maintenant.

Le garçon avait les yeux écarquillés.

– Alors, vous êtes ici sous une fausse apparence ?

– Oui, on peut dire cela.

– C'est bien ce qu'il me semblait.

Il glissa sa petite main dans celle de Valentin.

– Eh bien, bonne chance, Valentin. Si jamais vous revenez dans le Labyrinthe, demandez-moi et je vous servirai de nouveau de guide, et la prochaine fois ce sera gratuit. Souvenez-vous de mon nom : Hissune.

– Au revoir, Hissune.

Sur un dernier clin d'œil, le garçon s'éloigna.

Valentin reporta son regard sur le grand écran de l'histoire. Lord Tyeveras – lord Malibor – lord Voriax – lord Valentin. Et peut-être un jour lord Hissune, se dit-il. Pourquoi pas ? Le garçon semblait être au moins aussi qualifié que bon nombre de ceux qui avaient régné, et il serait certainement assez sensé pour ne pas boire le vin drogué de Dominin Barjazid. Il faut que je me souvienne de lui, se dit-il. Oui, il faut que je me souvienne de lui.

6

Trois silhouettes sortirent d'un portail à l'autre extrémité de la place de la Chambre des Archives, une Hjort et deux humains, portant le masque des fonctionnaires du Labyrinthe. Ils avancèrent sans se presser vers l'endroit où Valentin attendait en compagnie de Deliamber, Sleet et quelques autres.

La Hjort dévisagea longuement Valentin et ne parut pas impressionnée.

– Que venez-vous faire ici ? demanda-t-elle.

– Demander une audience au Pontife.

– Une audience au Pontife ? répéta la Hjort aussi stupéfaite que si Valentin avait répondu : « Demander une paire d'ailes » ou « Demander la permission d'assécher l'océan. » Une audience au Pontife ! Le Pontife ne donne pas d'audience.

– Etes-vous de ses principaux ministres ?

Un éclat de rire lui répondit.

– Nous sommes à la Chambre des Archives, pas à la Cour des Trônes. Il n'y a pas de ministres d'Etat ici.

Les trois fonctionnaires se retournèrent et rebroussèrent chemin vers le portail.

– Attendez ! cria Valentin.

Il se laissa glisser dans l'état de rêve et projeta une vision urgente dans leur direction. Elle n'avait aucun contenu spécifique, seulement la signification très générale que la stabilité des choses était en péril, que la bureaucratie elle-même était cruellement menacée et qu'ils étaient les seuls à pouvoir repousser les forces du chaos. Ils continuèrent à marcher, et Valentin redoubla l'intensité de son message jusqu'à ce qu'il commence à transpirer et à trembler sous l'effort. Ils s'arrêtèrent. La Hjort tourna la tête.

– Que voulez-vous ? demanda-t-elle.

– Introduisez-nous auprès des ministres du Pontife.

Les fonctionnaires se consultèrent en chuchotant.

– Que faisons-nous ? demanda Valentin à Deliamber. Nous jonglons pour eux ?

– Essayez d'être un peu patient, murmura le Vroon.

Valentin trouvait cela difficile, mais il réussit à garder le silence, et au bout de quelques instants les fonctionnaires revinrent pour lui dire qu'il pouvait entrer avec cinq de ses compagnons. Les autres devaient trouver un logement à un niveau supérieur. Valentin fronça les sourcils. Mais toute discussion avec les fonctionnaires paraissait impossible. Il choisit Deliamber, Carabella, Sleet, Asenhart et Zalzan Kavol pour l'accompagner.

– Comment les autres vont-ils trouver à se loger ? demanda-t-il.

La Hjort haussa les épaules. Ce n'était pas son affaire.

De l'ombre sur la gauche de Valentin s'éleva une voix claire et aiguë.

– Quelqu'un a-t-il besoin d'un guide pour remonter aux niveaux supérieurs ?

– Hissune ? Encore ici ? fit Valentin en pouffant.

– J'avais pensé pouvoir être utile.

– Tu avais raison. Peux-tu trouver un endroit correct pour ma petite troupe dans l'anneau extérieur, près de l'Entrée des Eaux, où ils pourront attendre que j'aie terminé ici ?

– Je ne demande que trois couronnes, fit Hissune en hochant la tête.

– Quoi ? Mais de toute façon, il te faut remonter aux niveaux supérieurs ! Et il y a cinq minutes, tu m'as dit que la prochaine fois que tu me servirais de guide, tu le ferais gratuitement !

– C'est pour la prochaine fois, répliqua Hissune avec gravité. Mais nous sommes encore à cette fois. Voulez-vous priver un pauvre garçon de sa seule source de revenus ?

– Donnez-lui trois couronnes, dit Valentin à Zalzan Kavol en soupirant.

Le garçon bondit dans le premier véhicule. Très vite, tout le convoi fit demi-tour et s'éloigna. Valentin et ses cinq compagnons franchirent le portail de la Chambre des Archives.

Des corridors partaient dans toutes les directions. Dans des niches parcimonieusement éclairées, des gratte-papier étaient courbés sur des montagnes de documents. L'air était sec et il flottait une odeur de renfermé. Valentin trouvait ce lieu encore plus repoussant que ce qu'il avait vu aux niveaux précédents. Valentin réalisa qu'il s'agissait de l'administration centrale de Majipoor, de l'endroit où était effectivement exercé le gouvernement de vingt milliards d'êtres. Il frissonna à l'idée que le véritable pouvoir était détenu par ces gnomes affairés, ces êtres enfouis sous terre.

Il avait eu jusqu'alors tendance à croire que c'était le Coronal qui était le véritable souverain, le Pontife étant voué à un rôle purement décoratif. C'était le Coronal que l'on voyait commander les forces de l'ordre quand le chaos menaçait, le Coronal dynamique et vigoureux, alors que le Pontife restait cloîtré dans son Labyrinthe dont il ne sortait que pour les plus grandes occasions.

Mais il n'en était plus aussi sûr.

Le Pontife lui-même n'était peut-être plus qu'un vieillard au cerveau un peu dérangé, mais ces centaines de milliers de falots bureaucrates affublés de leurs masques ridicules détenaient peut-être collectivement plus d'autorité sur Majipoor que le fringant Coronal et son entourage princier. C'était ici qu'étaient établis les rôles d'impôt, et équilibrés les échanges commerciaux entre les provinces, ici qu'était coordonné l'entretien des routes, des parcs, des établissements d'enseignement et autres charges relevant des autorités provinciales. Valentin était loin d'être convaincu qu'un véritable gouvernement central était possible sur un monde aussi vaste que Majipoor, mais il en existait au moins les bases, les grandes structures, et il comprit en parcourant le dédale intérieur du Labyrinthe que le gouvernement de Majipoor ne consistait pas seulement à organiser de fastueux défilés et à envoyer des rêves. La toute-puissante bureaucratie terrée dans les profondeurs accomplissait la majeure partie de la tâche.

Et il se trouva pris dans ses rets. A plusieurs niveaux au-dessous de la Chambre des Archives, il y avait des logements réservés aux fonctionnaires provinciaux qui se rendaient au Labyrinthe en visite officielle; on lui donna une suite composée de plusieurs pièces sans prétention, où il resta les quelques jours qui suivirent sans que personne se préoccupât de lui. Il ne semblait y avoir aucune possibilité d'aller plus loin. En tant que Coronal, il aurait, bien entendu, eu le droit d'être immédiatement admis en présence du Pontife; mais il n'était pas Coronal, pas d'une manière effective, et prétendre l'être lui aurait probablement interdit tout espoir de progression.

Il finit, après avoir fouillé dans sa mémoire, par retrouver le nom des principaux ministres du Pontife. A moins de changements récents, Tyeveras était entouré de cinq ministres plénipotentiaires – Hornkast, son porte-parole officiel; Dilifon, son secrétaire particulier; Shinaam, un Ghayrog, son ministre des Affaires extérieures; Sepulthrove, son ministre des Disciplines scientifiques et son médecin traitant; Narrameer enfin, son interprète des rêves, dont on disait qu'elle était la plus puissante de tous, la conseillère qui avait été à l'origine du choix de Voriax puis de Valentin comme Coronal.

Mais il semblait aussi ardu d'atteindre l'un des cinq que le Pontife lui-même. Comme Tyeveras, ils se terraient dans les profondeurs, lointains, inaccessibles. Les capacités de Valentin avec le bandeau que sa mère lui avait donné n'allaient pas jusqu'à établir le contact avec l'esprit de quelqu'un qui lui était inconnu et se trouvait à une distance indéterminée.

Il apprit rapidement que deux autres fonctionnaires qui, pour être moins élevés dans la hiérarchie, n'en occupaient pas moins d'importantes fonctions, servaient de gardiens aux niveaux centraux du Labyrinthe. Il s'agissait des deux majordomes impériaux, Dondak-Sajamir, un Su-Suheris, et Gitamorn Suul, une humaine.

— Mais, dit Sleet qui avait discuté avec les hôteliers, ces deux-là sont à couteaux tirés depuis plus d'un an. Ils travaillent aussi peu que possible en collaboration. Et il te faudra l'accord des deux pour être reçu par les principaux ministres.

— Nous allons passer le reste de notre vie à moisir ici ! fit Carabella en trépignant d'impatience. Valentin, pourquoi perdrons-nous notre temps dans le Labyrinthe ? Pourquoi ne pas filer d'ici et marcher directement sur le Mont du Château ?

— C'est tout à fait mon avis, dit Sleet.

— Le soutien du Pontife est essentiel, répondit Valentin en secouant la tête. C'est ce que la Dame m'a dit et je partage son avis.

— Essentiel pour quoi ? demanda Sleet. Le Pontife sommeille loin au-dessous du sol. Il ne sait rien de rien. Le Pontife a-t-il une armée à te confier ? Le Pontife existe-t-il seulement ?

— Le Pontife a une armée de ronds-de-cuir et de fonctionnaires, fit doucement remarquer Deliamber. Ils s'avéreront extrêmement utiles. Ce sont eux, et non les guerriers, qui contrôlent l'équilibre des pouvoirs sur notre monde.

Mais Sleet n'était pas convaincu.

— Je prétends qu'il faut lever l'étendard à la constellation, battre le tambour et faire sonner les trompettes, et se mettre en route à travers Alhanroel en te proclamant Coronal et en faisant connaître au monde entier l'imposture de Dominin Barjazid. Dans chaque ville que nous traverserons, tu rencontreras ceux qui occupent une position clé et tu obtiendras leur appui grâce à ton ardeur et à ta sincérité, avec peut-être un petit coup de pouce du bandeau de la Dame. Quand tu arriveras au Mont du Château, tu auras dix millions d'individus derrière toi et le Barjazid se rendra sans combattre !

– C'est une vision séduisante, dit Valentin. Mais je crois malgré tout qu'il vaut mieux obtenir le concours du Pontife avant de lancer ouvertement notre défi. Je vais rendre visite à ces deux majordomes.

Dans l'après-midi, on le mena auprès de Dondak-Sajamir qui occupait un petit bureau sinistre environné d'une profusion de minuscules niches de gratte-papier. On fit attendre Valentin pendant plus d'une heure dans un étroit vestibule encombré avant de l'introduire enfin auprès du majordome.

Valentin n'était pas très sûr de la manière dont il fallait se conduire avec un Su-Suheris. Une tête était-elle Dondak et l'autre Sajamir ? Fallait-il s'adresser aux deux en même temps ou bien ne parler qu'à la tête qui lui parlait ? Convenait-il de laisser son attention se déplacer d'une tête à l'autre pendant l'entretien ?

Dondak-Sajamir regarda Valentin comme s'il le voyait de très haut. Un silence tendu régna dans le bureau pendant que les quatre yeux froids et verts examinaient sans passion le visiteur. Le Su-Suheris était une créature mince et longue, le visage glabre et la peau lisse, les épaules inexistantes, et dont le cou fin comme une baguette s'élevait sur vingt-cinq ou trente centimètres et se divisait en forme de fourche pour soutenir les deux étroites têtes fuselées. Il manifestait un tel air de supériorité qu'il eût été facile de penser que la charge de majordome du Pontife était beaucoup plus importante que celle de Pontife elle-même. Mais Valentin savait que cette hauteur glaciale était en partie inhérente à la race du majordome : un Su-Suheris ne pouvait éviter de paraître naturellement arrogant et dédaigneux.

Finalement, la tête de gauche de Dondak-Sajamir prit la parole :

– Pourquoi êtes-vous venu ici ?

– Pour demander une audience aux principaux ministres du Pontife.

– C'est ce qui figure dans votre lettre. Mais de quoi voulez-vous les entretenir ?

– D'une question de la plus extrême urgence. Une affaire d'Etat.

– Oui ?

– Vous ne vous attendez certainement pas à ce que j'accepte d'en discuter en dehors des niveaux les plus élevés de la hiérarchie.

Dondak-Sajamir se lança dans une interminable réflexion. Lorsqu'il reprit la parole, ce fut de sa tête droite. La seconde voix était beaucoup plus profonde que la première.

– Si je fais perdre leur temps aux principaux ministres, le blâme tombera sur moi.

– Si vous placez des obstacles entre eux et moi, le blâme finira également par retomber sur vous.

– C'est une menace ?

– Pas le moins du monde. Je puis seulement vous dire que s'ils ne reçoivent pas l'information dont je suis porteur, les conséquences seront très graves pour nous tous... et nul doute qu'ils seront désolés d'apprendre que c'est à cause de vous qu'ils n'ont pas été en possession de cette information.

– Pas seulement de moi, dit le Su-Suheris. Il y a un second majordome et nous devons agir conjointement pour accepter ce genre de requête. Vous n'avez pas encore parlé à ma collègue ?

– Non.

– Elle est folle. Elle a délibérément et avec une malveillance manifeste cessé de coopérer avec moi depuis plusieurs mois.

Dondak-Sajamir s'était mis à parler simultanément

avec ses deux têtes, les deux voix ayant un intervalle de près d'une octave. L'effet était déconcertant en diable.

– Même si je vous donnais mon accord, elle refuserait. Vous ne parviendrez jamais à voir les principaux ministres.

– Mais c'est impossible ! N'y a-t-il aucun moyen de passer outre ?

– Ce serait illégal.

– Mais enfin, si elle bloque toutes les démarches légitimes...

L'argument parut laisser le Su-Suheris indifférent.

– Elle en assume la responsabilité.

– Non, répliqua Valentin. Vous partagez cette responsabilité ! Vous ne pouvez vous contenter de dire que, sous prétexte qu'elle refuse de coopérer, je ne puis aller de l'avant, alors que la pérennité même du gouvernement est en jeu !

– Vous croyez vraiment ? demanda Dondak-Sajamir.

Valentin fut déconcerté par cette question. Mettait-il en doute le fait qu'une menace pesait sur le royaume ou simplement l'idée qu'il partageait la responsabilité des entraves mises à l'action de Valentin ?

– Que me suggérez-vous de faire ? demanda Valentin après quelques instants.

– De retourner chez vous, répondit le majordome, de couler une vie heureuse et fructueuse, et de laisser à ceux dont c'est le destin le soin de régler les problèmes du gouvernement.

7

L'entretien avec Gitamorn Suul ne fut pas plus fructueux. L'autre majordome était moins hautaine que le Su-Suheris, mais guère plus coopérative.

C'était une grande femme brune, âgée d'une douzaine d'années de plus que Valentin, l'air sérieux et compétent. Sur son secrétaire, dans un bureau sensiblement plus gai et plus attrayant, mais pas plus spacieux, que celui de Dondak-Sajamir, se trouvait un dossier contenant la requête de Valentin. Elle le tapota à plusieurs reprises avant de déclarer :

– Vous ne pouvez pas les voir, vous savez.

– Puis-je vous demander pourquoi ?

– Parce que personne ne les voit.

– Personne ?

– Personne de l'extérieur. Cela ne se fait plus.

– Est-ce à cause du désaccord qui existe entre Dondak-Sajamir et vous ?

– Cet abruti ! fit Gitamorn Suul en pinçant dédaigneusement les lèvres. Mais non... même s'il s'acquittait correctement de sa tâche, ce ne serait malgré tout pas possible d'être reçu par les ministres. Ils ne veulent pas être importunés. Ils ont d'écrasantes responsabilités. Le Pontife est vieux, vous savez. Il ne consacre que peu de temps aux affaires du gouvernement et, en conséquence, toute la charge retombe sur ceux qui l'entourent. Vous comprenez ?

– Je dois absolument les voir, dit Valentin.

– Je n'y peux rien. Ils refusent d'être dérangés même pour les cas les plus urgents.

– Supposez, reprit lentement Valentin, que le Coronal ait été renversé et qu'un usurpateur ait pris possession du Château.

Elle le regarda avec stupéfaction.

C'est cela que vous voulez leur raconter ? Allez. Requête rejetée.

Se levant, elle lui fit signe de se retirer.

– Nous avons déjà suffisamment de cinglés dans le Labyrinthe sans que de nouveaux venus, arrivant de...

– Attendez, dit Valentin.

Il se laissa glisser dans l'état de transe et fit appel au pouvoir du bandeau. Désespérément il projeta son âme vers celle de Gitamorn Suul, la toucha, l'enveloppa. Il n'entrait pas dans ses plans de révéler grand-chose à ces fonctionnaires subalternes, mais il ne semblait pas y avoir d'autre solution que de la mettre dans la confidence. Il maintint le contact jusqu'à l'apparition des premiers vertiges; il le rompit alors et revint précipitamment à l'état de veille. Elle le fixait d'un air abasourdi, les joues empourprées, les yeux hagards, la poitrine se soulevant à un rythme accéléré. Il lui fallut quelque temps avant de pouvoir parler.

– Quel tour essayez-vous de me jouer? demanda-t-elle finalement.

– Il n'y a pas de tour. Je suis le fils de la Dame, et c'est elle-même qui m'a enseigné l'art d'envoyer des messages.

– Lord Valentin est brun.

– Il l'était effectivement. Mais il ne l'est plus.

– Vous me demandez de croire...

– Je vous en prie, dit-il.

Il mit dans ces mots toute l'intensité dont son esprit était capable.

– Je vous en prie, croyez-moi. Tout dépend de la possibilité que j'aurai d'informer le Pontife de ce qui s'est passé.

Mais la méfiance de Gitamorn Suul était profondément enracinée. Nulle prosternation de sa part, nul hommage, nul signe de la constellation, rien qu'une sorte de morne stupéfaction, comme si elle avait plutôt tendance à admettre la véracité de cette incroyable histoire tout en souhaitant qu'elle ait été assenée à un autre fonctionnaire.

– Le Su-Suheris opposera son veto à tout ce que je pourrais proposer.

– Même si je lui montrais ce que je vous ai montré?

– Son entêtement est légendaire, répondit-elle en haussant les épaules. Même pour sauver la vie du Pontife, il n'approuverait aucune de mes recommandations.

– Mais c'est de la folie !
– Très exactement. Lui avez-vous parlé ?
– Oui, répondit Valentin. Il m'a semblé hostile et gonflé d'orgueil. Mais pas fou.
– Attendez d'avoir eu affaire avec lui un peu plus longtemps avant de porter sur lui un jugement définitif, lui conseilla Gitamorn Suul.
– Et ne pouvons-nous falsifier son approbation, de manière à ce que je puisse entrer à son insu ?
– Vous voulez me faire commettre un crime ? demanda-t-elle, l'air scandalisé.
Valentin fit un violent effort pour conserver son calme.
– Un crime a déjà été commis, dit-il d'une voix basse et ferme, et pas n'importe quel crime. Je suis le Coronal de Majipoor, déposé par traîtrise. Pour reprendre mon trône, votre aide est vitale. Cela n'est-il pas suffisant pour passer outre à tous ces règlements mesquins ? Ne comprenez-vous pas que j'ai le pouvoir de vous pardonner de les enfreindre ?
Il se pencha sur elle.
– Nous sommes en train de perdre du temps. Le Mont du Château abrite un usurpateur. Je cours de l'un à l'autre des subordonnés du Pontife quand je devrais traverser Alhanroel à la tête d'une armée de libération. Donnez-moi votre accord et laissez-moi poursuivre mon chemin, et vous serez récompensée quand l'ordre sera revenu sur Majipoor.
Le regard de Gitamorn Suul se fit soudain froid et dur.
– Votre histoire exige de moi une grande crédulité. Et si tout cela n'était qu'un tissu de mensonges ? Et si vous étiez à la solde de Dondak-Sajamir ?
– Je vous en prie, fit Valentin d'une voix gémissante.
– Non, c'est tout à fait vraisemblable. Il peut fort bien s'agir d'un piège. Vous, votre incroyable histoire, cette sorte d'hypnotisme, toute une machination desti-

née à m'éliminer, à laisser le champ libre au Su-Suheris, à lui conférer le pouvoir absolu dont il rêve depuis si longtemps...

– Je jure sur la Dame, ma mère, que je ne vous ai pas menti.

– Un véritable criminel n'hésiterait pas à jurer sur la mère de n'importe qui, mais que signifie cela ?

Après un instant d'hésitation, Valentin avait résolument tendu les mains pour prendre celles de Gitamorn Suul. Il la regarda droit dans les yeux avec une intensité farouche. Ce qu'il s'apprêtait à faire était fort déplaisant, mais tout ce que ces bureaucrates mesquins lui avaient fait subir ne l'était pas moins. Le moment était venu de faire preuve d'un peu d'impudence, faute de quoi il resterait à jamais empêtré dans les profondeurs du Labyrinthe.

– Même si j'étais à la solde de Dondak-Sajamir, dit-il en s'approchant d'elle, jamais je ne pourrais trahir une femme aussi belle que vous.

Elle prit un air dédaigneux, mais ses pommettes se colorèrent derechef.

– Faites-moi confiance, poursuivit-il. Ayez foi en moi. Je suis lord Valentin et vous serez l'un des héros de mon rétablissement sur le trône. Je sais ce que vous désirez le plus au monde et vous l'obtiendrez dès que j'aurai réintégré le Château.

– Vous le savez ?

– Oui, souffla-t-il en caressant doucement les mains qui étaient maintenant abandonnées dans les siennes. Détenir sans partage le contrôle du cœur du Labyrinthe. Etre l'unique majordome.

Elle acquiesça lentement de la tête comme dans un rêve.

– Ce sera fait, dit-il. Alliez-vous à moi, et Dondak-Sajamir sera déchu de son rang pour m'avoir fait obstacle. Voulez-vous faire cela ? Acceptez-vous de m'aider à atteindre les principaux ministres, Gitamorn Suul ?

– Ce sera... difficile...

– Mais c'est possible ! Tout est possible ! Et quand je serai redevenu Coronal, le Su-Suheris perdra sa place. Je vous le promets.

– Jurez-le !

– Je le jure, dit Valentin avec passion, se sentant rempli de honte et d'abjection. Je le jure sur ma mère. Je le jure sur tout ce qu'il y a de plus sacré. Nous sommes d'accord ?

– D'accord, fit-elle d'une petite voix tremblante. Mais comment allez-vous vous y prendre ? Vous avez besoin des deux signatures sur le laissez-passer, et s'il voit que la mienne y figure, il refusera d'y apposer la sienne.

– Etablissez-moi un laissez-passer et signez-le, dit Valentin. Je vais retourner le voir et le convaincre de le contresigner.

– Jamais il n'acceptera.

– Laissez-moi faire. Je peux être très persuasif. Une fois que j'aurai sa signature, je pourrai pénétrer dans le cœur du Labyrinthe et accomplir ce que j'ai à accomplir. Quand j'en ressortirai, je serai investi de toute l'autorité du Coronal... et je démettrai Dondak-Sajamir de ses fonctions, cela, je vous le promets.

– Mais comment obtiendrez-vous sa signature ? Depuis des mois, il refuse d'apposer son contreseing !

– Laissez-moi faire, dit Valentin.

Elle sortit de son bureau un cube vert foncé d'une matière lisse et brillante et le plaça dans une machine qui jeta sur lui une vive lueur jaune incandescente. Quand elle le retira, la surface du cube avait acquis un nouvel éclat.

– Tenez. Voici votre laissez-passer. Mais je vous préviens que sans contreseing il n'a aucune valeur.

– Je l'obtiendrai, dit Valentin.

Il retourna voir Dondak-Sajamir. Le Su-Suheris se montra réticent pour le recevoir, mais Valentin persévéra.

– Je comprends maintenant votre aversion contre Gitamorn Suul, dit-il.

– N'est-elle pas haïssable ? demanda Dondak-Sajamir avec un sourire froid. Je suppose qu'elle a rejeté votre requête.

– Oh, non ! dit Valentin en sortant le cube de son manteau et en le plaçant devant le majordome. Elle me l'a accordée de bon cœur en sachant que vous me l'aviez refusée et que son autorisation n'avait aucune valeur. C'est son autre refus qui m'a si profondément blessé.

– Et de quoi s'agit-il ?

– Cela vous paraîtra peut-être ridicule, dit tranquillement Valentin, ou même répugnant, mais j'ai été fortement ému par sa beauté. Je dois vous avouer que pour des yeux humains, cette femme a une présence physique extraordinaire, un port majestueux, une sensualité saisissante qui... enfin, peu importe. Je me suis offert à elle avec une ingénuité embarrassante. J'étais confiant et vulnérable. Et elle s'est cruellement moquée de moi. Elle m'a dédaigneusement repoussé comme si elle prenait plaisir à retourner le fer dans cette plaie profonde. Comprenez-vous cela, qu'elle se soit montrée si impitoyable, si méprisante envers un étranger qui éprouvait pour elle les sentiments les plus ardents et les plus profondément passionnés ?

– Sa beauté m'échappe, dit Dondak-Sajamir. Mais je connais fort bien son arrogance et sa froideur.

– Je partage maintenant votre animosité envers elle, reprit Valentin. Si vous voulez bien de moi, je vous propose mes services pour travailler ensemble à son élimination.

– Oui, fit pensivement Dondak-Sajamir, le moment serait bien choisi pour provoquer sa chute. Mais comment ?

Valentin tapota le cube qui reposait sur le bureau du majordome.

– Apposez votre contreseing à ce laissez-passer. Je

serai alors libre de pénétrer dans le cœur du Labyrinthe. Dès que je serai à l'intérieur, vous ouvrez une enquête officielle sur les circonstances dans lesquelles j'y ai été admis, en prétendant ne jamais m'avoir donné votre autorisation. Au retour de mon entretien avec le Pontife, convoquez-moi pour témoigner. Je déclarerai que vous avez rejeté ma requête et que j'ai obtenu de Gitamorn Suul le laissez-passer déjà contresigné, sans soupçonner qu'il avait pu être falsifié par quelqu'un qui m'avait laissé entrer à seule fin de contrecarrer votre action. Votre accusation de falsification, jointe à mon témoignage que vous avez refusé de faire droit à ma requête, causera sa perte. Qu'en pensez-vous ?

— C'est un plan magnifique ! s'exclama Dondak-Sajamir. Je n'aurais pu imaginer mieux !

Le Su-Suheris glissa le cube dans une machine qui lui conféra un éclat rose superposé au jaune de Gitamorn Suul. Le laissez-passer était maintenant valide. Toutes ces manœuvres, se dit Valentin, créaient une tension presque aussi pénible pour l'esprit que les dédales du Labyrinthe lui-même, mais il en avait terminé, et avec succès. Que maintenant ces deux-là manigancent et complotent l'un contre l'autre tout leur soûl pendant que lui poursuivait sans encombre sa route vers les ministres du Pontife. Ils risquaient d'être déçus de la manière dont il tenait ses promesses, car il avait l'intention, s'il le pouvait, de démettre les deux rivaux de leurs fonctions. Mais il n'exigeait pas de lui-même de se conduire comme un petit saint lorsqu'il avait affaire à des gens dont la principale préoccupation dans le gouvernement paraissait être de faire obstacle et de poser des entraves.

Il prit le cube sur le bureau de Dondak-Sajamir et inclina la tête en signe de gratitude.

— Puissiez-vous avoir tout le pouvoir et le prestige que vous méritez, dit Valentin d'un ton mielleux.

Puis il se retira.

8

Les gardiens du cœur du Labyrinthe parurent surpris de voir que quelqu'un de l'extérieur avait réussi à obtenir accès à leur domaine. Mais après avoir soumis le cube à un minutieux examen, ils reconnurent à contrecœur sa validité et laissèrent entrer Valentin et ses compagnons.

Un étroit véhicule les transporta silencieusement et rapidement en plongeant dans les galeries de cet univers intérieur. Les fonctionnaires masqués qui les accompagnaient ne paraissaient pas le guider eux-mêmes, tâche qui n'eût d'ailleurs pas été aisée, car à ces niveaux profonds le Labyrinthe multipliait embranchements et ramifications et faisait des tours et des détours. N'importe quel intrus se serait rapidement trouvé désespérément égaré au milieu de ces innombrables courbes, entortillements, sinuosités et enchevêtrements. Et pourtant leur véhicule semblait flotter en suivant un itinéraire caché qui déterminait sa direction, effectuant un trajet rapide à défaut d'être parfaitement rectiligne, s'enfonçant de plus en plus dans les anneaux que formaient les galeries retirées.

A chaque contrôle, Valentin était interrogé par des fonctionnaires incrédules, se refusant presque à accepter l'idée qu'un étranger venait pour être reçu par les ministres du Pontife. Leurs interminables chicanes étaient lassantes mais parfaitement vaines. Valentin agitait son laissez-passer sous leur nez comme s'il s'agissait d'une baguette magique.

– Je suis chargé d'une mission de la plus haute importance, répétait-il à chaque fois, et ne m'entretiendrai qu'avec les membres les plus éminents de la cour pontificale.

S'armant de toute la dignité et la prestance dont il

disposait, Valentin balayait toutes les objections, repoussait toutes les arguties.

– Cela se passera mal pour vous, les avertissait-il, si vous me retardez plus longtemps.

Et enfin – Valentin avait l'impression qu'un siècle s'était écoulé depuis qu'il avait acquis en jonglant à l'Entrée des Lames le droit de pénétrer dans le Labyrinthe – il se trouva debout devant Shinaam, Dilifon et Narrameer, trois des cinq principaux ministres du Pontife.

Ils le reçurent dans une salle sombre et humide, construite avec d'énormes blocs de pierre noire, très haute de plafond et ornée d'ogives. L'atmosphère lourde et oppressante de ce lieu évoquait beaucoup plus un cachot qu'une salle de conseil. En y pénétrant, Valentin sentit tout le poids du Labyrinthe peser sur lui, niveau après niveau : l'Arène, la Chambre des Archives, la Cour des Globes, la Salle des Vents et tous les autres, les corridors obscurs, les niches encombrées, la multitude d'employés besogneux. Quelque part là-haut, très haut, le soleil brillait, l'air était frais et vif, une brise soufflait du sud, apportant les fragrances des alabandinas, des eldirons et des tanigales. Et il était là, coincé sous un monticule géant de terre et des kilomètres de galeries tortueuses, au cœur du royaume de la nuit éternelle. Son trajet vers les profondeurs du Labyrinthe l'avait laissé fébrile et tendu, comme s'il n'avait pas dormi depuis des semaines.

Il toucha Deliamber de la main, et le Vroon lui transmit une décharge d'énergie qui le picota en ravivant ses forces déclinantes. Il regarda Carabella qui lui sourit et lui envoya un baiser du bout des doigts. Il regarda Sleet qui hocha lentement la tête et lui adressa une grimace résolue. Il regarda Zalzan Kavol, et le farouche Skandar bougon esquissa de tous ses bras un geste de jonglerie en guise d'encouragement. Ses compagnons, ses amis qui l'avaient assisté tout au long de cette pénible et étrange odyssée.

Les ministres avaient pris place côte à côte sur des sièges presque assez majestueux pour être des trônes. Shinaam était au centre, le ministre des Affaires extérieures, d'origine ghayrog, d'aspect reptilien, les yeux froids sans paupières, la langue rouge et fourchue s'agitant sans cesse, la chevelure rêche et flexueuse se tortillant. A sa droite se trouvait Dilifon, le secrétaire particulier du Pontife, une silhouette frêle et spectrale, le cheveu aussi blanc que Sleet, la peau flétrie et parcheminée, les yeux flamboyants dans le visage sénile. De l'autre côté du Ghayrog était assise Narrameer, l'interprète impériale des rêves, une femme mince et élégante qui devait être d'un âge très avancé, car sa collaboration avec Tyeveras remontait à l'époque déjà lointaine où il était Coronal. Et pourtant elle semblait à peine avoir atteint l'âge mûr. Sa peau était lisse et sans rides, ses cheveux auburn abondants et lustrés. Ce n'était que dans l'expression distante et énigmatique du regard que Valentin parvenait à déceler la sagesse, l'expérience et le pouvoir accumulés pendant de nombreuses décennies qui étaient siens. Il y a de la sorcellerie là-dessous, en conclut-il.

– Nous avons pris connaissance de votre requête, dit Shinaam.

Sa voix était profonde et cassante, très légèrement sifflante.

– L'histoire que vous nous proposez nous laisse incrédules.

– Avez-vous parlé avec la Dame, ma mère ?

– Oui, nous avons parlé avec la Dame, répondit le Ghayrog d'une voix sans chaleur. Elle vous reconnaît comme son fils.

– Elle nous presse de collaborer avec vous, dit Dilifon d'une voix fêlée et grinçante.

– Elle nous est apparue dans des messages, dit Narrameer de sa voix douce et mélodieuse, et elle vous a recommandé à nous, nous demandant de vous apporter toute l'aide dont vous aurez besoin.

— Eh bien, alors? demanda Valentin.

— La possibilité existe que la Dame ait pu être trompée.

— Vous me considérez comme un imposteur?

— Vous nous demandez de croire, reprit le Ghayrog, que le Coronal de Majipoor a été pris par surprise par un des fils cadets du Roi des Rêves, expulsé de son propre corps, dépouillé de sa mémoire et placé — tout au moins ce qui restait de lui — dans un tout autre corps, qui se trouvait, de manière bien pratique, être disponible, et que l'usurpateur a réussi à pénétrer dans l'enveloppe vide du Coronal et à y imposer sa propre conscience. Nous trouvons ce genre de chose excessivement difficile à croire.

— Mais il existe une science qui déplace les corps d'une âme à une autre, dit Valentin. Il y a des précédents.

— Il n'existe aucun précédent, intervint Dilifon, d'une substitution de Coronal de cette manière.

— C'est pourtant ce qui s'est produit, répliqua Valentin. Je suis lord Valentin, j'ai retrouvé la mémoire grâce aux soins de la Dame et je demande le soutien du Pontife pour retrouver les responsabilités auxquelles il m'avait appelé à la mort de mon frère.

— Oui, dit Shinaam, si vous êtes celui que vous prétendez être, il serait juste que vous réintégriez le Mont du Château. Mais comment pouvons-nous le savoir? L'affaire est grave. Elle laisse présager une guerre civile. Devons-nous conseiller au Pontife de plonger le monde dans la confusion sur la seule assertion d'un jeune inconnu qui...

— J'ai déjà convaincu ma mère de l'authenticité de mon identité, fit remarquer Valentin. Elle a lu dans mon esprit sur l'Ile et elle m'a vu tel que je suis.

Il porta la main au bandeau d'argent qui lui ceignait le front.

— Comment croyez-vous que je sois entré en possession de cet instrument? C'est elle qui me l'a donné, de ses propres mains, alors que nous étions ensemble dans le Temple Intérieur.

– Il ne fait aucun doute que la Dame vous accepte et vous soutient, dit paisiblement Shinaam.

– Mais c'est son jugement que vous mettez en doute ?

– Il nous faut la preuve formelle de ce que vous avancez.

– Alors, permettez-moi d'envoyer un message, ici et tout de suite, pour vous convaincre que je dis la vérité.

– Comme vous voulez, dit Dilifon.

Valentin ferma les yeux et se laissa glisser dans l'état de transe.

Avec toute sa passion et sa conviction, il sentit le flot radieux de son être se projeter hors de lui, comme il l'avait fait lorsqu'il avait eu besoin de gagner la confiance de Nascimonte dans l'aride désert jonché de ruines au-delà de Treymone, lorsqu'il avait ébranlé l'esprit des trois fonctionnaires devant le portail de la Chambre des Archives et lorsqu'il avait révélé sa véritable identité au majordome Gitamorn Suul. Avec des degrés variables de réussite, il avait accompli ce qu'il fallait accomplir en chacune de ces occasions.

Mais maintenant il se sentait incapable de vaincre l'impénétrable scepticisme des ministres du Pontife.

L'esprit du Ghayrog lui était totalement opaque, un mur aussi lisse et infranchissable que les blanches falaises de l'Ile du Sommeil. Valentin ne percevait que les tremblotements extrêmement diffus d'une conscience derrière l'écran mental de Shinaam, et il ne parvenait pas à la franchir. L'esprit du vieux Dilifon parcheminé était tout aussi lointain, non pas parce qu'il était protégé par un écran, mais parce qu'il semblait poreux, ouvert, un nid d'abeilles qui n'offrait aucune résistance : il le traversait, comme de l'air passant à travers de l'air, sans rien rencontrer de tangible. Ce n'est qu'avec l'esprit de l'interprète des songes de Narrameer que Valentin sentit un contact, mais cela non plus ne fut pas satisfaisant. Elle semblait drainer toute son âme, absorber tout ce qu'il lui donnait et l'aspirer dans quelque gouffre insondable de son être, si bien qu'il pouvait émettre sans jamais atteindre le centre de l'esprit de Narrameer.

Néanmoins il refusait de s'avouer vaincu. Avec une furieuse intensité, il projetait l'intégralité de son âme, se proclamant lord Valentin du Mont du Château et les exhortant à fournir la preuve qu'il était quelqu'un d'autre. Il fouilla sa mémoire à la recherche de souvenirs — de sa mère, de son frère le Coronal, de son éducation princière, de son renversement à Til-omon, de ses pérégrinations sur Zimroel, de tout ce qui avait contribué à façonner l'homme qui s'était battu pour atteindre les entrailles du Labyrinthe afin d'obtenir leur aide. Il s'offrit totalement, témérairement, férocement, jusqu'à ce qu'il ne puisse plus rien projeter, jusqu'à ce qu'il demeure chancelant, abruti d'épuisement, appuyé sur Sleet et Carabella, une loque semblable à un vieux vêtement inutile dont le possesseur se serait débarrassé.

Il émergea de l'état de transe en craignant d'avoir échoué.

Il était faible et tremblant. Son corps était baigné de sueur. Tout se brouillait devant ses yeux et une douleur atroce lui vrillait les tempes.

Il lutta pour reprendre ses forces, fermant les yeux et aspirant profondément l'air dans ses poumons. Puis il leva la tête vers le trio des ministres.

Leurs visages étaient durs et sombres. Leurs regards étaient froids et implacables. Leurs expressions étaient distantes, dédaigneuses, hostiles presque. La terreur s'empara soudain de Valentin. Serait-il possible qu'ils soient tous les trois de connivence avec Dominin Barjazid ? Etait-il en train de plaider devant ses propres ennemis ?

Mais c'était impensable et impossible, une hallucination de son esprit épuisé, se dit-il désespérément. Il se refusait à croire que le complot dirigé contre lui ait pu atteindre le cœur du Labyrinthe.

– Alors ? demanda-t-il d'une voix rauque et éraillée. Qu'en pensez-vous maintenant ?

– Je n'ai rien ressenti, répondit Shinaam.

– Je ne suis pas convaincu, dit Dilifon. N'importe quel sorcier peut envoyer ce genre de message. Votre sincérité et votre passion peuvent être feintes.

– C'est aussi mon avis, dit Narrameer. Les messages peuvent transmettre des mensonges aussi bien que la vérité.

– Non ! s'écria Valentin. Vous m'avez eu grand ouvert devant vous. Vous ne pouvez avoir manqué de voir...

– Pas suffisamment ouvert, dit Narrameer.

– Que voulez-vous dire ?

– Faisons une interprétation, vous et moi, répondit-elle. Ici. Tout de suite, dans cette salle, devant ces témoins. Laissons nos esprits devenir véritablement un. Et alors je pourrai évaluer la plausibilité de votre histoire. Etes-vous d'accord ? Acceptez-vous de prendre la drogue avec moi ?

Effrayé, Valentin regarda ses compagnons... et il vit la crainte peinte sur tout les visages, sauf celui de Deliamber dont l'expression restait neutre et impénétrable, comme si le Vroon se trouvait dans un tout autre endroit. Risquer une interprétation ? Oserait-il le faire ? La drogue allait le rendre inconscient, complètement transparent, totalement vulnérable. Et si les trois ministres étaient alliés au Barjazid et cherchaient à le réduire à l'impuissance, leur tâche en serait facilitée. Et puis il ne s'agissait pas d'une quelconque interprète de village qui lui proposait de pénétrer son âme; c'était l'interprète du Pontife, une femme âgée d'au moins cent ans, rusée et puissante, réputée pour être la véritable maîtresse du Labyrinthe, contrôlant tous les autres, y compris le vieux Tyeveras lui-même. Deliamber prenait soin de ne lui donner aucune indication. La décision dépendait entièrement de lui.

– D'accord, dit Valentin en plantant son regard dans celui de Narrameer. Puisqu'il n'y a rien d'autre à faire, faisons une interprétation. Ici. Tout de suite.

9

Ils paraissaient y être prêts. A un signal, des assistants apportèrent tout l'attirail nécessaire à une interprétation : un épais tapis aux chaudes couleurs, or bordé d'écarlate et de vert; un haut flacon de pierre blanche polie, deux délicates tasses de porcelaine. Narrameer descendit de son siège imposant et versa elle-même le vin des rêves dont elle offrit la première tasse à Valentin.

Il la tint un moment sans la boire. Dominin Barjazid lui avait versé du vin à Til-omon et une seule gorgée avait suffi pour que tout change. Allait-il boire ceci maintenant, sans crainte des conséquences ? Qui pouvait dire quel nouvel ensorcellement on lui réservait ? Où allait-il reprendre conscience, et sous quelle apparence altérée ?

Narrameer l'observait en silence. Le regard de l'interprète des songes était indéchiffrable, mystérieux et pénétrant. Elle souriait, d'un sourire ambigu qui pouvait exprimer aussi bien un encouragement que le triomphe, Valentin n'aurait su le dire. Il leva sa tasse en ébauchant un salut et la porta à ses lèvres. L'effet du vin fut instantané et d'une force inattendue. Pris de vertiges, Valentin commença à osciller sur ses jambes. Un voile s'abattit sur son esprit. Ce breuvage était-il plus fort que celui que lui avait donné l'interprète des rêves Tisana à Falkynkip, il y avait si longtemps déjà... Une diabolique mixture dont Narrameer avait le secret ? Ou bien était-ce simplement qu'il était plus réceptif en cet instant, affaibli et vidé de ses forces par l'utilisation du bandeau ? De ses yeux qui refusaient de se fixer sur quoi que ce fût, il vit Narrameer boire son propre vin, lancer la tasse vide à un assistant et ôter prestement sa robe. Son corps nu était souple, lisse, juvénile encore... le ventre plat, les cuisses fuselées, les seins hauts et ronds. C'est de la sorcellerie, se dit-il. Oui, de la sorcellerie. Sa peau était d'un brun très soutenu. Les mamelons, presque noirs, le fixaient comme des yeux morts.

La drogue avait déjà trop profondément agi sur Valentin pour qu'il puisse se dépouiller de sa robe. Les mains de ses amis ouvrirent les agrafes et les crochets de son vêtement. Il sentit l'air froid sur son corps et il sut qu'il était nu.

Narrameer lui fit signe de venir sur le tapis des songes.

Les jambes en coton, Valentin se dirigea vers elle, et elle l'attira par terre. Il ferma les yeux, s'imaginant qu'il était avec Carabella, mais Narrameer était loin d'être Carabella. Son étreinte était sèche et froide, sa chair dure et sans élasticité. Son corps ne dégageait nulle chaleur et ne palpitait point. Cette apparente juvénilité n'était qu'une habile projection. Allongé dans ses bras, il avait la sensation de reposer sur un lit de pierre froide et lisse.

Valentin sentit les ténèbres commencer à l'envelopper, une sorte de fluide chaud et épais qui devenait de plus en plus profond ; il s'y laissa glisser en éprouvant une sensation de bien-être et le sentit remonter le long de ses jambes, jusqu'à la taille, jusqu'à la poitrine.

C'était tout à fait comme la fois où le monstrueux dragon de mer avait fracassé le bateau de Gorzval et où Valentin s'était senti aspiré par le tourbillon. Il était si facile de ne pas résister, tellement plus facile que de lutter. Abdiquer toute volonté, se détendre, accepter tout ce qui pouvait advenir, se laisser engloutir... c'était si tentant, si séduisant. Il était tellement las. Il avait lutté pendant longtemps. Maintenant, il pouvait se reposer et laisser la marée noire le recouvrir. Que les autres se battent avec vaillance pour l'honneur, le pouvoir et les acclamations. Que les autres...

Non.

C'était cela qu'ils voulaient, le laisser s'empêtrer dans ses propres faiblesses. Il était trop confiant, trop candide. Il avait dîné avec un ennemi, sans le savoir, et cela avait causé sa perte; s'il relâchait maintenant son effort, cela causerait de nouveau sa perte. Ce n'était pas le moment de se laisser glisser dans de noirs et chauds fluides.

Il commença à nager. Au début, il n'avançait que difficilement, car le fluide noir, profond, épais et visqueux lui collait aux bras. Mais après quelques brasses, Valentin trouva un moyen de rendre son corps plus anguleux, une lame fendant le fluide. Il avançait de plus en plus rapidement, bras et jambes effectuant des mouvements de piston parfaitement coordonnés. Cette étendue liquide qui l'avait incité à chercher l'oubli lui offrait maintenant un support. Elle le portait pendant qu'il nageait rapidement vers la rive lointaine. Le soleil, brillant, immense, un gros globe jaune pourpré, lançait d'éblouissants rayons qui formaient une traînée de feu sur la mer.

– Valentin.

C'était une voix profonde, qui roulait comme le tonnerre. Il ne la reconnut pas.

– Valentin, pourquoi nagez-vous si vite ?

– Pour atteindre la rive.

– Mais pourquoi cela ?

Valentin esquissa un haussement d'épaules et continua à nager. Il vit une île, une large plage blanche, une jungle où des arbres minces et élancés poussaient tronc contre tronc, un enchevêtrement de lianes réunissant leurs cimes en un dense dais de feuillage. Mais il avait beau nager de plus en plus vite, il ne parvenait à s'en rapprocher.

– Vous voyez, reprit la grosse voix, rien ne sert de s'affoler !

– Qui êtes-vous ? demanda Valentin.

– Je suis lord Spurifon, répondit la voix majestueuse et résonnante.

– Qui ?

– Lord Spurifon le Coronal, successeur de lord Scaul, qui est maintenant Pontife, et je vous conseille d'arrêter cette folie. Où espérez-vous donc aller ?

– Au Mont du Château, répondit Valentin en accélérant encore.

– Mais je suis Coronal !

– Jamais... entendu parler... de vous...

Lord Spurifon poussa un cri perçant. La surface lisse et huileuse de la mer se rida et se plissa comme si des millions d'aiguilles la perçaient par-dessous. Valentin se força à aller de l'avant, n'essayant plus d'être anguleux, mais se transformant plutôt en quelque chose d'émoussé et d'obstiné, une bille de bois dotée de bras, se frayant un chemin à travers les turbulences.

Il était arrivé à proximité de la rive. Il baissa les jambes et sentit le sable sous ses pieds, un sable chaud, mouvant et fuyant, qui se dérobait sous lui dès qu'il le touchait, faisant de la marche une corvée, mais pas insurmontable au point de ne pouvoir atteindre la terre ferme. Il se hissa sur la plage en marchant à quatre pattes et resta quelques instants à genoux. Quand il leva la tête, un homme maigre, au teint pâle et aux yeux bleus inquiets l'observait.

– Je suis lord Hunzimar, dit-il d'une voix douce, le Coronal des Coronals, qui jamais ne tombera dans l'oubli. Et voici mes immortels compagnons.

Il fit un geste et la plage se couvrit d'hommes qui lui ressemblaient, insignifiants, hésitants, falots.

– Voici lord Struin, déclara lord Hunzimar, et lord Prankipin. Et voici lord Meyk, lord Scaul et lord Spurifon. Tous de grands et puissants Coronals! Inclinez-vous devant nous!

– Vous êtes tous complètement oubliés! s'écria Valentin en riant.

– Non! Non!

– Que de piaillements!

Il tendit le doigt vers le dernier nommé.

– Vous... Spurifon! Nul ne se souvient de vous.

– *Lord* Spurifon, je vous prie.

– Et vous... lord Scaul. Toute votre renommée s'est volatilisée depuis trois mille ans.

– Vous faites erreur. Mon nom est inscrit sur la liste des Puissances.

– C'est vrai, fit Valentin en haussant les épaules. Mais qu'importe? Lord Prankipin, lord Meyk, lord Hunzimar, lord Struin... rien que des noms... plus rien... que des... noms...

– Rien que des noms... répondirent-ils en écho sur un ton aigu et plaintif.

Et ils commencèrent à diminuer et à se rapetisser jusqu'à être réduits à la taille d'un drôle, de petites choses galopant pitoyablement en tout sens sur la plage et criant leur nom en poussant des piaillements. Puis ils disparurent et à leur place apparurent de petites sphères blanches, à peine plus grosses que des balles de jongleurs. En se penchant pour les examiner, Valentin s'aperçut qu'il s'agissait de crânes. Il les ramassa et les lança en l'air avec entrain, puis il les attrapa au vol pendant qu'ils retombaient et les relança, les déployant en une brillante cascade. Les mâchoires battaient et claquaient pendant que les crânes montaient et descendaient. Un sourire flottait sur les lèvres de Valentin. Avec combien pouvait-il jongler en même temps? Spurifon, Struin, Hunzimar, Meyk, Prankipin et Scaul... cela ne faisait que six. Il y avait eu des centaines de Coronals, un tous les dix, vingt ou trente ans pendant à peu près onze mille ans. Il allait jongler avec tous. Il en cueillit d'autres en l'air, de plus grands, Confalume, Prestimion, Stiamot, Dekkeret, Pinitor, une douzaine, une centaine dont il emplit l'air, lançant et rattrapant, lançant et rattrapant. Jamais, depuis l'arrivée des premiers colons sur la planète, personne n'avait fait sur Majipoor une telle démonstration de ses talents de jongleur ! Ce n'étaient plus des crânes qu'il lançait maintenant; ils s'étaient transformés en diadèmes étincelants aux multiples facettes, en couronnes, en mille couronnes impériales jetant leurs feux dans toutes les directions. Il jonglait avec elles sans commettre d'erreur, reconnaissant en chacune la Puissance qu'elle représentait, lord Confalume ou lord Spurifon, lord Dekkeret ou lord Scaul, les conservant toutes en l'air de manière à ce qu'elles forment une grande pyramide inversée de lumière, tous les royaux personnages de Majipoor dansant au-dessus de lui, tous convergeant vers le jeune homme blond et souriant, bien planté sur ses jambes dans le sable chaud de cette plage dorée. Il les soutenait tous. Il tenait dans ses mains toute l'histoire de la planète et il la maintenait en l'air.

Les diadèmes éblouissants formaient au-dessus de lui une énorme et resplendissante constellation.

Sans manquer un seul temps, Valentin commença à marcher vers l'intérieur de l'île, franchissant les dunes en pente légère qui menaient au mur formé par la dense jungle. Les arbres s'écartaient à son approche, s'inclinant à droite et à gauche, lui ouvrant un passage, une voie aux pavés écarlates qui se dirigeait vers l'intérieur inconnu de l'île. Valentin regarda devant lui et il vit des contreforts, de basses collines grises qui s'élevaient en pente douce pour se transformer en versants granitiques escarpés derrière lesquels s'élevaient des pics déchiquetés, une impressionnante cordillère aux sommets pointus qui s'étirait jusqu'au cœur d'un continent. Et sur le plus haut de tous les pics, sur un sommet si élevé que l'air qui l'entourait miroitait d'une pâle lueur visible seulement en rêve, s'étendaient les murailles arc-boutées du Château. Valentin marchait vers lui tout en continuant à jongler. Des silhouettes le croisaient sur le chemin, qui venaient à sa rencontre, le saluaient de la main, lui souriaient et s'inclinaient devant lui. L'une d'elles était lord Voriax, une autre était la Dame, sa mère, et cette autre était la haute et solennelle figure du Pontife Tyeveras, et toutes le saluaient cordialement, et Valentin leur rendait leur salut sans faire tomber un seul diadème, sans interrompre son harmonieuse et sereine cascade. Il avait atteint le sentier des contreforts et il montait sans effort, alors que la foule s'épaississait autour de lui, Carabella et Sleet à ses côtés, avec Zalzan Kavol et toute la troupe de jongleurs Skandars, Lisamon Hultin la géante et Khun de Kianimot, Shanamir et Vinorkis, Gorzval, Lorivade, Asenhart et des centaines d'autres, des Hjorts et des Ghayrogs, des Lii et des Vroons, des marchands, des fermiers, des pêcheurs, des acrobates, des musiciens et le duc Nascimonte, le chef des bandits, l'interprète des songes Tisana, Gitamorn Suul et Dondak-Sajamir bras dessus, bras dessous, une horde de danseurs métamorphes, une phalange de capitaines de dragonniers brandissant gaiement leurs harpons, une troupe de frères de la forêt s'ébattant et se balançant de branche en branche dans les arbres bordant le sentier, tout ce monde chantant, riant, gambadant, l'escortant vers le Château, le Château de lord Malibor, le Château de lord Spurifon, le Château de lord Confalume, le Château de lord Stiamot, le Château de lord Valentin...

Le Château de lord Valentin...

Il y était presque maintenant. Malgré le sentier de montagne qui s'élevait pratiquement à pic, malgré des brumes aussi épaisses que du coton qui rampaient juste au-dessus du sol, il poursuivait son chemin, de plus en plus vite, sautillant et courant, jonglant magnifiquement avec ses centaines de couronnes brillantes. Juste devant lui, il vit trois grands piliers de feu qui, à son approche, se transformèrent en trois visages – Shinaam, Dilifon et Narrameer, côte à côte sur son chemin.

– Où allez-vous ? demandèrent-ils d'une seule voix.

– Au Château.

– Le Château de qui ?

– Le Château de lord Valentin.

– Et qui êtes-vous ?

– Demandez-leur, répondit Valentin en montrant tous ceux qui dansaient derrière lui. Demandez-leur de vous dire qui je suis !

– Lord Valentin ! cria Shanamir, le premier à l'acclamer.

– C'est lord Valentin ! s'écrièrent ensemble Sleet, Carabella et Zalzan Kavol.

– Lord Valentin le Coronal ! crièrent les Métamorphes, les capitaines de dragonniers et les frères de la forêt.

– Est-ce ainsi ? demandèrent les ministres du Pontife.

– Je suis lord Valentin, dit doucement Valentin.

Et il lança les mille diadèmes très haut en l'air, et ils s'élevèrent et s'évanouirent dans les ténèbres qui règnent entre les mondes; et ils redescendirent de ces ténèbres en flottant silencieusement, chatoyant et miroitant comme des flocons de neige tombant sur les pentes des montagnes du Nord, et quand ils touchèrent les formes de Shinaam, de Dilifon et de Narrameer, les trois ministres disparurent instantanément, ne laissant derrière eux qu'une lueur argentée, et les portes du Château s'ouvrirent.

10

Valentin reprit conscience.

Il sentit la laine du tapis contre sa peau nue et vit,

très haut, les ogives du sinistre plafond de pierre. Pendant quelques instants, le monde de son rêve demeura si vif dans son esprit qu'il essaya de le retrouver, refusant de tout son être cette salle aux recoins obscurs et sentant le renfermé. Puis il se mit lentement sur son séant et regarda autour de lui, secouant les brumes qui s'accrochaient à son esprit.

Il vit ses compagnons, Sleet, Carabella, Deliamber, Zalzan Kavol et Asenhart, étrangement agglutinés contre le mur opposé, visiblement tendus et remplis d'appréhension.

Il se tourna de l'autre côté, s'attendant à retrouver les trois ministres du Pontife assis sur leurs trônes. Ils l'étaient effectivement, mais deux autres des superbes fauteuils avaient été avancés dans la salle et c'étaient maintenant cinq silhouettes assises qui lui faisaient face. Narrameer, de nouveau revêtue de sa robe, était assise sur la gauche. A ses côtés se trouvait Dilifon. Au centre du groupe, siégeait un homme à la figure ronde, au nez épaté et au regard sombre et grave, que Valentin reconnut après quelques instants de réflexion : c'était Hornkast, le porte-parole officiel du Pontife. A côté de lui était assis Shinaam, et tout à fait à droite, une personne que Valentin ne connaissait pas, un homme au visage en lame de couteau, aux lèvres minces et au teint terreux. Tous les cinq l'observaient avec gravité, d'une manière distante et préoccupée, comme s'il s'agissait des juges de quelque haute cour réunis pour rendre un verdict qui se faisait attendre depuis longtemps.

Valentin se leva. Il ne fit pas un geste pour reprendre ses vêtements. Sans qu'il sût pourquoi, il lui semblait approprié d'être nu devant ce tribunal.

— Votre esprit est-il redevenu clair ? demanda Narrameer.

— Oui, je crois.

— Vous avez dormi plus d'une heure depuis la fin de votre rêve. Nous vous avons attendu.

Elle montra l'homme au teint terreux qui siégeait à l'extrémité du groupe et annonça :

– Je vous présente Sepulthrove, le praticien du Pontife.

– C'est bien ce qu'il me semblait, dit Valentin.

– Et cet homme – elle montra celui qui était au centre –, je pense que vous le connaissez déjà.

– Oui, Hornkast, répondit Valentin en hochant la tête. Nous nous sommes déjà rencontrés.

Puis la signification profonde des mots employés par Narrameer le frappa. Son visage s'éclaira d'un large sourire.

– Nous nous sommes rencontrés, mais à cette époque, j'occupais un autre corps. Ainsi vous faites droit à ma revendication ?

– Oui, lord Valentin, nous en acceptons le bien-fondé, répondit Hornkast d'une voix riche et mélodieuse. Un étrange forfait a été perpétré sur cette planète, mais la justice sera rétablie. Venez et rhabillez-vous. Il ne sied point que vous vous présentiez nu devant le Pontife.

Hornkast mena la procession jusqu'à la salle du trône impérial. Narrameer et Dilifon le suivaient en encadrant Valentin; Sepulthrove et Shinaam fermaient la marche. Les compagnons de Valentin n'avaient pas été autorisés à les suivre.

Le passage qu'ils suivaient était un étroit tunnel voûté, d'une matière vitreuse aux reflets verdâtres, distordus, qui luisaient et ondoyaient dans les profondeurs. Il s'enroulait interminablement en décrivant une spirale qui s'enfonçait en pente douce vers l'intérieur. Tous les cinquante pas, une porte de bronze scellait totalement le passage; à chacune, Hornkast posait les doigts sur un panneau caché, et la porte glissait silencieusement sur le côté et donnait accès au tronçon suivant du passage jusqu'à ce que finalement ils atteignent une porte plus ornementée que les précédentes, richement décorée du symbole du Labyrinthe en fines ciselures d'or et du monogramme impérial de Tyeveras superposé. Valentin savait qu'ils étaient arrivés au cœur même du Labyrinthe, en son point le plus central et le plus profond. Et quand cette ultime porte glissa sur le côté au contact du doigt de Hornkast, elle dévoila une énorme salle claire et sphérique, une vaste pièce en forme de globe et aux murs de verre, au milieu de laquelle le Pontife de Majipoor trônait dans toute sa splendeur.

Valentin avait déjà vu le Pontife Tyeveras en cinq occasions. La première fois, Valentin était encore enfant, et le Pontife était venu au Mont du Château pour assister au mariage de lord Malibor; puis, quelques années plus tard, au couronnement de lord Voriax, et l'année suivante, au mariage de Voriax; une quatrième fois quand Valentin était venu au Labyrinthe comme émissaire de son frère; leur dernière rencontre remontait à trois ans exactement — bien qu'il eût plutôt l'impression que cela en faisait trente — lorsque Tyeveras avait assisté au couronnement de Valentin. Le Pontife était déjà vieux lors du premier de ces événements, un homme immensément grand, décharné, d'aspect rébarbatif, aux traits durs et anguleux, à la barbe noire comme du charbon, aux yeux mélancoliques profondément enfoncés; et en vieillissant, toutes ces caractéristiques s'étaient fortement accentuées, au point qu'on eût dit une sorte de cadavre, un vieillard chenu, à la démarche lente et raide, mais malgré tout alerte et l'esprit vif, projetant encore une aura d'incommensurable puissance et majesté. Alors que maintenant...

Alors que maintenant...

Le trône sur lequel avait pris place Tyeveras était celui qu'il avait occupé lors de la précédente visite de Valentin au Labyrinthe, un splendide siège doré à haut dossier placé au sommet de trois larges degrés. Mais cette fois, il était totalement enfermé dans une cage sphérique de verre bleuté, à l'intérieur de laquelle s'entrecroisait un réseau vaste et complexe de tubes formant une sorte de cocon presque impénétrable. Ces tuyaux transparents dans lesquels bouillonnaient des liquides colorés, ces indicateurs et ces cadrans, ces appareils de mesure appliqués sur les joues et le front du Pontife, ces fils, ces électrodes, ces bornes et ces pinces avaient un aspect étrange et terrifiant, car ils attestaient que la vie du Pontife ne dépendait plus du Pontife, mais de tous les instruments qui l'entouraient.

– Depuis combien de temps est-il comme cela ? murmura Valentin.

– Le système se développe depuis vingt ans, répondit Sepulthrove avec une évidente fierté, mais il n'y est installé en permanence que depuis ces deux dernières années.

– Est-il conscient ?

– Oh oui, il est indiscutablement conscient ! répondit Sepulthrove. Approchez-vous. Regardez-le.

Valentin s'avança avec une certaine gêne jusqu'au pied du trône et leva les yeux vers le mystérieux vieillard à l'intérieur de sa bulle de verre. Et il vit effectivement une lueur de vie brillant encore dans les yeux de Tyeveras, et ses lèvres pincées et décharnées encore pleines de résolution. Sur le crâne du Pontife la peau était semblable à un parchemin, et sa longue barbe, bien qu'encore étrangement noire, était rare et clairsemée.

– Reconnaît-il les gens ? demanda Valentin en se tournant vers Hornkast. Peut-il parler ?

– Naturellement. Laissez-lui quelques instants.

Le regard de Valentin croisa celui de Tyeveras. Il y eut un silence affreux. Le vieil homme grimaça, remua faiblement et se passa rapidement la langue sur les lèvres.

Le Pontife eut un chevrotement inintelligible, une sorte de gémissement étrange et doux.

— Le Pontife, dit Hornkast, présente ses salutations à son fils bien-aimé, lord Valentin le Coronal.

Valentin réprima un frisson.

— Dites à Sa Majesté... dites-lui... dites-lui que son fils lord Valentin le Coronal lui apporte, comme toujours, tout son respect et son affection.

Tel était le protocole : ne jamais s'adresser directement au Pontife, formuler ses phrases comme si le porte-parole devait intégralement les répéter, bien qu'en réalité il n'en fît rien.

Le Pontife dit encore quelques mots, aussi incompréhensibles que précédemment.

— Le Pontife, dit Hornkast, exprime son inquiétude pour les troubles qui se sont produits dans le royaume. Il demande à lord Valentin le Coronal quels sont ses projets pour rétablir l'ordre naturel des choses.

— Dites au Pontife, répondit Valentin, que mon intention est de marcher sur le Mont du Château en demandant à tous les citoyens de me prêter serment d'allégeance. J'aimerais obtenir de lui un document stigmatisant l'imposture de Dominin Barjazid et dénonçant tous ceux qui le soutiennent.

Le Pontife commença à émettre des sons plus animés, perçants et aigus, qui semblaient obéir à une force impérieuse.

— Le Pontife, dit Hornkast, aimerait recevoir l'assurance que vous éviterez l'affrontement direct et les pertes, dans toute la mesure du possible.

— Dites-lui que je préférerais reconquérir le Mont du Château sans qu'il en coûte une seule vie de part et d'autre. Mais j'ignore si cela est réalisable.

Il y eut d'étranges gargouillements qui parurent laisser Hornkast perplexe. Il se tenait debout, la tête inclinée, l'oreille tendue.

— Que dit-il ? souffla Valentin.

Le porte-parole secoua la tête en signe d'ignorance.

— Il n'est pas possible d'interpréter tout ce que dit

Sa Majesté. Il évolue parfois dans un monde inaccessible à notre expérience.

Valentin acquiesça de la tête. Il jeta un regard empreint de pitié et d'affection sur le vieillard grotesque, enfermé dans la cage de verre qui le maintenait en vie et capable seulement de communiquer par ces gémissements oniriques. Plus que centenaire, monarque absolu de la planète depuis des décennies et maintenant radotant et babillant comme un enfant en bas âge... et pourtant quelque part à l'intérieur du cerveau ramolli de ce vieillard décrépit battait encore l'esprit du Tyeveras d'autrefois, emprisonné par la déchéance de la chair. Le contempler ainsi signifiait pour Valentin comprendre l'ultime vanité de l'autorité suprême; un Coronal ne vivait dans un monde d'actions et de responsabilités que pour succéder au Pontife et achever sa vie au fond du Labyrinthe dans une démence sénile. Valentin se demanda combien de Pontifes étaient devenus captifs de leur porte-parole, de leur médecin et de leur interprète des songes, et dont il avait finalement fallu se débarrasser en douceur pour que la grande rotation des Puissances élève sur le trône un homme plus vigoureux. Valentin comprenait maintenant pourquoi le système séparait celui qui agissait et celui qui gouvernait et pourquoi le Pontife finissait par se terrer dans son Labyrinthe. Pour lui aussi, le moment viendrait de se cloîtrer ici mais, si le Divin le lui accordait, ce ne serait pas de sitôt.

– Dites au Pontife, reprit-il, que lord Valentin le Coronal, son fils respectueux, fera tout son possible pour réparer la lézarde qui s'est formée dans l'édifice social. Dites au Pontife que lord Valentin compte sur le soutien de Sa Majesté, sans lequel il ne saurait être question de prompte réparation.

Après un silence, un long et douloureux jaillissement de paroles inintelligibles arriva du trône, un fatras de sons flûtés et gargouillants qui montaient et descendaient l'échelle, un peu comme les fantastiques mélodies de la musique ghayrog. Hornkast semblait faire tous ses efforts pour saisir ne fût-ce qu'une syllabe intelligible ici ou là. Le Pontife cessa de parler et Hornkast, troublé, tira sur ses bajoues et se mordit les lèvres.

– Que signifiait tout cela ? demanda Valentin.

– Il vous prend pour lord Malibor, répondit Hornkast d'un air abattu. Il vous prémunit contre les risques de prendre la mer pour chasser le dragon.

– Un sage conseil, dit Valentin. Mais il arrive un peu tard.

– Il dit que le Coronal est trop précieux pour risquer sa vie à de telles distractions.

– Dites-lui que je suis d'accord et que si je réintègre le Château, je consacrerai toute mon énergie à ma tâche et j'éviterai toutes ces diversions.

Sepulthrove, le médecin du Pontife, s'avança et dit d'une voix calme :

– Nous le fatiguons. Je crains qu'il ne faille mettre un terme à cette audience.

– Encore un instant, dit Valentin.

Sepulthrove fronça les sourcils. Mais Valentin, avec un sourire, s'avança de nouveau jusqu'au pied du trône et, s'agenouillant, il tendit les bras vers le vieillard dans sa bulle de verre et, se laissant glisser dans l'état de transe, il projeta son esprit vers Tyeveras pour lui transmettre son respect et son affection. Quelqu'un avait-il jamais montré de l'affection envers le redoutable Tyeveras ? Très probablement pas. Mais pendant des décennies cet homme avait été le centre et l'âme de Majipoor, et maintenant, perdu sur son trône dans un rêve intemporel de grandeur, ne prenant conscience que par intermittence des responsabilités qui naguère avaient été siennes, il était digne de toute l'affection que son fils adoptif et successeur lui portait et que Valentin lui offrait avec toute l'intensité que le pouvoir de son bandeau lui permettait.

Et Tyeveras sembla reprendre des forces, ses yeux

s'animèrent et ses joues se colorèrent. Etait-ce un sourire qui commença à flotter sur ses lèvres desséchées? La main gauche du Pontife s'éleva-t-elle en un geste presque imperceptible de bénédiction? Mais oui. Mais oui. Il était hors de doute que le Pontife sentait la chaleur émanant de Valentin, qu'il la recevait avec plaisir et qu'il y répondait.

Tyeveras émit quelques mots qui étaient presque cohérents.

– Il dit qu'il vous apporte son soutien sans réserve, lord Valentin, dit Hornkast.

Longue vie, vieil homme, pensa Valentin en se relevant avant de s'incliner devant le Pontife. Vous préféreriez probablement vous endormir du sommeil éternel, mais il me faut vous souhaiter une vie encore plus longue que celle que vous avez déjà eue, car de lourdes tâches m'attendent sur le Mont du Château.

Il se retourna.

– Allons-y, dit-il aux cinq ministres. J'ai obtenu ce que je voulais.

Ils se retirèrent lentement de la salle du trône. Quand la porte se fut refermée derrière eux, Valentin regarda Sepulthrove et lui demanda :

– Combien de temps peut-il survivre ainsi?

– Presque indéfiniment, répondit le praticien en haussant les épaules. Le système le soutient parfaitement. Avec quelques légères rectifications de temps à autre, nous pouvons le maintenir en vie pendant encore cent ans.

– Ce ne sera pas nécessaire. Mais il faudra peut-être qu'il reste avec nous encore une douzaine ou une quinzaine d'années. Est-ce en votre pouvoir?

– Vous pouvez y compter, répondit Sepulthrove.

– Bien. Très bien.

Valentin regardait le passage clair et sinueux qui s'élevait devant eux. Il avait passé suffisamment de temps dans le Labyrinthe. Le moment était venu de retrouver le monde du soleil, du vent et de la vie et d'en finir avec Dominin Barjazid. Se tournant vers Hornkast, il dit :

– Retournez voir mes compagnons et prenez les dispositions nécessaires pour nous transporter à l'extérieur. Et avant mon départ, je voudrais avoir un dossier détaillé des forces armées que vous serez en mesure de mettre à ma disposition.

– Bien entendu, monseigneur, répondit le porte-parole.

Monseigneur. C'était la première indication de soumission qu'il ait reçue des ministres du Pontife. La bataille décisive était encore à venir, mais en entendant ce petit mot, Valentin sentit presque qu'il avait déjà reconquis le Mont du Château.

CINQUIÈME PARTIE

LE LIVRE DU CHÂTEAU

1

La remontée des profondeurs du Labyrinthe fut accomplie beaucoup plus rapidement que ne l'avait été la descente, car pendant l'interminable spirale descendante Valentin n'avait été qu'un aventurier anonyme qui avait dû vaincre l'indifférence du lourd appareil bureaucratique, alors qu'au retour il était une Puissance du royaume.

Pas question pour lui d'effectuer la tortueuse montée, niveau après niveau, anneau après anneau, de rebrousser chemin à travers le dédale de la tanière du Pontife, la Chambre des Archives, l'Arène, la Place des Masques, la Salle des Vents et tout le reste. Il remonta avec ses compagnons, rapidement et sans encombre, en utilisant le passage réservé exclusivement aux Puissances.

Il ne lui fallut que quelques heures pour atteindre l'anneau extérieur, cette étape populeuse et bien éclairée sur le pourtour de la cité souterraine. Malgré toute la rapidité de son ascension, la nouvelle de son identité s'était répandue encore plus vite. Le bruit s'était propagé à travers le Labyrinthe que le Coronal était ici, un Coronal mystérieusement transformé, mais Coronal malgré tout, et lorsqu'il déboucha du passage impérial, une grande foule s'était déjà assemblée comme s'il devait en sortir quelque créature à neuf têtes et à trente pattes.

C'était une foule silencieuse. Quelques-uns firent le signe de la constellation, d'autres crièrent son nom, mais la plupart se contentèrent de le regarder passer bouche bée. Après tout, le Labyrinthe était le domaine du Pontife, et Valentin savait que l'adulation dont un Coronal recevrait les témoignages partout ailleurs sur Majipoor était ici peu vraisemblable. De la crainte, oui. Du respect, certes. De la curiosité, par-dessus tout. Mais certainement pas les acclamations ni les saluts que Valentin avait vus répandus sur le passage du faux lord Valentin lorsqu'il avait parcouru les rues de Pidruid pendant le grand défilé. C'était aussi bien ainsi, se dit Valentin. Il avait perdu l'habitude d'être un objet d'adoration et, de toute façon, il n'y avait jamais beaucoup tenu. Il était suffisant – largement suffisant – qu'ils l'acceptent maintenant comme le personnage qu'il prétendait être.

– Tout sera-t-il toujours aussi facile ? demanda-t-il à Deliamber. Me suffira-t-il de traverser Alhanroel en me proclamant le véritable lord Valentin pour que tout me tombe entre les mains ?

– J'en doute fort. Barjazid a encore le visage du Coronal. Il détient encore les sceaux du pouvoir. Ici, si les ministres du Pontife affirment que vous êtes le Coronal, les citoyens vous salueront comme Coronal. S'ils avaient déclaré que vous étiez la Dame de l'Ile, on vous aurait probablement salué comme la Dame de l'Ile. Je pense qu'il n'en sera pas de même à l'extérieur.

– Je ne veux pas d'effusion de sang, Deliamber.

– Personne ne le veut. Mais le sang coulera avant que vous repreniez possession du Trône de Confalume. Il n'y a pas moyen de l'éviter, Valentin.

– Je crois, dit Valentin, l'air sombre, que je préférerais presque abandonner le trône au Barjazid plutôt que de plonger le pays dans un bain de sang. Je tiens par-dessus tout à la paix, Deliamber.

– Et la paix finira par régner, répondit le petit magicien. Mais la route qui mène à la paix n'est pas toujours de tout repos. Regardez, là-bas... votre armée se rassemble déjà, Valentin.

Et, pas très loin, Valentin vit tout un rassemblement de gens. Certains visages lui étaient familiers et d'autres inconnus. Tous ceux qui l'avaient accompagné jusqu'au Labyrinthe étaient là, la troupe qui s'était formée autour de lui au cours de son voyage autour du monde, les Skandars, Lisamon Hultin, Vinorkis, Khun, Shanamir, Lorivade et les gardes du corps de la Dame et les autres. Mais il y en avait également plusieurs centaines portant les couleurs du Pontife, déjà rassemblés, le premier détachement de... de quoi ? Ce n'étaient pas des troupes; le Pontife n'avait pas de troupes. Une milice civile, alors ? En tout cas, c'était l'armée de lord Valentin.

– Mon armée, dit Valentin.

Le mot avait un goût amer.

– Les armées sont une survivance de l'époque de lord Stiamot, Deliamber. Depuis combien de milliers d'années n'y a-t-il pas eu de guerre sur Majipoor ?

– Il est vrai que la paix règne depuis longtemps, répondit le Vroon. Il existe cependant de petites armées. Les gardes du corps de la Dame, les serviteurs du Pontife... sans oublier les chevaliers du Coronal. Comment peut-on les qualifier autrement que d'armée ? Ils portent des armes, ils font des exercices sur les champs de manœuvre du Mont du Château... De quoi s'agit-il, Valentin ? De dames et de seigneurs s'adonnant à des jeux ?

– C'était ce que je croyais, Deliamber, lorsque j'étais l'un d'eux.

– Il est temps de réviser votre jugement, monseigneur. Les chevaliers du Coronal forment le noyau d'une force militaire et il faudrait être innocent pour croire le contraire. Et vous vous en apercevrez inéluctablement quand vous vous rapprocherez du Mont du Château.

– Dominin Barjazid peut-il envoyer mes propres chevaliers livrer bataille contre moi ? demanda Valentin d'une voix horrifiée.

Le Vroon lui jeta un long regard froid.

– L'homme que vous appelez Dominin Barjazid est, pour l'instant, lord Valentin le Coronal, auquel les chevaliers du Mont du Château sont liés par serment. Auriez-vous oublié cela ? Avec de la chance et de l'habileté, vous pourriez réussir à les convaincre que leur serment les lie à l'âme et à l'esprit de lord Valentin et non à son visage et à sa barbe. Mais certains resteront fidèles à celui qu'ils croient être vous et ils tireront l'épée contre vous en son nom.

Cette pensée le révolta. Depuis qu'il avait retrouvé la mémoire, Valentin avait maintes fois pensé aux compagnons de sa vie antérieure, à ces nobles jeunes gens avec lesquels il avait grandi, en compagnie desquels il s'était initié aux arts princiers en des jours plus heureux, dont l'amour et l'amitié avaient occupé une place essentielle dans sa vie, jusqu'au jour où l'usurpateur avait brisé cette vie. Elidath de Morvole, le hardi chasseur, le blond et agile Stasilaine, et Tunigorn, si vif à manier l'arc, et tant d'autres qui n'étaient plus maintenant pour lui que des noms, des formes indistinctes dans un passé lointain, mais qui pouvaient pourtant en un instant retrouver vie, couleur et vigueur. Allaient-ils maintenant lui livrer bataille ? Ses amis, ses compagnons bien-aimés de naguère... s'il lui fallait se battre contre eux dans l'intérêt de Majipoor, il s'y résignerait, mais cette perspective était accablante.

– Peut-être pouvons-nous éviter cela, dit-il en secouant la tête. Il est temps de partir d'ici.

Près de la porte connue sous le nom d'Entrée des Eaux, Valentin réunit ses fidèles et fit connaissance avec les officiers que les ministres du Pontife avaient mis à sa disposition. Ils paraissaient former une équipe tout à fait capable, l'esprit visiblement stimulé par cette chance qui leur était offerte de sortir des sinistres profondeurs du Labyrinthe. Leur chef était un homme trapu et robuste, répondant au nom de Ermanar, aux cheveux roux coupés ras et à la barbe taillée en pointe, qui, par sa morphologie, ses gestes et sa franchise ressemblait à Sleet comme un frère. Il plut immédiatement à Valentin. Ermanar fit hâtivement et pour la forme le signe de la constellation, adressa à Valentin un sourire chaleureux et déclara :

– Je resterai à vos côtés, monseigneur, jusqu'à ce que le Château soit de nouveau à vous.

– Espérons que le voyage vers le nord sera facile, dit Valentin.

– Avez-vous choisi un itinéraire ?

– Le plus rapide serait de remonter le Glayge en bateau, n'est-ce pas ?

– A n'importe quelle autre époque de l'année, certainement, répondit Ermanar en hochant lentement la tête. Mais les pluies d'automne sont déjà arrivées et elles ont été exceptionnellement abondantes.

Il sortit une petite carte du centre d'Alhanroel qui montrait en rouge brillant sur un fond sombre les régions séparant le Labyrinthe du Mont du Château.

– Voyez, monseigneur, le Glayge descend du Mont et se jette dans le lac Roghoiz, puis il ressort ici et continue jusqu'à l'Entrée des Eaux devant nous. En ce moment, le fleuve est en crue et dangereux de Pendiwane jusqu'au lac... c'est-à-dire sur plusieurs centaines de kilomètres. Je vous propose d'aller par la route au moins jusqu'à Pendiwane. De là, nous pourrons nous arranger pour nous embarquer presque jusqu'à la source du Glayge.

– Cela me paraît sage. Connaissez-vous les routes ?

– Fort bien, monseigneur.

Il posa le doigt sur la carte.

– Tout dépend si les inondations de la plaine du Glayge sont aussi graves que les rapports le prétendent. Je préférerais traverser la vallée du Glayge de cette manière et simplement contourner la rive nord du lac Roghoiz sans jamais beaucoup m'éloigner du fleuve.

– Et si la vallée est inondée ?

– Alors, il existe plus au nord des routes que nous pouvons utiliser. Mais c'est une contrée sèche, inhospitalière, presque un désert. Nous risquons d'avoir de la peine à trouver des provisions. Et nous passerions beaucoup trop près de cet endroit à mon gré.

Il indiqua sur la carte un point situé juste au nord-est du lac Roghoiz.

– Velalisier ? demanda Valentin. Les ruines ? Pourquoi avez-vous l'air si troublé, Ermanar ?

– C'est un endroit malsain, monseigneur, un endroit qui porte malheur. Il y a des esprits qui y rôdent. L'air est souillé de crimes impunis. Je n'aime pas les histoires que l'on raconte sur Velalisier.

– Des inondations d'un côté, des ruines hantées de l'autre, c'est bien cela ? demanda Valentin en souriant. Pourquoi, dans ces conditions, ne pas passer franchement au sud du fleuve ?

– Au sud ? Non, monseigneur. Vous vous souvenez du désert que vous avez traversé lors de votre voyage depuis Treymone ? Eh bien, c'est encore pire là-bas, bien pire. Pas une goutte d'eau, rien d'autre à se mettre sous la dent que des pierres et du sable. Je préférerais traverser les ruines de Velalisier que d'essayer le désert du Sud.

– Alors, nous n'avons pas le choix ? Nous passerons donc par la vallée du Glayge, en espérant que l'inondation ne sera pas trop grave. Quand partons-nous ?

– Quand désirez-vous partir ? demanda Ermanar.

– Dans deux heures, répondit Valentin.

2

En début d'après-midi, les forces de lord Valentin quittèrent le Labyrinthe par l'Entrée des Eaux. C'était une porte monumentale, richement ornementée, comme il convenait à l'accès principal de la cité pontificale, celui qu'empruntaient traditionnellement les Puissances. Une foule d'habitants du Labyrinthe s'était assemblée pour assister au départ de Valentin et de ses compagnons.

Comme il était bon de revoir le soleil. Comme il était bon de respirer de nouveau l'air frais et pur... pas l'air sec et brûlant du désert, mais le bon air, doux et suave, de la basse vallée du Glayge. Valentin avait pris place dans le véhicule de tête d'un long convoi de flotteurs. Il ordonna d'ouvrir les fenêtres toutes grandes.

– Comme du vin nouveau! s'écria-t-il en respirant à pleins poumons. Ermanar, comment pouvez-vous supporter de vivre dans le Labyrinthe en sachant qu'il y a cela juste dehors?

– Je suis né dans le Labyrinthe, répondit paisiblement l'officier. Ma famille est au service du Pontife depuis cinquante générations. Nous sommes habitués à l'air ambiant.

– Ainsi, vous trouvez l'air frais offensant?

– Offensant? demanda Ermanar, l'air surpris. Non, non, certainement pas offensant! J'apprécie ses qualités, monseigneur. Il me paraît simplement – comment dire? – il me paraît simplement *superflu*.

– Pas à moi, reprit Valentin en riant. Et regardez comme tout est vert, comme tout a l'air frais et neuf!

– Ce sont les pluies d'automne, dit Ermanar. Elles apportent la vie dans cette vallée.

– Un peu trop de vie cette année, si j'ai bien compris, dit Carabella. Savez-vous à quel point l'inondation est grave?

– J'ai envoyé des éclaireurs, répondit Ermanar. Nous aurons bientôt des nouvelles.

Le convoi poursuivait sa route à travers une campagne paisible et riante, juste au nord du fleuve. Valentin se dit que le Glayge n'avait pas l'air particulièrement tumultueux à cet endroit, un cours d'eau placide, décrivant de nombreux méandres et argenté par le soleil vespéral. Mais, bien entendu, il ne s'agissait pas du véritable fleuve, seulement d'une sorte de canal, construit des milliers d'années auparavant pour relier le lac Roghoiz au Labyrinthe. Il se souvenait que le Glayge proprement dit était beaucoup plus impressionnant, un noble fleuve, large et rapide, bien qu'un vulgaire ruisselet en comparaison du titanesque Zimr de l'autre continent. Lors de sa précédente visite au Labyrinthe, Valentin avait descendu le Glayge en été, un été très sec, et il lui avait paru assez calme. Mais la saison n'était plus la même, et Valentin n'avait aucune envie de refaire l'épreuve d'un cours d'eau en crue, car ses souvenirs de la rugissante Steiche étaient encore vivaces. S'ils devaient remonter un peu au nord, ce serait très bien; et même s'il leur fallait traverser les ruines de Velalisier, ce ne serait pas bien grave, il suffirait d'apporter un peu de réconfort au superstitieux Ermanar.

Cette nuit-là, Valentin sentit la première contre-offensive directe de l'usurpateur. Il reçut pendant son sommeil un message du Roi des Rêves, un message violent et maléfique.

Il eut d'abord une sensation de chaleur dans le cerveau, une chaleur de plus en plus ardente qui se transforma en une furieuse brûlure et se pressa avec une folle intensité contre les parois palpitantes de son crâne. Il sentit une aiguille de lumière brillante lui fouailler l'âme. Il perçut derrière son front le battement de lancinantes pulsations. Mais ses sensations furent accompagnées de quelque chose d'encore plus douloureux, un sentiment de culpabilité et de honte qui envahit progressivement son esprit, la conscience d'un échec, d'une défaite, des accusations de tromperie et de trahison contre le peuple qu'il avait été choisi pour gouverner.

Valentin supporta le message jusqu'à ce qu'il ne puisse plus tenir. Finalement, il poussa un cri et s'éveilla, baigné de sueur, tremblant, secoué, meurtri par ce rêve comme il ne l'avait jamais été.

– Monseigneur ? chuchota Carabella.

Il se redressa et se couvrit le visage de ses mains. Pendant quelques instants, il fut incapable de parler. Carabella le berça contre elle en lui caressant doucement la tête.

– Un message, réussit-il finalement à articuler. Du Roi.

– C'est fini, amour, c'est fini maintenant.

Elle se balançait d'avant en arrière en l'étreignant, et petit à petit la terreur et la panique l'abandonnèrent. Il releva la tête.

– C'était le pire, fit-il. Pire que celui de Pidruid, pendant notre première nuit.

– Puis-je faire quelque chose pour toi ?

– Non. Je ne pense pas, répondit Valentin en secouant la tête. Ils m'ont découvert, souffla-t-il. Le Roi a réussi à pénétrer en moi, et il ne me laissera plus en paix maintenant.

– Ce n'était qu'un cauchemar, Valentin...

– Non. Non. Un message du Roi. Le premier d'une longue série.

– Je vais aller chercher Deliamber, dit-elle. Il saura ce qu'il faut faire.

– Reste ici, Carabella. Ne me quitte pas.

– Tout ira bien, maintenant. Tu ne peux pas recevoir de message quand tu es éveillé.

– Ne me quitte pas, murmura-t-il.

Mais elle l'apaisa et, à force de douceur, le persuada de s'allonger. Puis elle alla chercher le magicien qui, l'air grave et troublé, imposa ses tentacules sur Valentin pour le plonger dans un sommeil sans rêves.

La nuit suivante, il eut peur de s'endormir. Mais le sommeil finit par le gagner et lui apporta un nouveau message, encore plus terrifiant que le dernier. Des images dansaient dans sa tête – des bulles de lumière aux visages hideux et des taches de couleur qui ricanaient, se moquaient de lui et l'accusaient, et des fulgurances ardentes dont chaque impact était comme un coup de poignard. Et puis des Métamorphes, surnaturels, changeant sans cesse d'apparence, qui l'encerclaient en agitant devant lui de longs doigts effilés, en poussant de long rires aigus, en le traitant de lâche, de femmelette, de simple d'esprit, d'enfant. Puis il y eut des voix grasses et insupportables chantant les paroles déformées par l'écho de la chanson des petits enfants :

Le vieux Roi des Rêves
Au cœur comme la pierre,
Jamais ne ferme l'œil,
Jamais ne reste seul.

Des rires, une musique discordante, des chuchotements atteignant à peine le seuil d'audibilité... de longues rangées de squelettes qui dansaient... les trois frères skandars morts, mutilés, effroyables, qui l'appelaient par son nom...

Valentin se força à s'éveiller et pendant des heures, hagard, vidé, il fit les cent pas dans le flotteur exigu.

La nuit suivante, il eut encore un message, encore plus terrifiant que les deux autres.

– Suis-je condamné à ne plus jamais dormir? demanda-t-il.

Deliamber, accompagné de Lorivade, vint le voir alors qu'il était affalé sur un siège, livide, épuisé.

– J'ai entendu parler de vos ennuis, dit Lorivade. La Dame ne vous a-t-elle pas montré comment vous défendre avec votre bandeau?

– Que voulez-vous dire? demanda Valentin en la regardant avec des yeux atones.

– Une Puissance ne peut en agresser une autre, monseigneur.

Elle toucha le bandeau d'argent qui ceignait le front de Valentin.

– Si vous l'utilisez correctement, il vous permettra de parer les attaques.

– Et comment faire?

– Au moment où vous vous disposez à dormir, répondit-elle, mettez en place un écran mental. Projetez votre identité, emplissez de votre esprit l'air qui vous entoure. Et alors vous n'aurez plus rien à craindre des messages.

– Voulez-vous m'y exercer?

– J'essaierai, monseigneur.

Las et miné comme il l'était, tout ce qu'il réussit à faire fut de se projeter un semblant d'écran, qui n'avait qu'un lointain rapport avec le pouvoir dont disposait un Coronal. Et bien que Lorivade l'ait exercé pendant une heure au maniement du bandeau, il reçut cette nuit-là un quatrième message. Mais il était plus faible que les autres, et Valentin réussit à échapper à ses effets les plus néfastes et sombra finalement dans un sommeil réparateur. Le lendemain matin, il se sentait plus dispos et il s'entraîna avec le bandeau pendant plusieurs heures.

Les nuits suivantes, il y eut d'autres messages – des messages légers, qui le sondaient et cherchaient le défaut de sa cuirasse. Valentin parait les attaques avec une assurance croissante. Mais la tension qu'exigeait cette vigilance constante l'affaiblissait, et rares étaient les nuits où il ne sentait pas les tentacules du Roi des Rêves tenter de s'insinuer dans son âme endormie. Mais il ne relâchait pas sa surveillance et restait indemne.

Pendant cinq autres jours, ils remontèrent vers le nord en suivant la basse vallée du Glayge, et le sixième, les éclaireurs d'Ermanar revinrent, porteurs de nouvelles.

– L'inondation n'est pas aussi grave qu'on l'avait dit, annonça Ermanar.

– Parfait, dit Valentin en hochant la tête. Alors, nous allons continuer jusqu'au lac et nous nous embarquerons de là-bas.

– Il y a des forces ennemies entre le lac et nous.

– Celles du Coronal ?

– On peut le supposer, monseigneur. Les éclaireurs m'ont seulement dit qu'ils étaient montés sur la crête de Lumanzar, d'où l'on a une excellente vue sur le lac et la plaine environnante, et qu'ils ont vu des troupes qui y cantonnaient, ainsi qu'une forte concentration de mollitors.

– Enfin la guerre ! s'écria Lisamon Hultin d'une voix qui n'exprimait aucun déplaisir.

– Non, dit Valentin, l'air morose. Il est encore trop tôt. Nous sommes à des milliers de kilomètres du Mont du Château. Nous ne pouvons engager le combat si loin au sud. De plus, j'espère encore éviter l'affrontement... ou tout au moins le retarder jusqu'au dernier moment.

– Qu'allez-vous faire, monseigneur ?

– Continuer à remonter la vallée du Glayge comme nous l'avons fait jusqu'à présent, mais commencer à obliquer vers le nord-ouest si cette armée fait mouvement vers nous. Mon intention, si c'est possible, est de contourner leurs positions et de remonter le fleuve dans leur dos en les laissant à Roghoiz attendre notre arrivée.

– Les *contourner* ? demanda Ermanar en ouvrant de grands yeux.

– A moins de me tromper du tout au tout, le Barjazid les a installés là pour défendre les abords du lac. Ils ne nous suivront pas très loin dans les terres.

– Mais dans les terres...

– Oui, je sais.

La main de Valentin se posa légèrement sur l'épaule

d'Ermanar, et il poursuivit avec toute la chaleur et la sympathie dont il était capable :

– Pardonnez-moi, l'ami, mais je crains qu'il ne nous faille faire le détour jusqu'à Velalisier.

– Ces ruines me font peur, monseigneur, et je ne suis pas le seul dans ce cas.

– C'est possible. Mais nous avons en notre compagnie un puissant magicien et nombre de vaillants amis. Que peuvent faire un ou deux fantômes contre des gens comme Lisamon Hultin ou Khun de Kianimot, ou Sleet, ou Carabella ? Sans parler de Zalzan Kavol; il suffira de laisser le Skandar pousser quelques rugissements devant eux et ils partiront ventre à terre jusqu'à Stoien !

– Monseigneur, votre parole fait loi. Mais depuis mon enfance, j'ai entendu d'inquiétantes légendes sur Velalisier.

– Y êtes-vous déjà allé ?

– Bien sûr que non.

– Connaissez-vous quelqu'un qui y soit allé ?

– Non, monseigneur.

– Alors, pouvez-vous prétendre connaître, connaître de manière certaine, les périls qui nous y guettent ?

– Non, monseigneur, répondit Ermanar en tortillant sa barbe.

– Alors que devant nous se trouve une armée ennemie et une horde d'affreux mollitors de guerre, n'est-ce pas ? Nous n'avons pas la moindre idée de ce que des fantômes peuvent nous faire; en revanche, nous connaissons parfaitement les ennuis que peut apporter la guerre. Je propose donc d'éviter l'affrontement et de courir notre chance avec les fantômes.

– J'aurais préféré l'inverse, dit Ermanar avec un sourire forcé. Mais je resterai à vos côtés, monseigneur, même s'il me fallait traverser Velalisier à pied par une nuit sans lune. Vous pouvez compter là-dessus.

– Très bien, dit Valentin. Et les fantômes de Velalisier nous laisseront repartir sains et saufs, Ermanar. Vous pouvez compter là-dessus.

Ils continuèrent la route qu'ils avaient suivie, gardant le Glayge à leur droite. A mesure qu'ils avançaient vers le nord, le sol s'élevait lentement – Valentin savait qu'il ne s'agissait pas encore de la gigantesque élévation de terrain qui marquait les premiers contreforts du Mont du Château, mais d'une infime ondulation annonçant l'énorme protubérance à la surface de la planète. Le fleuve se trouva bientôt à une trentaine de mètres en contrebas dans la vallée, un étroit ruban brillant bordé de fourrés de broussailles. La route commença à monter en lacet, suivant une longue couche inclinée de terrain. Ermanar leur dit qu'il s'agissait de la crête de Lumanzar, du sommet de laquelle la vue s'étendait sur une distance extraordinaire.

Accompagné de Deliamber, Sleet et Ermanar, Valentin alla jusqu'au bord de la crête pour examiner la situation. En contrebas, le terrain s'étageait en terrasses naturelles, descendant en gradins depuis la crête jusqu'à la vaste plaine dont le lac Roghoiz occupait le centre.

Le lac paraissait énorme, presque un océan. Valentin se souvenait qu'il était grand, ce qui n'avait rien d'étonnant, puisque le Glayge arrosait toute la face sud-ouest du Mont du Château et qu'il déversait pratiquement toutes ses eaux dans ce lac; mais la taille qu'il avait gardée en mémoire n'avait rien de commun avec ce qu'il avait sous les yeux. Il comprenait maintenant pourquoi les villes construites sur les rives du lac étaient toutes bâties sur de hauts pilotis : ces cités lacustres n'étaient plus à la périphérie du lac, mais bien à l'intérieur de ses limites et l'eau devait venir lécher les étages inférieurs des bâtiments sur pilotis.

– Il est énormément gonflé, dit-il à Ermanar.

– Oui, il a presque doublé de volume. Mais ce que l'on racontait nous faisait craindre encore pire.

– Comme c'est souvent le cas, dit Valentin. Et où se trouve l'armée que vos éclaireurs ont repérée ?

Ermanar scruta longuement l'horizon avec sa lunette d'approche. Valentin se prit à espérer avec ferveur qu'ils avaient levé le camp et étaient repartis vers le Mont, ou bien que c'était une erreur des éclaireurs, qu'il n'y avait jamais eu d'armée ici, ou bien peut-être...

– Là-bas, monseigneur, dit finalement Ermanar.

Valentin saisit la lunette et regarda en bas de la crête. Il ne vit au début que des arbres, des prairies et des nappes d'eau à l'endroit où le lac avait débordé, mais Ermanar orienta la lunette dans la bonne direction, et soudain Valentin les vit. A l'œil nu, les soldats ressemblaient à une colonie de fourmis près du bord du lac.

Mais il ne s'agissait pas de fourmis.

Cantonnée à proximité du lac, se trouvait une troupe de mille à quinze cents hommes – ce n'était pas une armée gigantesque, mais déjà assez importante sur un monde où la notion même de guerre était tombée dans l'oubli. L'ennemi était très nettement supérieur en nombre aux troupes de Valentin. A côté, pâturaient près d'une centaine de mollitors – ces créatures massives et cuirassées dont l'origine synthétique remontait à un lointain passé. Dans les jeux auxquels s'adonnait la chevalerie sur les pentes du Mont du Château, les mollitors étaient fréquemment utilisés comme instruments de combat. Ils se déplaçaient avec une vélocité surprenante sur leurs pattes courtes et épaisses et étaient capables de faire de grands dégâts lorsqu'ils sortaient leur lourde tête hors de leur impénétrable carapace pour happer, arracher et broyer. Valentin les avait vus défoncer complètement un champ avec leurs sabots recourbés, en allant et venant d'un pas pesant, se bousculant et se poussant de la tête dans des accès de rage aveugle. Une douzaine d'entre eux, bloquant une route, formeraient une barrière aussi efficace qu'un mur.

– Nous pourrions les prendre par surprise, dit

Sleet, envoyer une escouade créer la confusion au milieu des mollitors et prendre l'ennemi à revers quand...

– Non, dit Valentin. Ce serait une erreur de combattre.

– Si vous vous imaginez, insista Sleet, que vous allez reconquérir le Mont du Château sans verser une seule goutte de sang, monseigneur, vous...

– Je sais que je ne pourrai éviter l'effusion de sang, répliqua sèchement Valentin, mais j'ai l'intention de la réduire au minimum. Souviens-toi que les troupes qui sont en bas sont les troupes du Coronal, et souviens-toi qui est le véritable Coronal. Ce ne sont pas des ennemis. Dominin Barjazid est le seul ennemi. Nous ne combattrons que lorsque nous ne pourrons faire autrement, Sleet.

– Alors, nous changeons d'itinéraire comme prévu ? demanda Ermanar d'un air maussade.

– Oui. Nous obliquons vers le nord-ouest, en direction de Velalisier. Puis nous contournons l'autre extrémité du lac et remontons la vallée jusqu'à Pendiwane, s'il n'y a pas d'autre armée sur notre route entre ici et là-bas. Avez-vous des cartes ?

– Je n'ai qu'une carte de la vallée et de la route de Velalisier, à peu près jusqu'à mi-chemin. Le reste n'est que terres incultes, monseigneur, et des cartes ne nous montreraient pas grand-chose.

– Eh bien, nous nous débrouillerons sans cartes, conclut Valentin.

Pendant que le convoi redescendait la crête de Lumanzar jusqu'à l'embranchement qui lui permettrait de s'éloigner du lac, Valentin convoqua Nascimonte, le duc des brigands, dans son flotteur.

– Nous faisons route vers Velalisier, lui dit-il, et il nous faudra peut-être traverser les ruines. Connaissez-vous cette région ?

– J'y suis allé une fois, monseigneur, quand j'étais beaucoup plus jeune.

– Pour chercher des fantômes ?

– Pour chercher les trésors des anciens, pour la décoration de mon manoir. Je n'ai pas trouvé grand-chose. La ville a dû être bien dévastée après sa chute.

– Et vous n'avez pas eu peur de piller une cité hantée ?

– Je connaissais les légendes, répondit Nascimonte avec un haussement d'épaules. Et j'étais plus jeune et ne prenais pas facilement peur.

– Parlez-en avec Ermanar, dit Valentin, et présentez-vous comme quelqu'un qui est allé à Velalisier et en est revenu vivant. Vous sentez-vous capable de nous guider dans les ruines ?

– Mes souvenirs remontent à une quarantaine d'années, monseigncur, mais je ferai de mon mieux.

Après avoir compulsé les cartes fragmentaires et incomplètes fournies par Ermanar, Valentin en conclut que la seule route qui ne les menait pas dangereusement près de l'armée attendant au bord du lac allait effectivement les mener aux abords de la cité en ruine, voire dans la ville même. Il n'y avait pas lieu de le déplorer. Tout le monde s'accordait pour reconnaître que les ruines de Velalisier, malgré la terreur qu'elles inspiraient aux naïfs, offraient un spectacle imposant. De plus, il n'y avait guère de risques que Dominin Barjazid ait disposé là-bas des troupes pour l'attendre. Ce détour, si le faux Coronal escomptait que Valentin suive la route de la vallée du Glayge, pouvait tourner à leur avantage. Et si le voyage à travers le désert ne se révélait pas trop éprouvant, peut-être même pourraient-ils rester à l'écart du fleuve pendant la majeure partie du trajet vers le nord et bénéficier d'un certain effet de surprise lorsqu'ils obliqueraient enfin vers le Mont du Château.

Que Velalisier nous montre ses fantômes, se dit Valentin. Il était préférable de dîner avec des esprits que de descendre la crête de Lumanzar pour tomber dans les griffes des mollitors de Barjazid.

3

La route qui s'écartait du lac traversait des terres de plus en plus arides. Les terrains alluviaux épais et sombres de la plaine firent place à un sol sablonneux, meuble, rouge brique, sur lequel s'accrochait une végétation d'arbustes épineux et rabougris. La route devenait plus raboteuse, elle n'était plus pavée et se réduisait à une piste caillouteuse et inégale qui s'enfonçait en serpentant entre les collines basses séparant le district de Roghoiz du désert de la plaine de Velalisier.

Ermanar envoya des éclaireurs en reconnaissance pour essayer de trouver une route praticable du côté des collines donnant sur le lac et éviter ainsi de s'approcher de la cité en ruine. Mais il n'y en avait pas, rien que quelques rares pistes de chasseurs courant à travers un terrain trop inégal pour leurs véhicules. Il leur fallait donc franchir les collines et s'enfoncer dans les régions hantées qui se trouvaient au-delà.

En fin d'après-midi, ils commencèrent à redescendre de l'autre côté. Des nuages menaçants s'amoncelaient – peut-être la queue de quelque orage éclatant au même moment sur la haute vallée du Glayge – et le soleil, lorsqu'il disparut, ensanglanta le couchant. Juste avant l'arrivée de l'obscurité, une déchirure se fit dans la couche de nuages, laissant le passage à un triple rayon de lumière rouge sombre qui illumina la plaine, baignant d'un éclairage irréel l'immense étendue des ruines de Velalisier.

De gros blocs de pierre bleue jonchaient tout le paysage. Une imposante muraille de monolithes taillés, à deux et en certains endroits trois rangées superposées, s'étendait sur plus d'un kilomètre et demi à la lisière occidentale de la cité et s'achevait brusquement en un amoncellement de cubes de pierre écroulés. Plus près, on distinguait encore les contours de vastes bâtiments effondrés, tout un ensemble de palais, de cours, de basiliques et de temples, à demi ensevelis dans les sables mouvants de la plaine. A l'est s'élevaient une rangée de six colossales pyramides à base étroite et au sommet pointu, disposées tout près l'une de l'autre en ligne droite, et le tronc d'une septième, apparemment démantelée avec une furieuse énergie, car des fragments étaient dispersés tout autour en un large arc de cercle. Juste devant eux, à l'endroit où la route des collines pénétrait dans la ville, se trouvaient deux larges plates-formes de pierre, à environ trois mètres au-dessus de la surface de la plaine et suffisamment larges pour y faire manœuvrer des troupes considérables. Au loin, Valentin distingua l'énorme forme ovale de ce qui avait pu être une arène, une construction aux murs élevés et percés de nombreuses fenêtres, où s'ouvrait à un bout une énorme brèche déchiquetée. Tout était à une échelle stupéfiante et cet endroit faisait paraître tout à fait banales les ruines anonymes de l'autre côté du Labyrinthe, celles où le duc Nascimonte les avait trouvés.

La trouée dans les nuages se referma brusquement. Les dernières lueurs du jour s'évanouirent; et alors que la nuit tombait, la cité détruite ne fut plus qu'une confusion d'ombres informes, de masses chaotiques se détachant sur le fond du désert.

— La route, monseigneur, dit Nascimonte, passe entre ces deux plates-formes, traverse le groupe de bâtiments juste derrière elles, contourne les six pyramides et ressort au nord-est de la ville. Il sera difficile de la suivre dans l'obscurité, même avec le clair de lune.

— Nous n'allons pas essayer de la suivre dans l'obscurité. Nous installons notre campement ici, et nous traverserons la ville demain matin. J'ai l'intention d'explorer les ruines cette nuit, en profitant de notre présence ici.

Cette déclaration provoqua chez Ermanar un grognement suivi d'un toussotement. Valentin se tourna vers le petit officier dont le visage était maussade et tiré.

– Courage, murmura-t-il, je pense que les fantômes nous laisseront tranquilles ce soir.

– Monseigneur, pour moi ce n'est pas un sujet de plaisanteries.

– Mais je ne me moque pas de vous, Ermanar.

– Vous voulez vraiment aller seul dans les ruines ?

– Seul ? Non, je ne pense pas. Deliamber, voulez-vous m'accompagner ? Sleet ? Carabella ? Zalzan Kavol ? Et vous Nascimonte... vous y avez déjà survécu une fois; vous avez moins à craindre que n'importe lequel d'entre nous. Qu'en dites-vous ?

– Je suis à vos ordres, lord Valentin, répondit en souriant le chef des bandits.

– Très bien. Et vous, Lisamon ?

– Naturellement, monseigneur.

– Eh bien, nous avons un groupe de sept explorateurs. Nous nous mettrons en route après dîner.

– Huit explorateurs, monseigneur, dit Ermanar d'un ton paisible.

Valentin fronça les sourcils.

– Il n'est pas vraiment nécessaire de...

– Monseigneur, j'ai fait le serment de rester à vos côtés jusqu'à ce que vous ayez reconquis le Château. Puisque vous décidez d'aller dans la ville morte, je vous accompagne dans la ville morte. Si les dangers sont imaginaires, il n'y a rien à craindre, et s'ils sont réels, ma place est à vos côtés. Je vous en prie, monseigneur.

Ermanar avait l'air totalement sincère. L'expression de son visage manifestait une grande tension, mais il s'agissait plus, estima Valentin, de l'inquiétude d'être exclu de l'expédition que d'une quelconque crainte de ce qui pouvait être tapi dans les ruines.

– Parfait, dit Valentin. Nous serons huit.

La lune était presque pleine ce soir-là, et sa lumière froide et crue illuminait la cité morte dans les moindres détails, montrant sans pitié les atteintes de plusieurs milliers d'années d'abandon, ce que n'avait pas fait la lumière plus douce des rougeoiements crépusculaires. A l'entrée, une plaque endommagée et presque illisible annonçait que par ordre du Coronal lord Siminave et du Pontife Calintane, Velalisier était une réserve historique royale. Mais ils avaient exercé le pouvoir quelque cinq mille ans auparavant et il ne semblait guère y avoir eu d'entretien depuis cette époque. Les pierres des deux grandes plates-formes qui flanquaient la route étaient fendillées et pleines d'aspérités. Dans les interstices entre les pierres poussaient de petites herbes aux racines puissantes qui, avec une irrésistible patience, séparaient les énormes blocs; déjà, en plusieurs endroits, s'ouvraient entre les blocs des crevasses assez larges pour que des arbustes de belle taille aient pu y prendre racine. Il était concevable que dans un siècle ou deux toute une forêt de ces plantes ligneuses et noueuses aurait pris possession des plates-formes et que les énormes blocs carrés seraient entièrement recouverts.

– Il faut dégager tout cela, dit Valentin. Je ferai restaurer ces ruines dans l'état où elles étaient avant que toute cette végétation ne commence à pousser. Comment une telle négligence a-t-elle pu être possible ?

– Personne n'est attiré par ce lieu, répondit Ermanar. Et nul n'est prêt à remuer le petit doigt pour le protéger.

– A cause des esprits ? demanda Valentin.

– Parce que c'est un lieu métamorphe, répondit Nascimonte. Cela le rend doublement maudit.

– Doublement ?

– Vous ne connaissez pas l'histoire, monseigneur ?

– Racontez-moi.

– Voici la légende, commença Nascimonte, telle qu'on la racontait pendant mon enfance, en tout cas. A l'époque où les Métamorphes gouvernaient Majipoor, Velalisier était leur capitale – oh ! il y a vingt ou vingt-cinq mille ans de cela. C'était la plus grande ville de la planète. Deux ou trois millions d'entre eux y vivaient et, de toute Alhanroel, des membres des tribus les plus éloignées venaient leur rendre hommage. Des festivals de Changeformes étaient organisés sur ces plates-formes, et tous les mille ans, ils célébraient un festival exceptionnel, un super festival, et pour commémorer l'événement, ils construisaient une pyramide, si bien que la ville avait au moins sept mille ans. Mais le mal s'installa ici. Je ne sais pas quel genre de pratiques un Métamorphe pouvait considérer comme le mal, mais quoi qu'il en soit, elles avaient cours ici. Velalisier était devenue la capitale de toutes les abominations. Et les Métamorphes des provinces commencèrent à en être dégoûtés, puis outragés, et un beau jour ils marchèrent sur la ville, démolirent les temples, abattirent la majeure partie des murailles de la cité, détruisirent les lieux où le mal était pratiqué et emmenèrent les citadins en exil et en esclavage. On sait qu'ils ne furent pas massacrés, car on n'a pas mal creusé pour chercher les trésors par ici – vous savez déjà que moi-même je l'ai fait –, et s'il y avait eu quelques millions de squelettes ensevelis, on les aurait découverts. Ainsi la ville a été dévastée puis abandonnée, longtemps avant l'arrivée des premiers humains, et une malédiction pèse sur elle. On a construit des barrages sur les rivières qui arrosaient la ville et leur cours a été détourné. La plaine tout entière a été transformée en désert. Et pendant quinze mille ans, nul n'a vécu ici, hormis les esprits de ceux qui sont morts quand la ville fut détruite.

– Racontez le reste, dit Ermanar.

– Je n'en sais pas plus, fit Nascimonte en haussant les épaules.

– Ces esprits, reprit Ermanar. Ceux qui hantent ce lieu. Savez-vous combien de temps ils sont condamnés à errer dans les ruines ? Jusqu'à ce que les Métamorphes aient repris le pouvoir sur Majipoor. Jusqu'à ce que la planète leur appartienne de nouveau et que le dernier d'entre nous soit réduit en esclavage. Et à ce moment-là, Velalisier sera reconstruite sur l'ancien site, encore plus majestueuse qu'elle ne l'était auparavant, sera de nouveau choisie comme capitale des Métamorphes et les esprits des morts seront enfin libérés des pierres qui les retiennent prisonniers.

– Ils en ont pour un bon moment à rester dans leurs pierres, dit Sleet. Nous sommes vingt milliards et ils ne sont qu'une poignée, vivant dans la jungle... Que signifie cette menace ?

– Cela fait déjà huit mille ans qu'ils attendent, dit Ermanar, depuis que lord Stiamot leur a arraché le pouvoir. Ils attendront encore huit mille ans s'il le faut. Mais ils rêvent de voir Velalisier renaître de ses cendres, et ils ne renonceront pas à leur rêve. Je les ai parfois entendus dans mon sommeil se préparer pour le jour où les tours de Velalisier se relèveront, et cela me fait peur. C'est pour cela que je n'aime pas être ici. Je les sens qui surveillent cet endroit, je sens leur haine tout autour de nous, comme quelque chose qui flotte dans l'air, quelque chose d'invisible mais de réel...

– Cette ville est donc à la fois maudite et sacrée pour eux, dit Carabella. Il n'est pas étonnant que nous ayons des difficultés à comprendre la manière dont leurs cerveaux fonctionnent !

Valentin s'éloigna sur le chemin. La cité l'impressionnait. Il essaya de l'imaginer telle qu'elle avait été, une sorte de Ni-moya préhistorique, une ville opulente et majestueuse. Et maintenant, qu'en restait-il ? Des lézards aux yeux protubérants s'enfuyaient de pierre en pierre. Des herbes folles envahissaient les boulevards de cérémonies. Vingt mille ans ! A quoi ressemblerait Ni-moya dans vingt mille ans ? Ou bien Pidruid, ou Piliplok, ou les cinquante grandes cités des pentes du Mont du Château ? Etaient-ils en train d'établir sur Majipoor une civilisation qui durerait éternellement, comme l'on disait que durait toujours la civilisation de la vieille Terre ? Ou bien des touristes ébaubis parcourraient-ils un jour les ruines du Château, du Labyrinthe et de l'Ile en se demandant quelle signification les anciens leur attachaient ? Nous ne nous sommes pas mal débrouillés jusqu'à présent, se dit Valentin en évoquant les milliers d'années de paix et de stabilité. Mais maintenant des discordances commençaient à se faire jour; l'ordre établi avait été ébranlé; nul ne pouvait savoir ce qui allait advenir. Les Métamorphes, ces Métamorphes vaincus et proscrits qui avaient eu le malheur de posséder un monde convoité par une autre race, plus puissante que la leur, n'avaient peut-être pas encore dit leur dernier mot.

Il s'arrêta brusquement. Etait-ce un bruit devant lui ? Un bruit de pas ? Une ombre qu'il avait vue passer sur les pierres ? Valentin fouilla l'obscurité du regard. Ce doit être un animal, se dit-il. Un animal nocturne errant en quête d'une proie. Les esprits ne projettent pas d'ombres, n'est-ce pas ? Allons, il n'y a pas de fantômes ici, se dit Valentin. Il n'y a de fantômes nulle part.

Tout de même...

Il fit précautionneusement quelques pas en avant. Il faisait trop sombre, il y avait trop d'avenues aux édifices délabrés qui partaient dans toutes les directions. Il s'était moqué d'Ermanar, mais les craintes d'Ermanar avaient réussi à s'insinuer dans son imagination. Il se représentait de graves et mystérieux Métamorphes se coulant entre les bâtiments écroulés, juste au-delà de son champ de vision, des fantômes d'une incommensurable vieillesse, des silhouettes sans corps, des formes sans substance...

Derrière lui, il y eut un bruit de pas, indiscutable cette fois...

Valentin pivota sur ses talons. Ce n'était qu'Ermanar qui courait pour le rattraper.

— Attendez-moi, monseigneur !

Valentin le laissa arriver à sa hauteur. Il se força à se décontracter, mais ses doigts continuaient curieusement à trembler. Il croisa les mains derrière son dos.

– Vous ne devriez pas vous promener tout seul, dit Ermanar. Je sais que vous faites peu de cas des dangers que je redoute ici, mais ces dangers peuvent quand même exister. Vous nous devez à tous de prendre plus grand soin de votre sécurité, monseigneur.

Les autres le rejoignirent et ils reprirent leur marche, lentement et en silence, à travers les ruines baignées par le clair de lune. Valentin ne parla pas de ce qu'il avait cru voir et entendre. Cela avait certainement été un animal. Et bientôt, des animaux apparurent : des genres de petits singes, peut-être proches des frères de la forêt, qui se nichaient dans les bâtiments écroulés et qui, à plusieurs reprises, causèrent l'émoi dans la petite troupe en courant sur les pierres. Et des mammifères nocturnes d'une espèce inférieure, des mintuns ou des droles, filaient comme des flèches entre les ombres. Mais Valentin se demanda si des singes ou des droles pouvaient faire des bruits semblables à des bruits de pas.

Pendant plus d'une heure, les huit explorateurs s'enfoncèrent dans les ruines. Valentin regardait avec circonspection dans toutes les embrasures et les cavernes, scrutant l'ombre qui y régnait.

Alors qu'ils passaient au milieu des débris d'une basilique effondrée, Sleet, qui s'était légèrement écarté du groupe, revint en courant pour annoncer à Valentin d'une voix où perçait l'inquiétude :

– J'ai entendu quelque chose de bizarre là-bas, sur le côté.

– Un fantôme, Sleet ?

– C'est possible, je n'en sais rien. Ou simplement un brigand.

– Ou bien un singe des rochers, dit Valentin d'un ton détaché. J'ai entendu toutes sortes de bruits.

– Monseigneur...

– Es-tu en train de te laisser gagner par les craintes d'Ermanar ?

– Je pense que nous nous sommes promenés assez

longtemps ici, monseigneur, dit Sleet d'une voix basse et vibrante.

– Nous allons surveiller de près tous les recoins obscurs, dit Valentin en secouant la tête. Mais il y a encore beaucoup à voir ici.

– Je préférerais que nous repartions maintenant, monseigneur.

– Courage, Sleet.

Le jongleur haussa les épaules et s'éloigna. Valentin fouilla l'obscurité du regard. Il ne sous-estimait pas la finesse de l'ouïe de Sleet, qui était capable de jongler les yeux bandés en se fiant uniquement à elle. Mais fuir toutes les merveilles que recelait cet endroit parce qu'ils avaient perçu d'étranges bruissements et des pas dans le lointain... non, pas déjà, pas si vite.

Tout en évitant de communiquer son malaise aux autres, il se déplaça pourtant encore plus précautionneusement. Les esprits d'Ermanar n'existaient peut-être pas, mais c'était de la folie de se déplacer avec trop de précipitation dans cette ville inconnue.

Pendant qu'ils exploraient l'un des édifices les plus ornementés de la zone centrale des palais et des temples, Zalzan Kavol, qui ouvrait la marche, s'immobilisa brusquement quand une plaque de pierre qui s'était détachée tomba avec fracas pratiquement à ses pieds. Il jura et gronda :

– Saletés de singes...

– Non, dit Deliamber, je ne pense pas qu'il s'agisse des singes, cette fois. Il y a quelque chose de plus gros là-haut.

Ermanar dirigea une lumière sur la corniche d'un édifice contigu. Pendant un instant, une silhouette qui pouvait être humaine fut visible; puis elle s'évanouit. Sans une hésitation, Lisamon Hultin commença à courir vers le côté opposé du bâtiment, suivie par Zalzan Kavol qui brandissait son lanceur d'énergie. Sleet et Carabella partirent de l'autre côté. Valentin était prêt à les suivre, mais Ermanar le prit par le bras et le retint avec une force surprenante en déclarant en manière d'excuse :

– Je n'ai pas le droit, monseigneur, de vous laisser courir des risques quand nous ignorons tout...

– Halte-là ! fit la voix tonitruante de Lisamon Hultin.

Ils entendirent au loin le bruit d'une bagarre, puis celui de quelqu'un grimpant sur un amas de pierres écroulées d'une manière qui n'avait rien de fantomatique. Valentin brûlait de savoir ce qui se passait, mais Ermanar avait raison : se lancer dans l'obscurité à la poursuite d'un ennemi invisible dans une ville inconnue était un privilège refusé au Coronal de Majipoor.

Il entendit un cri, des grognements et un gémissement aigu de douleur. Quelques instants plus tard, Lisamon Hultin réapparut, tirant un individu qui portait sur l'épaule l'emblème de la constellation. Elle avait passé le bras autour de sa poitrine, et ses pieds se balançaient à vingt centimètres du sol.

– Des espions, dit-elle. Ils étaient tapis là-haut et ils nous surveillaient. Je pense qu'ils étaient deux.

– Où est l'autre ? demanda Valentin.

– Il s'est peut-être échappé, répondit la géante. Zalzan Kavol est parti à sa poursuite.

Elle laissa tomber son prisonnier devant Valentin et le maintint au sol en posant le pied sur sa poitrine.

– Laissez-le se relever, dit Valentin.

L'homme se mit debout. Il avait l'air terrifié. Ermanar et Nascimonte le fouillèrent sans ménagement pour voir s'il avait des armes, mais ils n'en trouvèrent pas.

– Qui êtes-vous ? demanda Valentin. Et que faites-vous ici ?

Pas de réponse.

– Vous pouvez parler. Nous ne vous ferons pas de mal. Vous avez la constellation sur le bras. Faites-vous partie des forces du Coronal ?

L'homme fit un hochement de tête.

— On vous a envoyé ici pour nous suivre ?

Un second hochement de tête pour toute réponse.

— Savez-vous qui je suis ?

L'homme dévisagea silencieusement Valentin.

— Savez-vous parler ? demanda Valentin. Avez-vous une voix ? Dites quelque chose. N'importe quoi.

— Je... si je...

— Bien. Vous savez parler. Je répète : savez-vous qui je suis ?

— On m'a dit, répondit le captif dans un souffle, que vous vouliez déposséder le Coronal de son trône.

— Non, rétorqua Valentin, on vous a menti, mon vieux. Le voleur est celui qui trône actuellement sur le Mont du Château. Je suis lord Valentin et je vous demande de me faire serment d'allégeance.

L'homme le regardait avec des yeux écarquillés exprimant la stupéfaction et l'incompréhension.

— Combien étiez-vous là-haut ? demanda Valentin.

— S'il vous plaît, monsieur...

— Combien ?

L'homme gardait un silence obstiné.

— Laissez-moi lui tordre un peu le bras, supplia Lisamon Hultin.

— Ce ne sera pas nécessaire.

Valentin s'approcha de l'homme tremblant et lui dit d'une voix douce :

— Vous ne comprenez rien à tout cela, mais tout deviendra clair en temps voulu. Je suis le véritable Coronal, et par le serment que vous avez fait de me servir, je vous demande maintenant de répondre. Combien étiez-vous là-haut ?

Un conflit intérieur se peignait sur le visage de l'homme. D'une voix hésitante, à contrecœur, il répondit :

— Nous n'étions que deux, monsieur.

— Puis-je vous croire ?

— Par la Dame, monsieur !

— Vous n'étiez que deux. Très bien. Depuis combien de temps nous suiviez-vous ?

— Depuis... depuis Lumanzar.

— Quels étaient vos ordres ?

Une nouvelle hésitation.

— De... d'observer tous vos mouvements et de faire notre rapport au campement demain matin.

A ces mots, Ermanar se renfrogna.

— Ce qui signifie que l'autre est probablement déjà en ce moment même à mi-chemin du lac.

— Vous croyez cela ?

C'était la voix rauque et bourrue de Zalzan Kavol. Le Skandar arriva au milieu d'eux et laissa tomber aux pieds de Valentin, comme s'il s'agissait d'un vulgaire sac de sable, le corps d'un second soldat portant l'emblème de la constellation. Le lanceur d'énergie de Zalzan Kavol avait transpercé la chair.

— Je l'ai poursuivi pendant près d'un kilomètre, monseigneur. Et l'animal était rapide ! Il se déplaçait plus facilement que moi dans les décombres, et il commençait à gagner du terrain sur moi. Je l'ai sommé de s'arrêter, mais il a continué, alors...

— Enterrez-le quelque part à l'écart du chemin, ordonna sèchement Valentin.

— Monseigneur ? Ai-je mal fait de le tuer ?

— Vous n'aviez pas le choix, répondit Valentin d'une voix radoucie. J'aurais préféré que vous ayez réussi à le rattraper. Mais puisque c'était impossible, vous n'aviez pas le choix. C'est très bien, Zalzan Kavol.

Valentin se détourna. Ce meurtre l'avait bouleversé et il pouvait difficilement prétendre le contraire. Cet homme n'était mort que parce qu'il avait été fidèle au Coronal, ou à celui qu'il croyait être le Coronal.

La guerre civile avait fait sa première victime. L'effusion de sang avait commencé, ici, dans la cité des morts.

4

Il n'était plus question maintenant de poursuivre l'expédition. Ils regagnèrent leur camp avec le prisonnier. Et le lendemain matin, Valentin donna l'ordre de traverser Velalisier et de commencer à bifurquer vers le nord-est.

A la lumière du jour la cité en ruine, bien que tout aussi impressionnante, avait perdu un peu de sa magie. Il était difficile de comprendre comment un peuple aussi chétif que les Métamorphes, chez qui le machinisme était aussi peu développé, était parvenu à déplacer ces énormes blocs de pierre; mais peut-être le machinisme avait-il été plus développé vingt mille ans auparavant. Les farouches Métamorphes des forêts de Piurifayne, ce peuple vivant dans des huttes d'osier et dans des ruelles boueuses, n'étaient plus que les survivants déchus de la race qui régnait jadis sur Majipoor.

Valentin se promit de revenir à Velalisier, une fois réglées ses affaires avec Dominin Barjazid, d'explorer plus en détail l'antique capitale, d'arracher toutes les broussailles, d'entreprendre des fouilles et de reconstruire. Et si possible, se dit-il, j'inviterai des dirigeants métamorphes pour participer à ces travaux... bien qu'il soit peu probable qu'ils acceptent de coopérer. Il fallait faire quelque chose pour rétablir les relations entre les deux populations de la planète.

— Si je redeviens Coronal, dit-il à Carabella alors que le convoi passait devant les pyramides pour sortir de Velalisier, j'ai l'intention de...

— *Quand* tu seras redevenu Coronal, dit-elle.

— Oui, dit Valentin en souriant, quand je serai redevenu Coronal, j'ai l'intention de me pencher sur l'ensemble de la question Métamorphe. Et si c'est possible, de les réintégrer dans la vie de Majipoor. J'irai jusqu'à leur donner une place dans le gouvernement.

– S'ils acceptent de la prendre.

– Je veux qu'ils oublient leur ressentiment, dit Valentin. Je suis prêt à y consacrer mon règne. Toute notre société, notre merveilleux royaume de bonté et d'harmonie a pour origine un dépouillement et une injustice, Carabella, et nous avons réussi à nous habituer à fermer les yeux là-dessus.

Sleet leva la tête.

– Les Métamorphes n'utilisaient pas la totalité de la planète. Ils étaient à peine vingt millions sur toute cette énorme surface quand nos ancêtres sont arrivés.

– Mais c'était *la leur* ! s'écria Carabella. De quel droit...

– Du calme, du calme, dit Valentin. Il ne sert à rien de se quereller sur les agissements des premiers colons. Ce qui est fait est fait, et nous devons vivre avec cela. Mais il est en notre pouvoir de changer notre manière de vivre avec cela, et si je redeviens Coronal, je...

– *Quand*, dit Carabella.

– Quand, répéta docilement Valentin.

Deliamber prit la parole, de cette voix douce et lointaine qui lui valait immédiatement l'attention de tout auditoire.

– Il se pourrait que les troubles actuels dans le royaume soient le début du châtiment pour la destruction des Métamorphes.

– Que voulez-vous dire ? demanda Valentin en ouvrant de grands yeux.

– Seulement qu'il s'est écoulé énormément de temps sans que nous, sur Majipoor, ayons eu à payer d'une manière quelconque pour le péché originel des conquérants. Les intérêts s'ajoutent au capital, vous savez. Et maintenant, avec cette usurpation, les méfaits du nouveau Coronal, les perspectives de guerre, de mort et de destruction qui nous menacent, le chaos... peut-être est-ce le passé qui commence à réclamer l'expiation de nos fautes.

— Mais Valentin n'est en rien responsable de l'oppression des Métamorphes, protesta Carabella. Pourquoi serait-ce lui qui en pâtirait ? Pourquoi a-t-il été choisi pour être déchu du trône plutôt que n'importe quel Coronal à poigne du passé ?

— Ces choses ne sont jamais équitablement réparties, répondit Deliamber en haussant les épaules. Qu'est-ce qui vous permet de penser que seuls les coupables sont punis ?

— Le Divin...

— Qu'est-ce qui vous fait croire que le Divin est juste ? A longue échéance, tous les torts sont redressés, les plus et les moins s'équilibrent, on fait le total de chaque colonne et les totaux tombent juste. Mais cela, c'est pour le long terme. Nous devons vivre à court terme et là, les choses sont souvent injustes. Les forces de compensation de l'univers font que tous les comptes s'équilibrent, mais pendant ce processus, elles broient aussi bien les bons que les méchants.

— J'irais plus loin que cela, dit soudain Valentin. Il est possible que j'aie été choisi pour être un instrument des forces de compensation de Deliamber et qu'il ait été nécessaire que je souffre pour pouvoir être efficace.

— Comment cela ?

— S'il ne m'était rien arrivé d'exceptionnel, j'aurais peut-être régné comme tous les autres avant moi sur le Mont du Château, avec suffisance et bonhomie, acceptant les choses telles qu'elles étaient, car du haut de mon trône je n'y aurais rien vu de mal. Mais les aventures que j'ai vécues m'ont donné une vision du monde que je n'aurais sans doute jamais eue si j'étais resté douillettement dans le Château. Et peut-être suis-je maintenant prêt à jouer le rôle qu'il est nécessaire de jouer, alors que sinon...

Valentin laissa traîner sa voix. Après quelques instants, il reprit :

— Toute cette discussion est oiseuse. La première chose à faire est de reconquérir le Château. Ce n'est qu'ensuite que nous pourrons débattre la nature des forces de compensation de l'univers et les desseins du Divin.

Il jeta un dernier regard sur Velalisier, la ville maudite des anciens, chaotique mais encore imposante dans la plaine désolée et désertique. Puis il se retourna et, assis en silence, il contempla le paysage qui défilait sous ses yeux.

La route décrivait maintenant une brusque courbe vers le nord-est, franchissant la ligne de collines qu'ils avaient traversée au sud et redescendant dans la fertile plaine alluviale du Glayge près de la pointe la plus septentrionale du lac Roghoiz. Ils débouchaient à des centaines de kilomètres au nord de la prairie où l'armée du Coronal avait pris ses cantonnements.

Ermanar, tracassé par la présence des deux espions à Velalisier, avait envoyé des éclaireurs pour s'assurer que l'armée n'avait pas fait marche vers le nord pour leur couper la route. Valentin estima que cette mesure était sage, mais il se livra de son côté à une autre reconnaissance par le biais de Deliamber.

– Jetez un charme, ordonna-t-il au magicien, qui m'indique où sont stationnées les armées ennemies. Pouvez-vous faire cela ?

Une lueur malicieuse brilla dans les grands yeux dorés du Vroon.

– Si je peux faire cela ? Une monture peut-elle brouter de l'herbe ? Un dragon de mer sait-il nager ?

– Alors, allez-y, dit Valentin.

Deliamber se retira, marmonna des incantations et agita ses tentacules, les tortillant et les entrelaçant en des figures extrêmement complexes. Valentin soupçonnait qu'une bonne partie de la sorcellerie de Deliamber n'était qu'une mise en scène au bénéfice des spectateurs et que les véritables opérations ne consistaient pas à agiter des tentacules ou à marmonner des formules magiques, mais seulement à projeter l'esprit pénétrant et sensible de Deliamber pour percevoir les vibrations de réalités éloignées. Mais c'était fort bien ainsi. Que le Vroon fasse sa petite mise en scène. Valentin reconnaissait qu'un minimum d'esbroufe était un élément essentiel de bien des activités civilisées, non seulement celles des jongleurs et des magiciens, mais également celles du Coronal, du Pontife, de la Dame, du Roi des Rêves, des interprètes des songes, des initiés aux mystères de la religion, peut-être même des douaniers aux frontières provinciales et des vendeurs de saucisses derrière leurs étals en plein vent. On ne pouvait dans l'exercice de son métier se permettre d'être trop direct et brutal; il fallait enrober ses actes d'effets magiques et théâtraux.

— Les troupes du Coronal, dit Deliamber, paraissent rester à l'endroit où elles avaient établi leur campement.

— Bien, dit Valentin en hochant la tête. Puissent-elles y rester longtemps, en attendant que nous revenions de notre excursion à Velalisier. Pouvez-vous localiser d'autres armées au nord d'ici?

— Pas sur une grande distance, répondit Deliamber. Je sens la présence des chevaliers rassemblés sur le Mont du Château. Mais ils y sont en permanence. Je décèle la présence de petits détachements çà et là dans les Cinquante Cités. Mais il n'y a rien d'exceptionnel à cela non plus. Le Coronal a tout son temps. Il va tranquillement rester au Château en attendant votre approche. Puis il décrétera la mobilisation générale. Et que ferez-vous alors, Valentin, quand un million de guerriers descendront le Mont du Château en marchant à votre rencontre?

— Croyez-vous que je n'y ai pas pensé?

— Je sais que vous n'avez guère pensé qu'à cela. Mais cela donne à réfléchir... nos quelques centaines de fidèles face aux millions de l'autre...

— Des effectifs de l'ordre d'un million d'hommes sont beaucoup trop lourds pour une armée, répondit Valentin d'un ton détaché. Il est bien plus simple de jongler avec des massues qu'avec des troncs de dwikka. Etes-vous effrayé par l'ampleur de la tâche qui nous attend, Deliamber ?

– Pas le moins du monde.

– Moi non plus, dit Valentin.

Mais Valentin savait que ce genre de propos cachait, bien évidemment, une part de bravade. Avait-il peur ? Non, pas vraiment. La mort frappe tout le monde en son temps, et c'est folie de la craindre. Valentin savait qu'il n'avait pas peur de la mort, car il l'avait vue de près dans la forêt près d'Avendroyne, dans les turbulents rapides de la Steiche, dans l'estomac du dragon de mer et pendant son corps à corps avec Farssal sur l'Ile, et en aucune de ces occasions il n'avait ressenti quelque chose qu'il aurait pu assimiler à de la peur. Si l'armée qui l'attendait sur le Mont du Château écrasait ses petites troupes et s'il était tué au combat, ce serait regrettable – comme il eût été regrettable d'être déchiqueté sur les rochers de la Steiche –, mais cette perspective ne l'emplissait pas de terreur. Ce qu'il ressentait, et qui était beaucoup plus significatif que de craindre pour sa propre vie, était une vive appréhension pour Majipoor. S'il échouait, que ce soit par hésitation, par folie, ou simplement à cause de l'insuffisance de ses forces, le Château resterait aux mains des Barjazid et le cours de l'histoire serait à jamais altéré pour le plus grand malheur de milliards d'êtres innocents. Empêcher cela était une lourde responsabilité et il en sentait tout le poids. S'il mourait avec bravoure en essayant de reconquérir le Mont du Château, il arriverait enfin au terme de ses épreuves, mais les souffrances de Majipoor ne feraient que commencer.

5

Ils traversaient maintenant une paisible zone agricole située au périmètre de la grande ceinture verte qui entourait le Mont du Château et approvisionnait les Cinquante Cités. En toutes circonstances, Valentin choisissait les grandes routes. Le temps de la discrétion était révolu; un convoi aussi important que le sien pouvait difficilement passer inaperçu. Et le moment était venu où le monde devait apprendre qu'une lutte pour la possession du Château de lord Valentin était sur le point de s'engager.

D'ailleurs, le monde commençait à l'apprendre. Les éclaireurs d'Ermanar, de retour de la cité de Pendiwane en amont du Glayge, apportèrent des nouvelles des premières contre-mesures prises par l'usurpateur.

– Il n'y a pas d'armée d'ici à Pendiwane, rapporta Ermanar. Mais des affiches ont été placardées dans la ville, vous accusant de rébellion et de subversion et vous qualifiant d'ennemi du peuple. Il n'a apparemment pas encore été fait état des déclarations du Pontife en votre faveur. Les citoyens de Pendiwane sont exhortés à former des milices pour défendre leur Coronal légitime et l'ordre social contre votre soulèvement. Et les messages se multiplient.

– Des messages ? demanda Valentin en fronçant les sourcils. Quel genre de messages ?

– Des messages du Roi. Il est apparemment devenu difficile de s'endormir le soir sans que le Roi pénètre dans vos rêves pour vous recommander la loyauté et vous menacer de terribles conséquences si le Coronal est renversé.

– Naturellement, grommela Valentin. Le Roi travaille pour lui avec toute l'énergie qui est à sa disposition. Ils doivent émettre jour et nuit, à Suvrael. Mais nous ferons en sorte que cela se retourne contre lui.

Il regarda Deliamber.

– Le Roi des Rêves est en train de persuader la population à quel point il est affreux de renverser un Coronal. C'est parfait. C'est exactement ce que je veux qu'ils croient. Je veux qu'ils réalisent que quelque chose de terrifiant s'est *déjà produit* sur Majipoor et qu'il appartient au peuple de rétablir l'ordre.

– Et que l'attitude du Roi des Rêves est loin d'être désintéressée, dit Deliamber. Nous devrions également leur faire prendre conscience de cela... qu'il a tout à gagner à la traîtrise de son fils.

– C'est ce que nous allons faire, intervint Lorivade avec véhémence. Les messages de l'Ile arrivent maintenant en redoublant de force. Ils vont neutraliser les rêves pernicieux du Roi. La Dame m'est apparue en rêve la nuit dernière et m'a montré le genre de message qui sera utilisé. C'est une vision de l'épisode de Til-omon, de la substitution de Coronal. Elle leur montrera votre nouveau visage, lord Valentin, et vous nimbera du rayonnement du Coronal et de la constellation. Et elle représentera le faux Coronal comme un traître, un être vil à l'esprit retors.

– Quand cela doit-il commencer? demanda Valentin.

– Elle attend votre agrément.

– Alors, ouvrez dès ce soir votre esprit à la Dame, dit-il à Lorivade, et dites-lui que les messages doivent commencer.

– Comme tout cela me semble étrange! dit doucement Khun de Kianimot. Une guerre des rêves! Si jamais j'avais douté d'être sur un autre monde, toute cette stratégie m'en convaincrait.

– Ami, dit Valentin en souriant, il vaut mieux se battre avec des rêves qu'avec des épées et des propulseurs d'énergie. Il est préférable d'arriver à nos fins par la persuasion que par un massacre.

– Une guerre des rêves, répéta Khun d'un air abasourdi. Les choses se passent différemment sur Kianimot. Qui pourrait dire quelle manière est la plus sensée ? Mais je crois qu'il y aura des combats aussi bien que des messages avant d'en avoir fini avec cette affaire, lord Valentin.

D'un air sombre, Valentin regarda l'être à la peau bleue.

– Je crains que vous n'ayez raison, dit-il.

Cinq nouveaux jours s'écoulèrent avant qu'ils atteignent les faubourgs de Pendiwane. La nouvelle de leur avance s'était maintenant répandue dans tout le pays; des fermiers arrêtaient le travail des champs pour regarder passer la caravane de flotteurs, et des foules se pressaient le long des routes dans les régions à population plus dense.

Valentin estimait que c'était déjà cela de gagné. Nul ne leur avait jusqu'alors montré le poing. On les considérait plus comme des objets de curiosité que comme des menaces. C'était plus qu'il ne pouvait demander.

Mais lorsque Pendiwane ne fut plus distante que d'une journée de voyage, l'avant-garde revint les informer qu'une force armée était rassemblée devant la porte occidentale de la cité pour leur en interdire l'accès.

– Des soldats ? demanda Valentin.

– Des milices populaires, répondit Ermanar. Formées en hâte, si l'on en juge par leur apparence. Ils ne portent pas d'uniforme, seulement des brassards portant l'emblème de la constellation.

– Excellent. La constellation m'est consacrée. J'irai au-devant d'eux et leur demanderai de me faire serment d'allégeance.

– Comment serez-vous vêtu, monseigneur ? demanda Vinorkis.

Valentin montra les vêtements simples qu'il avait portés depuis l'Ile du Sommeil, une tunique blanche avec une ceinture et une casaque légère.

– Eh bien, comme ceci, je suppose.

Le Hjort secoua lentement la tête.

— Je pense que vous devriez porter un costume d'apparat et une couronne. Je le pense très sincèrement.

— Mon intention était de ne pas faire d'effet trop ostentatoire. S'ils voient un homme portant une couronne et dont le visage n'est pas celui du lord Valentin qu'ils connaissent, le premier mot qui leur viendra à l'esprit sera celui d'*usurpateur*, vous ne croyez pas ?

— Je ne suis pas de votre avis, répliqua Vinorkis. Vous arrivez devant eux et vous déclarez : Je suis votre roi légitime. Mais vous n'avez pas *l'air* d'un roi. Une mise simple et de l'aisance dans les manières peuvent vous valoir des amis dans une discussion paisible, mais pas devant un grand rassemblement de forces armées. Vous feriez bien de vous vêtir de manière plus majestueuse.

— J'espérais ne tabler que sur la simplicité et la sincérité, comme je l'ai fait depuis Pidruid.

— La simplicité et la sincérité, certainement, dit Vinorkis. Mais aussi une couronne.

— Carabella ? Deliamber ? Conseillez-moi !

— Un peu d'ostentation ne serait pas préjudiciable, dit le Vroon.

— Et puis ce sera ta première apparition publique en tant que prétendant au Château, dit Carabella. Je pense qu'une certaine magnificence royale ne peut que te servir.

— Je crains de m'être détaché de ce genre de costumes pendant nos longs mois d'errance, fit Valentin en riant. L'idée de porter une couronne maintenant me semble tellement comique. Un objet de métal tordu qui dépasse de mon crâne, un bijou qui...

Il s'arrêta et les vit tous bouche bée devant lui.

— Une couronne, reprit-il d'un ton moins enjoué, n'est qu'un signe extérieur du pouvoir, un colifichet, un ornement. Des enfants peuvent être impressionnés par ce genre de jouet, mais des citoyens adultes qui...

Il s'interrompit derechef.

— Monseigneur, commença Deliamber, vous souvenez-vous de ce que vous avez ressenti la première fois où ils sont venus vous trouver au Château et où ils ont ceint votre front de la couronne à la constellation ?

– Je dois reconnaître que cela m'a fait un frisson dans le dos.

– Oui. Une couronne peut être un ornement pour enfant, un ridicule colifichet, c'est vrai. Mais c'est également un symbole d'autorité qui distingue le Coronal du commun des mortels et transforme un quelconque Valentin en *lord* Valentin, l'héritier de lord Prestimion et de lord Confalume, de lord Stiamot et de lord Dekkeret. Nous vivons de tels symboles. Monseigneur, la Dame votre mère a beaucoup contribué à vous restituer la personnalité qui était la vôtre avant Til-omon, mais il reste en vous beaucoup de Valentin le jongleur, même maintenant. Et ce n'est pas une mauvaise chose. Pourtant, je crois que l'occasion appelle un peu plus de solennité et un peu moins de simplicité.

Valentin garda le silence, repensant aux marmonnements et aux mouvements de tentacules de Deliamber, lorsqu'il s'était rendu compte qu'il fallait parfois se livrer à des effets théâtraux pour arriver au résultat voulu. Ils étaient dans le vrai et c'était lui qui avait tort.

– Très bien, dit-il. Je porterai une couronne, si l'on peut m'en confectionner une à temps.

Un des hommes d'Ermanar lui en fabriqua une en toute hâte en utilisant des débris d'un moteur de flotteur défectueux, le seul métal disponible. Valentin estima que, compte tenu de sa nature improvisée, c'était du beau travail. L'assemblage n'était pas trop grossier, les rayons de la constellation assez régulièrement espacés sur le pourtour du cercle, l'armature intérieure convenablement enroulée. Il n'y avait, bien entendu, aucune comparaison possible avec la couronne authentique, avec ses incrustations et ses ciselures de sept métaux rares, ses fleurons de pierres précieuses, ses trois étincelantes pierres de diniaba montées sur le bandeau. Mais cette couronne – fabriquée au cours du grand règne de lord Confalume qui avait dû se délecter de tout le déploiement de la pompe impériale – était ailleurs au même moment et celle-ci, une fois qu'elle aurait pris place sur le front sacré, acquerrait comme par magie la majesté appropriée. Valentin la tint à la main pendant un long moment. Malgré le dédain pour ce genre de choses qu'il avait exprimé la veille, il ne pouvait s'empêcher d'être lui-même quelque peu impressionné.

– La milice de Pendiwane attend, monseigneur, dit doucement Deliamber.

Valentin hocha la tête. Il était vêtu d'un costume d'apparat d'emprunt, un pourpoint vert appartenant à l'un des compagnons d'Ermanar, un manteau jaune que lui avait trouvé Asenhart, une lourde chaîne d'or qui était la propriété de Lorivade et de hautes bottes luisantes, doublées de fourrure blanche de steetmoy, contribution de Nascimonte. Depuis le banquet fatal de Til-omon, où il était dans un corps entièrement différent, jamais il n'avait été aussi somptueusement vêtu. Cela lui donnait une étrange sensation d'avoir une mise aussi prétentieuse. Il ne lui manquait plus que la couronne.

– Il ne sied pas que je me la mette moi-même sur la tête, dit-il. Deliamber, vous êtes mon principal ministre. Chargez-vous-en.

– Je ne suis pas assez grand, monseigneur.

– Je peux m'agenouiller.

– Ce ne serait pas convenable, répliqua un peu sèchement le Vroon.

Deliamber répugnait visiblement à le faire. Valentin se tourna ensuite vers Carabella. Mais elle se rejeta en arrière avec horreur, disant dans un souffle :

– Je suis une femme du peuple, monseigneur !

– Qu'est-ce que cela a à voir avec ?... commença Valentin en secouant la tête.

Cela commençait à être bien contrariant. Ils en faisaient une grande occasion. Il parcourut le groupe des yeux et vit la haute dignitaire Lorivade, cette femme au port altier et au regard froid, et lui dit :

— Vous êtes parmi nous la déléguée de la Dame, ma mère, et vous êtes une femme de haut rang. Puis-je vous demander ?...

— La couronne, monseigneur, répondit gravement Lorivade, est transmise au Coronal par autorité du Pontife. Il me paraît plus approprié qu'Ermanar, en tant que représentant du Pontife parmi nous, vous en ceigne le front.

— Je suppose que vous avez raison, soupira Valentin.

Puis, se tournant vers Ermanar, il lui demanda :

— Acceptez-vous de le faire ?

— Ce sera un grand honneur pour moi, monseigneur.

Valentin tendit la couronne à Ermanar et descendit aussi bas que possible sur son crâne le bandeau d'argent de sa mère. Ermanar, qui n'était pas un homme de haute taille, prit la couronne à deux mains en tremblant un peu et se redressa en tendant les bras. Avec d'infinies précautions, il posa la couronne sur la tête de Valentin et la fit glisser en place. Elle s'ajustait parfaitement.

— Voilà, dit Valentin. Je suis heureux que...

— Valentin ! Lord Valentin ! Vive lord Valentin ! Longue vie à lord Valentin !

Ils s'agenouillaient devant lui, ils formaient le symbole de la constellation, ils l'acclamaient, tous, Sleet, Carabella, Vinorkis, Lorivade, Zalzan Kavol, Shanamir, tous sans exception, Nascimonte, Asenhart, Ermanar, même — et c'était surprenant — l'être d'un autre monde, Khun de Kianimot.

Valentin, que ce spectacle embarrassait, leur fit signe d'arrêter. Il voulait leur dire que ce n'était pas une véritable cérémonie, que ce n'était fait que pour impressionner les citoyens de Pendiwane. Mais les mots ne parvenaient pas à franchir ses lèvres, car il savait qu'ils étaient mensongers, que cette cérémonie improvisée était en fait son second couronnement. Et il sentit un frisson lui descendre le long de l'échine, un tremblement d'émerveillement.

Il resta les bras écartés, acceptant leur hommage.

Puis il dit :

– Allons. Relevez-vous tous. Pendiwane nous attend.

D'après les rapports des éclaireurs, la milice et les notabilités de la ville bivouaquaient depuis plusieurs jours devant la porte occidentale de Pendiwane en attendant son arrivée. Valentin se demanda dans quel état devaient être les nerfs des bourgeois de Pendiwane après une attente si longue et si incertaine et quelle sorte d'accueil ils comptaient lui réserver.

Ils n'étaient plus qu'à une heure de la ville. Ils traversaient rapidement une région de plaisantes forêts et de vastes prairies ondulées et luisantes de pluie qui laissèrent bientôt place à des quartiers résidentiels où prédominaient les maisons de pierre aux toits coniques de tuiles rouges. La cité où ils arrivaient était une importante agglomération, la capitale de sa province, dont la population s'élevait à douze ou treize millions d'habitants. Valentin se souvenait qu'elle était avant tout un entrepôt commercial par lequel transitaient les produits agricoles de la basse vallée du Glayge avant d'être réexpédiés par voie fluviale en direction des Cinquante Cités.

Au moins dix mille miliciens attendaient devant la porte.

Ils occupaient toute la route et débordaient dans les allées du marché qui se nichait contre le mur d'enceinte de Pendiwane. Ils étaient armés de lanceurs d'énergie, mais en petit nombre, et avaient également des armes plus rudimentaires. Ceux du premier rang étaient raides et tendus et avaient pris une posture martiale qui, de toute évidence, leur était inhabituelle.

Valentin donna ordre aux flotteurs de s'arrêter à quelques centaines de mètres des miliciens les plus proches, si bien que la route entre les deux troupes formait un large espace dégagé, une sorte de zone tampon.

Il s'avança, portant sa couronne, sa robe et son manteau. Lorivade, revêtue des resplendissants ornements sacerdotaux des hauts dignitaires de la Dame, marchait à sa droite et Ermanar, portant sur la poitrine l'emblème étincelant du Labyrinthe du Pontife, à sa gauche. Derrière Valentin venaient Zalzan Kavol et ses frères, imposants, massifs et menaçants, suivis de Lisamon Hultin en tenue de combat, elle-même flanquée de Sleet et de Carabella. Autifon Deliamber était perché sur le bras de la géante.

D'une démarche lente, calme et indiscutablement majestueuse, Valentin avança dans l'espace dégagé qui s'ouvrait devant lui. Il vit les citoyens de Pendiwane remuer, échanger des regards troublés, s'humecter les lèvres, changer de position, se frotter les mains sur la poitrine ou les bras. Un silence insoutenable était tombé.

Il s'arrêta à vingt mètres du premier rang et déclara :

– Bonnes gens de Pendiwane, je suis le légitime Coronal de Majipoor et je vous demande votre aide pour reprendre ce qui m'a été accordé par la volonté du Divin et le décret du Pontife Tyeveras.

Des milliers de paires d'yeux grands ouverts le regardaient fixement. Il se sentait parfaitement calme.

– Je demande au duc Holmstorg de Glayge de sortir de vos rangs, reprit Valentin. Je demande à Redvard Haligorn, maire de Pendiwane, de sortir de vos rangs.

Il y eut des mouvements dans la foule. Puis elle s'écarta et laissa sortir un homme rondouillard vêtu d'une tunique bleue bordée d'orange dont le visage joufflu paraissait gris de peur ou de tension. L'écharpe noire de la mairie traversait sa large poitrine. Il fit quelques pas à la rencontre de Valentin, hésita, fit frénétiquement signe derrière lui en un geste qui voulait passer inaperçu de ceux qui lui faisaient face et, après quelques instants de flottement, cinq ou six officiers municipaux subalternes, l'air aussi interdit et réticent que des enfants à qui l'on demande de chanter à la fête de leur école, s'avancèrent avec circonspection derrière le maire.

– Je suis Redvard Haligorn, déclara l'homme grassouillet. Le duc Holmstorg a été convoqué au Château de lord Valentin.

– Nous nous sommes déjà rencontrés, monsieur le maire, dit Valentin d'un ton aimable. Vous en souvenez-vous ? C'était il y a quelques années, quand mon frère lord Voriax était Coronal et que je me rendais dans le Labyrinthe comme émissaire auprès du Pontife. J'ai fait halte à Pendiwane et vous m'avez invité à un banquet dans le grand palais au bord du fleuve. Vous en souvenez-vous, monsieur le maire Haligorn ? C'était en été, une année de sécheresse, le débit du fleuve était très réduit, pas du tout comme en ce moment.

Haligorn pointa le bout de la langue à travers ses lèvres et tritura son double menton.

– Il est vrai, dit-il d'une voix rauque, que celui qui est devenu lord Valentin est venu ici l'année de la sécheresse. Mais c'était un homme brun et barbu.

– C'est exact. Il y a eu un ensorcellement aux conséquences terrifiantes, monsieur le maire Haligorn. Un traître occupe en ce moment le Mont du Château et l'on m'a changé d'apparence et banni. Mais je suis lord Valentin et, en vertu de la constellation que vous arborez sur la manche, je vous somme de m'accepter comme Coronal.

Haligorn paraissait abasourdi. Il aurait visiblement préféré être n'importe où ailleurs, même dans les inextricables corridors du Labyrinthe ou dans le désert torride de Suvrael.

– A mes côtés, poursuivit Valentin, se trouve la

haute dignitaire Lorivade de l'Ile du Sommeil, la plus proche des fidèles de la Dame, ma mère. Croyez-vous qu'elle veuille vous abuser ?

– Il est le véritable Coronal, dit Lorivade d'un ton glacial, et la Dame retirera son sublime amour à tous ceux qui lui feront obstacle.

– Et voici Ermanar, reprit Valentin, grand serviteur du Pontife Tyeveras.

De la manière carrée et directe qui lui était habituelle, Ermanar déclara :

– Vous êtes tous au courant du décret du Pontife selon lequel l'homme blond doit être salué comme lord Valentin le Coronal; lequel d'entre vous se dressera contre le décret du Pontife ?

La terreur se lisait sur le visage d'Haligorn. S'il avait eu affaire au duc Holmstorg, Valentin aurait peut-être eu plus de difficultés, car il était de haute naissance et très hautain, et ne se serait certainement pas laissé aussi facilement intimider par quelqu'un qui se serait présenté devant lui avec une couronne de sa fabrication et à la tête d'une petite troupe aussi curieusement hétéroclite. Mais Redvard Haligorn, simple élu municipal, qui pendant des années n'avait été confronté qu'à des problèmes aussi passionnants que l'organisation de réceptions officielles ou des délibérations sur le montant des taxes pour la prévention des crues, était complètement dépassé.

– L'ordre m'a été donné depuis le Château de lord Valentin, dit-il d'une voix presque indistincte, de vous appréhender et de vous poursuivre en jugement.

– Bien des ordres ont récemment émané du Château de lord Valentin, dit Valentin, pour la plupart ineptes, injustes ou malencontreux, n'est-ce pas, Haligorn ? Ce sont les ordres de l'usurpateur et ils sont sans valeur. Vous avez entendu la voix de la Dame et celle du Pontife. Vous avez reçu ces messages vous exhortant à me faire serment d'allégeance.

– Mais il y a eu aussi des messages contradictoires, dit Haligorn d'une voix faible.

– Du Roi des Rêves, naturellement ! s'écria Valentin en riant. Et qui est l'usurpateur ? Qui s'est emparé du trône du Coronal ? C'est Dominin Barjazid ! Le fils du Roi des Rêves ! Comprenez-vous maintenant le pourquoi de ces messages de Suvrael ? Comprenez-vous maintenant ce que l'on a fait à Majipoor ?

Valentin se laissa glisser dans l'état de transe et projeta vers l'infortuné Redvard Haligorn toute l'énergie de son âme, lui infligeant le plein impact d'un message à l'état de veille du Coronal.

Haligorn chancela. Son visage devint cramoisi et des marbrures apparurent sur les pommettes. Il tituba et s'accrocha à ses compagnons pour se retenir, mais eux-mêmes avaient reçu la décharge d'énergie de Valentin et étaient à peine capables de se tenir debout.

– Amis, dit Valentin, apportez-moi votre soutien. Ouvrez-moi les portes de votre cité. C'est d'ici que j'entreprendrai la reconquête du Mont du Château, et grande sera la renommée de Pendiwane d'avoir été la première ville de Majipoor à se retourner contre l'usurpateur.

6

Ainsi tomba Pendiwane, sans coup férir. Redvard Haligorn, avec l'expression d'un homme qui vient d'avaler une huître de Stoienzar et la sent encore se tortiller dans son gosier, mit un genou en terre et fit à Valentin le signe de la constellation; puis deux de ses adjoints l'imitèrent, et soudain ce fut une véritable contagion et des milliers de personnes lui rendirent hommage et l'acclamèrent, sans guère de conviction dans un premier temps, puis à pleine gorge à mesure qu'ils décidaient de se rallier à cette idée. « Valentin ! Lord Valentin ! Vive le Coronal ! » Et les portes de Pendiwane s'ouvrirent.

– C'est trop facile, souffla Valentin à Carabella. Est-ce que cela pourra continuer ainsi jusqu'au sommet du Mont du Château ? Rudoyer deux ou trois maires bedonnants et reconquérir le trône sous les vivats ?

– Si seulement c'était possible ! répondit-elle. Mais le Barjazid t'attend là-haut avec ses gardes du corps, et pour l'intimider il te faudra plus que des paroles et quelques beaux effets dramatiques. Il y aura des combats, Valentin.

– Qu'il n'y en ait pas plus d'un, alors.

– J'espère pour toi qu'il n'y en aura pas plus d'un, dit-elle en lui touchant légèrement le bras, et qu'il sera tout petit.

– Ce n'est pas pour moi, dit-il. C'est dans l'intérêt de la planète tout entière. Je ne veux pas qu'un seul de mes sujets périsse pour réparer le désordre causé par Dominin Barjazid.

– Je n'aurais jamais cru qu'un roi puisse être si bienveillant, mon amour, dit Carabella.

– Carabella...

– Comme tu as l'air triste d'un seul coup !

– J'appréhende ce qui vient.

– Ce qui vient, dit-elle, c'est un combat nécessaire, un triomphe radieux et le rétablissement de l'ordre. Et si vous voulez vous conduire en vrai roi, monseigneur, faites des signes de la main à votre peuple, souriez et débarrassez-vous de ce masque tragique. D'accord ?

– Tu as raison, dit Valentin en hochant la tête.

Et lui prenant la main, il effleura rapidement mais tendrement de ses lèvres les petites jointures saillantes. Puis il se tourna pour faire face à la multitude qui criait son nom et il leva les bras pour répondre aux acclamations.

Cela lui semblait merveilleusement familier de parcourir une grande cité en suivant des boulevards le long desquels s'était massée une foule poussant des hourras. Valentin se souvenait – bien que cela ressemblât au souvenir d'un rêve – du début de son Grand Périple brutalement interrompu, quand à l'aube de son règne il était descendu par le fleuve jusqu'à Alaisor, sur la côte occidentale, et qu'il s'était embarqué pour l'Ile pour s'agenouiller devant sa mère dans le Temple Intérieur, puis de la longue traversée vers l'ouest jusqu'à Zimroel et des foules qui l'avaient acclamé à Piliplok, à Velathys et à Narabal, là-bas sous les tropiques luxuriants. Les défilés, les banquets, la liesse populaire, le faste, puis une nouvelle étape à Til-omon et encore une fois la foule et les vivats : « Valentin ! Lord Valentin ! » Il se souvenait aussi à Til-omon d'avoir eu la surprise de voir Dominin Barjazid, le fils du Roi des Rêves, venu de Suvrael pour le saluer et l'honorer lors d'un festin, car les Barjazid avaient coutume de rester dans leur royaume écrasé de soleil, vivant retirés du monde, veillant sur leurs machines à rêves, émettant leurs messages nocturnes pour répandre leurs recommandations, leurs ordres et leurs châtiments. Puis le banquet de Til-omon et le vin que lui avait versé Barjazid; et tout ce dont Valentin se souvenait après, c'était lorsque, assis sur un escarpement crayeux, il regardait la ville de Pidruid s'étaler à ses pieds, avec dans la tête les souvenirs confus d'une enfance passée dans l'est de Zimroel et d'avoir il ne savait comment traversé le continent tout entier jusqu'à la côte occidentale. Et maintenant, après tant de mois, on criait encore son nom dans les rues d'une grande ville, après cette longue et étrange interruption.

Dans la suite royale du palais des maires de Pendiwane, Valentin convoqua Redvard Haligorn, l'air encore un peu hébété et ahuri, et lui dit :

– J'ai besoin que vous me fournissiez une flottille de bateaux pour remonter le Glayge jusqu'à sa source. Le coût de l'opération sera pris en charge par le trésor impérial après ma restauration.

– Oui, monseigneur.

– Et combien de troupes pouvez-vous mettre à ma disposition ?

– Des troupes ?

– Oui, des troupes, des miliciens, des guerriers, des hommes d'armes. Vous comprenez ce que je veux dire, monsieur le maire ?

– Mais à Pendiwane nous ne sommes pas réputés pour nos talents de guerriers, monseigneur, fit le maire d'un air horrifié.

– Nulle part sur Majipoor nous ne sommes réputés pour nos talents de guerriers, répondit Valentin en souriant. Le Divin en soit loué. Et pourtant, aussi pacifiques que nous soyons, nous combattons quand nous sommes menacés. L'usurpateur fait planer une menace sur nous tous. N'avez-vous pas ressenti le douloureux accroissement de taxes nouvelles et étranges ainsi que de décrets inhabituels pendant l'année qui vient de s'écouler ?

– Bien sûr que si, mais...

– Mais quoi ? demanda Valentin d'un ton cassant.

– Nous avons supposé qu'il s'agissait seulement d'un nouveau Coronal éprouvant son pouvoir tout neuf.

– Et vous accepteriez passivement de vous laisser opprimer par celui dont le rôle est de vous servir ?

– Monseigneur...

– Ce n'est pas grave. Vous avez autant que moi à gagner en remettant les choses en ordre, vous comprenez ? Donnez-moi une armée, Redvard Haligorn, et pendant des milliers d'années on célébrera dans nos ballades la bravoure des habitants de Pendiwane.

– Je suis responsable de la vie de mes concitoyens, monseigneur, et je ne voudrais pas qu'ils se fassent tuer ou...

– C'est *moi* qui suis responsable de la vie de vos concitoyens, fit vivement Valentin, et de celle de vingt milliards d'autres habitants. Et si cinq gouttes de sang de quiconque sont versées pendant la marche sur le

Mont du Château, ce seront cinq gouttes de sang de trop à mon goût. Mais sans armée, je suis trop vulnérable. Avec une armée, je deviens une présence royale, une force impériale avançant vers l'ennemi pour lui demander des comptes. Vous comprenez, Haligorn ? Rassemblez vos concitoyens, expliquez-leur ce qu'il faut faire, demandez des volontaires.

– Oui, monseigneur, répondit Haligorn en tremblant.

– Et faites en sorte que les volontaires se portent volontaires de leur plein gré !

– Ce sera fait, monseigneur, murmura le maire.

Rassembler l'armée prit moins longtemps que Valentin ne l'avait craint – il ne fallut que quelques jours pour procéder à la sélection, à l'équipement et à l'approvisionnement. Haligorn se montra vraiment très coopératif, comme s'il avait eu hâte de voir Valentin partir sous d'autres cieux.

La milice populaire formée pour protéger Pendiwane de l'invasion d'un prétendant devint le noyau de l'armée loyaliste hâtivement constituée – une vingtaine de milliers d'hommes et de femmes. Une cité de treize millions d'âmes aurait facilement pu fournir un plus gros contingent, mais Valentin n'avait aucun désir de bouleverser à l'excès la vie de Pendiwane. Il n'avait pas non plus oublié son propre axiome d'après lequel il valait mieux jongler avec des massues qu'avec des troncs de dwikkas. Le chiffre de vingt mille hommes de troupe lui paraissait tout à fait raisonnable et depuis longtemps sa stratégie avait été d'atteindre son but en élargissant graduellement ses appuis. Même le colossal Zimr, se dit-il, n'est au début de son cours quelque part dans les montagnes du nord-est qu'un ensemble de ruisselets et de filets d'eau.

Ils s'embarquèrent sur le Glayge avant l'aube, par un jour pluvieux qui devint par la suite glorieusement ensoleillé. Tous les bateaux à quatre-vingts kilomètres à la ronde avaient été réquisitionnés pour le transport des troupes. L'imposante flottille se mit paisiblement en marche vers le nord, les bannières vert et or du Coronal claquant au vent.

Valentin se tenait à la proue du bateau amiral; Carabella était à ses côtés, avec Deliamber et l'amiral Asenhart de l'Ile du Sommeil. L'air avait été lavé par la pluie et sentait bon, et il était poussé vers le Mont du Château par ce bon air frais d'Alhanroel. C'était une agréable sensation d'être enfin sur le chemin du retour.

Ces bateaux de l'est d'Alhanroel étaient mieux profilés, moins extraordinairement baroques que ceux que Valentin avait vus sur le Zimr. C'étaient de grands et simples bâtiments, à haut tirant d'eau et à baux étroits, dotés de puissants moteurs pour leur permettre de remonter le violent courant du Glayge.

– Le courant est rapide, dit Asenhart.

– Cela n'a rien d'étonnant, répondit Valentin.

Il tendit le doigt vers un sommet invisible loin au nord et très haut dans le ciel.

– Le fleuve prend sa source au bas des pentes du Mont. Et en quelques milliers de kilomètres, son cours a près de quinze mille mètres de dénivelée. Tout le poids de cette eau se précipite contre nous pendant que nous remontons vers la source.

– Quand on pense à toute cette force qu'il faut vaincre, fit l'amiral Hjort en souriant, la navigation maritime paraît un jeu d'enfant. Les fleuves n'ont jamais été mon domaine... ils sont si étroits, si rapides. Que l'on me donne la haute mer, avec ses dragons et le reste, et je suis heureux!

Mais le Glayge, bien que rapide, était domestiqué. C'était à l'origine un cours d'eau impétueux, truffé de rapides et de chutes d'eau, qui sur plusieurs centaines de kilomètres n'était absolument pas navigable. Quatorze mille ans de civilisation sur Majipoor avaient changé tout cela. Grâce à des barrages, des écluses, des canaux de dérivation et autres ouvrages hydrauliques, le Glayge, l'un des Six Fleuves qui descendaient du

Mont, satisfaisait maintenant les besoins de ses maîtres sur la quasi-totalité de son cours. Seul le cours inférieur, en raison du manque de relief de la vallée environnante qui faisait du contrôle des flots un défi permanent, présentait quelques difficultés, et cela seulement pendant la saison des pluies.

Les régions qui bordaient le Glayge étaient elles aussi paisibles, de verdoyantes zones d'élevage interrompues par de grands centres urbains. Valentin regardait au loin, plissant les yeux pour se protéger de l'aveuglante lumière matinale et essayant de distinguer dans le lointain la masse grisâtre du Mont du Château. Mais aussi immense qu'il fût, même le Mont n'était pas visible à trois mille kilomètres.

La première ville importante en amont de Pendiwane était Makroprosopos, renommée pour ses tisserands et ses peintres.

Alors que son bateau approchait, Valentin vit que les quais de Makroprosopos étaient couverts d'emblèmes géants du Coronal, probablement tissés à la hâte, et que l'on était encore en train d'en accrocher de nouveaux.

— Je me demande, dit pensivement Sleet, si ces bannières sont l'expression provocante de leur loyauté envers le Coronal brun ou une capitulation devant vous.

— Ils vous rendent certainement hommage, monseigneur, dit Carabella. Ils savent que vous remontez le fleuve, donc ils arborent des drapeaux pour vous souhaiter la bienvenue.

— Je crois, dit Valentin en secouant la tête, que ces gens font simplement preuve de prudence. Si les choses se passent mal pour moi sur le Mont du Château, ils pourront toujours prétendre que ces drapeaux étaient des marques de loyauté envers l'autre. Et si c'est lui qui tombe, ils pourront dire qu'après Pendiwane, ils ont été les premiers à me reconnaître. Je crois que nous ne devrions pas les laisser s'offrir le luxe d'une telle ambiguïté. Asenhart ?

— Monseigneur ?

— Menez-nous à quai à Makroprosopos.

Pour Valentin, c'était un coup de dés. Il n'avait nul besoin d'aborder ici, et la dernière chose qu'il désirait était une bataille dans une ville sans importance loin du Mont. Mais il était essentiel pour lui d'éprouver l'efficacité de sa stratégie.

Le résultat ne se fit pas longtemps attendre. Il était encore loin de la côte quand il entendit les acclamations : « Vive lord Valentin ! Vive le Coronal ! »

Le maire de Makroprosopos accourut le long du quai pour l'accueillir, apportant des présents, de grosses balles rebondies contenant les étoffes les plus fines fabriquées dans sa ville. Il multiplia les saluts et les courbettes, et accepta avec plaisir la levée de huit mille hommes de troupe parmi ses concitoyens pour se joindre à l'armée de restauration.

— Que se passe-t-il ? demanda doucement Carabella. Sont-ils prêts à accepter comme Coronal le premier qui revendique le trône assez fort en brandissant quelques lanceurs d'énergie ?

— Ce sont des gens pacifiques, habitués au confort et au luxe, timorés, répondit Valentin avec un haussement d'épaules. Ils n'ont jamais connu autre chose que la prospérité pendant des milliers d'années et ils ne désirent rien d'autre pendant encore des milliers d'années. L'idée de résistance armée leur est étrangère, c'est pourquoi ils se sont soumis facilement dès que nous sommes entrés dans le port.

— Bon, fit Sleet. Mais si le Barjazid arrive ici la semaine prochaine, ils s'inclineront devant lui avec tout autant de bonne grâce.

— C'est possible. C'est bien possible. Mais je suis en train de prendre de l'élan. Si ces villes se rallient à moi, d'autres plus en amont craindront de me refuser leur allégeance. Espérons que ce sera la débandade.

– Quoi qu'il en soit, dit Sleet, l'air sombre, ce que vous êtes en train de faire maintenant, quelqu'un d'autre peut le faire à la prochaine occasion, et je n'aime pas ça. Imaginons qu'un lord Valentin rouquin apparaisse l'an prochain et prétende être le véritable Coronal. Ou bien qu'un Lii arrive et exige que tout le monde s'agenouille devant lui sous prétexte que tous ses rivaux ne sont que d'affreux sorciers. La planète tout entière versera dans la folie.

– Un seul Coronal a été sacré, rétorqua calmement Valentin, et les habitants de ces villes, quels que soient leurs mobiles, ne font que s'incliner devant la volonté du Divin. A partir du moment où j'aurai réintégré le Château, il n'y aura pas d'autre usurpateur et pas d'autre prétendant, cela je te le promets !

Et pourtant, en son for intérieur, il reconnut le bien-fondé des paroles de Sleet. Il réalisa à quel point était fragile le pacte qui assurait la cohésion du gouvernement. Tout reposait uniquement sur la bonne volonté. Dominin Barjazid avait montré que la traîtrise pouvait ruiner cette bonne volonté, et Valentin était en train de découvrir – jusqu'alors – que l'intimidation pouvait faire pièce à la traîtrise. Mais quand ce conflit serait terminé, Majipoor pourrait-elle redevenir ce qu'elle était ?

7

Après Makroprosopos, il y avait Apocrune, puis Stangard Falls, Nimivan et Threiz, South Gayles et Mitripond. Toutes ces villes, dont la population totale s'élevait à quelque cinquante millions d'habitants, acceptèrent sans perdre de temps la souveraineté du blond lord Valentin.

Valentin s'y attendait un peu. Ces riverains du

Glayge n'éprouvaient aucun attrait pour la guerre et aucune de ces cités ne se souciait de provoquer un affrontement pour le seul plaisir de déterminer lequel des deux rivaux pouvait être le véritable Coronal. Maintenant que Pendiwane et Makroprosopos avaient cédé, le reste s'empressait de s'aligner. Mais il savait que ces victoires étaient de peu de poids, car les villes fluviales tourneraient casaque tout aussi aisément si la fortune des armes paraissait tourner en faveur du suzerain brun. La légitimité, l'onction, la volonté du Divin, toutes ces choses avaient dans le monde de tous les jours une signification bien moindre que quelqu'un élevé à la cour du Mont du Château n'aurait pu le croire.

Il préférait pourtant avoir le soutien, même de pure forme, des villes du fleuve que de les voir se gausser de sa revendication. Dans chacune il décréta une nouvelle levée de troupes – mais minime et limitée à un millier de citoyens par ville – car son armée allait bientôt devenir trop importante et il craignait la lourdeur. Il aurait aimé savoir ce que Dominin Barjazid pensait des événements qui se déroulaient le long du Glayge. Se faisait-il tout petit dans le Château, rongé par la crainte de voir des milliards d'habitants de Majipoor marcher avec fureur contre lui ? Ou bien attendait-il seulement son heure, préparant son ultime ligne de défense, résolu à plonger tout le royaume dans le chaos avant d'abandonner la possession du Mont du Château ?

Ils continuaient à remonter le fleuve.

Le terrain devenait escarpé. Ils étaient arrivés à la lisière du grand plateau, là où la planète se plissait et se gonflait pour former son énorme saillie, et le Glayge leur paraissait parfois s'élever devant eux comme une muraille d'eau verticale.

Valentin était maintenant en territoire connu car, pendant son enfance sur le Mont, il avait souvent fréquenté le cours supérieur des Six Fleuves, pour des parties de chasse ou de pêche avec Voriax ou Elidath ou simplement pour échapper un peu à l'austérité de son éducation. Il avait presque entièrement retrouvé la mémoire, le processus de guérison s'étant poursuivi sans interruption depuis son séjour sur l'Ile, et la vue de ces lieux bien connus avivait et éclairait les images de ce passé que Dominin Barjazid avait essayé de lui arracher. Dans la ville de Jerrik, dans la partie la plus encaissée du cours du Glayge, Valentin avait passé toute une nuit à jouer aux dés avec un vieux Vroon qui n'était pas sans lui rappeler Autifon Deliamber, bien qu'il n'eût pas souvenance qu'il ait été aussi nabot, et au fil de ces interminables roulements de dés, il avait perdu sa bourse, son épée, sa monture, son titre de noblesse et toutes ses terres à l'exception d'un petit bout de marais, puis il avait tout regagné avant l'aube — bien qu'il ait toujours soupçonné son adversaire d'avoir prudemment préféré mettre un terme à la série de ses succès plutôt que de se prévaloir de ses gains. En tout cas, la leçon lui avait été profitable. Et à Ghiseldorn, où les gens vivaient sous des tentes de feutre noir, il avait passé avec Voriax une nuit de plaisir en compagnie d'une brune sorcière âgée d'au moins trente ans qui, le lendemain matin, les avait fort impressionnés en leur prédisant l'avenir avec des graines de pingla et en leur annonçant qu'ils étaient tous deux destinés à être rois. Valentin se souvenait que Voriax avait été extrêmement troublé par cette prophétie, car elle semblait signifier qu'ils régneraient conjointement comme Coronals, de la même manière qu'ils avaient étreint ensemble la sorcière, et il n'y avait pas de précédent dans l'histoire de Majipoor. Il n'était pas venu à l'esprit ni de l'un ni de l'autre qu'elle voulait dire que Valentin serait le successeur de Voriax. Et à Amblemorn, celle des Cinquante Cités située le plus au sud-ouest, un Valentin encore plus jeune était lourdement tombé de sa monture dans la forêt d'arbres nains, où il chevauchait avec Elidath de Morvole, et s'était fracturé le fémur de la jambe gauche, ce qui avait provoqué une douleur intolérable. L'extrémité brisée de l'os transperçait la peau, et Elidath, lui-même à moitié malade d'émotion, avait été obligé de réduire la fracture avant qu'ils puissent aller chercher du secours. Il lui était toujours resté une légère claudication à cette jambe. Mais Valentin pensa avec un plaisir étrange que cette jambe et la claudication appartenaient maintenant à Dominin Barjazid et que le corps qu'on lui avait donné était sain et sans aucune imperfection.

Toutes ces villes, et bien d'autres encore, capitulèrent devant lui dès qu'il y arrivait. Une armée d'une cinquantaine de milliers d'hommes suivait maintenant son étendard, alors qu'il atteignait le pied du Mont du Château.

L'armée ne pouvait pas remonter le fleuve plus haut qu'Amblemorn. Il se transformait à cet endroit en un dédale d'affluents dont la pente était trop forte et le lit pas assez profond. Valentin avait envoyé en avant-garde Ermanar et dix mille guerriers pour trouver des véhicules pour le transport par voie de terre. Le pouvoir de rassemblement du nom de Valentin était devenu si fort qu'Ermanar avait pu, sans opposition, réquisitionner pratiquement jusqu'au dernier tous les flotteurs de trois provinces, et lorsque le gros des troupes arriva à Amblemorn, une mer de véhicules les attendait.

Le commandement d'une armée aussi pléthorique était une tâche que Valentin ne pouvait plus assumer seul. Ses ordres étaient transmis par l'intermédiaire d'Ermanar, son maréchal de camp, à cinq officiers supérieurs, dont chacun avait la responsabilité d'une division : Carabella, Sleet, Zalzan Kavol, Lisamon Hultin et Asenhart. Deliamber restait toujours aux côtés de Valentin pour le conseiller et Shanamir, qui maintenant n'avait plus rien d'enfantin, mais qui avait mûri et s'était endurci depuis l'époque où il élevait des montures à Falkynkip, servait de principal officier de liaison et gardait ouvertes les voies de communication.

Il fallut trois jours pour achever la mobilisation.

— Nous sommes prêts à nous mettre en route, monseigneur, annonça Shanamir. Dois-je en donner l'ordre ?

Valentin acquiesça de la tête.

— Dis à la première colonne de se mettre en mouvement. Si nous partons maintenant, nous aurons dépassé Bimback à midi.

— Oui, monseigneur.

— Et dis-moi, Shanamir...

— Monseigneur ?

— Je sais bien que c'est la guerre, mais tu n'as pas besoin d'avoir l'air aussi sérieux tout le temps, hein ?

— J'ai l'air trop sérieux, monseigneur ? demanda Shanamir en s'empourprant. Mais l'affaire est sérieuse ! C'est le sol du Mont du Château que nous foulons !

Le seul fait de prononcer ces mots semblait terriblement impressionner l'ancien garçon de ferme de la lointaine ville de Falkynkip.

Valentin comprenait ce qu'il devait ressentir. Zimroel semblait être à des millions de kilomètres.

— Dis-moi, Shanamir, reprit-il en souriant, ai-je bien compris ? Cent pesans font une couronne, dix couronnes font un royal, et le prix de ces saucisses est de...

Shanamir le regarda d'un air perplexe. Puis il sourit et réprima un rire avant de le laisser finalement exploser.

— Monseigneur ! s'écria-t-il, des larmes perlant à ses paupières.

— Tu te souviens, là-bas à Pidruid ? Quand je voulais acheter des saucisses avec une pièce de cinquante royaux ? Tu te souviens quand tu me prenais pour un simple d'esprit ? « Insouciant », c'est le mot que tu as employé. Insouciant. Je suppose que pendant ces premiers jours à Pidruid, j'étais vraiment un simple d'esprit.

— Comme cela paraît loin, monseigneur !

— C'est vrai. Mais peut-être suis-je encore un simple d'esprit pour gravir ainsi le Mont du Château et vouloir à tout prix exercer de nouveau ce pouvoir rongeant et écrasant. Mais peut-être pas. J'espère que non, Shanamir. N'oublie pas de sourire plus souvent, c'est tout. Et dis à la première colonne de se mettre en mouvement.

Le garçon partit en courant. Valentin le regarda s'éloigner. Comme Pidruid était loin ! Si loin dans le temps et dans l'espace, des millions de kilomètres, des millions d'années. C'était l'impression que cela donnait. Et pourtant cela ne faisait guère qu'un an et quelques mois qu'il s'était trouvé perché sur l'escarpement crayeux sous une chaleur poisseuse, regardant Pidruid s'étaler à ses pieds et se demandant ce qu'il allait faire. Shanamir, Sleet, Carabella, Zalzan Kavol ! Tous ces mois passés à jongler dans des amphithéâtres provinciaux, à dormir sur des paillasses dans des auberges de campagne infestées de vermine ! Quelle merveilleuse époque cela avait été... Il était libre, la vie était facile. Rien d'autre n'importait que de trouver un engagement dans la prochaine ville sur la route et de prendre garde à ne pas se laisser tomber les massues sur les pieds. Il n'avait jamais été plus heureux. Comme Zalzan Kavol avait été bon de le prendre dans sa troupe, comme Sleet et Carabella avaient été aimables de l'initier à leur art. Ils avaient parmi eux le Coronal de Majipoor et personne ne le savait ! Lequel d'entre eux aurait pu imaginer qu'avant d'être beaucoup plus vieux ils ne seraient plus des jongleurs, mais des généraux à la tête d'une armée de libération se dirigeant vers le Mont du Château ?

La première colonne s'était mise en marche. Les flotteurs s'étaient ébranlés et commençaient à gravir l'interminable pente qui séparait Amblemorn du Château.

Les Cinquante Cités du Mont du Château étaient disposées comme des raisins secs dans un pudding, en cercles à peu près concentriques rayonnant vers l'extérieur à partir du pic couronné par le Château. Il y en avait une douzaine sur le cercle extérieur — Amblemorn, Perimor, Morvole, Canzilaine, Bimbak Est et Bimbak Ouest, Furible, Deepenhow Vale, Normork, Kazkas, Stipool et Dundilmir. Ces dernières, baptisées les Cités des Pentes, étaient des centres industriels et commerciaux, et la plus petite d'entre elles, Deepenhow Vale, avait une population de sept millions d'habitants. Les Cités des Pentes, fondées dix à douze mille ans auparavant, étaient devenues quelque peu archaïques et les rues, dont le tracé avait peut-être été rationnel en d'autres temps, étaient maintenant congestionnées et embrouillées par d'incohérentes modifications. Chacune avait ses beautés propres, célèbres dans le monde entier. Valentin ne les avait pas toutes visitées – une vie entière passée sur le Mont du Château n'aurait pas suffi pour connaître les Cinquante Cités – mais il en avait vu une bonne partie, Bimbak Est et Bimbak Ouest avec leurs tours jumelles de briques coruscantes, à la ligne très pure et de quinze cents mètres de haut, Furible et son célèbre jardin d'oiseaux de pierre, Canzilaine où les statues parlaient, Dundilmir et sa Vallée Ardente. Entre ces villes s'étendaient des parcs royaux, des réserves pour la protection de la flore et de la faune, des bois sacrés, des chasses gardées, et tout était vaste et spacieux, car il y avait des milliers d'hectares, assez de place pour que s'épanouisse une civilisation paisible à la population clairsemée.

Cent cinquante kilomètres plus haut sur le Mont se trouvait le cercle des neuf Cités Libres – Sikkal, Huyn, Stee, Upper Sunbreak, Lower Sunbreak, Castlethorn, Gimkandale et Vugel. L'origine du terme Cités Libres donnait matière à des discussions entre érudits, car aucune ville de Majipoor n'était ni plus libre ni moins libre qu'une autre; mais l'idée la plus communément admise était que dans le courant du règne de lord Stiamot ces neuf cités avaient été exemptées d'une taxe qui frappait les autres, en récompense de signalés services rendus au Coronal. A ce jour, encore, les Cités Libres réclamaient de telles exemptions, souvent avec succès. La plus grande d'entre elles était Stee, sur le fleuve du même nom, qui comptait trente millions d'habitants – à savoir une cité de la taille de Ni-moya et, s'il fallait en croire la rumeur publique, encore plus grandiose. Valentin avait de la peine à concevoir qu'un endroit pût seulement égaler Ni-moya en splendeur; mais il n'avait jamais réussi à visiter Stee pendant ses années passées sur le Mont du Château, et il en resterait loin cette fois encore, car elle se trouvait sur le versant opposé.

Encore plus haut il y avait les onze Cités Tutélaires – Sterinmor, Kowani, Greel, Minimool, Strave, Hoikmar, Erstud Grand, Rennosk, Fa, Sigla Lower et Sigla Higher. Toutes étaient des villes importantes, entre sept et treize millions d'habitants. Comme à leur altitude la circonférence du Mont était moins grande, les Cités Tutélaires étaient plus rapprochées les unes des autres que celles des cercles inférieurs, et on estimait que dans quelques siècles, elles formeraient une gigantesque conurbation, une bande continue enserrant la zone intermédiaire du Mont.

A l'intérieur de cette bande se trouvaient les neuf Cités Intérieures – Gabell, Chi, Haplior, Khresm, Banglecode, Bombifale, Guand, Peritole et Tentag – et les neuf Cités Hautes – Muldemar, Huine, Gossif, Tidias, Low Morpin et High Morpin, Sipermit, Frangior et Halanx. Ces métropoles étaient celles que Valentin avait le plus fréquentées pendant sa jeunesse. Halanx, une ville aux grandes propriétés, était son lieu de naissance; Sipermit était l'endroit où il avait vécu pendant le règne de Voriax, car la ville était à proximité du Château; High Morpin était sa station de vacances préférée où il s'était maintes fois amusé sur les glisse-glaces et à bien d'autres jeux. Comme tout cela était loin ! Si loin ! Et maintenant, alors que son armée d'invasion glissait le long des routes qui s'élevaient sur les pentes du Mont, il lui arrivait souvent de regarder, dans le lointain taché de soleil, vers les hauteurs enveloppées de nuages en espérant apercevoir les Cités Hautes, Sipermit, ou Halanx, ou High Morpin très loin devant.

Mais il était encore trop tôt pour cela. D'Amblemorn, la route les mena entre Bimbak Est et Bimbak Ouest puis fit un brusque détour pour contourner la crête de Normork, invraisemblablement escarpée et déchiquetée, jusqu'à la ville de Normork, célèbre pour son mur d'enceinte construit – s'il fallait en croire la légende – à l'imitation de la grande muraille de Velalisier. A Bimbak Est, Valentin fut accueilli en monarque légitime et en libérateur. La réception à Bimbak Ouest fut sensiblement moins cordiale, bien qu'il n'y eût pas la moindre velléité de résistance; les habitants n'avaient visiblement pas encore décidé où se trouvait leur intérêt dans cette curieuse lutte qui était en train de se dérouler. Et à Normork, la grande porte Dekkeret était fermée, pour la première fois peut-être depuis sa construction. Cela pouvait passer pour une marque d'hostilité, mais Valentin choisit de l'interpréter comme une déclaration de neutralité, et il passa son chemin sans faire de tentative pour pénétrer dans Normork. Disperser son énergie en assiégeant une forteresse imprenable était bien la dernière chose qu'il voulait faire maintenant. Il se dit qu'il était beaucoup plus facile d'éviter tout simplement de la considérer comme une ville ennemie.

Après Normork, la route traversait la Barrière de Tolingar, qui n'avait rien d'une barrière, mais n'était qu'un immense parc, soixante kilomètres d'élégance raffinée pour la distraction des citoyens de Kazkas, de Stipool et de Dundilmir. C'était comme si le moindre arbre, le moindre buisson avait été élagué, taillé, émondé pour acquérir une forme parfaitement harmonieuse. Il n'y avait pas un rameau de travers, pas une branche mal proportionnée. Si le milliard d'habitants demeurant sur le Mont du Château avait fait office de jardiniers dans la Barrière de Tolingar, ils n'auraient pu, même en y consacrant douze heures par jour, atteindre à une telle perfection. Valentin savait qu'il n'avait été possible d'y parvenir que grâce à un programme de contrôle de la reproduction entrepris au moins quatre mille ans auparavant sous le règne de lord Havilbove et poursuivi sous trois de ses successeurs; ces plantes se façonnaient et se taillaient toutes seules, contrôlant en permanence l'harmonieuse symétrie de leur forme. Le secret de cette sorcellerie horticole s'était perdu.

L'armée de restauration arrivait maintenant au niveau des Cités Libres.

Il était encore possible à Bibiroon Sweep, en haut de la Barrière de Tolingar, d'avoir sur les pentes une vue relativement claire, bien que déjà extraordinairement impressionnante. Le merveilleux parc de lord Havilbove s'enroulait juste en dessous comme une langue de verdure et s'incurvait vers l'orient; au-delà, les petits points gris de Dundilmir et Stipool et, à côté, la trace à peine visible de la masse de Normork, la cité fortifiée. Puis il y avait la vertigineuse descente vers Amblemorn et la source du Glayge et, noyés à l'horizon dans une brume irréelle, les contours, plus que vraisemblablement recréés par le seul pouvoir de l'imagination, du fleuve et de ses villes grouillantes, Nimivan, Mitripond, Threiz, South Gayles. De Makroprosopos et Pendiwane, il n'y avait plus la moindre trace, bien que Valentin vît autour de lui les habitants de ces villes regarder au loin en plissant les yeux et tendre le doigt avec véhémence en affirmant que telle bosse, telle protubérance était leur patrie.

– Je m'imaginais, dit Shanamir qui se tenait aux côté de Valentin, que du Mont du Château on pouvait voir jusqu'à Pidruid ! Mais on ne distingue même pas le Labyrinthe. Est-ce que de plus haut la vue s'étend plus loin ?

– Non, répondit Valentin. La couche de nuages cache tout ce qui est en dessous des Cités Tutélaires.

Parfois, quand on est tout là-haut, on peut oublier que le reste de Majipoor existe.

– Fait-il très froid là-haut ? demanda le garçon

– Froid ? Non, il ne fait pas froid du tout. Il fait aussi bon qu'ici. Meilleur, même. C'est comme un printemps perpétuel. L'air est doux et léger, et les fleurs sont toujours épanouies.

– Mais il s'élève si haut dans le ciel ! Les montagnes des Marches de Khyntor sont loin d'être aussi hautes – elles feraient à peine une tache sur le Mont du Château –, et pourtant on m'a dit que la neige tombe sur les pics des Marches et qu'elle y reste parfois tout l'été. Il devrait faire noir comme dans un four au Château, Valentin, et froid, froid comme la mort !

– Non, dit Valentin. Les machines des anciens entretiennent un printemps perpétuel. Elles descendent très profondément à l'intérieur du Mont, absorbent de l'énergie – ne me demande pas comment, je n'en ai aucune idée – et la transforment en chaleur, en lumière et en bon air pur. J'ai vu ces machines dans les entrailles du Château, ce sont d'énormes choses métalliques, il y a là suffisamment de métal pour bâtir toute une ville, des pompes géantes et de monstrueux tuyaux et tubes de cuivre...

– Quand y arriverons-nous, Valentin ? En sommes-nous encore loin ?

– Nous ne sommes pas encore à mi-chemin, répondit Valentin en hochant la tête.

8

La route la plus directe pour remonter entre les Cités Libres passait entre Bibiroon et Upper Sunbreak. Elle escaladait un large épaulement en pente si douce qu'ils ne perdraient pas de temps dans des lacets. Alors qu'ils approchaient de Bibiroon, Valentin apprit par Gorzval le Skandar, responsable de l'intendance, que les provisions de fruits frais et de viande commençaient à s'épuiser. Il paraissait plus sage de se réapprovisionner à ce niveau avant d'entreprendre l'ascension jusqu'aux Cités Tutélaires.

Bibiroon était une agglomération de douze millions d'âmes, s'étalant de manière spectaculaire sur un éperon rocheux de cent cinquante kilomètres qui paraissait suspendu au-dessus de la face du Mont. Il n'y avait qu'un seul accès à la ville – en venant d'Upper Sunbreak, à travers une gorge si encaissée et aux versants si escarpés qu'une centaine de guerriers pouvait la défendre contre un million d'ennemis. Valentin ne fut pas autrement étonné d'apprendre en y arrivant que la gorge était occupée et que les défenseurs étaient loin d'être seulement une centaine.

Ermanar et Deliamber s'avancèrent pour parlementer. Ils revinrent peu de temps après en annonçant que le duc Heitluig de Chorg, de la province dont Bibiroon était la capitale, commandait les troupes qui gardaient la gorge et acceptait de s'entretenir avec lord Valentin.

– Qui est ce Heitluig ? demanda Carabella. Tu le connais ?

– Vaguement, répondit Valentin en hochant la tête. Il fait partie de la famille de Tyeveras. J'espère qu'il n'a aucune animosité à mon égard.

– Il pourrait s'attirer les bonnes grâces de Dominin Barjazid, fit Sleet d'un ton funèbre, en se débarrassant de vous dans ce défilé.

– Pour être torturé dans son sommeil pendant le reste de sa vie ? demanda Valentin en riant. C'est peut-être un ivrogne, Sleet, mais pas un assassin. Et c'est un noble du royaume.

– Comme l'est Dominin Barjazid, monseigneur.

– Barjazid lui-même n'a pas osé me tuer quand il en a eu l'occasion. Suis-je supposé craindre d'être face à des assassins à chaque fois que je parlemente? Allons. Nous perdons du temps à discuter.

Accompagné d'Ermanar, d'Asenhart et de Deliamber, Valentin se rendit à pied jusqu'à l'entrée de la gorge. Le duc et trois membres de sa suite attendaient.

Heitluig était un homme de belle carrure, l'air vigoureux, à l'épaisse chevelure blanche frisée et au visage empâté et rubicond. Il fixa Valentin avec intensité, comme si sous les traits de cet inconnu blond il essayait de découvrir une trace de la présence de l'âme du véritable Coronal. Valentin le salua comme il convenait à un Coronal de saluer un duc provincial, regard bienveillant et paume de la main tournée vers le ciel, ce qui mit immédiatement Heitluig en difficulté. Il hésitait visiblement sur la manière correcte de rendre le salut.

– On m'a informé, dit-il au bout de quelques instants, que vous étiez lord Valentin, transformé par sorcellerie. S'il en est ainsi, je vous souhaite la bienvenue, monseigneur.

– Croyez-moi, Heitluig, c'est ainsi.

– Il y a eu des messages à cet effet. Mais il y a également eu des messages contradictoires.

– Ce sont les messages de la Dame auxquels on peut ajouter foi, dit Valentin en souriant. Ceux du Roi ont la valeur que l'on peut supposer, compte tenu de ce que son fils a fait. Avez-vous reçu des instructions du Labyrinthe?

– Oui, que nous devons vous reconnaître comme le véritable Coronal. Mais nous vivons une période troublée. Si je dois me défier de ce qui vient du Château, pourquoi devrais-je exécuter les ordres émanant du Labyrinthe? Ce peuvent être des contrefaçons ou des supercheries.

– J'ai avec moi Ermanar, grand serviteur de votre grand-oncle le Pontife. Il n'est pas ici comme captif. Il peut vous montrer les sceaux pontificaux qui lui donnent une autorité légitime.

Le duc haussa les épaules. Son regard continuait à sonder celui de Valentin.

– Cela me paraît une chose bien mystérieuse qu'un Coronal puisse être transformé de la sorte. Si cela est vrai, tout peut être vrai. Que désirez-vous exactement à Bibiroon... monseigneur ?

– Nous avons besoin de fruits et de viande. Il nous reste des centaines de kilomètres à parcourir, et des soldats affamés ne font pas de bons soldats.

– Vous n'êtes pas sans savoir, fit Heitluig avec un tressaillement de la joue, que vous vous trouvez devant une Cité Libre.

– Oui, je le sais. Et alors ?

– La tradition est ancienne, et peut-être certains l'ont-ils oubliée. Mais nous, habitants des Cités Libres, professons que nous n'avons pas à fournir au gouvernement de marchandises au-delà de notre contribution légalement prescrite. Le coût des provisions pour une armée de l'importance de la vôtre...

– ... sera intégralement pris en charge par le trésor impérial, le coupa sèchement Valentin. Nous ne demandons rien à Bibiroon qui lui coûte même une pièce de cinq pesants.

– Et le trésor impérial vous accompagne ?

Une lueur de colère passa dans le regard de Valentin.

– Le trésor impérial est conservé dans le Château, comme il l'a été depuis l'époque de lord Stiamot, et quand j'y serai parvenu et aurai renversé l'usurpateur, je réglerai l'intégralité des acquisitions que nous faisons ici. A moins que le crédit du Coronal ne soit plus acceptable à Bibiroon ?

– Si, le crédit du *Coronal* est encore acceptable, répondit prudemment Heitluig. Mais il reste des doutes, monseigneur. Nous sommes des gens économes, ici, et ce serait un déshonneur affreux pour nous s'il s'avérait que nous avons fait crédit à... à quelqu'un dont les prétentions étaient mensongères.

Valentin luttait pour ne pas perdre patience.

– Vous m'appelez « monseigneur », et malgré cela vous parlez de doutes.

– C'est vrai, je suis indécis. Je le reconnais.

– Heitluig, venez parler avec moi en tête à tête quelques instants.

– Comment ?

– Ecartez-vous de quelques pas ! Vous imaginez-vous que je vais vous trancher la gorge dès que vous vous éloignerez de vos gardes du corps ? Je veux vous parler de quelque chose dont vous n'aimeriez peut-être pas que je parle devant les autres.

Le duc, l'air déconcerté et gêné, acquiesça à contre-cœur et se laissa entraîner à l'écart par Valentin.

– Quand vous êtes venu au Mont du Château pour mon couronnement, Heitluig, lui dit Valentin à voix basse, vous étiez assis à la table des parents du Pontife et vous avez bu quatre ou cinq bouteilles de vin de Muldemar, vous en souvenez-vous ? Vous vous êtes levé complètement ivre pour aller danser, vous avez trébuché contre la jambe de votre cousin Elzandir, vous vous êtes étalé de tout votre long et vous étiez prêt à faire sur-le-champ le coup de poing avec Elzandir si je ne vous avais pris par l'épaule et tiré à l'écart. Alors ? Cela n'éveille-t-il pas un écho en vous ? Et comment pourrais-je être au courant si je n'étais qu'un aventurier de Zimroel essayant de s'emparer du Château de lord Valentin.

La face de Heitluig était cramoisie.

– Monseigneur...

– Vous le dites maintenant avec un peu plus de conviction !

Valentin serra chaleureusement l'épaule du duc.

– Très bien, Heitluig. Apportez-moi votre aide et quand vous viendrez au Château pour célébrer ma restauration, je vous offrirai cinq nouvelles bouteilles de ce bon Muldemar. Et j'espère que vous serez plus sobre que la dernière fois.

– Monseigneur, comment puis-je vous servir ?

– Je vous l'ai dit. Nous avons besoin de fruits et de viande, et je réglerai la note quand je serai redevenu Coronal.

– Ce sera fait. Mais redeviendrez-vous Coronal ?

– Comment cela ?

– L'armée qui attend là-haut est loin d'être une petite armée, monseigneur. Lord Valentin – je veux dire celui qui prétend être lord Valentin – enrôle les citoyens par centaines de milliers pour la défense du Château.

– Et où se rassemble cette armée ? demanda Valentin, les sourcils froncés.

– Entre Ertsud Grand et Bombifale. Il recrute dans les Cités Tutélaires et toutes les autres au-dessus. Des ruisseaux de sang couleront sur le Mont, monseigneur.

Valentin se détourna et ferma les yeux quelques instants. La douleur et la consternation lui fouaillaient l'âme. C'était inévitable, cela n'avait rien d'étonnant, c'était tout à fait ce à quoi il s'était attendu depuis le début. Dominin Barjazid lui permettait d'avancer librement sur les premières pentes mais lui opposerait une farouche défense à l'approche du sommet, lançant contre lui sa propre garde royale, les chevaliers de haute naissance au milieu desquels il avait été élevé. Au premier rang contre lui, il y aurait Stasilaine, Tunigorn, son cousin Mirigant, Elidath, Divvis, le fils de son frère...

Pendant un instant, la résolution de Valentin vacilla une nouvelle fois. Redevenir Coronal valait-il tout ce désordre, l'effusion de sang, la souffrance de son peuple ? Peut-être la volonté du Divin avait-elle été qu'il fût renversé. S'il contrariait cette volonté, peut-être réussirait-il seulement à provoquer sur les plaines au-dessus d'Ertsud Grand un terrible cataclysme qui laisserait de profondes cicatrices dans l'âme du peuple tout entier, remplirait ses nuits de cauchemars accusateurs et de remords, et rendrait son nom à jamais maudit ?

Il pouvait encore faire demi-tour, il pouvait se dérober à l'affrontement avec les forces du Barjazid, il pouvait accepter le verdict du destin, il pouvait...

Non.

Cette lutte intérieure, il l'avait déjà engagée et gagnée, et il n'avait pas l'intention de recommencer. Un faux Coronal, vil, mesquin et dangereux, occupait la plus haute charge du royaume et régnait illégitimement et avec inconséquence. Cela ne devait pas durer. Rien d'autre n'avait d'importance.

– Monseigneur ? dit Heitluig.

Valentin se retourna vers le duc.

– L'idée de la guerre m'est insupportable, Heitluig.

– Personne n'y trouve de plaisir, monseigneur.

– Pourtant, il arrive un moment où la guerre est nécessaire, faute de quoi des calamités encore plus grandes peuvent se produire. Je pense que nous sommes arrivés à l'un de ces moments.

– C'est ce que l'on dirait.

– M'acceptez-vous comme Coronal, Heitluig ?

– Je pense qu'aucun prétendant n'aurait pu être au courant de mon ivresse lors du couronnement.

– Et acceptez-vous de vous battre à mes côtés au-dessus d'Ertsud Grand ?

– Naturellement, monseigneur, répondit Heitluig en le regardant droit dans les yeux. De combien d'hommes de troupe de Bibiroon aurez-vous besoin ?

– Disons cinq mille. Je n'ai pas besoin d'une armée énorme là-haut... Je préfère qu'elle soit brave et loyale.

– Les cinq mille combattants sont à vous, monseigneur. Et plus si vous le demandez.

– Cinq mille suffiront, Heitluig, et je vous remercie pour votre confiance. Maintenant, occupons-nous des fruits et de la viande !

9

La halte à Bibiroon fut de courte durée, juste le temps pour Heitluig de mobiliser ses forces et de fournir à Valentin les provisions nécessaires, et l'interminable ascension reprit. Valentin était avec l'avant-garde de l'armée, ses chers amis de Pidruid à ses côtés. Cela le ravissait de voir dans leurs yeux la lueur d'émerveillement, de voir le visage de Shanamir rayonnant d'excitation, d'entendre les petits cris de joie rentrés de Carabella, de remarquer que même ce bougon de Zalzan Kavol grommelait et poussait des grognements étonnés pendant que les splendeurs du Mont du Château se déroulaient devant eux.

Et lui-même... comme il se sentait radieux à l'idée de revenir chez lui !

Plus ils s'élevaient, plus l'air devenait doux et pur, car ils se rapprochaient des énormes moteurs qui entretenaient sur le Mont un printemps éternel. Bientôt les faubourgs des Cités Tutélaires furent en vue.

– C'est tellement... murmura Shanamir d'une voix étouffée. C'est un spectacle si grandiose...

A cet endroit, le Mont était un grand bouclier gris de granit qui se déroulait en pente douce mais inexorable vers le ciel et se perdait dans la mer blanche de nuages enveloppant les sommets. Le ciel était d'un bleu électrique éblouissant, plus intense que celui des basses terres de Majipoor. Valentin se souvenait de ce ciel, à quel point il l'avait aimé et comme il détestait descendre dans le monde banal aux couleurs banales qui s'étendait au pied du Mont du Château. Il avait la gorge serrée devant le spectacle qui s'offrait à sa vue. Chaque butte, chaque escarpement était nimbé d'un mystérieux halo étincelant. La poussière elle-même, que le vent poussait le long du bord de la route, paraissait briller et scintiller. Des cités satellites et des villes moyennes émaillaient les lointains avec des miroitements enchanteurs et, très haut, plusieurs des grands centres urbains commençaient à apparaître. Ertsud Grand était droit devant, ses énormes tours noires à peine visibles à l'horizon et, à l'est, se trouvait une tache sombre qui était probablement Minimool; à l'extrémité ouest du paysage, on arrivait difficilement à distinguer Hoikmar, réputée pour ses paisibles canaux.

Valentin cligna des paupières pour refouler les larmes gênantes et inattendues qui perlaient au coin de ses yeux. Il tapota la harpe de poche de Carabella et lui dit :

– Chante-moi quelque chose.

Elle lui sourit en décrochant la petite harpe.

– C'est ce que nous chantions à Til-omon où le Mont du Château ne nous était connu que par les livres, un rêve romantique...

Il existe un pays tout à fait au levant,
Si lointain que nous ne le connaîtrons jamais,
Où croissent les merveilles sur des pics imposants,
Et d'éblouissantes villes trois par trois sont groupées.

Sur le Mont du Château, demeure des Puissances,
Des héros tout le jour font assaut de prouesses...

Elle s'arrêta, plaqua un accord dissonant, reposa la harpe et détourna la tête.

– Que se passe-t-il, amour? demanda Valentin.

– Rien, répondit Carabella en secouant la tête. J'ai oublié les paroles.

– Carabella?

– Ce n'est rien, je te dis!

– Je t'en prie...

Elle retourna la tête vers lui, se mordant les lèvres, les yeux embués de larmes.

– Tout est si merveilleux ici, Valentin, souffla-t-elle. Et si étrange... si effrayant...

– Merveilleux, oui. Effrayant, non.

– C'est magnifique, je sais. Et encore plus grand que je ne l'imaginais. Toutes ces villes, ces montagnes qui ne sont qu'une partie de la grande montagne, tout cela est superbe. Mais... mais...

– Dis-moi.

– Tu retrouves ton pays, Valentin ! Tous tes amis, ta famille, tes... tes maîtresses, je suppose... Quand tu auras gagné la guerre, tu les auras tous autour de toi, ils t'entraîneront dans des banquets et des réjouissances, et...

Elle s'interrompit.

– Je me suis promis de ne pas parler de cela.

– Vas-y.

– Monseigneur...

– Ne sois pas si formaliste, Carabella.

Il lui prit la main et remarqua que Shanamir et Zalzan Kavol s'étaient éloignés d'eux dans le flotteur et leur tournaient le dos.

– Monseigneur, dit-elle avec précipitation, que deviendra la petite jongleuse de Til-omon quand vous serez de nouveau entouré des princes et des belles dames du Mont du Château ?

– T'ai-je donné des raisons de croire que je t'abandonnerai ?

– Non, monseigneur. Mais...

– Appelle-moi Valentin, veux-tu. Mais quoi ?

Les pommettes de Carabella se colorèrent. Elle dégagea sa main et la passa nerveusement dans ses cheveux bruns et brillants.

– Hier, ton duc Heitluig nous a vus ensemble, il a vu ton bras autour de moi... Valentin, tu n'as pas remarqué son sourire ! Comme si je n'étais qu'un joli jouet pour toi, un bibelot dont on se débarrasse le moment venu.

– Je crois que tu as lu trop de choses dans le sourire d'Heitluig, dit lentement Valentin, bien qu'il l'ait également remarqué et en ait été gêné.

Il savait que pour Heitluig et d'autres de son rang, Carabella ne pouvait passer que pour une concubine d'occasion, d'extraction inimaginablement basse, digne, au mieux, d'être traitée avec mépris. Lors de sa vie précédente sur le Mont du Château, de telles distinctions de classe avaient été un postulat incontestable de la nature des choses. Mais il avait longtemps été éloigné du Mont et il voyait maintenant les choses d'un œil différent. Les craintes de Carabella étaient fondées. Et pourtant ce problème ne pourrait être réglé qu'au moment opportun. Il y avait bien d'autres choses à régler d'abord.

– Heitluig est trop porté sur la boisson, dit-il doucement, et il a l'âme endurcie. Ne t'occupe pas de lui. Tu te feras une place au Château parmi les personnages de haut rang et personne ne te manquera d'égards quand je serai redevenu Coronal. Allez, termine ta chanson.

– Tu m'aimes, Valentin ?

– Oui, je t'aime. Mais je t'aime moins quand tu as les yeux rouges et gonflés, Carabella.

– C'est le genre de choses que l'on dit à un enfant, fit-elle en reniflant. Alors, tu me considères comme une enfant ?

– Je te considère comme une femme, répondit Valentin en haussant les épaules, belle et dotée d'une grande finesse d'esprit. Mais que suis-je supposé répondre quand tu me demandes si je t'aime ?

– Que tu m'aimes. Et tu n'as rien besoin d'ajouter.

– Bon, je suis désolé. Je vais devoir m'entraîner à cela plus sérieusement. Tu veux continuer à chanter ?

– Si tu veux, dit-elle en reprenant sa harpe de poche.

Pendant toute la matinée, ils continuèrent l'ascension, traversant les grands espaces qui s'étendaient au-delà des Cités Libres. Valentin choisit la route de Pinitor, qui passait entre Ertsud Grand et Hoikmar et serpentait dans un paysage vide de plateaux rocheux, interrompu seulement de loin en loin par des bosquets de ghazan aux troncs trapus et cendrés et aux branches noueuses et torturées – des arbres qui vivaient dix mille ans et exhalaient une sorte de doux et long soupir quand leur heure était venue. C'était une zone désolée et silencieuse où Valentin et ses forces pouvaient rassembler leur courage avant l'épreuve qui les attendait.

Pendant tout ce temps, leur ascension se poursuivit sans encombre.

– Ils n'essaieront pas de vous arrêter, dit Heitluig, avant que vous ne soyez au-dessus des Cités Tutélaires. Il y a moins d'espace là-haut. Il y a des ondulations et des plissements de terrain. Ils trouveront des endroits favorables pour vous tendre des pièges.

– Il y aura bien assez de place, répliqua Valentin.

Dans une vallée aride bordée d'aiguilles déchiquetées, au-delà de laquelle on pouvait distinguer la cité d'Ertsud Grand à quelque trente kilomètres à l'est, il fit arrêter son armée et réunit son état-major. Les éclaireurs qui avaient été envoyés en reconnaissance pour inspecter l'armée ennemie étaient revenus porteurs de nouvelles qui écrasaient Valentin comme une chape de plomb : d'après leur rapport, une armée immense, une mer de guerriers couvrait la vaste plaine qui s'étendait sur des centaines de kilomètres carrés au-dessous de la Cité Intérieure de Bombifale. La plupart étaient des fantassins, mais il y avait également un rassemblement de flotteurs ainsi qu'un régiment de cavalerie et une unité de monstrueux mollitors, ces bêtes de guerre, au moins dix fois plus nombreux que ceux qui les attendaient sur les rives du Glayge. Mais Valentin ne laissait rien percer de son accablement.

– Nous nous battrons à vingt contre un, dit-il. Je trouve cela encourageant. Il est dommage qu'ils ne soient pas encore plus nombreux... mais une armée de cette taille devrait être suffisamment difficile à manœuvrer pour que les choses nous soient grandement facilitées.

Il tapota la carte devant lui.

– Ils cantonnent ici, dans la plaine de Bombifale, et ils savent, bien évidemment, que nous marchons droit sur cette plaine. Ils doivent supposer que nous tenterons de poursuivre notre ascension en empruntant le défilé de Peritole, à l'ouest de la plaine, où ils auront concentré leurs forces. Nous nous dirigerons effectivement vers le défilé de Peritole.

Heitluig eut un hoquet d'effarement et Ermanar le regarda soudain d'un air de surprise attristée. Imperturbable, Valentin poursuivit :

– Voyant cela, ils enverront des renforts dans cette direction. Une fois qu'ils auront commencé à pénétrer dans le défilé, il devrait leur être difficile de se regrouper et de changer de direction. Dès qu'ils se mettront en mouvement, nous bifurquerons vers la plaine, nous foncerons droit sur leur camp, nous traverserons leurs lignes et pousserons jusqu'à Bombifale. Au-dessus de Bombifale, nous retrouverons la route de High Morpin qui nous mènera sans encombre au Château. Y a-t-il des questions ?

– Et s'ils ont une seconde armée qui nous attend entre Bombifale et High Morpin ? demanda Ermanar.

– Vous me redemanderez cela, répondit Valentin, quand nous aurons dépassé Bombifale. Y a-t-il d'autres questions ?

Il parcourut le groupe du regard. Personne ne demanda la parole.

– Bon. Eh bien, en avant !

Encore une journée et la terre devint plus fertile à l'approche de la grande ceinture verte qui entourait les Cités Intérieures. Ils avaient atteint la zone des nuages, humide et fraîche, où l'on voyait encore le soleil, mais indistinctement, à travers les nappes ondoyantes de brume qui jamais ne se levaient. Dans cette contrée humide, des plantes qui, plus bas, arrivaient à peine au genou, devenaient géantes, avec des feuilles larges comme des écuelles et des tiges comme des troncs d'arbres, et tout était recouvert d'une scintillante rosée.

Le paysage était devenu plus accidenté, avec des chaînes de montagnes escarpées s'élevant sur les versants abrupts de vallées profondément encaissées et des routes contournant péniblement de hauts pics coniques. Le choix de l'itinéraire était de plus en plus limité : à l'ouest se trouvaient les crêtes de Banglecode, une ligne dentelée de montagnes infranchissables et encore à peine explorées; à l'est la large plaine de Bombifale en pente douce; et droit devant, flanqués par de véritables murailles rocheuses, la série de gigantesques gradins naturels connus sous le nom de défilé de Peritole, où – à moins que Valentin ne se soit trompé du tout au tout – les troupes d'élite de l'usurpateur étaient à l'affût.

Sans se presser, Valentin menait ses forces vers le défilé. Quatre heures de marche, une halte de deux heures, cinq autres heures de marche, campement pour la nuit, départ tardif le matin. Avec l'air vivifiant du Mont du Château, il eût été facile d'avancer beaucoup plus vite. Mais il ne faisait aucun doute que depuis les hauteurs l'ennemi suivait sa progression, et Valentin voulait lui laisser tout le temps d'observer son itinéraire et de prendre les contre-mesures qui s'imposaient.

Le lendemain, il força l'allure, car le premier des immenses et profonds gradins du défilé était maintenant en vue. Deliamber, projetant son esprit en avant, confirma que l'armée de défense avait effectivement pris possession du défilé et annonça que des troupes auxiliaires arrivaient en renfort de la plaine de Bombifale.

– Ce ne sera plus long, maintenant, dit Valentin en souriant. Ils tombent entre nos mains.

Deux heures avant la tombée du jour, il donna l'ordre d'installer le camp dans une riante prairie près d'un torrent glacé et pentu. Les roulottes furent disposées en formation défensive, des hommes de corvée partirent ramasser du bois pour allumer les feux, l'intendance commença à distribuer les rations et, alors que la nuit tombait, la nouvelle se répandit dans le camp qu'il fallait se lever et reprendre la route en laissant tous les feux brûler et une bonne partie des roulottes en formation.

Valentin se sentit parcouru d'une excitation fébrile. Il vit une flamme nouvelle dans le regard de Carabella et la vieille cicatrice qui barrait la joue de Sleet ressortir à mesure que son cœur battait plus vite. Et puis il y avait Shanamir, courant de-ci de-là, mais sans déplacements inconsidérés, assumant de petites responsabilités et d'autres plus importantes avec sérieux et efficacité, à la fois comique et admirable. Ces moments étaient inoubliables, chargés de tension par la perspective de grands événements sur le point de s'accomplir.

— Pour avoir conçu une manœuvre comme celle-ci, dit Carabella, tu as dû étudier l'art de la guerre de manière très approfondie pendant ta jeunesse sur le Mont.

— L'art de la guerre ? dit Valentin en riant. Tout ce que Majipoor a pu connaître de l'art de la guerre était oublié moins d'un siècle après la mort de lord Stiamot. Je ne connais absolument rien à la guerre, Carabella.

— Mais comment...

— J'agis au jugé. C'est une question de chance, une sorte de gigantesque jonglerie. J'improvise au fur et à mesure.

Il lui fit un clin d'œil complice.

— Mais surtout, n'en parle pas aux autres. Laisse-les croire que leur général est un génie, et peut-être feront-ils de lui un génie !

Aucune étoile n'était visible dans le ciel couvert de nuages et la lumière de la lune n'était qu'une infime lueur rougeâtre. L'armée de Valentin suivait la route de la plaine de Bombifale à la lumière de globes lumineux réglés à l'intensité la plus faible. Deliamber, assis entre Valentin et Ermanar, était entré dans une profonde transe, projetant son esprit en avant pour essayer de déceler des barrières ou autres obstacles.

Valentin restait silencieux et immobile, se sentant étrangement calme. Il se dit qu'il s'agissait vraiment d'une sorte de gigantesque jonglerie. Et maintenant, comme il l'avait fait tant de fois avec la troupe de jongleurs, il était en train de se transporter vers cette zone de calme au centre de son être où il pouvait traiter l'information d'une succession d'événements en perpétuel changement, sans être clairement conscient ni du traitement, ni de l'information, ni même des événements : tout était fait en temps voulu, avec seulement la conscience sereine de l'enchaînement des événements.

Une heure avant l'aube, ils atteignirent l'endroit où la route bifurquait en montant vers l'entrée de la plaine. Valentin réunit de nouveau son état-major.

– Trois choses seulement, leur dit-il. Restez en formation serrée. Ne tuez que lorsque ce sera nécessaire. Ne ralentissez pas votre avance.

Il eut pour chacun un mot, une poignée de main, un sourire.

– A midi, nous déjeunerons à Bombifale, dit-il. Et demain soir, nous dînerons au Château de lord Valentin. Je vous le promets.

10

Le moment que Valentin appréhendait depuis des mois était arrivé, celui où il lui faudrait mener au combat des citoyens de Majipoor contre d'autres citoyens de Majipoor, celui où il lui faudrait mettre en jeu le sang de ses compagnons d'aventures et celui de ses amis d'enfance. Et pourtant, maintenant que ce moment était arrivé, il se sentait ferme et calme.

Aux premières lueurs grises de l'aube, l'armée de restauration atteignit le bord de la plaine et, au milieu des brumes matinales, Valentin entrevit pour la première fois les légions qui lui faisaient face. La plaine paraissait couverte de tentes noires et partout il y avait des soldats, des véhicules, des montures, des mollitors... une marée humaine confuse et chaotique.

Les troupes de Valentin étaient disposées en formation triangulaire, avec les plus braves et les plus dévoués de ses compagnons d'armes dans les flotteurs de tête, suivis par les troupes du duc Heitluig. Les milliers de pacifiques miliciens de Pendiwane, de Makroprosopos et des autres villes du Glayge formaient une arrière-garde plus impressionnante par sa masse que par sa bravoure. Toutes les races de Majipoor étaient représentées : une compagnie de Skandars, un détachement de Vroons, une horde entière de Lii aux yeux étincelants, un grand nombre de Hjorts et de Ghayrogs, et jusqu'à une petite troupe d'élite composée de Su-Suheris. Valentin commandait en personne à l'une des trois pointes du dispositif, mais non pas à la pointe centrale : Ermanar s'y trouvait, prêt à soutenir le plus fort de la contre-offensive ennemie. Le char de Valentin occupait l'aile droite, celui d'Asenhart l'aile gauche et les colonnes commandées par Sleet, Carabella, Zalzan Kavor et Lisamon Hultin les suivaient de près.

– Maintenant ! cria Valentin.

Et le combat s'engagea.

Le char d'Ermanar se rua en avant, sonnant de toutes ses trompes, brillant de tous ses feux. Un instant après, Valentin suivit et, regardant par-dessus tout le champ de bataille, il vit Asenhart qui se maintenait à sa hauteur. Ils chargeaient à travers la plaine en formation serrée et, d'un seul coup, la masse énorme de leurs adversaires s'en trouva jetée dans le désarroi. Le premier rang des forces de l'usurpateur céda avec une rapidité déconcertante, presque comme s'il avait obéi à une stratégie calculée. Des troupes paniquées couraient de-ci de-là, se heurtant, se mêlant, cherchant à s'emparer d'armes, ou simplement la voie du salut. L'immense espace de la plaine devint un océan houleux de soldats dépourvus d'un chef et d'un plan. A travers cette cohue, la phalange d'assaut s'ouvrait un chemin. Peu de coups de feu : par instants, une décharge d'énergie projetait alentour un éclair miroitant, mais pour l'essentiel l'ennemi semblait trop désemparé pour opposer un système cohérent de défense, et la formation en coin, s'enfonçant presque à sa guise, n'avait cure de prendre des vies.

Deliamber, au côté de Valentin, dit avec calme :

– Ils sont étirés le long d'un front démesuré, sur plus de cent kilomètres. Il leur faudra du temps pour concentrer leurs forces. Mais passé la première panique, ils se regrouperont et les choses en seront pour nous moins aisées.

Et c'était en vérité déjà ce qui se passait.

La milice inexpérimentée que Dominin Barjazid avait levée parmi les citoyens des Cités Tutélaires était peut-être déconfite, mais le noyau de l'armée défensive consistait en chevaliers du Mont, rompus aux jeux de la guerre sinon aux techniques de la guerre elle-même, et sur l'heure ils se rassemblaient, refermant leurs rangs de tous côtés sur le coin frêle des attaquants qui s'était si profondément enfoncé dans leur masse. Une compagnie de mollitors avait été ralliée et s'avançait vers le flanc d'Asenhart, mâchoires claquantes et membres énormes et griffus cherchant une proie. Sur l'autre flanc, un détachement de cavalerie s'était mis en selle et s'employait à se donner une apparence d'ordre; et Ermanar se trouvait sous le feu roulant de lanceurs d'énergie.

– Serrez les rangs ! cria Valentin. Et en avant !

Ils progressaient encore mais leur avance se ralentissait notablement. Si au début les forces de Valentin avaient enfoncé les lignes ennemies comme un couteau pénétrant dans du beurre, elles avaient maintenant l'impression d'essayer de renverser une épaisse muraille de boue. De nombreux véhicules étaient encerclés et quelques-uns étaient totalement immobilisés. Valentin aperçut Lisamon Hultin à pied, entourée d'une foule de défenseurs qu'elle projetait autour d'elle comme des fétus de paille. Trois gigantesques Skandars s'étaient également jetés dans la mêlée – il ne pouvait s'agir que de Zalzan Kavol et de ses frères –, faisant un affreux carnage avec tous leurs bras dont chacun était muni d'une arme.

Le véhicule de Valentin se trouva submergé à son tour, mais le conducteur passa la marche arrière et tourna brusquement, renversant les soldats ennemis.

De l'avant... toujours de l'avant...

Le sol était jonché de corps. Cela avait été de la folie pour Valentin d'espérer que la reconquête du Mont pourrait s'effectuer sans effusion de sang. Il devait déjà y avoir des centaines de morts et des milliers de blessés. Le visage assombri, il pointa son propre lanceur d'énergie sur un grand homme au masque dur qui fonçait sur son flotteur et lui fit mordre la poussière. Valentin cligna des yeux pendant que l'air crépitait autour de lui à la suite de sa décharge d'énergie, et il recommença à tirer et à tirer encore.

– Valentin ! lord Valentin !

C'était un cri universel. Mais il était repris par les poitrines des combattants des deux camps, et chaque côté pensait à son propre lord Valentin.

Leur avance paraissait maintenant totalement arrêtée. Le sort de la bataille semblait définitivement être en train de tourner : les défenseurs lançaient une contre-attaque. C'était comme si le premier assaut les avait pris au dépourvu et obligés à laisser l'armée de Valentin enfoncer leurs lignes. Mais maintenant, ils se regroupaient, rassemblaient leurs forces et adoptaient un semblant de stratégie.

– Ils semblent avoir un nouveau commandement, monseigneur, annonça Ermanar. Le général qui les conduit maintenant semble avoir une grande autorité et il les lance furieusement contre nous.

Une ligne de mollitors s'était formée, qui menait la contre-attaque et était suivie par des troupes de l'usurpateur en grand nombre. Mais ces animaux obtus et fougueux étaient plus redoutables par leur seule masse que par les dégâts qu'ils pouvaient causer avec leurs sabots et leurs dents; c'était un véritable exploit de réussir à franchir la barrière de leurs corps monstrueux et difformes. La plupart des officiers de Valentin étaient sortis de leurs véhicules – il aperçut de nouveau Lisamon Hultin, puis Sleet et Carabella se battant furieusement, tous entourés de petits groupes de leurs propres soldats faisant de leur mieux pour les protéger. Valentin était prêt à descendre de son véhicule, mais Deliamber lui ordonna de rester à l'écart du champ de bataille.

– Votre personne est sacrée et indispensable, fit le Vroon avec rudesse. On devra se passer de vous pour les combats au corps à corps.

– Mais...

– C'est essentiel.

Valentin se rembrunit. Il voyait la logique de ce que disait Deliamber, mais il n'en avait cure. Il céda pourtant.

– En avant ! rugit-il de frustration dans son porte-voix de corne sombre.

Mais ils ne pouvaient pas avancer. Des nuées de défenseurs surgissaient maintenant de tous côtés, repoussant les forces de Valentin. La nouvelle force de l'armée de l'usurpateur semblait avoir son centre pas très loin de Valentin, juste derrière une élévation de terrain d'où elle rayonnait en ondes presque palpables. Oui, se dit Valentin, il y avait bien un nouveau général, un puissant commandant en chef apportant force et inspiration et ralliant les troupes qui avaient été si démoralisées. Comme je devrais le faire, se dit-il, sur le champ de bataille, au milieu des miens. Comme je devrais le faire.

La voix d'Ermanar lui parvint.

– Monseigneur, vous voyez la petite butte à votre droite ? C'est derrière elle que se trouve le poste de commandement ennemi... Leur général est là-bas, au cœur de la bataille.

– Je veux le voir, dit Valentin en faisant signe à son chauffeur d'aller plus haut.

– Monseigneur, reprit Ermanar, il nous faut concentrer notre attaque sur ce point et le supprimer avant qu'il n'ait pris un avantage plus net.

– Certainement, murmura Valentin d'un air absent. Il regardait en plissant les yeux la scène au loin qui lui paraissait d'une confusion extrême. Mais, petit à petit, il discerna une forme dans la cohue. Oui, ce devait être lui. Il était grand, plus grand que Valentin, une grande bouche dans un visage carré, un regard sombre et perçant, de lourds cheveux noirs lustrés, nattés par-derrière. Il semblait étrangement familier... Sans doute quelqu'un que Valentin avait connu, pendant sa vie sur le Mont du Château, mais il avait les idées tellement embrouillées par le chaos de la bataille que pendant un moment il eut de la peine à piocher dans sa réserve de souvenirs fraîchement retrouvés pour identifier...

Mais oui. Naturellement.

Elidath de Morvole.

Comment avait-il pu oublier, même pour un instant, même au milieu de toute cette folie, le compagnon de sa jeunesse, Elidath, à une époque plus proche de lui que son frère Voriax, Elidath, son ami le plus cher, celui qui avait partagé tant de ses exploits précoces, son égal par les capacités et le tempérament, celui que tout le monde, y compris Valentin, considérait comme le premier sur la liste pour succéder au Coronal ?...

Elidath à la tête de l'armée ennemie. Elidath le dangereux général qu'il fallait supprimer.

– Monseigneur ? demanda Ermanar. Nous attendons vos instructions, monseigneur.

— Encerclez-le, répondit Valentin d'une voix altérée. Neutralisez-le. Faites-le prisonnier, si vous pouvez.

— Nous pourrions concentrer notre feu sur...

— Il doit rester indemne, ordonna Valentin d'un ton cassant.

— Monseigneur...

— *Indemne*, j'ai dit.

— Oui, monseigneur.

Mais la réponse d'Ermanar manquait singulièrement de conviction. Valentin savait qu'aux yeux d'Ermanar un ennemi n'était rien d'autre qu'un ennemi et que plus on se débarrasserait rapidement de lui, moins ce général ferait de dégâts. Mais Elidath !...

Tendu et angoissé, Valentin vit Ermanar faire manœuvrer ses troupes et les guider vers le poste de commandement d'Elidath. Il était facile d'ordonner de laisser la vie sauve à Elidath, mais comment pouvait-on contrôler cela dans le feu de l'action ? C'était ce que Valentin avait craint par-dessus tout, que l'un de ses chers compagnons soit à la tête des forces adverses... mais savoir qu'il s'agissait d'Elidath, qu'Elidath était en péril sur le champ de bataille, qu'il fallait supprimer Elidath si l'armée de libération voulait avancer... quelle torture !

Valentin se leva.

— Vous ne devez pas... commença Deliamber.

— Je le dois, dit Valentin, et il sauta du véhicule avant que le Vroon ait eu le temps d'utiliser sa magie contre lui.

Dehors, au cœur de la mêlée, tout était incompréhensible. Des silhouettes couraient dans tous les sens, les ennemis étaient indiscernables des amis, tout n'était que bruit, tumulte, vociférations, agitation, poussière et folie. La vision d'ensemble de la bataille que Valentin avait pu avoir de son flotteur n'existait plus. Il crut distinguer les troupes d'Ermanar progressant d'un côté et une lutte confuse et chaotique se déroulant quelque part dans la direction du camp d'Elidath.

– Monseigneur ! cria Shanamir. Vous ne devriez pas rester à découvert ! Vous...

Valentin lui fit signe de s'éloigner et se dirigea vers le cœur du combat.

Le sort des armes semblait avoir une nouvelle fois tourné depuis l'assaut d'Ermanar contre le camp d'Elidath. Ses troupes faisaient une percée et semaient de nouveau la panique dans les rangs de l'ennemi. Ils refluaient en désordre, chevaliers et citoyens, courant en rond, tentant de fuir devant la vague implacable des assaillants, pendant qu'un peu plus loin un petit groupe de défenseurs tenait bon autour d'Elidath, unique îlot de résistance au milieu du torrent déferlant.

Pourvu qu'Elidath ne soit pas blessé, se dit Valentin. Qu'il soit fait prisonnier, et vite, mais pourvu qu'il ne lui arrive rien.

Il accéléra l'allure, passant complètement inaperçu sur le champ de bataille. Une nouvelle fois, la victoire paraissait à la portée de la main, mais elle coûterait cher, beaucoup trop cher, si elle devait être obtenue au prix de la mort d'Elidath.

Juste devant lui, Valentin vit Lisamon Hultin et Khun de Kianimot, côte à côte, se frayant un chemin dans lequel les autres s'engouffraient, et repoussant tout le monde devant eux. Khun était hilare, comme s'il avait attendu toute sa vie ce moment d'engagement furieux.

Puis un trait ennemi frappa l'étranger à la peau bleue en pleine poitrine. Khun vacilla et pivota sur lui-même. Lisamon Hultin, le voyant commencer à tomber, le saisit pour le soutenir, puis elle l'allongea doucement par terre.

– *Khun !* hurla Valentin en se précipitant vers lui.

Même à une vingtaine de mètres de distance, il pouvait voir que l'être d'un autre monde était grièvement blessé. Khun haletait; sa face maigre et anguleuse était marbrée, déjà presque grise; son œil était terne. A la vue de Valentin, son visage s'éclaira un peu et il essaya de se mettre sur son séant.

– Monseigneur, dit la géante, ce n'est pas un endroit pour vous.

Il ne lui prêta aucune attention et se pencha sur l'étranger.

– Khun ? Khun ? souffla-t-il d'un ton insistant.

– C'est bien ainsi, monseigneur. Je savais... qu'il y avait une raison... pour laquelle j'étais venu sur votre monde...

– Khun !

– C'est dommage... je vais rater le banquet de la victoire...

Désemparé, Valentin saisit les épaules pointues de l'homme à la peau bleue et le soutint, mais Khun rendit rapidement et paisiblement l'âme. Son étrange et long voyage était arrivé à son terme. Il avait enfin trouvé un but, et la paix.

Valentin se releva et regarda autour de lui, percevant comme dans un rêve la folie du champ de bataille. Un cordon de ses soldats s'était formé autour de lui et quelqu'un – il réalisa que c'était Sleet – le tirait par le bras pour essayer de lui faire gagner un endroit moins exposé.

– Non, murmura Valentin. Laisse-moi me battre...

– Mais pas ici, monseigneur. Voulez-vous partager le sort de Khun ? Qu'adviendra-t-il de nous tous si vous périssez ? Les troupes ennemies sont en train de fondre sur nous depuis le défilé de Peritole. Les combats vont devenir de plus en plus furieux. Vous ne devriez pas rester sur le champ de bataille.

Valentin comprenait parfaitement. Dominin Barjazid, après tout, n'était pas sur place, et peut-être n'aurait-il pas dû y être. Mais comment pouvait-il rester douillettement assis dans un flotteur quand d'autres mouraient pour lui, quand Khun, qui n'était même pas une créature de ce monde, avait déjà donné sa vie pour lui, quand son cher Elidath, juste derrière cette élévation de terrain, était peut-être mis en grand péril par les propres troupes de Valentin ? Il hésitait. Sleet, le visage sombre, le lâcha, mais seulement pour aller rejoindre Zalzan Kavol. Le Skandar géant, brandissant des épées dans trois de ses mains et maniant de la quatrième un lanceur d'énergie, n'était pas très loin. Valentin les vit s'entretenir gravement et Zalzan Kavol, repoussant presque dédaigneusement l'ennemi, commença à se frayer un chemin vers Valentin. Ce dernier soupçonna le Skandar d'avoir l'intention, dans les secondes qui venaient, de l'arracher de force – tête couronnée ou pas – du champ de bataille.

– Attendez ! cria Valentin. L'héritier présomptif est en danger. Je vous ordonne de me suivre !

Sleet et Zalzan Kavol eurent l'air déconcerté par ce titre inusité.

– L'héritier présomptif ? répéta Sleet. Qui est...

– Venez avec moi, dit Valentin. C'est un ordre.

– Votre sécurité, monseigneur... grommela Zalzan Kavol.

– N'est pas la seule chose importante. Sleet, à ma gauche ! Zalzan Kavol, à ma droite !

Ils étaient trop désorientés pour désobéir. Valentin appela également Lisamon Hultin à ses côtés et, protégé par ses amis, il franchit l'élévation de terrain et s'approcha de la première ligne de l'ennemi.

– *Elidath !* hurla Valentin de toutes ses forces.

Il eut l'impression que sa voix portait à une demi-lieue et le son de ce puissant rugissement interrompit toute action autour de lui pendant quelques instants. A travers une haie de guerriers immobiles, Valentin regardait dans la direction d'Elidath, et quand leurs regards se croisèrent, il vit l'homme brun s'arrêter, lui rendre son regard, froncer les sourcils et hausser les épaules.

– Capturez cet homme ! cria Valentin à Sleet et Zalzan Kavol. Il me le faut... vivant !

Cela marqua la fin du répit; le tumulte de la bataille

reprit avec une intensité redoublée. Les forces de Valentin se lancèrent une nouvelle fois contre l'ennemi serré de près et fléchissant, et pendant une seconde, il aperçut Elidath, entouré de sa garde, luttant furieusement pied à pied. Puis il ne vit plus rien, car tout était devenu chaotique. Quelqu'un le tirait par le bras – peut-être Sleet ? Ou Carabella ? – qui l'exhortait sans doute encore à regagner la sécurité du flotteur, mais il se dégagea en poussant un grognement.

– Elidath de Morvole ! cria Valentin. Elidath, viens parlementer !

– Qui m'appelle ?

La foule houleuse s'ouvrit de nouveau entre Elidath et lui.

Valentin tendit les bras vers la silhouette renfrognée et se prépara à répondre. Mais il savait que les mots seraient trop lents, trop maladroits. Il se laissa brusquement glisser dans l'état de transe, mettant toute sa force de volonté dans le bandeau d'argent de sa mère et projetant à travers l'espace qui le séparait d'Elidath de Morvole toute l'intensité de son âme en une fraction de seconde d'images de rêve, de force de rêve...

... Deux jeunes gens, encore des garçons, chevauchant de rapides montures à la robe luisante dans une forêt d'arbres nains...

... Une grosse racine tordue s'élevant du sol comme un serpent au milieu du sentier, une monture bronchant, un garçon s'étalant de tout son long...

... Le bruit d'un affreux craquement, la flèche blanche de l'os brisé transperçant la peau déchirée...

... L'autre garçon retenant sa monture, revenant et émettant un sifflement d'étonnement et d'effroi devant la gravité de la blessure...

Valentin fut incapable de prolonger ces images. Le moment de contact se termina. Epuisé, vidé, il revint à l'état de veille.

Elidath le regardait, l'air abasourdi. C'était comme s'ils n'étaient plus que tous les deux sur le champ de bataille et que tout ce qui se passait autour d'eux n'était que bruit et fumée.

– Oui, dit Valentin. Tu me connais, Elidath. Mais pas avec le visage que j'ai aujourd'hui.

– Valentin ?

– Qui d'autre ?

Ils se dirigèrent l'un vers l'autre. Un cercle de combattants des deux armées, silencieux, déconcertés, les entourait. Lorsqu'ils ne furent plus qu'à quelques mètres l'un de l'autre, ils s'arrêtèrent et se plantèrent solidement sur leurs jambes, comme s'ils étaient sur le point de se battre en duel. Elidath scrutait les traits de Valentin avec une stupéfaction incrédule.

– Est-ce possible ? demanda-t-il finalement. Une telle sorcellerie est-elle possible ?

– Nous chevauchions ensemble dans la forêt d'arbres nains au-dessous d'Amblemorn, dit Valentin. Jamais je n'ai ressenti une telle douleur que ce jour-là. Souviens-toi, tu as pris l'os des deux mains, tu l'as remis en place et tu as crié comme si c'était ta propre jambe.

– Comment pourriez-vous être au courant de cela ?

– Et puis tous ces mois que j'ai passés assis, rongé par l'inaction, pendant que Tunigorn, Stasilaine et toi parcouriez le Mont sans moi. Et cette claudication qui m'est toujours restée, même après ma guérison.

Valentin éclata de rire.

– Dominin me l'a dérobée quand il s'est approprié mon corps. Qui se serait attendu à une telle faveur de la part de quelqu'un de son espèce ?

Elidath avait l'air d'un somnambule. Il secoua la tête, comme pour chasser un rêve.

– C'est de la sorcellerie, dit-il.

– Oui. Et je suis bien Valentin !

– Valentin est au château. Je l'ai vu hier encore, il m'a souhaité bonne chance et m'a parlé du bon vieux temps, des plaisirs que nous avons partagés...

– Ce sont des souvenirs volés, Elidath. Il fouille

dans mon cerveau et en ressort des scènes du passé qui y sont enfouies. N'as-tu rien remarqué d'étrange dans son attitude depuis plus d'un an ?

Valentin plongea son regard dans celui d'Elidath, et l'autre détourna les yeux, comme s'il craignait quelque nouvelle sorcellerie.

– N'as-tu pas trouvé depuis quelque temps ton Valentin curieusement distant, renfermé et mystérieux, Elidath ?

– Si, mais j'ai cru... que c'étaient les responsabilités de sa charge qui le rendaient ainsi.

– Alors, tu as remarqué une différence ! Un changement !

– Léger, oui. Une certaine froideur... une distance, une réserve...

– Et pourtant tu refuses de me reconnaître ?

– Valentin ? murmura Elidath, ayant encore de la peine à le croire. C'est toi, c'est bien toi, sous cette étrange apparence ?

– Personne d'autre. Et c'est celui qui est dans le château qui t'a trompé, et le monde entier avec toi.

– Tout cela est tellement bizarre !

– Allez, viens m'embrasser, et cesse de bougonner, Elidath !

Avec un sourire épanoui, Valentin s'avança vers Elidath, l'attira vers lui et l'étreignit comme on peut étreindre un ami. Mais l'autre se raidit. Son corps était dur comme du bois. Au bout d'un moment, il repoussa Valentin et recula d'un pas en frissonnant.

– Tu n'as rien à craindre de moi, Elidath.

– Tu me demandes beaucoup. De croire à une telle...

– Crois-le.

– Je le crois, au moins à demi. La chaleur de ton regard... ton sourire... ces choses dont tu te souviens...

– Il faut le croire entièrement, insista Valentin avec passion. La Dame, ma mère, te transmet toute son affection, Elidath. Tu la reverras, au Château, le jour où nous organiserons des réjouissances pour célébrer ma restauration. Ordonne à tes troupes de faire demi-tour, très cher ami, et joins-toi à nous pour marcher sur le Château.

Un conflit intérieur se peignait sur le visage d'Elidath. Ses lèvres tremblaient, un muscle de sa joue tressaillait violemment. Il restait face à Valentin en silence.

– C'est peut-être de la folie, dit-il finalement, mais j'accepte de te reconnaître comme celui que tu prétends être.

– Elidath !

– Et je me joindrai à toi, et que le Divin te protège si tu m'as abusé !

– Je te promets que tu n'auras pas à le regretter.

Elidath hocha lentement la tête.

– Je vais envoyer des messagers à Tunigorn...

– Où est-il ?

– Il tient le défilé de Peritole pour résister à la poussée de tes troupes que nous attendions. Stasilaine est là-bas aussi. J'étais amer d'avoir le commandement dans la plaine, car je croyais rater toute l'action. Oh, Valentin ! est-ce vraiment toi ? Avec ces cheveux dorés et cette expression d'innocence sur le visage ?

– Oui, le vrai Valentin. Celui qui a filé en douce à High Morpin quand nous avions dix ans, en empruntant la roulotte de Voriax pour aller faire des tours de manège toute la journée et la moitié de la nuit, et qui a eu la même punition que toi...

– Des croûtes de pain de stajja rassis pendant trois jours, c'est vrai...

– Et Stasilaine nous avait apporté en catimini un plat de viande, et il s'était fait prendre, et le lendemain, il avait mangé du pain rassis comme nous...

– J'avais oublié ça. Et te souviens-tu que Voriax nous avait fait astiquer la roulotte partout où elle avait des taches de boue ?...

– Elidath !

– Valentin !

Ils éclatèrent de rire et se bourrèrent joyeusement les épaules de coups de poing.

Puis le front d'Elidath s'assombrit et il demanda :

— Mais où étais-tu passé ? Que t'est-il arrivé pendant toute cette année ? As-tu souffert, Valentin ? As-tu...

— C'est une très longue histoire, répondit Valentin avec gravité, et ce n'est pas le lieu pour la raconter. Nous devons arrêter cette bataille, Elidath. D'innocents citoyens sont en train de mourir à cause de Dominin Barjazid, et nous ne pouvons tolérer cela. Rallie tes troupes et fais-leur faire volte-face.

— Dans cette pagaille, ce ne sera pas facile.

— Donne tes ordres. Préviens les autres commandants. Nous devons arrêter ce massacre. Et puis, Elidath, accompagne-nous jusqu'à Bombifale et, après High Morpin, jusqu'au Château.

11

Valentin regagna son flotteur et Elidath disparut dans les lignes confuses des défenseurs. Valentin apprit par Ermanar que pendant cet entretien avec Elidath ses troupes avaient énormément progressé, restant en formation triangulaire serrée et s'enfonçant loin dans la plaine, jetant l'armée pléthorique mais informe du faux Coronal dans un désarroi presque total. Et la vague continuait d'avancer, bousculant des troupes désemparées qui n'avaient plus ni la volonté ni le désir de s'y opposer. Privés du commandement d'Elidath et de sa formidable présence sur le champ de bataille, les défenseurs étaient abattus et désorganisés.

Mais c'était ce tumulte et ce désordre indescriptibles régnant chez les défenseurs qui rendaient presque impossible l'arrêt de cette bataille devenue sans objet. Avec des centaines de milliers de guerriers qui se déplaçaient sur la plaine de Bombifale en flots désordonnés et des milliers d'autres qui accouraient du défilé à mesure que la nouvelle de l'attaque de Valentin se répandait, il n'y avait aucun moyen d'exercer un commandement sur toute cette masse. Valentin vit l'étendard à la constellation d'Elidath flotter au cœur de la mêlée, au milieu du champ de bataille, et comprit qu'il était en train d'essayer de se mettre en contact avec les autres officiers pour les informer du retournement de la situation; mais il était impossible de reprendre l'armée en main et des soldats perdaient inutilement la vie. Chaque perte causait une souffrance à Valentin.

Mais il ne pouvait rien y faire. Il fit signe à Ermanar de continuer à aller de l'avant.

Pendant l'heure suivante, il se produisit dans la bataille une étrange métamorphose. Les troupes de Valentin continuaient à enfoncer les rangs de l'ennemi pratiquement sans opposition, mais une seconde phalange emmenée par Elidath avançait maintenant vers l'est, parallèlement à elles et avec une égale facilité. Le reste de l'armée gigantesque qui avait occupé toute la plaine était divisée et en pleine confusion, au point de se battre contre elle-même, se subdivisant en groupuscules qui s'accrochaient en vociférant à de minuscules portions de terrain et repoussaient quiconque en approchait.

Toutes ces hordes d'irresponsables furent bientôt loin derrière Valentin, et la double colonne des envahisseurs pénétra dans la moitié supérieure de la plaine où le terrain commençait à monter comme le bord d'une vasque jusqu'à la crête sur laquelle se dressait Bombifale, la plus ancienne et la plus belle des Cités Intérieures. C'était le début de l'après-midi et pendant leur ascension de la pente, le ciel devint encore plus clair et lumineux et l'air encore plus doux, car ils commençaient à sortir de la ceinture de nuages qui enserrait le Mont et à déboucher au bas de la zone sommitale que le soleil baignait en permanence.

Et ils découvrirent Bombifale, s'élevant au-dessus d'eux comme une vision d'antique splendeur : de grands murs crénelés de grès rouge, incrustés d'énormes plaques bleues taillées en losange de spath marin rapportées des rivages de la Grande Mer à l'époque de lord Pinitor; et de hautes tours pointues se dressaient sur les remparts à intervalles rigoureusement réguliers, fines et gracieuses, et projetaient sur la plaine d'interminables ombres.

Le cœur de Valentin palpitait de joie et de ravissement.

Des centaines de kilomètres du Mont du Château s'étendaient déjà derrière lui, les différents anneaux que formaient ces grandes villes animées, les Cités de la Pente, les Cités Libres et les Cités Tutélaires; le Château lui-même était à moins d'une journée de route et l'armée qui devait lui barrer le chemin des hauteurs avait connu une pathétique déconfiture. Et bien qu'il sentît encore les pulsions lointaines et menaçantes des messages du Roi des Rêves, elles s'étaient réduites à un léger picotement aux franges de son âme. Et Elidath, son ami très cher, gravissait le Mont à ses côtés, alors que Stasilaine et Tunigorn étaient en route pour le rejoindre.

Comme il était bon de contempler les flèches de Bombifale et de savoir ce qu'il y avait au-delà! Ces collines, cette ville surmontée de ses tours, l'herbe sombre et drue des prairies, les pierres rouges de la route de montagne qui reliait Bombifale à High Morpin, les champs couverts de fleurs éblouissantes qui bordaient la route de Grand Calintane depuis High Morpin jusqu'à l'aile sud du Château... il connaissait mieux ces endroits que le corps robuste mais pas encore entièrement familier qui était maintenant le sien. Il était presque chez lui.

Et alors?

S'occuper de l'usurpateur, bien sûr, et remettre les choses en ordre... mais la tâche était si écrasante qu'il ne savait même pas par où il commencerait. Il avait été éloigné du Mont du Château pendant près de deux ans et évincé du pouvoir pendant la majeure partie de ce temps. Il faudrait examiner les lois promulguées par Dominin Barjazid et très vraisemblablement les abroger par une ordonnance générale. Et il y avait également le problème, sur lequel il ne s'était guère penché jusqu'alors, de l'intégration des compagnons de sa longue errance dans l'administration impériale, car il lui fallait assurément trouver des postes de responsabilité pour Deliamber, Sleet, Zalzan Kavol et le reste d'entre eux, mais il fallait aussi penser à Elidath et à tous les autres qui jouaient un rôle central à sa cour. Il pouvait difficilement les révoquer sous prétexte qu'il était revenu de son exil avec de nouveaux favoris. C'était fort embarrassant, mais il espérait trouver un moyen de régler cela sans s'attirer de ressentiments ni causer de...

— Je crains que de nouveaux ennuis ne nous guettent, dit brusquement Deliamber, et qu'ils ne soient graves.

— Que voulez-vous dire ?

— Remarquez-vous des changements dans le ciel ?

— Oui, répondit Valentin. Il devient plus lumineux et d'un bleu plus profond à mesure que nous nous éloignons de la ceinture de nuages.

— Regardez de plus près, dit Deliamber.

Valentin leva les yeux vers le haut des pentes. Effectivement, il avait parlé trop tôt et inconsidérément, car la clarté du ciel qui l'avait frappé peu de temps auparavant commençait à s'altérer d'étrange manière : le ciel s'obscurcissait légèrement, comme si une tempête allait se lever. Il n'y avait pas de nuages en vue, mais une curieuse et sinistre grisaille commençait à poindre derrière l'azur. Les étendards montés sur les flotteurs, qui ondulaient dans la brise d'ouest, étaient maintenant tendus sur leurs hampes sous l'action d'un vent violent et soudain qui soufflait du sommet du Mont.

— Un changement de temps, dit Valentin. De la pluie, peut-être. Mais pourquoi cela vous inquiète-t-il ?

— Avez-vous déjà vu d'aussi brusques changements de temps se produire aussi haut sur le Mont du Château ?

— Pas fréquemment, non, répondit Valentin en fronçant les sourcils.

— Jamais, dit Deliamber. Monseigneur, pourquoi le climat de cette région est-il si doux ?

— Eh bien, parce qu'il est contrôlé depuis le Château, artificiellement produit et entretenu par ces gigantesques machines qui...

Il s'interrompit, ouvrant des yeux horrifiés.

— Exactement, dit Deliamber.

— Non ! C'est impensable !

— Pensez-y, monseigneur, dit le Vroon. Le Mont s'enfonce très haut dans les ténèbres glacées de l'espace. Au-dessus de nous, dans le Château, se terre un homme terrifié qui s'est emparé du trône par perfidie et qui vient de voir ses généraux les plus sûrs déserter et se ranger du côté de l'ennemi. Et maintenant, une armée invincible gravit sans encombre les dernières pentes du Mont. Comment peut-il l'empêcher de l'atteindre ? Eh bien, en arrêtant les machines de climatisation pour laisser ce bon air doux geler dans nos poumons, en laissant la nuit tomber en un après-midi et les ténèbres du vide nous envelopper, en faisant de nouveau du Mont l'énorme dent rocheuse et morte qu'il était il y a dix mille ans. Regardez le ciel, Valentin ! Regardez les étendards dans le vent !

— Mais un milliard de personnes vivent sur le Mont ! s'écria Valentin. S'il arrête les machines de climatisation, il les détruit toutes en même temps que nous ! Et il se condamne lui-même... à moins qu'il n'ait trouvé un moyen de préserver le Château des atteintes du froid.

— Croyez-vous qu'il se préoccupe encore de sa survie ? Il se sait condamné de toute façon. Mais il peut ainsi vous entraîner dans sa chute... vous et tous les autres sur le Mont du Château. Regardez le ciel, Valentin ! Regardez-le s'assombrir !

Valentin s'aperçut qu'il tremblait, non pas de peur, mais de fureur de savoir que Dominin Barjazid était prêt à détruire toutes les villes du Mont dans ce monstrueux cataclysme final, à assassiner des enfants, des nourrissons et des femmes enceintes, des fermiers dans leurs champs et des commerçants dans leurs échoppes, des millions et des millions d'innocents qui n'avaient pris aucune part à cette lutte pour la possession du Château. Et pourquoi cette hécatombe ? Tout simplement pour donner libre cours à sa rage d'avoir perdu ce qui n'avait jamais été légitimement sien ! Valentin leva les yeux vers le ciel, espérant découvrir un signe qui indiquerait qu'il ne s'agissait, après tout, que de quelque phénomène naturel. Mais c'était de la bêtise. Deliamber avait raison : sur le Mont du Château, le temps n'était *jamais* un phénomène naturel.

– Nous sommes encore loin du Château, dit Valentin d'une voix où perçait l'angoisse. De combien de temps disposons-nous avant qu'il commence à geler ?

– Monseigneur, répondit Deliamber avec un haussement d'épaules, quand les machines de climatisation ont été construites, il a fallu de nombreux mois pour que l'air devienne assez dense pour permettre la vie à des altitudes aussi élevées. Les machines fonctionnaient nuit et jour, et pourtant il a fallu des mois. Il faudra probablement moins de temps pour défaire tout cela qu'il n'en a fallu pour le réaliser, mais je ne pense pas que ce soit l'affaire de quelques instants.

– Pourrons-nous atteindre le Château à temps pour arrêter cela ?

– Ce sera juste, monseigneur, répondit le Vroon.

Le visage sombre, le front barré d'un pli d'anxiété, Valentin fit arrêter son véhicule et convoqua ses officiers. Il vit que le flotteur d'Elidath était déjà en train de traverser la plaine en diagonale, devançant la convocation. Elidath avait, à l'évidence, remarqué de son côté qu'il se passait quelque chose d'anormal. En descendant de son véhicule, Valentin frissonna au premier contact de l'air – bien que ce frisson fût dû plus à l'appréhension qu'au froid, car le rafraîchissement de la température était encore à peine perceptible. C'était pourtant de mauvais augure.

Elidath accourut vers lui. Il faisait triste mine.

– Monseigneur, s'écria-t-il en montrant le ciel qui s'obscurcissait, ce fou est en train de commettre le pire !

– Je sais. Nous avons aussi observé le changement.

– Tunigorn nous suit de près, maintenant, et Stasilaine arrive par la route de Banglecode. Il faut nous diriger vers le Château aussi rapidement que possible.

– Crois-tu que nous aurons le temps ? demanda Valentin.

Elidath réussit à esquisser un sourire.

– Il ne faudra pas musarder en route. Ce sera le voyage retour le plus rapide que j'aie jamais effectué.

Sleet, Carabella, Lisamon Hultin, Asenhart, Ermanar, tous étaient rassemblés, l'air totalement désorienté. Ces étrangers au Mont du Château avaient peut-être remarqué le changement de temps, mais ils n'en avaient pas tiré les conclusions d'Elidath. Ils regardaient alternativement Valentin et Elidath, inquiets, troublés, sachant que quelque chose clochait, mais incapables d'en comprendre la nature.

Valentin leur expliqua rapidement la situation. Leur air embarrassé fit place à l'incrédulité, au saisissement, à la fureur, à la consternation.

– Il n'y aura pas de halte à Bombifale, dit Valentin. Nous allons droit sur le Château, par la route de High Morpin, et nous ne nous arrêterons sous aucun prétexte avant d'y être arrivés.

Il se tourna vers Ermanar.

– Je suppose qu'il faut envisager la possibilité que nos forces soient gagnées par la panique. Il faut éviter cela à tout prix. Assurez à vos troupes que nous n'en sortirons sains et saufs que si nous atteignons le Château à temps, que la panique serait fatale et que la rapidité d'action est notre seul espoir. Compris ? La vie d'un milliard de gens dépend maintenant de la vitesse à laquelle nous nous déplacerons... la vie d'un milliard de gens, sans compter la nôtre.

12

Ce n'était pas la joyeuse ascension du Mont que Valentin avait imaginée. Après la victoire de la plaine de Bombifale, il s'était senti allégé d'un grand poids, car il ne voyait plus aucun autre obstacle se dresser entre lui et son but. Il s'était représenté un trajet serein jusqu'aux Cités Intérieures, un banquet triomphal à Bombifale pendant que le Barjazid tremblait là-haut d'horrible appréhension, et puis l'apogée de l'entrée au Château, l'arrestation de l'usurpateur, la proclamation de la restauration, le tout se déroulant avec une grandeur inéluctable. Mais cette plaisante chimère était anéantie. Ils gravissaient le Mont avec une hâte désespérée et le ciel s'assombrissait d'instant en instant, et le vent qui soufflait du sommet se faisait de plus en plus impétueux, et l'air devenait âpre et piquant. Comment interprétaient-ils ces changements, à Bombifale, à Peritole et à Banglecode, et plus haut, à Halanx et à High Morpin, et dans le Château lui-même ? Ils réalisaient certainement que quelque chose d'effroyable était en train de se produire, alors que toute la riante contrée du Mont du Château souffrait sous ces rafales glacées et qu'un doux après-midi se transformait en une mystérieuse nuit. Comprenaient-ils le sort affreux qui les attendait ? Et les habitants du Château – étaient-ils en train d'essayer frénétiquement d'atteindre les machines de climatisation que leur Coronal fou avait arrêtées, ou bien l'usurpateur les avait-il fait enfermer sous bonne garde pour que la mort puisse frapper tout le monde sans distinction ?

Bombifale était maintenant tout proche. Valentin regrettait de passer sans s'y arrêter, car la bataille avait été rude et ses gens étaient épuisés; mais s'ils s'accordaient maintenant du repos à Bombifale, ce serait un repos éternel. Ils poursuivaient donc leur ascension dans la nuit qui commençait à tomber. Malgré la rapidité à laquelle ils avançaient, ils n'allaient pas assez vite au gré de Valentin qui imaginait les foules terrifiées se rassemblant sur les grand-places des villes – des cohues grouillantes de gens terrorisés, pleurant, se tournant les uns vers les autres, regardant le ciel et hurlant : « Lord Valentin, sauvez-nous ! », sans même savoir que l'homme brun à qui ils adressaient leurs supplications était l'instrument de leur destruction. Il voyait en esprit les habitants du Mont du Château s'élancer par millions sur les routes, pris de panique, entreprenant un exode tragique et désespéré, un effort d'une inutile frénésie pour prendre la mort de vitesse. Valentin se représentait aussi des vagues d'air glacé et pénétrant glissant le long des pentes, léchant les plantes d'une parfaite symétrie de la Barrière de Tolingar, gelant les oiseaux de pierre de Furible, noircissant les élégants jardins de Stee et de Minimool, transformant les canaux de Hoikmar en plaques de glace. Huit mille ans d'efforts pour ce miracle qu'était le Mont du Château et tout pouvait être détruit en un clin d'œil par la folie d'un traître au cœur de marbre.

Valentin avait l'impression de pouvoir toucher Bombifale en tendant le bras. Ses remparts et ses tours, d'une déchirante beauté, lui faisaient signe d'approcher. Mais il avançait et avançait toujours, faisant diligence sur la route escarpée pavée de blocs anciens de pierre rouge. Le flotteur d'Elidath était juste à côté de lui sur sa gauche, celui de Carabella sur sa droite, et derrière venaient Sleet, Zalzan Kavol, Ermanar, Lisamon Hultin et toutes les troupes qui s'étaient accumulées au cours du long voyage. Tous suivaient leur seigneur avec précipitation, sans comprendre la ruine qui allait s'abattre sur le monde, mais conscients de vivre un moment d'apocalypse où le mal était sur le point de triompher et où seuls le courage, le courage et la hâte, pouvaient lui interdire la victoire.

En avant ! Valentin serrait les poings et tentait par la seule force de sa volonté de faire grimper son véhicule plus vite. Deliamber, à côté de lui, l'exhortait au calme et à la patience. Mais comment ? Comment, alors que l'air même du Mont du Château perdait une à une ses molécules et qu'une profonde nuit s'installait ?

– Regardez, dit Valentin. Ces arbres qui bordent la route – ceux qui portent les fleurs pourpre et or. Ce sont des halatingas, plantés il y a quatre siècles. Un festival est organisé à High Morpin à l'époque de leur floraison et des milliers de gens dansent sur la route au-dessous des arbres. Et voyez, voyez ! Les feuilles commencent déjà à se recroqueviller et noircissent sur les bords. Elles n'ont jamais connu de température si basse et le froid ne fait que commencer. Qu'adviendra-t-il d'elles dans huit heures ? Et qu'adviendra-t-il des gens qui aimaient danser sous les arbres ? Si un simple refroidissement dessèche les feuilles, Deliamber, qu'en sera-t-il avec une vraie gelée, et de la neige ? De la neige, sur le Mont du Château ! De la neige, et il y aura pire que de la neige, quand l'air aura disparu, quand tout sera dénudé sous les étoiles. Deliamber...

– Nous ne sommes pas encore perdus, monseigneur. Quelle est cette ville, là, au-dessus de nous ?

Valentin scruta l'ombre qui s'épaississait.

– High Morpin – la ville des plaisirs, où se tiennent les jeux.

– Pensez aux grands jeux qui s'y tiendront le mois prochain, monseigneur, pour célébrer votre restauration.

Valentin hocha la tête.

– Oui, dit-il sans ironie, je vais penser aux grands jeux du mois prochain, aux rires, au vin, aux fleurs sur les arbres, au chant des oiseaux. N'y a-t-il aucun moyen de faire avancer plus vite ce machin, Deliamber ?

– Il flotte, répondit le Vroon, mais il ne volera pas. Soyez patient. Le Château est proche.

– Encore à plusieurs heures, répliqua Valentin, le visage renfrogné.

Valentin luttait pour essayer de retrouver son équilibre. Il évoqua Valentin le jongleur, cet innocent jeune homme enfoui quelque part au fond de lui-même, debout dans le stade de Pidruid et se réduisant à rien d'autre que sa main et son œil, sa main et son œil, pour effectuer les exercices qu'il venait tout juste d'apprendre. Calme, calme, calme, reste au centre de ton être, souviens-toi que la vie n'est qu'un jeu, un voyage, un bref amusement, que les Coronals peuvent être gobés par des dragons de mer, entraînés par le courant tumultueux d'une rivière et ridiculisés par des Métamorphes jouant une pantomime dans une forêt pluvieuse, et quelle importance ? Mais c'étaient là de bien minces consolations. Il ne s'agissait plus des malheurs d'un homme, insignifiants aux yeux du Divin, même si cet homme avait été roi. C'était la vie d'un milliard d'innocents qui était menacée, et une splendide œuvre d'art, ce Mont, peut-être unique dans tout le cosmos. Valentin avait le regard perdu dans les profondeurs du ciel obscurci où, il le craignait, l'éclat des étoiles serait bientôt visible l'après-midi. Des étoiles, il y en avait partout, des multitudes de mondes, et dans tous ces mondes, y avait-il quelque chose de comparable au Mont du Château et aux Cinquante Cités ? Et tout cela allait-il périr en un après-midi ?

– High Morpin, dit Valentin. J'avais espéré que mon retour y serait plus joyeux.

– Calmez-vous, murmura Deliamber. Aujourd'hui,

nous passons devant sans nous y arrêter. La prochaine fois, vous y viendrez rempli de joie.

Oui. La toile d'araignée étincelante qu'était High Morpin apparut sur la droite, cette ville féerique, cette ville de plaisirs, de merveilles et de rêves, une ville tissée avec des fils d'or, comme Valentin enfant l'avait souvent pensé en contemplant ses merveilleux bâtiments. Il jeta un rapide coup d'œil dans sa direction et détourna aussitôt les yeux. Il y avait quinze kilomètres de High Morpin au périmètre du Château... l'affaire d'un instant, d'un clin d'œil.

– Cette route porte-t-elle un nom? demanda Deliamber.

– C'est la route de Grand Calintane, répondit Valentin. Je l'ai empruntée au moins un millier de fois, Deliamber, en allant et venant de la ville des plaisirs. Les champs qui la bordent sont disposés de telle manière que quelque chose est en fleur chaque jour de l'année, et toujours avec d'heureux mélanges de couleurs, les jaunes près des bleus, les rouges loin des orange, les blancs et les roses en bordure, et regardez maintenant, regardez les fleurs qui se détournent de nous, qui s'affaissent sur leur tige...

– On pourra les replanter, si le froid les détruit, dit Deliamber. Mais il y a encore le temps. Ces plantes ne sont peut-être pas aussi fragiles que vous le pensez.

– Je sens le froid sur elles comme s'il était sur ma propre peau.

Ils étaient maintenant parvenus au sommet du Mont du Château, si loin au-dessus des plaines d'Alhanroel que c'était presque comme s'ils avaient atteint un autre monde, ou une lune flottant immobile dans le ciel de Majipoor.

Tout se terminait là en un majestueux envol de pics et de crêtes pointant vers les étoiles comme autant de flèches; et au milieu de ces aiguilles rocheuses d'une étrange délicatesse s'étendait la masse bombée de la plus haute construction de toute la planète, où huit mille ans plus tôt lord Stiamot avait audacieusement établi sa résidence pour célébrer sa victoire sur les Métamorphes et où, depuis, chaque Coronal avait commémoré son propre règne en y ajoutant des grandes salles, des annexes, des flèches, des remparts ou des parapets. Le Château couvrait une inconcevable superficie de plusieurs milliers d'hectares, une véritable ville, un labyrinthe encore plus stupéfiant que la tanière du Pontife. Et le Château s'étendait juste devant eux.

Il faisait sombre. Les étoiles luisaient au-dessus d'eux d'un éclat froid et impitoyable.

– L'air doit être parti, murmura Valentin. La mort ne saurait tarder, n'est-ce pas ?

– C'est la nuit naturelle, répondit Deliamber, pas encore la calamité. Nous avons voyagé sans arrêt toute la journée et vous n'avez pas eu conscience du temps qui passait. Il est tard, Valentin.

– Et l'air ?

– Il refroidit. Il se raréfie. Mais il n'a pas encore disparu.

– Et nous avons encore du temps ?

– Nous avons encore du temps.

Ils négocièrent le dernier virage de la route de Calintane. Valentin s'en souvenait bien : à la sortie d'un goulet, la route faisait un dernier tournant en épingle à cheveux avant d'offrir aux voyageurs abasourdis leur première vue du Château.

Depuis qu'il le connaissait, Valentin n'avait jamais vu Deliamber frappé de stupeur.

– Que sont ces bâtiments, Valentin ? demanda-t-il d'une voix étouffée.

– Le Château, répondit-il.

Oui, le Château. Le Château de lord Malibor. Le Château de lord Voriax. Le Château de lord Valentin. De nulle part il n'était possible de voir l'ensemble de l'édifice ni même une grande partie, mais d'ici, au moins, l'on pouvait en contempler une impressionnante portion, un énorme entassement de pierres de taille et de briques, un enchevêtrement de niveaux montant en interminables spirales, s'accrochant de manière prodigieuse sur les flancs du pic, étincelant d'un million de lumières.

Les craintes de Valentin s'évanouirent, son humeur chagrine l'abandonna. Au Château de lord Valentin, lord Valentin ne pouvait éprouver de détresse. Il était de retour chez lui et quelle que soit la plaie infligée au monde, elle serait bientôt guérie.

La route de Calintane se terminait sur la place Dizimaule, un immense espace dégagé, couvert d'un pavage de porcelaine verte, avec en son centre une constellation dorée, qui s'étendait devant l'aile sud du Château. Valentin s'arrêta et descendit de son véhicule pour rassembler ses officiers.

Un vent froid soufflait, vif et mordant.

– Y a-t-il des portes? demanda Carabella. Allons-nous devoir mettre le siège?

Valentin secoua la tête.

– Il n'y a pas de portes, répondit-il en souriant. Qui pourrait avoir envie d'envahir le Château du Coronal? Nous allons simplement entrer par l'Arche de Dizimaule, là-bas. Mais une fois à l'intérieur, nous pouvons nous retrouver face à des troupes ennemies.

– Les gardes du Château sont sous mes ordres, dit Elidath. Je m'occuperai d'eux.

– Bien. Continuez à avancer. Restez en contact. Faites confiance au Divin. Demain matin, nous serons tous réunis pour célébrer notre victoire, je vous le jure.

– Vive lord Valentin! s'écria Sleet.

– Longue vie! Longue vie!

Valentin leva les bras, à la fois en signe de remerciement et pour faire cesser le vacarme.

– Demain, nous ferons la fête, dit-il. Cette nuit, nous livrons bataille, et que ce soit la dernière!

13

Quelle étrange sensation de passer enfin sous l'Arche de Dizimaule et de retrouver devant lui la myriade de splendeurs confondantes du Château !

Enfant, il avait joué sur ces boulevards et ces avenues, s'était égaré dans l'enchevêtrement sans fin des passages et des corridors, s'était abîmé dans une respectueuse contemplation des murailles, des tours, des enceintes et des voûtes imposantes. Jeune homme, au service de son frère lord Voriax, il avait demeuré dans le Château, là-bas, dans la Cour Pinitor, où les hauts fonctionnaires avaient leur résidence, et avait maintes fois longé le parapet de lord Ossier, d'où l'on avait une sidérante vue plongeante sur High Morpin et les Cités Hautes. Devenu Coronal, pendant le bref laps de temps où il avait occupé le cœur du Château, il avait caressé avec délices les vieilles pierres du Donjon de Stiamot, traversé seul la vaste salle du Trône de Confalume aux multiples échos, observé la disposition des étoiles depuis l'Observatoire de lord Kinniken et réfléchi à l'apport qu'il ferait lui-même au Château dans les années à venir. Maintenant qu'il était de retour, il réalisait à quel point il aimait cet endroit, non seulement parce qu'il était un symbole de la puissance et de la grandeur impériale qui avaient été siennes, mais surtout parce qu'il était le produit de tout le passé, la trame vivante de l'histoire.

– Le Château est à nous ! s'écria joyeusement Elidath quand l'armée de Valentin s'engouffra sous la porte qui n'était pas gardée.

Mais à quoi bon, se dit Valentin, si tout le Mont et ses mortels divisés par leurs querelles intestines n'étaient plus séparés de la mort que par quelques heures ? Il s'était déjà écoulé trop de temps depuis le début de la raréfaction de l'air. Valentin avait envie de tendre les bras pour agripper l'air qui s'enfuyait et le retenir.

Le froid de plus en plus mordant qui pesait maintenant sur le Mont du Château comme un terrible fardeau n'était nulle part plus sensible que dans le Château lui-même, et ceux qui s'y trouvaient, déjà hébétés et médusés par les événements de la guerre civile, restaient comme des statues de cire, engourdis, pétrifiés, regardant passer sans réagir l'armée de restauration. Quelques-uns, à l'esprit plus perspicace ou plus vif que les autres, parvenaient à lancer un « Vive lord Valentin ! » d'une voix étranglée au passage de la silhouette blonde inconnue. Mais la plupart se conduisaient comme s'ils avaient déjà l'esprit engourdi par le froid.

Les légions d'assaillants, en pénétrant dans le Château, se dirigeaient rapidement et avec précision vers les tâches que Valentin leur avait assignées. Le duc Heitluig et ses miliciens de Bibiroon avaient pour mission de s'assurer le contrôle du périmètre du Château en repoussant et neutralisant les forces ennemies. Asenhart et six détachements des habitants de la vallée devaient se charger de bloquer toutes les nombreuses portes du Château pour interdire la fuite aux partisans de l'usurpateur. Sleet, Carabella et leurs troupes montèrent vers les chambres impériales du secteur intérieur pour prendre possession du siège du gouvernement. Quant à Valentin, accompagné d'Elidath et d'Ermanar et de leurs forces combinées, il s'engagea dans la galerie inférieure en spirale qui menait aux souterrains abritant les machines de climatisation. Le reste, sous le commandement de Nascimonte, Zalzan Kavol, Shanamir, Lisamon Hultin et Gorzval, s'éparpilla en petits groupes, se dispersant dans le Château à la recherche de Dominin Barjazid qui pouvait se terrer dans n'importe laquelle des milliers de pièces, la plus humble y compris.

Valentin descendit la galerie à toute allure jusqu'à ce

que, dans les profondeurs ténébreuses de la galerie caillouteuse, le flotteur soit obligé de s'arrêter. Il poursuivit alors à pied sa course vers les souterrains. Il avait le nez, les lèvres et les oreilles gourds de froid. Son cœur battait à se rompre et sa respiration se précipitait dans l'air raréfié. Ces souterrains lui étaient totalement inconnus. Il n'y était descendu qu'une ou deux fois, il y avait bien longtemps de cela. Heureusement, Elidath semblait connaître le chemin.

Ils suivirent des corridors, descendirent d'interminables volées d'escaliers aux larges degrés de pierre, traversèrent une arcade éclairée par des points clignotants très haut au-dessus d'eux... et pendant tout ce temps, l'air se refroidissait perceptiblement, la nuit artificielle enserrait le Mont...

Une grande porte de bois aux lourdes ferrures se dressa devant eux.

– Forcez-la, ordonna Valentin. Mettez-y le feu s'il le faut !

– Attendez, monseigneur, fit une petite voix chevrotante.

Valentin se retourna. Un vieillard ghayrog, le teint terreux, les cheveux serpentins pendant dans le froid, était sorti d'un renfoncement dans le mur et s'approchait d'eux d'un pas traînant et hésitant.

– C'est le gardien des machines de climatisation, murmura Elidath.

Le Ghayrog avait l'air à moitié mort. Son regard passa avec ahurissement d'Elidath à Ermanar et d'Ermanar à Valentin; puis il se jeta aux pieds de Valentin, s'accrochant aux bottes du Coronal.

– Monseigneur... Lord Valentin...

Il leva vers lui un visage tourmenté.

– Sauvez-nous, lord Valentin ! Les machines... ils ont arrêté les machines...

– Pouvez-vous ouvrir cette porte ?

– Oui, monseigneur. La salle des commandes est dans ce passage. Mais ils se sont emparés des souterrains... ses troupes les occupent. Ils m'ont obligé à sortir... quels dégâts font-ils là-dedans, monseigneur? Qu'allons-nous tous devenir?

Valentin releva le vieux Ghayrog tremblant.

— Ouvrez la porte, dit-il.

— Oui, monseigneur. C'est l'affaire d'une seconde.

Une seconde qui parut durer à Valentin une éternité. Puis il perçut le bruit d'un imposant mécanisme souterrain et petit à petit la lourde barrière de bois, craquant et grinçant, commença à se déplacer.

Valentin aurait voulu être le premier à s'engouffrer dans l'ouverture, mais Elidath le prit par le bras et le tira sans ménagement en arrière. Valentin tapa sèchement la main qui le retenait, comme s'il s'agissait de quelque irritante bestiole, de quelque dhiim de la jungle. Mais la poigne d'Elidath était ferme.

— Non, monseigneur, fit-il avec rudesse.

— Lâche-moi, Elidath.

— Même si cela doit me coûter la tête, Valentin, je ne te laisserai pas entrer là-dedans. Ecarte-toi.

— Elidath!

Valentin se tourna vers Ermanar. Mais il vit qu'il n'avait aucune aide à attendre de lui.

— Le Mont gèle, monseigneur, pendant que vous nous retardez, dit Ermanar.

— Je ne permettrai pas...

— Ecarte-toi! ordonna Elidath.

— Je suis le Coronal, Elidath.

— Et moi je suis responsable de ta sécurité. Tu peux conduire l'offensive de l'extérieur, mais il y a des soldats ennemis là-dedans, des hommes désespérés défendant le dernier endroit que l'usurpateur contrôle encore. Qu'un seul tireur d'élite te reconnaisse, et toute notre lutte aura été vaine. Veux-tu te pousser, Valentin, ou vais-je devoir commettre un crime de lèse-majesté pour t'écarter de force?

Valentin céda en fulminant et, furieux et frustré, il regarda Elidath et un groupe de guerriers sélectionnés passer devant lui et s'enfoncer dans le souterrain. Un bruit de lutte lui parvint presque immédiatement : il entendit des cris, des décharges de lanceurs d'énergie, des hurlements, des gémissements. Bien que surveillé avec une attention vigilante par les hommes d'Ermanar, il fut une douzaine de fois sur le point de leur fausser compagnie et de pénétrer lui aussi dans le souterrain, mais il se retint. Puis un messager vint l'avertir de la part d'Elidath que la première ligne de défense était balayée, qu'ils s'enfonçaient plus avant, qu'il y avait des barricades, des chausse-trappes, des noyaux de résistance tous les deux ou trois cents mètres. Valentin serra les poings. C'était absolument insupportable, cette histoire d'être une personne trop sacrée pour risquer sa peau, d'être obligé de rester planté dans cette galerie alors que la guerre de restauration faisait rage tout autour de lui. Il résolut d'entrer à son tour et de laisser Elidath se répandre en invectives.

— Monseigneur ?

Un messager, venant de l'autre direction, arriva hors d'haleine.

Valentin hésitait encore devant l'entrée du souterrain.

— Qu'y a-t-il ? aboya-t-il.

— Monseigneur, je suis envoyé par le duc Nascimonte. Nous avons découvert Dominin Barjazid barricadé dans l'Observatoire de Kinniken, et il vous demande de venir rapidement pour diriger la capture.

Valentin hocha la tête. Cela était préférable que de rester ici à ne rien faire. S'adressant à un aide de camp, il lui dit :

— Dites à Elidath que je remonte. Il a toute autorité pour atteindre les machines de climatisation de toutes les manières possibles.

Mais Valentin avait à peine commencé à rebrousser chemin dans les galeries que l'aide de camp de Gorzval arriva pour lui annoncer que l'on disait que l'usurpateur était dans la Cour Pinitor. Quelques minutes plus tard, Lisamon Hultin lui fit savoir qu'elle poursuivait le faux Coronal dans un passage en spirale menant à la salle des miroirs de lord Siminave. Dans le grand hall, Valentin trouva Deliamber suivant l'action avec un air de fascination stupéfiée. Après avoir fait part au Vroon des rapports contradictoires, il lui demanda :

– Peut-il se trouver à trois endroits différents ?

– Aucun des trois, plus vraisemblablement, répondit le magicien. A moins qu'il ne soit séparé en trois. Ce dont je doute, bien que je sente ici sa présence forte et maléfique.

– Dans une zone particulière ?

– C'est difficile à dire. La vitalité de votre ennemi est telle qu'il rayonne de chaque pierre du Château et ces interférences me troublent. Mais je ne pense pas qu'elles me troubleront beaucoup plus longtemps.

– Lord Valentin ?

Un nouveau messager – et un visage familier, d'épais sourcils se rejoignant au centre du visage, un menton en galoche, un sourire franc et assuré. C'était une nouvelle pièce du passé disparu qui se remettait en place, car cet homme n'était autre que Tunigorn, le plus proche après Elidath des amis d'enfance de Valentin, devenu un des principaux ministres du royaume, et qui regardait l'inconnu se tenant devant lui avec des yeux brillants et pénétrants, comme s'il essayait de retrouver le vrai Valentin sous les traits de cet inconnu. Shanamir l'accompagnait.

– Tunigorn ! s'écria Valentin.

– Monseigneur ! Elidath m'avait dit que vous aviez changé, mais je ne m'attendais pas...

– Te sens-tu très dépaysé de me voir avec ce visage ?

– Il me faudra m'y habituer, monseigneur. Mais cela viendra en son temps. Je vous apporte de bonnes nouvelles.

– Te revoir est déjà une bonne nouvelle.

– Je vous apporte mieux que cela. Nous avons découvert le traître.

— C'est ce que l'on m'a déjà annoncé trois fois en une demi-heure. Il semblerait qu'il se trouve en trois endroits différents.

— Je ne suis pas au courant de ces rapports. Nous le tenons.

— Où ?

— Barricadé dans les chambres intérieures. Le dernier à l'avoir vu est son valet, le vieux Kanzimar, loyal jusqu'au bout, qui l'a vu bégayer de terreur et a fini par comprendre que ce n'était pas un Coronal qu'il avait devant lui. Il a condamné toute la suite, depuis la salle du trône jusqu'au vestiaire, et il est seul là-bas.

— Quelle bonne nouvelle ! dit Valentin.

Puis il demanda à Deliamber :

— Est-ce que votre magie peut confirmer cela ?

Deliamber fit vibrer ses tentacules.

— Je sens une présence aigrie et maléfique dans ce haut bâtiment.

— Les chambres impériales, fit Valentin. Bien.

Se tournant vers Shanamir, il lui dit :

— Préviens Sleet, Carabella, Zalzan Kavol et Lisamon Hultin. Je les veux près de moi quand il sera cerné.

— Oui, monseigneur ! fit le garçon, le regard brillant d'excitation.

— Qui sont ces gens que vous venez de nommer ? demanda Tunigorn.

— Mes compagnons d'aventure, mon vieux. Pendant ma période d'exil, ils me sont devenus très chers.

— Alors, ils me seront chers aussi, monseigneur. Quels qu'ils soient, ceux qui vous aiment, je les aime aussi.

Tunigorn s'enroula dans son manteau.

— Quel froid ! Quand cela va-t-il cesser ? J'ai appris par Elidath que les machines de climatisation...

— Oui.

— Et peuvent-elles être réparées ?

— Elidath est en bas. Qui sait quels dégâts a pu

commettre le Barjazid ? Mais nous pouvons faire confiance à Elidath.

Valentin leva la tête vers les appartements impériaux, plissant les yeux comme si cela lui permettait de voir à travers les nobles murs de pierre jusqu'à la cynique créature terrorisée qui se dissimulait derrière.

– Ce froid m'inquiète terriblement, Tunigorn, dit-il, l'air sombre. Mais le remède est maintenant entre les mains du Divin... et d'Elidath. Allez. Voyons si nous pouvons arracher ce vil individu de son nid.

14

L'heure du règlement de comptes avec Dominin Barjazid allait bientôt sonner. Valentin avançait, montait et traversait rapidement tous ces lieux merveilleux et familiers.

Ce bâtiment voûté était la salle des archives de lord Prestimion, où ce grand Coronal avait constitué un musée de l'histoire de Majipoor. Valentin sourit à l'idée d'exposer ses massues de jongleur à côté du sabre de lord Stiamot et de la cape chamarrée de pierreries de lord Confalume. Plus loin s'élevaient les stupéfiantes volutes du beffroi frêle et élancé construit par lord Arioc, une construction vraiment bizarre, peut-être un signe avant-coureur de la bizarrerie d'une tout autre envergure qu'Arioc allait commettre lorsqu'il serait devenu Pontife. Ce double atrium avec son bassin central surélevé était la chapelle de lord Kinniken, contiguë à l'élégant bâtiment de tuiles blanches qui était la résidence de la Dame lorsqu'elle venait rendre visite à son fils. Et là-bas, ces toits de verre inclinés miroitant sous la clarté des étoiles étaient ceux de la serre de lord Confalume, le jardin secret de ce monarque épris des pompes de la cour, un endroit où avaient été rassemblées des plantes fragiles venues des quatre coins de Majipoor. Valentin pria pour qu'elles survivent à cette nuit de rafales glacées, car il lui tardait de se promener au milieu d'elles, de les contempler d'un regard rendu plus connaisseur par ses pérégrinations, et de retrouver les merveilles qu'il avait vues dans les forêts de Zimroel et sur les côtes de la Stoienzar. Et ils montaient toujours...

Ils continuaient leur marche à travers un enchevêtrement apparemment sans fin de passages, d'escaliers, de galeries, de tunnels et de dépendances.

– Avant de retrouver le Barjazid, c'est de vieillesse que nous allons mourir, et non de froid ! grommela Valentin.

– Ce ne sera plus long maintenant, monseigneur, dit Shanamir.

– Encore trop à mon goût.

– Quel châtiment lui réservez-vous, monseigneur ?

– Un châtiment ? Un châtiment ? demanda Valentin en tournant la tête vers le garçon. Quel châtiment peut-il y avoir pour ce qu'il a commis ? La flagellation ? Trois jours au pain de stajja sec ? Autant châtier la Steiche pour nous avoir roulés sur les rochers.

– Aucun châtiment ? demanda Shanamir, l'air perplexe.

– Pas au sens où tu l'entends, non.

– Vous allez le remettre en liberté pour qu'il continue ses méfaits ?

– Non plus, répondit Valentin. Mais il nous faut d'abord mettre la main sur lui, et ensuite nous verrons quel sort lui réserver.

Encore une demi-heure – qui lui parut interminable – et Valentin atteignit le cœur du Château, l'enceinte des chambres impériales, qui, sans être la plus ancienne, était récemment le saint des saints. Les premiers Coronals y avaient installé leurs salles de gouvernement – remplacées depuis longtemps par les salles plus belles et plus imposantes des grands souverains du dernier millénaire –, et l'enceinte constituait maintenant un siège du pouvoir grandiose et éblouissant, à l'écart de l'enchevêtrement du reste du Château. Les plus importantes cérémonies officielles avaient lieu dans ces splendides chambres aux hautes voûtes. Mais maintenant, une seule misérable créature était terrée derrière les massives portes anciennes, protégée par de solides verrous ornementés, d'une taille colossale et d'une lourde signification symbolique.

– Des gaz toxiques, dit Lisamon Hultin. Il suffira d'insuffler du gaz à travers les murs pour qu'il tombe raide mort quel que soit l'endroit où il se trouve.

– Oui ! Oui ! s'écria Zalzan Kavol en acquiesçant vigoureusement de la tête. Vous voyez, un petit tuyau que l'on ferait passer dans ces lézardes... pour tuer les poissons à Piliplok, ils utilisent un gaz qui ferait bien l'affaire pour...

– Non, dit Valentin. Il ressortira vivant.

– Comment faire, monseigneur ? demanda Carabella.

– Nous pourrions enfoncer les portes, gronda Zalzan Kavol.

– Détruire les portes de lord Prestimion dont la fabrication a demandé trente ans ? demanda Tunigorn. Tout cela pour déloger une canaille ? Monseigneur, cette idée de gaz toxique ne me paraît pas si stupide. Nous ne devrions pas perdre de temps à...

– Nous devons veiller à ne pas nous conduire comme des barbares, le coupa Valentin. Il n'y aura pas d'empoisonnement ici.

Il prit la main de Carabella et celle de Sleet, et les leva.

– Vous êtes des jongleurs aux doigts agiles. Vous aussi, Zalzan Kavol. N'avez-vous jamais utilisé ces doigts pour autre chose ?

– Pour crocheter des serrures, monseigneur ? demanda Sleet.

– Oui, ce genre de choses. Il y a de nombreuses

entrées à ces chambres, et elles ne sont peut-être pas toutes verrouillées. Allez, essayez de trouver un moyen d'y pénétrer. Et pendant ce temps, j'essaierai autre chose.

Il s'avança jusqu'à l'énorme porte dorée, deux fois plus haute que le plus grand des Skandars, ornée jusqu'au moindre centimètre carré de sculptures en haut relief du règne de lord Prestimion et de son célèbre prédécesseur lord Confalume. Il posa les mains sur les lourdes poignées de bronze, comme s'il avait voulu ouvrir la porte d'une seule et furieuse poussée.

Valentin resta un long moment dans cette position, chassant de son esprit toute la tension qui l'environnait. Il essayait de se transporter jusqu'à la zone de calme au centre de son âme; mais un terrible obstacle l'en empêcha.

Il fut pris soudain d'une haine incommensurable pour Dominin Barjazid.

Derrière cette porte monumentale se trouvait l'homme qui l'avait chassé de son trône, qui avait fait de lui un infortuné vagabond, qui avait régné inconsidérément et injustement en son nom et – pire que tout, absolument monstrueux et impardonnable – qui avait choisi d'anéantir un milliard d'innocents sans soupçons quand il s'était aperçu que ses machinations avaient échoué.

C'était pour cela que Valentin haïssait Dominin Barjazid. Pour cela qu'il brûlait de le détruire.

Accroché aux poignées de la porte, des images violentes et cruelles assaillirent son esprit. Il vit Dominin Barjazid écorché vif, baignant dans son sang, poussant des hurlements qui s'entendaient jusqu'à Pidruid. Il vit Dominin Barjazid cloué à un arbre avec des flèches barbelées. Il vit Dominin Barjazid écrasé sous une grêle de pierres. Il vit...

Valentin tremblait sous l'effet de la violence de sa rage. Mais l'on n'écorchait pas vif ses ennemis dans une société civilisée, on ne donnait pas libre cours à sa fureur... pas même contre un Dominin Barjazid. Comment, se demanda Valentin, puis-je revendiquer le droit de régner sur une planète si je ne suis même pas capable de contrôler mes propres émotions ? Il savait qu'aussi longtemps que cette rage lui dévasterait l'âme, il ne serait pas digne de régner, pas plus que Dominin Barjazid lui-même. Il lui fallait la vaincre. Ce martèlement dans ses tempes, les battements de son cœur, cette soif sauvage de vengeance... il devait se purger de tout cela avant de s'occuper de Dominin Barjazid.

Valentin commença à lutter. Il détendit les muscles contractés de son dos et de ses épaules, emplit ses poumons de l'air froid et vif et, petit à petit, sentit la tension se retirer de son corps. Il fouilla son âme où le brûlant désir de vengeance s'était si brusquement allumé et y fit place nette. Et alors seulement il put se transporter à l'endroit paisible au centre de son être et y rester, si bien qu'il avait la sensation d'être seul dans le Château, seul avec Dominin Barjazid quelque part de l'autre côté de la porte, rien qu'eux deux, séparés par cette unique barrière. Valentin savait que la domination de soi-même était la plus belle des victoires et que tout le reste devait suivre.

Il s'en remit au pouvoir du bandeau d'argent de la Dame, sa mère, et se laissa glisser dans l'état de transe. Puis il projeta la force de son esprit vers son ennemi.

Ce ne fut pas un rêve de vengeance et de châtiment que Valentin envoya. Cela aurait été trop clair, trop mesquin, trop facile. Il envoya un rêve bienveillant, un rêve d'affection et d'amitié, de tristesse pour ce qui s'était passé. Dominin Barjazid ne pouvait qu'être étonné par un tel message. Valentin lui montra l'éblouissante et resplendissante ville des plaisirs de High Morpin et eux deux marchant côte à côte sur l'Avenue des Nues, discutant affablement, souriant, examinant les différences qui les séparaient, essayant d'apaiser les frictions et les craintes. C'était une manière risquée d'entrer en contact avec Dominin Barjazid, car si ce dernier choisissait de mal interpréter les mobiles de Valentin, il s'exposait à la dérision et au mépris. Pourtant il n'y avait aucun espoir de venir à bout de lui par des menaces ou des flambées de rage, et la manière douce pouvait réussir. C'était un rêve qui demandait d'énormes réserves de cœur, car il fallait être naïf pour s'imaginer que Barjazid pouvait être séduit par des apparences, et si l'amour qui rayonnait de Valentin n'était pas sincère et n'était pas perçu ainsi, le rêve était une absurdité. Valentin n'aurait jamais cru pouvoir trouver en lui de l'amour pour cet homme qui avait fait tant de mal. Mais il en trouva; il le projeta à travers la porte monumentale.

Quand il eut terminé, il s'accrocha aux poignées de la porte, récupéra ses forces et attendit une réaction de l'intérieur.

De manière tout à fait inattendue, ce fut un message qui lui parvint : une puissante décharge d'énergie mentale, surprenante et dévastatrice, qui sortit des chambres impériales avec la furie du vent brûlant de Suvrael. Valentin sentit le souffle ardent du refus moqueur de Dominin Barjazid. Barjazid ne voulait ni affection ni amitié. Il lui envoyait de la défiance, de la haine, de la colère, du mépris : une déclaration de guerre perpétuelle.

L'impact fut brutal. Comment se faisait-il, se demanda Valentin, que le Barjazid fût capable d'émettre des messages ? Sans doute quelque machine de son père, quelque sorcellerie du Roi des Rêves. Il comprit qu'il aurait dû s'attendre à quelque chose de ce genre. Mais cela n'avait pas d'importance. Valentin résista à la force aride du rêve que Dominin Barjazid projetait vers lui.

Il envoya ensuite un second rêve, aussi serein et confiant que celui de Dominin Barjazid avait été âpre et hostile. Il envoya un rêve d'absolution, de pardon total. Il montra à Dominin Barjazid un port, une flotte de vaisseaux de Suvrael attendant pour le ramener sur les terres de son père, et même un grand défilé, Valentin et Barjazid côte à côte sur un char, descendant vers le front de mer pour les cérémonies de l'embarquement, debout ensemble sur le quai, se faisant leurs adieux en riant, deux bons ennemis qui s'étaient affrontés avec toute la puissance dont ils disposaient et qui se séparaient en bons termes.

De Dominin Barjazid arriva en réponse un rêve de mort et de destruction, de haine, d'abomination et de mépris.

Valentin secoua lentement et lourdement la tête, essayant de la nettoyer de tout le poison qui y était déversé. Une troisième fois il rassembla ses forces et prépara un message à destination de son ennemi. Il ne voulait pas encore s'abaisser au niveau de Barjazid, il espérait encore le submerger de chaleur et de douceur, bien que n'importe qui d'autre eût estimé que c'était de la folie de seulement faire cette tentative. Valentin ferma les yeux et concentra toutes ses pensées sur le bandeau d'argent.

– Monseigneur ?

C'était une voix féminine qui brisait sa concentration juste au moment où il allait entrer en transe.

L'interruption fut pénible et douloureuse. Valentin pivota sur lui-même, enflammé d'une fureur inhabituelle, tellement surpris qu'il lui fallut un certain temps avant de reconnaître Carabella, et elle s'écarta de lui en tremblant, momentanément effrayée.

– Monseigneur... reprit-elle d'une toute petite voix. Je ne savais pas...

Il lutta pour se maîtriser.

– Qu'y a-t-il ?

– Nous... nous avons trouvé un moyen d'ouvrir une porte.

Valentin ferma les yeux et sentit son corps rigide se détendre sous l'effet du soulagement. Il sourit et l'attira vers lui, et la tint serrée quelques instants en tremblant pendant que la tension l'abandonnait. Puis il lui dit :

– Emmène-moi !

Elle le mena le long de corridors tendus d'antiques draperies et garnis d'épais tapis râpés. Elle se déplaçait avec un sens de l'orientation étonnant pour quelqu'un qui n'avait jamais parcouru les lieux auparavant. Ils atteignirent un secteur des chambres impériales dont Valentin ne se souvenait pas, une entrée de service située au-delà de la salle du trône, un endroit simple et humble. Sleet, juché sur les épaules de Zalzan Kavol, avait la partie supérieure du corps profondément engagée à l'intérieur d'une sorte de vasistas et se penchait pour effectuer de délicates manipulations sur le côté intérieur d'une petite porte.

– Nous avons déjà ouvert trois portes de cette manière, dit Carabella, et maintenant Sleet s'attaque à la quatrième.

Sleet sortit la tête et regarda autour de lui, sale, couvert de poussière, merveilleusement content de lui-même.

– C'est ouvert, monseigneur.

– Bien joué !

– Nous allons entrer le chercher, gronda Zalzan Kavol. Le voulez-vous en trois morceaux ou en cinq, monseigneur ?

– Non, dit Valentin. C'est moi qui vais entrer. Seul.

– Vous, monseigneur ? demanda Zalzan Kavol d'un ton incrédule.

– Seul ? dit Carabella.

– Monseigneur, je vous interdis !... s'écria Sleet, l'air outragé.

Puis il s'arrêta, confondu par le sacrilège de ses paroles.

– Soyez sans crainte, dit doucement Valentin. C'est quelque chose que je dois faire sans aide. Sleet, écarte-toi. Zalzan Kavol... Carabella, reculez. Je vous ordonne de ne pas entrer avant que je vous appelle.

Ils échangèrent des regards interdits. Carabella commença à dire quelque chose, hésita et se tut. La balafre de Sleet palpitait et rougeoyait. Zalzan Kavol émettait de curieux grognements et balançait avec impuissance ses quatre bras. Valentin ouvrit la porte et franchit le seuil.

Il se trouvait dans une sorte de vestibule, peut-être quelque passage desservant les cuisines, qu'un Coronal avait bien peu de chances de connaître. Il le suivit avec circonspection et déboucha dans un hall aux riches brocarts qu'après un moment de désorientation il reconnut comme le vestiaire. Derrière se trouvait l'Oratoire de Dekkeret qui menait au Prétoire de lord Prestimion, une grande salle voûtée aux splendides fenêtres de verre dépoli et aux magnifiques chandeliers fabriqués par les meilleurs artisans de Ni-moya. Ensuite se trouvait la salle du trône où la sublime magnificence du Trône de Confalume éclipsait tout le reste. C'était quelque part dans cette suite que Valentin trouverait Dominin Barjazid.

Il s'avança dans le vestiaire. Il était vide et avait l'air de ne pas avoir été utilisé depuis des mois. Le rideau de l'arche de pierre de l'Oratoire de Dekkeret était tiré. Valentin jeta un coup d'œil, ne vit personne et poursuivit son chemin le long du couloir incurvé, décoré de brillants ornements de mosaïque vert et or, qui desservait le prétoire.

Il prit une longue inspiration et posa les mains sur la porte du prétoire qu'il ouvrit à la volée.

Il crut au début que ce vaste espace était également vide. Un seul des grands chandeliers était allumé et, placé à l'autre extrémité de la salle, il ne jetait qu'une lueur diffuse. Valentin regarda à gauche et à droite, le long des rangs de bancs de bois poli, devant les alcôves aux rideaux tirés où l'on permettait aux ducs et aux princes de se dérober aux regards pendant le prononcé de la sentence, en direction du lit de justice du Coronal...

Et il vit une silhouette revêtue de la robe impériale qui se tenait dans l'ombre à la table du conseil, sous le lit de justice.

15

De tous les moments étranges qu'il avait connus pendant sa période d'exil, c'était le plus étrange qu'il vivait maintenant : se tenir à moins de trente mètres de celui qui avait ce qui naguère était son visage. A deux reprises déjà, Valentin avait vu le faux Coronal, le jour du festival de Pidruid, et il s'était senti souillé et vidé de son énergie quand il avait levé les yeux sur lui, sans savoir pourquoi. Et maintenant, dans la semi-obscurité, il contemplait un homme grand et robuste, au regard farouche et à la barbe noire, le lord Valentin d'antan, le port altier, loin de trembler ou de se faire tout petit, qui le regardait bien en face d'un air froid, calme et menaçant. Est-ce à cela que je ressemblais? se demanda Valentin. Si sinistre, si glacial, si rébarbatif? Il supposa que durant tous ces mois où Dominin Barjazid avait été en possession de son corps, la noirceur de l'âme de l'usurpateur avait déteint sur le visage et donné aux traits du Coronal cette expression morbide et haineuse. Valentin s'était accoutumé à son nouveau visage, aimable et radieux, et maintenant, devant celui qui avait été le sien pendant tant d'années, il n'éprouvait nul désir de le reprendre.

– J'ai fait de vous un beau garçon, n'est-ce pas? demanda Dominin Barjazid.

– Mais vous avez perdu au change, répondit cordialement Valentin. Pourquoi cet air renfrogné, Dominin? Ce visage était autrefois bien connu pour son sourire.

– Vous souriiez trop, Valentin. Vous étiez trop

doux, trop simple, vous aviez l'âme trop légère pour régner.

— Est-ce l'image que vous aviez de moi ?

— J'étais loin d'être le seul. Vous êtes devenu un jongleur itinérant, ces temps-ci, si j'ai bien compris.

Valentin acquiesça de la tête.

— Il me fallait trouver un métier, après que vous m'avez pris le mien. Etre jongleur me convenait parfaitement.

— Cela ne m'étonne pas, répliqua Barjazid.

Sa voix retentit dans la longue salle vide.

— Vous avez toujours excellé à amuser les autres. Je vous invite à redevenir jongleur, Valentin. Les sceaux du pouvoir sont à moi.

— Les sceaux sont à vous, mais pas le pouvoir. Vos gardes ont déserté. Le Château est en sûreté contre vous. Allons, rendez-vous, Dominin, et nous vous renverrons sur les terres de votre père.

— Et les machines de climatisation, Valentin ?

— Elles ont été remises en marche.

— C'est un mensonge ! Un odieux mensonge.

Dominin se retourna et ouvrit une des hautes fenêtres cintrées. Une rafale d'air glacé s'engouffra si rapidement dans l'ouverture que Valentin, à l'autre bout de la pièce, la sentit presque immédiatement.

— Les machines sont gardées par des soldats qui ont toute ma confiance, dit Barjazid. Ce ne sont pas vos gens, mais les miens que j'ai amenés de Suvrael. Ils les laisseront arrêtées jusqu'à ce que je leur donne l'ordre de les remettre en marche, et si tout le Mont du Château doit devenir noir et périr avant que cet ordre n'arrive, eh bien, tant pis, Valentin. Tant pis ! Allez-vous laisser cela se produire ?

— Cela ne se produira pas.

— Si, cela se produira, dit Barjazid, si vous restez dans le Château. Partez. Je vous accorde un sauf-conduit pour la descente du Mont et la libre traversée jusqu'à Zimroel. Allez jongler dans les villes de l'Ouest, comme vous le faisiez il y a un an, et oubliez cette chimère de revendication du trône. Je suis lord Valentin le Coronal.

– Dominin...

– Je m'appelle lord Valentin ! Et vous êtes le jongleur itinérant Valentin de Zimroel ! Allez, reprenez votre métier !

– La tentation est forte, Dominin, dit Valentin d'un ton détaché. J'aimais jongler, peut-être plus que tout ce que j'ai fait d'autre dans ma vie. Cependant, ma destinée, quels que soient mes désirs intimes, est d'assumer la charge du gouvernement. Allons, venez.

Il fit un pas vers Barjazid, puis un autre, et un troisième.

– Venez avec moi, sortons dans l'antichambre, pour montrer aux chevaliers du Château que cette rébellion est terminée et que l'ordre est rétabli.

– N'avancez pas !

– Je ne vous veux aucun mal, Dominin. D'une certaine manière, je vous suis même reconnaissant de m'avoir permis de vivre quelques expériences extraordinaires, des choses qui ne me seraient jamais arrivées si...

– Reculez ! Ne faites pas un pas de plus !

Valentin continua d'avancer.

– Reconnaissant aussi de m'avoir débarrassé de cette ennuyeuse claudication qui faisait obstacle à certains des plaisirs dont...

– Pas... un pas... de plus...

Les deux hommes n'étaient plus séparés que par trois à quatre mètres. Près de Dominin Barjazid se trouvait une table chargée de tout l'attirail du prétoire : trois lourds chandeliers d'airain, une couronne impériale et un sceptre. Poussant un cri étranglé de rage, Barjazid saisit un chandelier à deux mains et le lança sauvagement à la tête de Valentin. Mais Valentin esquiva adroitement le lourd ustensile métallique et l'attrapa au passage d'un coup sec du poignet. Barjazid en lança un autre que Valentin attrapa également.

– Encore un, dit Valentin. Laissez-moi vous montrer comment il faut faire !

La fureur marbrait le visage de Barjazid. Il étouffait, il sifflait, il soufflait de rage. Le troisième chandelier vola vers Valentin. Valentin avait déjà mis les deux premiers en mouvement, les faisant tournoyer en l'air en les passant d'une main à l'autre, et il n'eut aucune difficulté à attraper le troisième et à l'incorporer à la trajectoire que décrivaient les deux autres, formant en l'air devant lui une scintillante cascade. Il jonglait avec entrain, riant, lançant les chandeliers toujours plus haut. Qu'il était bon de jongler de nouveau, de retrouver toute sa dextérité après si longtemps, la main et l'œil, la main et l'œil.

Tout en jonglant, il avançait vers Barjazid, qui reculait, les yeux écarquillés, le menton souillé de bave.

Et brusquement, Valentin fut secoué et ébranlé par une sorte de message, un rêve de veille qui le frappa avec la violence d'un coup de poing. Il recula en vacillant, hébété, et les chandeliers tombèrent avec un bruit retentissant sur le plancher de bois sombre. Il y eut un second choc, qui l'étourdit, puis un troisième. Valentin lutta pour s'empêcher de tomber. Le petit jeu du chat et de la souris avec Dominin Barjazid était terminé maintenant, et un nouvel affrontement avait commencé, que Valentin ne comprenait pas du tout.

Il se précipita en avant pour empoigner son adversaire avant d'être une nouvelle fois frappé par cette force.

Barjazid recula, levant ses mains tremblantes devant son visage. Cet assaut venait-il de lui, ou bien avait-il un allié caché dans la salle ? Valentin recula sous un nouveau choc de cette force invisible et inexorable qui à chaque fois lui engourdissait un peu plus l'esprit. Il chancela. Il pressa les mains sur ses tempes pour essayer de reprendre ses sens. Attraper Barjazid, se dit-il, le jeter à terre, s'asseoir sur lui, crier au secours...

Il bondit en avant, plongea, agrippa le faux Coronal par le bras. Barjazid se dégagea en hurlant. Valentin avança en cherchant à l'acculer contre le mur, et il allait réussir quand brusquement, avec un hurlement sauvage de terreur et de frustration, Dominin Barjazid fila devant lui et traversa la salle. Il plongea dans une des alcôves aux rideaux tirés à l'autre extrémité en criant : « Au secours ! A l'aide, père ! »

Valentin le suivit et arracha le rideau.

Et il recula d'étonnement. Dissimulé dans l'alcôve se trouvait un vieil homme de forte carrure, un peu empâté, le regard noir et l'air menaçant, le front ceint d'un étincelant bandeau d'or, tenant à la main un appareil d'ivoire et d'or, avec des courroies, des fermoirs et des leviers. C'était Simonan Barjazid, le Roi des Rêves, le terrifiant et obsédant maître de Suvrael, qui était caché dans le prétoire du Coronal ! C'était lui qui avait envoyé les rêves qui avaient engourdi l'esprit de Valentin et avaient failli le terrasser. Et il s'apprêtait à en envoyer un autre, mais en fut empêché par l'interruption de son fils qui s'agrippait hystériquement à lui en implorant son aide.

Valentin comprit qu'il ne pouvait contrôler seul la situation.

– Sleet ! cria-t-il. Carabella ! Zalzan Kavol !

Dominin Barjazid sanglotait et gémissait. Le Roi des Rêves le repoussait du pied comme s'il s'agissait de quelque chien importun lui mordillant les talons. Valentin s'avança précautionneusement dans l'alcôve, espérant arracher au vieux Simonan Barjazid sa redoutable machine à rêves avant qu'il ait eu le temps de faire plus de dégâts avec elle.

Et au moment où Valentin tendait la main, il se produisit quelque chose d'encore plus étonnant. Les contours du visage et du corps de Simonan Barjazid commencèrent à se brouiller, à onduler...

A changer...

A se transformer en quelque chose de monstrueusement étrange, à devenir fluets et anguleux, avec des yeux taillés en amande et un nez qui n'était qu'une très légère protubérance et des lèvres à peine visibles...

Un Métamorphe.

Pas du tout le Roi des Rêves, mais une contrefaçon, un Roi de mascarade, un Changeforme, un Piurivar, un Métamorphe...

Dominin Barjazid poussa un hurlement d'horreur et lâcha la forme bizarre, recula et se jeta à terre, tremblant et geignant contre le mur. Le Métamorphe jeta à Valentin un regard de haine sans mélange et lança sur lui l'appareil à rêves avec une violence féroce. Valentin ne put se protéger que partiellement. La machine le frappa à la poitrine et le fit vaciller; au même moment, le Métamorphe le bouscula, courut frénétiquement jusqu'à l'autre extrémité de la salle, se hissa d'un bond sur l'appui de la fenêtre que Dominin Barjazid avait ouverte, et se jeta dans le vide de la nuit.

16

Pâle, bouleversé, Valentin se retourna et vit la salle pleine de monde : Sleet, Zalzan Kavol, Deliamber, Shanamir, Carabella, Tunigorn, et il ne savait combien d'autres, qui entraient par l'étroit vestibule en se bousculant. Il tendit le bras vers Dominin Barjazid, recroquevillé par terre dans un pitoyable état de choc et de prostration.

— Tunigorn, je te donne charge de t'occuper de lui. Emmène-le en lieu sûr et veille à ce qu'il ne lui arrive rien.

— La Cour Pinitor est le lieu le plus sûr, monseigneur. Et une douzaine d'hommes triés sur le volet le tiendront à l'œil.

— Bien, fit Valentin en approuvant d'un signe de tête. Je ne veux pas qu'il reste seul. Et trouvez-lui un docteur. Il a eu une frayeur monstrueuse, et je crois qu'il est traumatisé.

Il se tourna vers Sleet.

— Ami, aurais-tu sur toi une gourde de vin ? Moi aussi, j'ai vécu ici des moments bien étranges.

Sleet lui tendit une gourde. La main de Valentin tremblait et il faillit renverser le vin avant de le porter à ses lèvres.

Redevenu plus calme, il se dirigea vers la fenêtre par laquelle le Métamorphe s'était jeté. Des falots brillaient loin au-dessous. Cela faisait une chute d'au moins trente mètres, et dans la cour en contrebas Valentin vit des silhouettes entourant quelque chose recouvert d'un manteau. Il se retourna.

— Un Métamorphe, fit-il d'un ton incrédule. Ou bien n'était-ce qu'un rêve ? J'ai vu le Roi des Rêves, debout là-bas... et puis c'était un Métamorphe... et puis il s'est précipité vers la fenêtre...

Carabella lui toucha le bras.

— Monseigneur, voulez-vous vous reposer, maintenant ? Le Château est conquis.

— Un Métamorphe, répéta Valentin, d'une voix où perçait encore l'étonnement. Que pouvait bien ?...

— Il y avait également des Métamorphes dans la salle des machines de climatisation, dit Tunigorn.

— Quoi ? fit Valentin en ouvrant de grands yeux. Que dis-tu ?

— Monseigneur, Elidath vient de remonter des souterrains avec une étrange histoire.

Tunigorn fit un signe de la main, et de la foule massée à l'arrière de la salle sortit Elidath en personne, l'air épuisé par la bataille, le manteau taché de sang et le pourpoint déchiré.

— Monseigneur ?

— Les machines de climatisation...

— Elles sont en bon état et produisent de nouveau l'air et la chaleur, monseigneur.

Valentin laissa échapper un long soupir.

— Bien joué! Et tu dis qu'il y avait des Changeformes ?

— La salle était défendue par des troupes en uniforme de la garde personnelle du Coronal, dit Elidath. Nous avons fait les sommations, nous leur avons ordonné de se rendre, mais ils ont refusé, même à moi. Là-dessus, nous nous sommes battus et nous... nous les avons massacrés, monseigneur...

— Il n'y avait pas d'autre moyen ?

— Pas d'autre moyen, répondit Elidath. Nous les avons massacrés, et en mourant ils... se transformaient.

— Tous ?

— Tous étaient des Métamorphes, oui.

Valentin frissonna. Les bizarreries succédaient aux bizarreries dans cette révolution cauchemardesque! Il sentit l'épuisement le gagner. Les machines dispensatrices de vie tournaient de nouveau, le Château était sien et le faux Coronal prisonnier; le monde était sauvé, l'ordre rétabli, la menace de la tyrannie écartée. Et pourtant... et pourtant... il y avait ce nouveau mystère, et il se sentait si affreusement fatigué...

— Monseigneur, dit Carabella, venez avec moi.

— Oui, fit-il d'une voix caverneuse. Oui, je vais me reposer un petit moment.

Il esquissa un sourire.

— Accompagne-moi jusqu'au lit dans le vestiaire, veux-tu, amour ? Je crois que je vais me reposer une petite heure. A quand remonte la dernière fois où j'ai dormi, t'en souviens-tu ?

Carabella glissa son bras sous le sien.

— J'ai l'impression que cela fait des jours, non ?

— Des semaines. Des mois. Juste une heure. Ne me laisse pas dormir plus d'une heure.

– Bien sûr, monseigneur.

Il se laissa tomber sur la couche comme quelqu'un qui vient d'être drogué. Carabella tira une courtepointe sur lui et obscurcit la chambre, et il se coucha en chien de fusil, laissant son corps épuisé se détendre totalement. Mais il avait l'esprit parcouru d'images lumineuses : Dominin Barjazid s'accrochant aux genoux du vieil homme, le Roi des Rêves essayant rageusement de l'écarter tout en agitant son étrange machine, et puis le changement de forme, le Piurivar le foudroyant du regard, le hurlement terrifiant de Dominin Barjazid, le Métamorphe se précipitant vers la fenêtre ouverte, une farandole d'images dépourvues de sens qui défilaient dans l'esprit tourmenté de Valentin.

Le sommeil arriva sur la pointe des pieds et le surprit pendant qu'il luttait contre les démons du prétoire.

On le laissa dormir pendant l'heure qu'il avait demandée, et même un peu plus, car lorsqu'il s'éveilla, ce fut parce que l'éclatante lumière dorée du matin lui tombait sur les yeux. Il se mit sur son séant, clignant des yeux et s'étirant. Il avait mal partout. Un rêve, se dit-il, un rêve insensé et ahurissant de... non, ce n'était pas un rêve. Pas un rêve.

– Monseigneur, êtes-vous bien reposé ?

Carabella. Sleet. Deliamber. Le regardant. Veillant sur son sommeil.

– Oui, je me sens reposé, dit Valentin en souriant. Et la nuit est finie. Que s'est-il passé ?

– Bien peu de chose, répondit Carabella, sinon que l'air se réchauffe et que le Château est en liesse, et la nouvelle se répand sur les pentes du Mont du changement qui s'est produit.

– Le Métamorphe qui s'est jeté par la fenêtre... s'est-il tué ?

– Assurément, monseigneur, répondit Sleet.

– Il portait la robe et les insignes du Roi des Rêves. Comment était-ce possible, à votre avis ?

– Je peux hasarder des conjectures, monseigneur,

répondit Deliamber. J'ai parlé avec Dominin Barjazid – il est devenu pour ainsi dire fou, et il lui faudra longtemps pour guérir, si jamais il y parvient –, et il m'a raconté un certain nombre de choses. L'an dernier, monseigneur, son père le Roi des Rêves est tombé gravement malade et on le croyait à la dernière extrémité. Vous occupiez encore le trône à cette époque.

– Je ne me souviens aucunement de cela.

– Non, dit le Vroon, ils n'y ont donné aucune publicité. Mais son état paraissait critique, et c'est alors qu'un nouveau praticien a débarqué à Suvrael, quelqu'un de Zimroel qui prétendait être d'une grande habileté et, de fait, le Roi des Rêves eut une guérison miraculeuse, comme s'il était ressuscité des morts. C'est à partir de ce moment, monseigneur, que le Roi des Rêves a fait germer dans l'esprit de son fils l'idée de vous attirer dans un guet-apens à Til-omon et de vous évincer du trône.

– Le praticien... un Métamorphe ? souffla Valentin.

– Exactement, dit Deliamber. Se faisant passer pour un homme de votre race. Et se faisant ensuite passer pour Simonan Barjazid jusqu'à ce que la frénésie et la confusion de la lutte dans le prétoire causent sa perte en mettant un terme à la métamorphose.

– Et Dominin ? Est-ce aussi un...

– Non, monseigneur, c'est le vrai Dominin, et la vue de cette chose qui se faisait passer pour son père lui a détraqué le cerveau. Mais voyez-vous, c'était le Métamorphe qui l'avait incité à l'usurpation et l'on peut supposer qu'un autre Métamorphe aurait bientôt remplacé Dominin comme Coronal.

– Et les Métamorphes qui gardaient les machines de climatisation... n'obéissaient pas aux ordres de Dominin, mais à ceux du faux Roi ! C'était une révolution secrète, Deliamber ! Nullement une prise du pouvoir par le clan Barjazid, mais le début d'une rébellion des Métamorphes !

– C'est ce que je crains, monseigneur.

Valentin regardait dans le vide.

– Bien des choses s'expliquent, maintenant. Et le désordre est plus grave que je ne pensais.

– Monseigneur, dit Sleet, il faut découvrir et détruire ceux qui se sont glissés parmi nous et parquer le reste d'entre eux à Piurifayne où ils ne pourront pas nous nuire !

– Doucement, ami, dit Valentin. Ta haine des Métamorphes est encore vivace, hein ?

– Elle n'est pas sans fondement !

– Oui, c'est possible. Eh bien, nous allons les démasquer et nous n'aurons plus de Métamorphes se faisant passer pour le Pontife ou la Dame ou même un palefrenier. Mais je pense aussi qu'il nous faut nous rapprocher de ce peuple et apaiser son courroux, faute de quoi Majipoor sera plongée dans une guerre perpétuelle.

Il se mit debout, agrafa son manteau et leva les bras.

– Amis, nous avons du travail devant nous, je le crains, et un travail de longue haleine. Mais d'abord, nous allons célébrer notre victoire ! Sleet, je te nomme chancelier des festivités de ma restauration, pour organiser le banquet, préparer un spectacle et lancer les invitations. Il faut que Majipoor sache que tout va bien, ou presque, et que Valentin est remonté sur son trône !

17

La salle du Trône de Confalume était la plus vaste et la plus magnifique des salles du Château, avec ses resplendissantes poutres dorées, ses superbes tapisseries et son plancher de bois de gurna poli des pics de Khyntor, une salle splendide et majestueuse dans laquelle avaient lieu les plus importantes cérémonies impériales. Mais la salle du Trône de Confalume avait rarement contemplé un spectacle comme celui qu'elle contemplait.

Tout en haut des nombreuses marches du Trône de Confalume siégeait lord Valentin, et à sa gauche, sur un trône presque aussi haut, se trouvait la Dame sa mère, resplendissante dans une robe toute blanche, et à sa droite, sur un trône de la même hauteur que celui de la Dame, se trouvait Hornkast, le porte-parole du Pontife, car Tyeveras avait envoyé ses regrets et Hornkast à sa place. Et, disposés devant eux et remplissant pratiquement la salle, se tenaient les ducs, les princes et les chevaliers du royaume, une assemblée comme l'on n'en avait vu réunie au même endroit depuis le règne de lord Confalume lui-même – les suzerains venus de l'autre extrémité de Zimroel, de Pidruid, de Til-omon et de Narabal, et le duc Ghayrog de Dulorn, et les maîtres de Piliplok et de Ni-moya et de cinquante autres cités de Zimroel, plus une centaine d'Alhanroel, sans compter les Cinquante Cités du Mont. Mais toute cette foule n'était pas uniquement composée de ducs et de princes, car il y avait également des gens plus humbles, Gorzval, le Skandar manchot, Cordeine qui avait été son gabier et Pandelon son menuisier; et Vinorkis, le Hjort négociant en peaux de haigus; Hissune, le garçon du Labyrinthe; et Tisana, la vieille interprète des rêves de Falkynkip, et bien d'autres encore dont la condition n'était pas plus élevée, mêlés à ces grands seigneurs, le visage brillant d'une crainte révérencielle.

Valentin se leva, salua sa mère, rendit son salut à Hornkast et s'inclina quand les acclamations s'élevèrent : Vive le Coronal ! Quand le silence retomba, il dit d'une voix calme :

– Aujourd'hui, nous donnons une fête pour célébrer la restauration de l'Etat et le rétablissement de l'ordre. Nous avons prévu pour vous des réjouissances.

Il frappa dans ses mains et la musique commença : des cors, des tambours, des pipeaux, une mélodie gaie et entraînante; une douzaine de musiciens pénétrèrent dans la salle, Shanamir à leur tête. Derrière eux venaient les jongleurs, en costumes d'une incomparable beauté, des costumes dignes de grands princes : Carabella d'abord, le petit Sleet balafré aux cheveux blancs juste derrière elle, puis Zalzan Kavol, le Skandar bourru et velu, et les deux frères qui lui restaient. Ils portaient tout un attirail de jonglerie, des sabres, des poignards et des faucilles, des torches prêtes à être allumées, des œufs, des assiettes et des massues peintes de couleurs gaies, et bien d'autres objets. Lorsqu'ils atteignirent le centre de la pièce, ils se mirent en position, se faisant face en suivant les pointes d'une étoile imaginaire, les épaules droites, bien d'aplomb sur leurs jambes.

– Attendez, dit lord Valentin. Il reste encore une place !

Degré après degré il descendit du Trône de Confalume jusqu'à la troisième marche à partir du bas. Il adressa un sourire à la Dame, un clin d'œil au jeune Hissune et un signe de la main à Carabella qui lui lança un poignard. Il l'attrapa impeccablement et elle lui en lança un second, puis un troisième, et il commença à jongler sur les marches du trône, comme il avait promis de le faire il y avait bien longtemps déjà sur l'Ile du Sommeil.

C'était le signal, et les jongleurs se mirent en action, et l'air commença à scintiller d'une multitude de curieux objets qui paraissaient animés d'une vie propre. Lord Valentin était persuadé que jamais, dans tout l'univers connu, on n'avait atteint à une telle perfection. Il jongla sur les degrés du trône pendant encore quelques instants, puis il descendit se joindre au groupe, hilare, rempli d'allégresse, échangeant torches et faucilles avec Sleet, les Skandars et Carabella.

– Comme au bon vieux temps ! cria Zalzan Kavol. Mais vous avez encore fait des progrès, monseigneur !

– C'est le public qui m'inspire, répondit lord Valentin.

– Et êtes-vous capable de jongler comme un Skandar? demanda Zalzan Kavol. Tenez, monseigneur! Attrapez! Attrapez! Attrapez! Attrapez!

Zalzan Kavol paraissait cueillir en l'air des œufs, des assiettes et des massues, ses quatre bras tournoyant et happant sans cesse de nouveaux objets qu'il lançait vers lord Valentin qui, inlassablement, les recevait, jonglait avec et les relançait à Sleet ou à Carabella pendant que les acclamations de l'assistance – il ne s'agissait pas de simples flatteries, c'était sûr – résonnaient dans ses oreilles. Oui! C'était cela, la vie! Comme au bon vieux temps, oui, mais encore meilleur maintenant! Il éclata de rire et attrapa un sabre étincelant et l'envoya très haut en l'air. Elidath avait estimé qu'il pouvait être incongru pour un Coronal de jongler devant les princes du royaume et Tunigorn partageait son sentiment, mais lord Valentin était passé outre à leurs objections, leur expliquant doucement et affectueusement qu'il ne se souciait guère du protocole. Et maintenant, il les voyait à leurs places d'honneur regarder bouche bée, stupéfaits de la qualité de cette fantastique démonstration.

Et pourtant, il savait que le moment était venu pour lui de se retirer. Il se débarrassa un par un des objets avec lesquels il jonglait et recula lentement. Quand il eut atteint la première marche du trône, il s'arrêta et fit signe à Carabella d'approcher.

– Viens, dit-il. Accompagne-moi là-haut, et maintenant devenons spectateurs.

Le sang lui monta au visage, mais sans hésiter elle se débarrassa des massues, des poignards et des œufs, et avança vers le trône. Valentin la prit par la main et ensemble ils gravirent les degrés.

– Monseigneur... murmura-t-elle.

– Chut! C'est très important. Fais attention de ne pas trébucher sur les marches.

– Moi, trébucher? Moi, une jongleuse?

– Pardonne-moi, Carabella.

– Je te pardonne, Valentin, dit-elle en riant.
– *Lord* Valentin.
– Est-ce ainsi que cela sera, monseigneur?
– Pas vraiment, dit-il. Pas entre nous.

Ils atteignirent le dernier degré. Le siège double, luisant de velours vert et or, les attendait. Valentin resta un moment debout, cherchant dans la foule parmi les princes, les ducs et le peuple.

– Où est Deliamber? souffla-t-il. Je ne le vois pas!

– Cet événement ne lui disait rien, répondit Carabella, et il est reparti à Zimroel, je pense, pour prendre des vacances. Ce genre de festivités ennuie les magiciens. Et, tu sais, le Vroon n'a jamais aimé la jonglerie.

– Il devrait être ici, murmura lord Valentin.
– Il reviendra quand tu auras besoin de lui.
– J'espère. Allez, asseyons-nous, maintenant.

Ils prirent leurs places sur le trône. Dessous, les jongleurs qui restaient effectuaient leurs exercices les plus éblouissants, prodigieux même pour lord Valentin qui connaissait les secrets de la coordination sur lesquels ils reposaient. Et pendant qu'il regardait, il sentit une étrange mélancolie s'emparer de lui, car il s'était retiré de la compagnie des jongleurs, il s'était écarté pour monter sur le trône, et c'était un changement important et solennel dans sa vie. Il savait sans la moindre équivoque que son époque de jongleur itinérant, la période la plus libre et, d'une certaine manière, la plus joyeuse de sa vie, était maintenant terminée, et que les responsabilités du pouvoir, qu'il n'avait pas recherchées, mais qu'il avait été incapable de refuser, recommençaient à peser sur lui de tout leur poids. Il ne pouvait pas nier qu'il en éprouvait une certaine tristesse. Il se tourna vers Carabella.

– Peut-être en privé – quand la cour aura le dos tourné – pourrons-nous tous nous réunir de temps en temps et lancer un peu les massues, hein, Carabella?

– Je pense que c'est possible, monseigneur. J'aimerais beaucoup.

– Et nous pourrons faire semblant... d'être quelque part entre Falkynkip et Dulorn, à nous demander si le Cirque Perpétuel nous engagera, à nous demander si nous pouvons trouver une auberge et si...

– Monseigneur, regardez ce que les Skandars sont en train de faire ! Comment peut-on concevoir une telle adresse ? Il y a tant de bras et tous sont à l'œuvre !

– Il faudra que je demande à Zalzan Kavol comment il s'y prend pour ce tour-ci, fit lord Valentin en souriant. Bientôt. Dès que j'aurai le temps.

J'ai lu l'histoire

Dos vert bronze

AVALLONE Michaël

Une femme nommée Golda (1853★★)
Elle incarne toute la flamme du peuple d'Israël.

CARS Guy des

Les reines de cœur (1783★★★)
Le destin de quatre reines exceptionnelles de Roumanie.

CARS Jean des

Haussmann, la gloire du Second Empire (1055★★★★)
La prodigieuse aventure de l'homme qui a transformé Paris.
Louis II de Bavière (1633★★★)
Une biographie passionnante de ce prince fou, génial et pervers.
Elisabeth d'Autriche ou la Fatalité (1692★★★★)
Le destin extraordinaire de Sissi.

CASTELOT André

Les battements de cœur de l'histoire (1620★★★★)
La politique et l'histoire confrontées au cœur et à l'amour.

CASTILLO Michel del

Les Louves de l'Escurial (1725★★★★)
A la cour d'Espagne, horreur, fanatisme mais aussi tendresse.

CASTRIES Duc de

La Pompadour (1651★★★★)
Les vingt ans de règne d'une femme d'exception.
Madame Récamier (1835★★★★)
Un portrait tendre et subtil d'une femme singulière qui a charmé B. Constant, Ampère, Lucien Bonaparte, Auguste de Prusse... et Chateaubriand.

CHARDIGNY Louis

Les maréchaux de Napoléon (1621★★★★)
Des hommes hors du commun à une époque exceptionnelle.

DECAUX Alain

Les grands mystères du passé (1724★★★★)
Les énigmes historiques les plus célèbres.

DÉON Michel

Louis XIV par lui-même (1693★★★)
Un grand roi raconté par lui-même.

EXMELIN A.O.

Histoire des Frères de la côte (1695★★★★)
En 1668, Exmelin devient le médecin des flibustiers des Antilles.

GUERDAN René

François Ier (1852★★★★★)
A travers un grand roi, toute l'époque Renaissance. ***(à paraître)***

JACOB Yves

Mandrin, le voleur d'impôts (1694★★★)
L'histoire vraie d'un personnage célèbre.

KENDALL Paul Murray
Mon frère Chilpéric (1786****)
Le récit passionnant d'une des périodes les plus sombres de l'histoire de l'Europe.

MAALOUF Amin
Les croisades vues par les Arabes (1916****)
L'autre face du plus fantastique défi lancé par l'Occident. (déc. 85)

MERMAZ Louis
Madame de Maintenon (1785**)
Le destin hors du commun de la veuve Scarron qui devint l'épouse de Louis XIV.

MERRIEN Jean
Christophe Colomb (1924*****)
L'histoire fabuleuse de l'homme qui découvrit l'Amérique.
(à paraître)

MORAND Paul
La dame blanche des Habsbourg (1619***)
Tous les drames de la cour d'Autriche, toutes les amours.

MOYNE Christiane
Louise de La Vallière (1726***)
Le jeune Louis XIV et sa touchante maîtresse.

STEINBECK John
Le roi Arthur et ses preux chevaliers (1784****)
Steinbeck fait revivre l'épopée des chevaliers de la Table ronde.

TROYAT Henri
Catherine la Grande (1618*****)
Petite princesse allemande, elle a voulu incarner la Russie.
Pierre le Grand (1723****)
Génial, fou, bouffon, fascinant, tel fut ce tsar.

Achevé d'imprimer sur les presses de l'imprimerie Brodard et Taupin
58, rue Jean Bleuzen, Vanves. Usine de La Flèche,
le 3 octobre 1985
6543-5 Dépôt légal octobre 1985. ISBN : 2 - 277 - 21906 - 1
Imprimé en France

1906
★★★★

Editions J'ai Lu
27, rue Cassette, 75006 Paris
diffusion France et étranger : Flammarion